天使
Angel

程青 著

人民文学出版社

图书在版编目(CIP)数据

天使/程青著.—北京:人民文学出版社,2014
ISBN 978-7-02-009339-7

Ⅰ.①天… Ⅱ.①程… Ⅲ.①长篇小说—中国—当代 Ⅳ.①I247.5

中国版本图书馆 CIP 数据核字(2014)第 092592 号

责任编辑 孔令燕 石一枫
装帧设计 陶 雷
责任印制 李 博

出版发行 人民文学出版社
社 址 北京市朝内大街 166 号
邮政编码 100705
网 址 http://www.rw-cn.com

印 刷 河北新华第一印刷有限责任公司
经 销 全国新华书店等

字 数 235 千字
开 本 880 毫米×1230 毫米 1/32
印 张 10.375 插页 3
印 数 1—10000
版 次 2014 年 9 月北京第 1 版
印 次 2014 年 9 月第 1 次印刷

书 号 978-7-02-009339-7
定 价 29.00 元

序　幕

一大清早接到吕非老的电话，问我当晚能不能去参加一个饭局。他口气热情里透着亲切，就像昨天我们刚见过面一般。吕非老本名吕非，因为聪明机灵早年间在北京的媒体圈混得八面玲珑人脉广博，二十几岁就被朋友和同行尊称为“吕非老”。我比他入行稍晚，在某次媒体见面会上和他相识，我们一见如故，一拍即合，一度甚至好得如影随形。不过，接到他这个电话我还是颇觉意外，因为我们已经有三年多没有见过面了，差不多就算是相忘于江湖了。而且，现在我远没有从前那样热衷于饭局。

我迟疑了片刻，在电话里问他：“啥好事呀？当大官了，还是发大财啦？”

他笑起来，说：“既没有升官也没有发财，如今我闭门读书，真正是两袖清风一身正气，你见了就知道了。”略微停顿了下他又说，“简菊生了个儿子。”

我脱口而出：“跟你？”

他爆发出一阵爽朗的大笑，这是我们从前通电话常有的音效，让我一时间大有昔日重来之感。

笑罢他说："还是跟章老大，没想到她还真是不离不弃！"

我说："那也得说章老大对她不离不弃吧？"

他沉吟了一下，说："放从前大概是，放现在还真说不好。章老大早已经不是昔日的章老大了。"

我说："老话说瘦死的骆驼比马大。"

他说："这还真不好说。"

我再次表示不想去吃这个饭，都几年不走动了，见面不知道说什么好。吕非老在电话那头嘻嘻哈哈地劝我说："就因为这么多年不见了，正好找个机会见见嘛。章老大还说一定要赶在玛雅人说的世界末日来临之前跟我们这几个昔日的好朋友见一面呢，他特别叮嘱我一定要把你叫上，你无论如何也得成全他这个心愿吧？"他换了更加亲昵的口气说，"再说我也挺想见你的，再不见我们都快老了。"

我说："我们已经老了。"

他说："所以更应该见见啊。"

我架不住他软磨硬泡，最后还是答应去吃这顿饭。我问他时间地点，他说就是吃晚饭，估摸着去就行。吃饭的地方大概其就在国贸附近，具体地点还没定，让我快到那里给他打电话。

这么多年过去了，这帮子人还是老样子，挎个饭局永远不是有时间没地点就是有地点没时间，或者就是像这样干脆时间地点全不确定。从前就不知花费了多少时间在找餐馆和等人上头，这么多年竟然还一样。我也懒得挑剔，只说晚上见吧。

当晚遭遇大堵车。因为下雨，北京城全城无处不塞车，街上显示路况的电子屏纵横交错每条线都是红的，交通台两个主持人不喘气念出的地段全是塞得水泄不通的，我被生生地堵在东便门立交桥下，进不能进，退不能退，只能无奈地坐在不停摆动的雨刷器后面发呆。雨还在下，而且越下越大，没有减缓的意思。我给吕非老打电话，他说也堵在路上，不过离国贸已经很近了。我问他有没有定下吃饭的地方，他说定了，六点半到某某大厦某楼某座顶层的某某会所。我看时间已经过了六点一刻，车还没有能动的意思，看来准时到达是没有希望了。他说的那个某某会所我也不知道具体在哪里，我甚至从来没有听说过。他跟我详细说了方位，让我找不到再给他打电话。

放下电话，还是漫无头绪的等待。路仍然结结实实地堵着，没有松动的迹象。我关了雨刷器，车窗外瞬间成了一片模糊的世界……

1

我隐约记起第一次见到简菊也是这样一个雨天，时间是1996年初春。那天有没有堵车我已经记不大清，反正我到的时候也晚了。中国大饭店的一个包间里挤满了人，饭局已经开始，不过桌上的菜还很整齐，冷盘基本保持着原有的样子，但章老大还是立刻叫服务生加了一批新菜上来。在这类细微之处他永远不会疏忽，处处透着当大哥的仁厚和周全。

那天章老大情绪格外高涨，他拉我坐到他旁边，亲手为我倒上饮料。等我和一圈朋友打完招呼，他轻轻拍了拍我的肩膀，柔声细语地对我说："唐叶，我给你介绍一个朋友！"他笑眯眯地一指坐在他另一边的一位女孩，问我，"你认识她吗？"

她就是简菊，但当时我不认识她。她朝我微微一笑，我也朝她微微一笑，算是打过招呼。我心想这章老大是不是见了美女乱了方寸。

没等我回答，章老大又换了个方式饶有兴趣地问我："你看她长得像谁?”

说老实话,我一时还真看不出来。简菊早收起了笑容,静静地端坐着,脸上毫无表情。我很少见过谁脸上像她这样没有表情,就像空无一物一样干干净净,而且绝对不是故作姿态。她没有一点要取悦别人的意思,似乎生来就不知道还有取悦别人这一回事。当时我心里一动,暗自惊叹。不过我心中这个小小的波澜很快就过去了。

章老大还在等我回答,我笑说:“我看不出来像谁嘛。”

章老大一拍大腿说:“像电视剧里的林妹妹啊,你再仔细瞧瞧,绝对是一模一样啊!”

他说的是八七版的电视连续剧《红楼梦》,现在被叫做老版电视剧《红楼梦》,而在当时一说电视剧《红楼梦》是人人知晓不用解释的。桌上马上有好几个人目不转睛地盯着简菊看,有说像的,也有说像林青霞的,我倒是觉得她有点像电影《青蛇》里的王祖贤。饭桌上七嘴八舌,品头论足,热闹极了。简菊仍是静静地坐着,面无表情。这时候还能面无表情,我实在有点闹不清她是太呆还是城府太深。

章老大突然拉起她的手,无比珍爱地握在自己一双肥白厚实的大手里,带着一种既像是陶醉又像是感慨的语气一字一顿地说道:“清水出芙蓉,人面桃花相映红,看她一眼我的心都化了哟!”

大家听了都哈哈大笑起来,我也哈哈大笑。我不知道他们笑什么,我是笑章老大毫不掩饰的色迷迷,也笑他卖弄得不得当。这两句好诗被他强行拧在一起,不仅消解了各自的美,而且有种说不出来的艳俗,实在是不伦不类。章老大这个人有时是爱炫耀一把的,他除了是商人(用当时流行的新词说是“大款”),还有一个身份就是“诗人”,而且他极看重自己的所谓诗人身份,也喜欢拿这个自封的头衔说事,尤其是跟我们这些靠写字谋生的人在一起时,他不愿意我们把他看作唯利是图的商人，尽管我们都阿谀地称他为“儒商”。据他自己说他十几岁的时候就开始写诗，年轻的时候是地地道道的文学青年，虽然没有在正规刊物上发表过一首诗，但跟不少货真价实的诗人都是朋友。他一说就是跟某某喝过酒，跟谁谁通过信，这些“某某”和“谁谁”都是当代名气很响的诗人。我们不知道他话里有没有水分、有多大水分，都是他怎么说我们就怎么听。有时他喝高了，除了吐，还喜欢背诵自己当年写的诗篇。这种时候大家心里不管多烦嘴上千篇一律都说他可爱。也许正是因为有对诗残留的热爱和对诗人身份的沉湎，他生意做得很大但走出来还真不是满身铜臭气，而且那种文人骚客的见色起意也恰到好处地掩盖了他身上的流氓气。就比如在这宴席上，他眯起一双细长的肉泡眼，眼神就像蜜糖一样粘在简菊的身上，大家却并不感觉有多么下流和无耻，相反只是觉得好笑和好玩而已。

这顿饭后面的时间里章老大几乎就这样不加掩饰地凝望着简菊，不时感叹一般地夸她一句，用的词是“玉人儿”“琉璃水晶人儿”“小仙女”“一尘不染”“冰清玉洁”一类，我们听着觉得酸，但也觉得这小姑娘也算称得起。简菊一直是安安静静地坐着，有时微微一笑。她吃得很少，基本不说话，一顿饭下来，我对她没啥印象。

饭局快结束的时候我起身去洗手间，走到半路上，听有人在后面叫“姐姐”，回头一看，正是她。出于礼貌我停下来等她，她快跑几步追上我，亲热地挽住了我的手臂。她如此亲昵的举动吓我一跳，因为虽说看在章老大面上我和她客客气气，可说实话我根本没把她看在眼里，我以为她也一样。我一向以为交朋友是凭感觉的，尤其是同性之间，气味不对是很难情同手足的。虽说我并不反感她，但我想我跟她不会有什么交集。仍然是出于礼貌我没有马上把手臂抽走，但我能感觉出我被她挽住的那条胳膊变得僵硬。她挽住我的手不说，有一个时候甚至靠上来，把身体的重量压到我胳膊上，就像一个撒娇的孩子。我心里更是惊讶不已，我不知道她怎么会如此轻浮和没有眼色。终于她放开了我，我如释重负，赶紧站得离她远点。

她对我的反应似乎并没有什么感觉，她迈着小碎步飞快地进了洗手间，又飞快地走出来，脸上带着甜甜的笑容有些不好意思地问我："姐姐，你有卫生巾吗？"

这算是尴尬人遇到尴尬事，当时我比她还要不好意思，只说包里有，转身去包间给她拿。等我把卫生巾递给她，她红着脸娇羞地说："姐姐你真好，你可救了我！"

我不以为然地笑了笑，觉得她娇羞得做作。

回到席上，章老大对她好一番嘘寒问暖，只差把她搂进怀里了。我留心一晚上他除了喝酒没怎么吃东西，光顾看她了。他看她的眼光稠乎乎黏答答，倒也不全是色情或者说情色，而是包含了一种说不出的怜爱，跟怜香惜玉还有那么一点不同，就好像怜惜一个失散多年的女儿一般。那会儿远不像如今这样干爹认干女儿成风，那时也有干爹干女儿，但总体来说干爹还是长辈，干女儿多少带着娇憨，或许明里暗里做的事情与如今无异，但是在众人面前还是要装一装的，大部分干爹和干女儿看上去都是正正经经的，很像是那么一回事，或者说装得很像是那么一回事。不过章老大可是一句也没有说过要认简菊做干女儿的话，他根本就没有一点用辈分把自己往外摘的意思，也可以说他连扯个幌子遮掩遮掩的意思都没有。

席散的时候章老大毫无悬念地要亲自送简菊回去，他的大奔早已经发动着等在饭店门口。他请吕非老送我回家，还特意关照他中途不要停留。吕非老一边埋怨他管得宽，一边嬉笑着说他清楚拐卖妇女儿童是要治罪的。大家嘻嘻哈哈说笑一阵各自上车，简菊突然从车上下来，手里拿着一张小纸条对我说："姐姐，这是我的电话号码，有空给我打电话吧。"

她把小纸条塞到我手里，我展开一看纸上是几个歪歪扭扭的阿拉伯数字，字体十分幼稚，看得我差点笑出来。我收了纸条，和她告别，心想我是不会打这个电话的。

在出租车上吕非老告诉我最近章老大又发了一笔，他神秘兮兮地压低了嗓音说："知道吗？他已经上亿了。"

虽然我早知道章老大非常有钱，但还是第一次从吕非老嘴里确切知道他已经是亿万富翁。我感叹地说："这么多钱怎么花呀！"

吕非老立马嘲笑我说："只有没钱的人才会担心钱不知道怎么花。"

我们聊了几句章老大之后自然而然就说到了简菊。要说其实她才是今晚的主角，只是我们这帮子人太能闹太会喧宾夺主，弄得她没能散发出应有的光芒。吕非老忍不住夸她好看，我不置可否。凭心而论她的确长得好看，清秀端正的鹅蛋脸，水汪汪的大眼睛，皮肤粉嫩，面颊娇艳，加上一头又黑又长的头发，实实在在是个美人儿，只是我总觉得她缺一种神韵，具体说就是缺乏女人的风情。我刚把这句话说出来，吕非老就哈哈大笑，说："她刚十六岁，你让她哪来什么'女人的风情'？"

什么什么？我怀疑我的耳朵出了毛病。如果她只有十六岁，那就另当别论了，而且我得说她比实际年龄看上去要成熟。

吕非老就像吃不着葡萄的狐狸带着对葡萄的无限向往说："这样一朵水灵灵的鲜花，插谁头上谁都是牛粪。"

我哈哈大笑，刻薄地说："你心里最气不过的是你自己想当牛粪却当不上吧？"

吕非老听了竟然一点不生气，只是摇着头叹息了两声。他告诉我简菊的背景，她是军队大院里的孩子，父亲是个高官，父母离婚之后她跟着父亲，因为和继母搞不到一块儿离家出走，还就势退了学，不知经什么人介绍认识了章老大，就跟着他混。

听他说话的口气似乎还很赞赏她，我狐疑地望着他，他马上咧开嘴笑起来，说："我真是挺佩服她的，那么一个小姑娘，想离家出走就离家出走，想不上学一跺脚就不上学了，这得有多叛逆啊！"

我接着他的话茬儿说："而且十六岁就有了男人。"

他立刻打断我："那倒没有，她并没有和章老大同居。"

我说："你知道？"

他瞪大了眼睛坚持说："她真没有！"又说，"她没跟章老大住在一起。"

看他一副急赤白脸帮她剖白的样子，我毫不相让，还是一根筋地说："即使眼下没有，也是早晚的事。"

他听了微微一愣，轻轻叹了口气，随后是几分钟的沉默。

我到了。吕非老下车替我打开车门，在夜色里他紧紧拥抱我，在我耳边说："你总那么讨厌！"

我们在心心相印的笑声里分别。

2

大约过了一个月，吕非老又打电话给我让去赴章老大的饭局。这次是在后海，我记得是一个温暖的春夜，空气里弥漫着淡淡的花香，荷花市场人头攒动，热闹得就像夏天一样。我拿着地址好容易找到吃饭的地点，却是在一条十分僻静的小街上。我不知道那是一个大院还是一处私人住宅，门不大，但一进去就能感觉到阔气和豪华。里面灯光璀璨自不必说，一走进大门就有穿制服的小伙子迎上来，领着我曲曲绕绕进了一座小楼。

小楼同样也是灯火通明，我进去的时候楼上房间里已经坐满了人。章老大照例拉我坐他旁边，满脸放光地向我介绍座上我不认识的宾客。听名头那些客人都很有身份和来头，不是有权就是有钱，要不就是既有权又有钱。这天除了吕非老等几位老朋友，简菊也赫然在座。与上次不同的是她没有坐在章老大旁边的位子，而是远远地坐在长条桌的另一端，我反应过来那可是女主人的位子，心里着实一惊，暗忖难道这么快她就升堂入室了？我朝吕非老瞥了一眼，飞快地和他交换了一个眼神。吕非老显然领悟了我的意思，我和他之间一向极有灵犀，这一次也不例外，可是他却神速地避开了我的目光，转过头去和旁边的人说话。他这种躲闪的态度让我心中不快，也让我敏锐地觉察到了他的小心思。再看端坐在女主人位子上的简菊，却是大方持重，端庄沉静，只差就要母仪天下了。她不再像第一次出场那样穿着棉布衬衫、手工编织的羊毛外套和牛仔布短裙，而是穿着一眼望上去就能看出价格不菲的华丽衣裙，小腰束得细细的，更显出她的清纯和娇艳。她的头发也不像上次那样简简单单扎个马尾巴，而是在脑后盘了一个精致的发髻，一看就是高档美容美发院里的活儿，美得和她的年龄有点不相称，让我一下子想到了川端康成的小说《伊豆的舞女》里的那个小舞女。章老大不时从桌子的这一头向她飞去情意绵绵的目光，她却恍若不知一般，安安静静地坐着，目空一切的样子。我忽然从她盛装的样子下看出她小孩子的空虚和空洞，心里莫名其妙地有点同情她。我不知道她坐在那里的心情如何，到底是高兴还是不高兴，但章老大显然是非常高兴的，他张罗大家喝酒，白的、红的、啤的全上了，还不停地招呼加菜，一桌人有一多半都喝高了。有宾客想灌简菊酒，都是他替她挡了。

突然有个喝高了的客人和章老大吵了起来，说他不给兄弟面子。章老大不说话，赔着笑，把他敬简菊的酒端起来一口喝掉。章老大并不是特别能喝酒的人，前面已经喝了不少，这一杯酒猛地灌下去，脸立马就红透了，脚下也有些不稳。这个喝高的客人仍然不依不饶，定要简菊喝一杯才肯罢休。简菊安安静静地端起酒杯，放到了唇边。章老大红头涨脸站在旁边，不说话，脸上的笑意彻底消失了。他明显有点进退两难，如果他再替简菊喝，把自己喝倒不说，那人肯定还要纠缠下去。饭桌上的气氛顿时有点紧张。就在这时，同样喝得有点高的吕非老站起来，伸手抢过简菊手里的杯子，一仰脖子替她把酒喝了。那个客人急起来，冲过去一把揪住他的前襟，嘴里说着“哥们儿，有你什么事”，拳头就挥了上去。说时迟那时快，吕非老反手抓过一个空啤酒瓶向他脑袋砸去，幸亏被章老大和另外两个人及时拉住。酒桌顿时乱了。不过几分钟之后乱劲就过去了，大家又归了原位坐下，继续吃饭喝酒。

乱过之后章老大起身敬酒，笑容又回到了他的脸上。他先是敬了吕非老，显然是感谢他英雄救美。吕非老很得意，他喜形于色，就像一个得胜还巢的英雄。可是他高兴得有点太早了，章老大紧接着就去向刚才跟他打架的那个客人敬酒。让吕非老颜面扫地的大概不是章老大敬完他立马就去敬那个人，而是他跟那个人竟然连干三杯，还相互搂脖子咬耳朵说了不少悄悄话。很明显章老大跟那人的交情要远远深过他，要不然就是那个人比他更有利用价值。吕非老顿时陷入尴尬，情绪也受到了打击。我冷眼旁观，心里清楚比起在我们这些老朋友面前失面子，他更在乎的是在简菊跟前栽了一面。

大家又喝得热乎起来的时候吕非老突然不见了，好长时间他也没有回来，我有点不放心，悄悄出去找他。我先去了卫生间，那里静悄悄的，显然是空无一人。我走下楼，偌大的大厅也是空空荡荡。我走出去，穿过庭院，在一片小树林边上看见他正在吸烟，烟头一明一灭，在远处映射过来的微暗的路灯光下他显得十分寂寞。我走过去，故作随意地问他怎么跑这儿来了，他说里面太闷，出来透透气。我忍不住问他是不是生气了，他说有什么值得生气的吗？说完突兀地哈哈大笑起来。我感觉他是在强颜欢笑。

不过闲聊了会儿他情绪就好转了。他话多起来，而且妙语连珠。我们再没提眼前的事情一句，聊的都是从前一起出去走穴的事儿，当然少不得男男女女的事情。说了一阵他平静地对我说："要不我们进去吧？两个人一块儿逃席人家还以为我们干吗了呢。"

我和他回到席上。我们一进门章老大就把他叫到自己身边坐下，搂着他肩膀和他聊得很亲热。他坐的正好是我的位子，我便顺势坐到他的位子上。服务生过来换过碗筷，我就没有再挪回去。这边离简菊近，她朝我一笑，我也朝她一笑，随后她就隔着两个人和我聊了起来。起初我就是应付她，对她说的话也没有真正留意，而且随时准备和她结束闲聊。可是聊了十来句之后她起身换到了我旁边，我就不好意思再用三言两语敷衍她了。不过说真的，她的话散淡无味，我真不知道跟这么个十六岁的小姑娘有什么好聊的。我拿眼睛看吕非老，希望他回来解救我，他显然明白我的意思，可却稳稳当当地坐着，没有过来的意思，还眼光闪闪地望着我笑，一副看笑话的样子。

简菊还在东一句西一句地跟我聊着，她十分自然地说起了内衣，我觉得这个话题暧昧而且猥亵，我都不知道怎么接她的话茬儿。——不是内衣这个话题不能聊，关键是要看跟谁聊，我跟她显然没有熟到那个份儿上，而且也没有聊这种私密话题的感情基础，因此我心里微微有些抵触。她却是一点不绕弯子地问我："姐姐，你觉得什么牌子的胸罩比较好？"就在我一愣神的工夫她又说了一句，"我怎么从来都买不对尺寸呀?”

我下意识地朝她胸部望了一眼,在她领口翻卷如木耳般的蕾丝花边下是两个隆起的半球,形状相当完美。就像看见突然绽放的花朵一样,我颇为吃惊。

我掩饰了尴尬,笑着对她说:“试试不就知道啦?”

她带着抱怨说:“那些巨贵的店里都是不让试的。”

我随口说:“你不会在别处试好了去买?”

她一把搂住我的脖子,由衷地说:“姐姐,你真聪明!”

我心说这太简单了,不是我聪明是你太笨,不过我没有说出来。

她放开我,带点撒娇地说:“他就知道带我去那种不能试的店里,别的地方他也不认识。而且我只要多看两眼他就会买下来,也不管人家喜欢不喜欢。”

我很想对她说这就是他爱你,但我忍着没有说出来。我不是怕唐突了她这么个美人儿,而是怕玷辱了“爱”这个字。在我当时自以为是的观念里,我认为真正的爱情不应该和金钱联系在一起,更不应该是用金钱堆砌起来的。她看我只笑不说话,自己就嘻嘻哈哈给我讲起了一个笑话。她说有一天章老大带她去一家很时髦的店里买东西,她在试衣间里试衣服,带她试衣的导购小姐悄悄塞给她一百五十块钱,说是返给她的。她说自己一时没反应过来,后来明白过来导购小姐认准她是傍款的。她边说边格格地笑,直笑出眼泪来。我也觉得这件事很可笑,不过发生在她身上就不那么好笑了,只能说那个导购小姐目光锐利,因为这本身就是事实。正因为如此我倒有点挂不住了,不知道该说什么好。好在她很自然,一副满不在乎的样子,继续说道:“我一声不吭就把她递过来的一百五十块钱收起来揣口袋里了,他付钱的时候她照样还是给打了八八折。那一百五十块钱后来我都买糖葫芦吃了,差点把牙都吃倒了。”

她大笑起来，笑得没心没肺，我也跟着她一起哈哈大笑。

我八卦地问她：“章老大知道这事吗？”

她摇头说：“他不知道，我没敢告诉他。”说完又补一句，“他不会在乎一百五十块钱的，他要是知道人家看出来我是他包的，肯定会生气的。”

她大大方方地说出那个“包”字，我听了都觉得有点刺激，心里不由咯噔一下，她却没有一丝一毫的不自然。

她边笑边说：“你别看章老大那种啥都不怕的样子，其实他在乎着呐。”说完又来一句，“真不知道他有什么好在乎的！”

我和她笑成一团。忽然我觉得她很可爱，真实，不装，有一种浑然天成的大气，心里便有点喜欢她。她对我显然比我对她要更加热情，而且是热情得多。她对我说：“姐姐，你知道吗？我看见你第一眼就喜欢你！”

说老实话，我不太习惯同性之间这种直抒胸臆的滚烫的话，她还对我说了不少火热的让我脸红的奉承话我都不好意思写出来。我奇怪的是她说这些话自然流畅，一点没有难以出口的羞涩，也没有讨好别人的难堪。从这一点上我认定不但章老大跟她显见的是两代人，我跟她同样也是泾渭分明的两代人，虽然我比她大了不到十岁。于是，我对这个“下一代”便放下了作为同性的戒心，变得十分亲切友好起来。

当晚宴席结束得很迟，过了十二点钟才散。这天章老大没有叫吕非老送我，而是派了一个司机送我回家，他自己带着简菊和吕非老上了另一辆车。他带简菊走我认为是题中之意，可是他带吕非老一块儿走，却让我心生诧异。吕非老上车前冲我诡异地一笑，然后做出十分抱歉的样子对我说：“今天不能送你了。”

我在他歉意的笑容后面生生看出他的得意忘形，只是我弄不清楚他究竟因为什么得意忘形。

3

那个春夏我因为报社派我走小分队跨省采访有两三个月一直在外面，等我回到北京再见到这一干朋友，发现气氛竟然有了微妙而显著的变化。“微妙”和“显著”这两个词搭配在一起似乎有点矛盾，但我得说放在这里可是一点儿也不矛盾。就在我离开北京的这两三个月里，章老大、简菊和吕非老这一组人物关系通过情况不明的发酵已经和之前不太一样了。

仍然是吃饭，章老大组的局，说是为我接风。这次是在三里屯，人不多，一共八个，在章老大的饭局中算是小范围的了。除了章老大、简菊、吕非老和我，还有四个都是报社的记者，两男两女，据说都是吕非老带来的朋友，他们和章老大全都是第一次见面。以往我们常在一起聚的那些朋友没有出现在席上，而且一贯有喝到酒酣耳热之际还要呼朋唤友的章老大这次也没有再乘着酒兴打电话叫人。酒足饭饱之后章老大说了一句听上去挺有幽默感的话，他说：“今天其实我是和媒体的朋友吃了一顿饭。”我发现虽然是他请客，这天实际上的主角却不是他，而是吕非老。那几个记者也都挺捧吕非老的，一晚上让他自我感觉相当良好。章老大告诉我说现在吕非老可腕儿了，路子粗得很。他两眼灼灼地望着他，欣悦之色溢于言表，赞叹地说：“他可能呼风唤雨了！”

我不知道吕非老怎么个能呼风唤雨法，但看他气宇轩昂自信十足的模样的确像是能呼风唤雨的。喝酒的时候那四个记者也抢着告诉我吕非老现在是圈内鼎鼎大名的穴头，而且他是那种极具号召力的穴头，他们打比方说他召集的活儿就是夜里十一二点打电话通知，早晨六七点钟照样能在首都机场带上他想要的人登机。我清楚这足以说明他的非同寻常了。一般来说就是在本城找记者走穴也是要提前通知的，没人闲着等抓差的，而且越是能干的记者越是没有闲着的，一天通常有两三个场子要赶，尽管不一定场场有红包，但多半都是有红包拿的，能放下自己手头的活儿为谁拔起腿就走，这面子的确是够大的。我首先想到的并不是吕非老真有多么大的个人魅力，而是这背后最重要的支撑因素肯定是钱，而且毫无疑问是一个能打动人心的数目。吕非老正是那种既讲实惠又拉得下脸来的人，谈起钱来没有畏首畏尾的羞怯，所以我想他是能从需要宣传的那方弄出钱来的。况且他生性大方，手上有点钱就要想办法花出去，对朋友从不吝啬，有一种坐地分赃见面有份的豪气，自然有人愿意跟着他干。坐在我旁边的章老大却像看透了我的心思，对我说："其实他还真不光是拿钱说话，在钱都不好使的时候，他可比钱有用多了。"

我实在想不出钱在什么时候不好使，我也实在想不出吕非老竟能在钱都不好使的时候比钱更好使。我听了章老大这几句话忍不住笑起来，他却一本正经地对我说："你不要笑，我说的是真的。"他凑近我，一边用食指虚虚地指了指天花板一边压低了嗓音说，"你说请大领导到名不见经传的小公司视察这是光花钱能办得到的吗？他就真能给你办到。别的那些小打小闹的事情我就都不说了。"

我不由得对吕非老刮目相看。我一直听说他有本事把政界、商界以及其他各界的各路人马整合到一起，让他们优势互补资源共享，看来传言不虚。喝得半醉的章老大悄声告诉我就在半个月前，吕非老请到一位位高权重的大领导在视察中关村的时候拐了个小弯专门到他公司里停留了一下。那原本是计划中没有的节目，完全是节外生枝加出来的。章老大嘴里啧啧有声地夸奖吕非老，一边端起酒杯步履蹒跚地走过去，十分郑重地向他敬酒。吕非老赶紧走下位子，在半路上拦截了他，顺势把他扶回到椅子里坐下来。吕非老也是喝得面色绯红，他兴致勃勃地问我刚才章老大都和我说他什么了。

我说："章老大说你通天，本事好大！"

他谦虚地笑着，十分低调地说："哪里，也就是赶上了，正好有个熟人关系。"

章老大冲他竖起大拇指，由衷地夸奖道："前途不可限量！"

这一晚上因为章老大的抬举焦点一直集中在吕非老的身上，装扮一新的简菊却被忽略或者说被冷落了。其实我还是注意到她了，两三个月不见，她出落得越发楚楚动人。她面颊更加红润，眼睛更加水灵，漂亮得就像初放的苹果花。我发现她越来越会穿衣服了，这天她穿了一件白色镶玫瑰红花边的V领低胸连衣裙，乳沟微露，煞是性感。头发仍像上次那样细致地盘着，不同的是这次盘得比上次花哨，光滑的发髻两边有不少细碎的头发披散下来，显得既娇柔又妩媚。她的气质却多了几分老练和洒脱，和她十六岁的年纪很不相称。我坐在她斜对面，说心里话，我真的是几乎忘记了她的年龄。大家推杯换盏喝得热闹的时候她又趁乱换到了我旁边，她自然而然地拉起我的手，把毛茸茸的脑袋靠在我肩膀上。我已经不像以前那样吃惊和不适应了，相反，我安之若素，就像和一个亲妹妹一样和她腻在一起。

她和我一起去洗手的时候悄声告诉我现在吕非老可成了章老大的大红人，这点其实我已经看出来了；她还悄悄告诉我就在前不久章老大花了好几万块钱给他买了一个徕卡相机，说实话这让我有点吃惊；片刻之后她又告诉我章老大还筹划要送他一个公司，我虽然不知道是个什么规模的公司，但感觉这个手笔的确是有点儿大，我几乎要惊叫起来。我望着她，很想从她脸上看出不悦或者吃醋的表情，但是没有，她脸上散发出的竟是一个宅心仁厚的姐姐看着年幼的弟弟得到心爱之物一般的宽容和欣悦的光芒，甚至依稀还有一点儿不成形的母爱。我心里不由困惑起来，揣摸不透她到底是一种什么心理，不过至少我认为她并没有太在乎吕非老分了她一杯羹，或许她压根儿就没往这上面想。

等我们回到饭桌上，章老大和吕非老也正聊得火热。章老大显然又喝高了，他红头涨脑，满脸放光，一边跟吕非老说话，一边把一只手掌放在他膝盖上，吕非老就像我接受简菊的亲昵一样，也是一副习以为常泰然自若的样子，或者说干脆就是一副浑然不觉的样子。我看了两眼，心里别扭，眼睛尽量不朝他们那边看。

没一会儿工夫吕非老离席走了过来，他两条胳膊交叠着趴在我的椅子背后，带着几分好奇和不屑问我和简菊："你们俩刚才出去那半天，在一块儿都叽咕啥了？我真想不出两个女的有什么好聊的。"

我们好像理应反击他一下，但我和简菊都只是笑笑而已。吕非老显然是做好了准备等着我们回击的，但我们都没说话，他也就从迎战的状态松弛了下来。他慵懒地伸出两条长长的胳膊，就像长臂猿那样搂住了我和简菊，十分抒情地说："看两个女孩在灯下亲昵地说话，就像看两朵睡莲静静地开放在池塘里，岁月的静好和繁华就在于此了，真的是别无他求。"

听他说得这么文艺，我不由笑起来，简菊刻薄地说："章老大爱说自己是诗人，你是不是被他附体了？"

章老大在一边听见了，大笑着说："小孩儿说话口无遮拦，我还没死怎么附体？"

我们哈哈大笑，笑得很疯。笑闹之后，又喝了起来。本来已经喝得不少，又是几杯下肚，章老大彻底醉了。他脚步踉跄，走路深一脚浅一脚，似乎随时会栽倒下去。他嘴里反反复复念叨着一句话："今天我真高兴，实在是太高兴了……"他和每个人握手，握完手之后又和每个人拥抱。吕非老费了不少劲儿才把他塞进车里。章老大第一次没有安排送客，特别是，他不知是有意还是无意竟然把简菊也忘记了，既没有带她同走，也没有安排送她。

4

这天简菊是和我同车走的，因为我们方向一样。她住朝阳门，我住北新桥，正好在一条线上。章老大和吕非老都喝高了，顾不得替我们张罗车，我们就自己打了一辆出租车。那时候面的盛行，满大街都是黄色的天津大发小面包，十块钱十公里，相当实惠。我还在和那几个同行依依惜别，简菊已经麻利地钻进了街边的一辆面的，在车窗里朝我招手，催我快点上车。我上车一坐下她就挽住了我的胳膊，十分兴奋地说："终于可以和你一路走了！"

我一点都不知道这有什么值得她高兴的，在我看来她是应该跟章老大走的，而且在我想来她被撇下心里应该是很沮丧很失落的，可是事实上却完全不是这么回事。

我忍不住问她："你怎么没和他一起走？"

她闪了我一眼，似乎我这么问让她很意外。略停了片刻她说："他有人陪，用不着我。"

我心里咯噔一下，我不清楚她这算是自我宽慰还是吃醋抱怨？不过她的神情却是十分淡然，丝毫看不出高兴还是不高兴。我替她打抱不平说："这吕非老也真是奇怪，他怎么倒抢在你前头？"

说实话当时我真的没有多想，更没有往歪里想，我就是简单地就事论事。那时我的人生观世界观和价值观还比较纯洁，头脑也不算复杂，真要是想明白了可能我就不会这么说了。我想章老大和简菊关系已经那么明确，吕非老又不是不知道，何苦在里面乱搅和？况且他是个男的，在章老大面前无论如何也抢不到简菊前头去吧？可是简菊听了我的话，居然叹了一口气，说："唉，随他们去吧。"

这个晚上随后的时间里我们再没有提一句章老大和吕非老，就好像这两个人跟我们毫无关系，甚至这两人根本不存在。面的很快到了朝阳门，简菊忽然挽紧了我的胳膊，恳求我说："姐姐，去我那儿坐一坐吧！"

时间实在是不早了，可是她盛情难却，我也不想让她失望，就痛快地答应上去坐一会儿。

简菊领我进了一个新建的小区，乘电梯上了二十一楼。这个小区门禁森严，大门有保安值守，楼门也有保安值守，里面装修豪华，公共的大厅和楼道一水的大理石铺地，墙上挂着油画，墙角摆放着陶瓷艺术品，盆景都是真花真草，楼道顶头还有供人休息的宽大的皮沙发，我想这样的楼盘一定是相当昂贵的。简菊开了门请我进去，将近一百平米的客厅让我大吃一惊。那会儿我刚从单位四人一间的集体宿舍搬出来和另一位同事借住在单位中转房十平方米的半地下室里，站在这样巨大的客厅里简直有一种晕眩的感觉。

在我的要求下简菊领我参观了这套房子。四室两厅三卫，还有一个带饭厅的厨房和一个大阳台。卧室和书房的陈设极其奢华，最让我羡慕不已的是那个由衣柜和落地镜组成的衣帽间，灯一开简直比奢侈品专卖店还要漂亮。我对这座阔气的房子赞不绝口，简菊却不以为然地说："太大了，我不喜欢，拿个东西要走半天，想要的东西总找不到。

我喜欢小点的房子，最好什么都在一个房间里，伸手就能够到。”

她拉我到摆着几个软垫和小茶几的窗台边席地坐下，告诉我这是她常待的地方。我好笑地说：“这么大一个家你为什么偏偏待在这么个又小又窄的地方？”

她露出洁白的小牙，一脸纯真地笑着说：“章老大也是这么说我的。”又说，“我也不知道啊，就是习惯吧，我就坐在这个角落里心里最踏实。”

我感觉她在这个豪华的房子里并没有女主人的范儿，但看着也绝不是一个房客，因为她淡定，没有一丝压力，流露出来的是一种生不带来死不带走的恬淡和挥一挥衣袖不带走一片云彩的干净，让我觉得她只是一个过客。由此我联想到她很可能也只是章老大生命中的一个匆匆过客，心里不由一动，忽然有那么点儿悲从中来的感觉。我也说不清到底是替谁悲，假若说是替章老大悲，人家是亿万富翁，走了简菊也还有别的女人，根本就用不着替他悲；假若说是替简菊悲，人家青春貌美，真是离了章老大也不会缺男人，她想傍款也不会傍不上。细想一下，大概就是担心世间好物不坚牢吧。其实我并不了解他们是真好还是各有所图，所以我真说不上心里怎么会涌起这么一种杞人忧天的感觉。

简菊看我沉思不语，笑眯眯地问我想喝点什么。我看见茶几上摆着整套的喝功夫茶的茶具，便说：“随便喝点啥都可以。”

结果她起身开了冰箱给我倒了一杯果汁。她说：“我不喜欢喝茶，就不给你泡茶了。我最烦那种慢慢吞吞又费事的事情。”

我笑问她：“那你喜欢什么？”

她想一想说：“我没什么喜欢的。”又说，“我比较喜欢文学吧。”

她这句话真是惊着我了，也可以说是令我十分惊喜。大概是因为听说她中学没毕业就退学了，我一直有个先入为主的印象就是她不爱读书，没想到这并不妨碍她爱好文学。她说她虽然不喜欢上学，但很喜欢写作文，也很喜欢读小说。我问她都读过些什么书，她一口气说了不少中外作家的作品，其中大部分是外国小说。中国小说她提到的不太多，四大名著中只读过《红楼梦》，不过她却读过《金瓶梅》，而且还是一字没删的全本。

我一听就笑起来，说："那可不是你这种小孩子读的书！"

她也笑，实诚地说："我是偷着读的，我以为我爸会管我，结果他看见了跟没看见一样，根本就没搭理我。"说完她天真无邪地笑起来。

我逗她说："你是不是读了《金瓶梅》就学坏了？"

她瞪我一眼，一本正经地说："谁说我学坏了？说话要有根据！"

我又笑，她做出生气的样子，像是要剖白自己，急急地说："我根本不是为了看那些黄色的内容，我是看里面的人情世故。"

我一下呆了，真没想到这个小姑娘有如此高的悟性。

我问她："那你在书里看到了什么？"

她想了想，说了四个字："人情冷暖。"

她真是让我刮目相看。"人情冷暖"四个字一说出来，我再不敢小瞧她了。本来我已经很困了，打算礼节性地坐一坐就回家的，可是因为说到文学，我困意全消，和她聊了半夜。她也十分兴奋，小脸红扑扑的，话也特别多。她一改坐在饭桌前面无表情的样子，变得相当生动活泼。她的观点在我听来觉得比较幼稚，可是她对文学的热情和直感还是深深地打动了我。离开她家的时候她挽住我的胳膊恋恋不舍地说："你要是不走就好了！"

我也情真意切地对她说："我还会再来的！"

这个夜晚之后我经常能接到她的电话。有时我刚刚起床，有时我已经入睡，她的电话来得毫无规律可言，一天二十四小时内可以随时打来。她跟我说得最多、而且百说不厌的话题就是文学，她就像一个热恋中的人谈起自己挚爱的情人那样滔滔不绝，而她对自己生活里的情人章老大却说得极少，甚至都不怎么提到。那一阵我觉得她对我的热情程度远远超过了对章老大。当然，我也清楚她对我的热度不是因为我这个人，而是因为我们共同爱好的文学。那是1996年，全民热爱文学的时代早已经过去，商业化的气氛越来越浓，难为她对文学还抱有如此浓厚的兴趣，好几次我都由衷地感叹她生不逢时。

因为有文学这么个能聊得到一块儿而且百聊不厌的话题，我们闲谈的内容也丰富起来。鸡毛蒜皮，鸡零狗碎，鸡鸣狗盗，鸡蛋里挑骨头都能让我们聊上半天，而且不管说什么我们都津津有味，乐此不疲，真是牙好胃口好吃嘛嘛香。那一阵我们之间的电话往来十分频繁，几乎每天我都能接到她打来的电话，我也会在田间地头忙里偷闲给她打电话。记得第一次跟她见面时她给我她家的电话号码我还想过肯定不会打这个电话，没想到几个月之后这个电话就成了热线，真是人算不如天算。

和我热了一阵之后简菊的电话突然少了，但一星期仍然会有好几次，我因为工作繁忙，最主要是因为粗心，对此并没有太留意。直到有一天经吕非老提醒，才回过神来发觉我和她之间的联系的确是不像之前那样频繁了。

5

吕非老的提示带着漫不经心和得意洋洋，他坐在咖啡店敞开的窗户边淡淡地问我：“最近简菊安静了不少是吗？”我正在疑惑他怎么忽然会说起这个，他马上嘴角上翘露出笑意，美滋滋地说，“这一阵她总跟我泡在一起。”

我真是大吃一惊。我从别的途径听说吕非老和章老大腻得很紧，两个人好得形影不离，我实在想不出他怎么一转脸又和简菊关系密切起来，真不知道他哪来那么大的魅力和高超的交际手段？就说他和章老大的关系，说心里话，在我看来也完全超出了男人和男人之间的正常交往。

据我所知章老大最初也就是用吕非老帮他的公司写些软文做些营销，当然他肯定是不会让他白干的，这从吕非老对他的态度和言谈话语中就能明显地感觉到。后来章老大不满足于让吕非老只帮自己的公司，还让他帮他朋友的公司写文案和出谋划策。再之后两个人的合作扩大了，他们不光替自己和朋友的公司做，而是有活就接，明面上做些新闻推送、策划包装一类的事情，暗地里也做应急公关、联络上层等等的事情，据说收费很高。尤其是后一项，他们获得的报酬丰厚，听说超乎想象。那时各报记者的工资奖金出入不大，吕非老却是手头阔绰的样子。他衣着讲究，走出来永远是一身名牌，连皮鞋皮带领带等等配件都是极讲究的。而且他很早就已经买车，他的第一辆车是俄罗斯产的拉达，是海关抄没的，通过关系买出来，花了六万多块钱。刚开出来也是蛮风光的，只是那辆车配件不全，一直没有后视镜，为了安全起见他开车的时候需要不时转过头去看看后面。这倒还没有太大问题，最主要的是车里没有空调，夏天热得像蒸笼，他开了不到一年就换了一辆十六万的富康车。那会儿开一辆崭新的富康车简直抵得上如今开一辆崭新的奔驰车或者宝马车，他完全是一副有钱人的派头。只不过有坐拥亿万资产的章老大比着，他的成功还不显得特别辉煌。当然他能有这一切自然也离不开章老大对他的帮衬和提携。除了生意上的各种合作，我听说他和章老大之间还有些别的事情。这个“别的事情”是什么？讲的人很神秘，听的人很好奇，而且听的人越是好奇心被勾起讲的人越是说得含含糊糊吞吞吐吐神龙见首不见尾。我耳朵里刮着的消息多了，通过分析、猜测、臆断等等综合处理，用时下的话来说，就是吕非老和章老大之间有基情。

其实这样的事情除非当事人自己说出来，别的人都是捕风捉影而已。我当然一样是既不能证实也不能证伪，不过我却一下子联想到了之前耳闻目睹的一些事情，从某种意义上说，那些事情似乎都能成为这个传言的旁证。

我大学毕业分配到单位不久就认识吕非老，大约在1994年前后和他熟识起来。认识他前后脚我也认识了他的太太戚燕，只是当时并不知道他们之间的关系。戚燕是我同单位不同部门的同事，因为我们跑的口接近，经常会在采访时碰到。起先我和她不怎么说话，后来遇到的次数多了，聊得也就多了。有一次去郊区采访，需要在当地过夜，我和她被分到了同一个房间。那个晚上我们聊得很晚，几乎是彻夜长谈。她知道我和吕非老认识(但并不知道我们关系有多深)，话匣子突然就打开了，她说了很多他们之间的事情，甚至谈到了他们婚姻不和与感情危机。说实话如果在听她说之前她能给我一个选择，我肯定会选择不听他们之间的秘密。因为那时候我跟吕非老已经是知己级的朋友，听他的隐私会让我尴尬。但是戚燕却毫不设防地向我倾吐了不少他们之间的秘密，仿佛我是她的一个闺中密友，这让我有点猝不及防和招架不住。这个夜晚我知道了不少以前我不知道或者说根本想不到的吕非老的事情，我不能说由此对他刮目相看，但至少对他的许多看法都彻底改变了。最重要的一点，我不可能再像之前那样相信他了。这个跟他朝夕相处的女人让我看到了他的另一面，那是我站在朋友的角度永远不会看到的那一面。我得承认我非常认同戚燕在讲完他的那些事情之后的一句感叹："人真是太复杂了，知道得越多你越不认识他。"

在戚燕的讲述里我熟悉的阳光帅气聪明风趣的吕非老是个撒谎成性满嘴假话的人，他自私、冷漠、刻薄而且脾气暴躁。戚燕列举了一个个活生生的事例和细节，我承认足以证明吕非老的确像她说的那样。不过我倒也并不因此跟她同仇敌忾，觉得吕非老就一塌糊涂毫无可取之处了，相反，我认为那只是婚姻不美满或者说不够美满的怨偶之间的不和谐。戚燕说的一件事倒是让我吃惊不小，她说吕非老经常会莫名其妙地失踪，有时是几天，有时甚至是整个星期，而且不管怎么样都联系不上他，呼他不回，打电话到他办公室找不到他人，甚至他的同事也像是串通好了似的吞吞吐吐遮遮掩掩，只说他好像出差了，或者就是说不清楚他去哪里了，横竖不肯说出他在哪里，有几次她是去警察局报了案之后他才回家的。为了掌握他的行踪，她曾偷偷跟踪他。她以为他外面有女人，结果发现他只和男的在一起。作为摄影记者的她利用职业的便利用长镜头拍到了他和某男在一起状极亲密的照片，那人是一个在地下通道里唱歌的歌手。她说她从来没有往同性恋上面想过，因此当她看到真相时顿时就崩溃了。

戚燕说她随即就提出离婚，可是吕非老却不同意离，理由是刚结婚不久，离婚影响不好，毕竟婚姻不是儿戏。戚燕说她听他说得这么冠冕堂皇被他气懵了，他们在大吵一架之后他又一次失踪。等她找到他，他避而不谈离婚的事，相反，也没问她一声就订了两张去马尔代夫的机票，要她跟他一起去度假。她说她只想快点把婚离掉，根本没有情绪跟他去度假。可是他却说离婚手续分分秒秒都可以去办，不在这一时半刻，两个人能结一回婚也是天大的缘分，离了就意味着彻底分开了，从此各奔东西，以后别说一起去马尔代夫，就是一块儿去个马甸桥恐怕都不一定有机会了,两个人不能相伴终身,分手前彼此留下些美好的记忆又有什么不好?戚燕说她没经得住他的蛊惑居然就稀里糊涂跟他去了马尔代夫。她说在马尔代夫的五天是她一生中最快乐的五天,之前无论是恋爱还是结婚,她和他都没有像在岛上那样恩爱甜蜜和情投意合。从马尔代夫回来,她自然而然打消了离婚的念头。她想从此跟他好好过,既往不咎。

但是事与愿违。戚燕说回到北京不久她发现吕非老仍在和那个在地下通道里唱歌的人联系,那人竟然好几次把电话直接打到家里来找他,在她看来实在是到了明目张胆的地步。而吕非老只要接到他的电话,肯定是二话不说放下手上的事情拔腿就走,完全不顾她的阻拦。无奈之下她又向他提出离婚,他故伎重演,不同意离,而且又一次玩起了失踪。戚燕说她找不到他,也懒得再找他,她被他伤透了心,只想跟他把婚离掉完事。她不想跟他纠缠,借了亲戚的房子,从家里搬了出去,几个月前已经正式跟他分居。

要是戚燕不对我说这些,我并不知道她和吕非老之间的分分合合,但我却十分清楚吕非老和阿蛟之间的曲曲折折——阿蛟就是戚燕说的那个在地下通道唱歌的人,实际上我不但认识他而且经常跟他和吕非老一起见面。就在戚燕和吕非老分居的这一段,吕非老丝毫看不出感情受创的样子,相反他过得活色生香春风得意。

推算起来吕非老和戚燕结婚不久就认识了阿蛟。我清楚地记得他认识阿蛟没几天就兴高采烈地大摆宴席介绍他和我们这帮子狐朋狗友认识。那时阿蛟在一家杂志社做编辑,还不是歌手。我第一次见到他简直可以说是惊艳,他清瘦英俊,长发飘飘,举止柔媚,乍一看就像是一个女孩子,甚至比女孩子更像女孩子。那时候我和吕非老还都不认识章老大,吕非老自己在朋友圈里扮演着一个类似章老大的角色:张罗聚会，饭后买单。吕非老不知从哪里结识了阿蛟，他就像捡着了一个大宝贝，有事没事都带着他，跟他寸步不离，形影相随。阿蛟出现之后，原先和吕非老走得近的几个都自动退到了灯光黯淡处，包括我。

吕非老和阿蛟至少有过半年多花前月下的美好时光，那段时间对于我们来说他就像是失踪了一般。他不但不再张罗饭局，就是我们聚会请他也不来参加。阿蛟没有出现之前他跟我联系密切，当然有不少是工作联系，阿蛟出现之后他跟我无论公私都没了联系。大约在一两个月音讯不通之后我打了一个电话给他，他没有接，之后我不死心又呼过他一次，他也没有把电话回过来。隔了两三个月，我想起他又一次给他打电话，他的手机已经停机。我随手删去了他的电话号码，决定把这个人忘掉。

但是就在我删掉他电话号码不到一个星期，某天下午他突然跑到我办公室来了。他就像一只邻居家的猫一样熟门熟路，不请自来。我有点惊喜，但脸上不露。他看我一眼，目光里有似有若无的羞涩和小心翼翼的试探，随后便恬不知耻也可以说是天真无邪地笑了——他的笑容像阳光一样灿烂像清泉一样明净，让你实在不好意思跟他计较。真的，那一刻我心里竟然充满了失而复得的喜悦。我就这样稀里糊涂和他又续上了从前的友情。

我问他怎么不和他亲爱的阿蛟裹在一起，他咳嗽一声，说了两个字："烦了。"

他的脸色随即黯淡下来，我清楚这显然不是一个令他愉快的话题，不过我还是不依不饶地追问他："你和他分啦？"

他又咳嗽一声，说了四个字："那就好啦。"

那一阵子他经常在下午三点以后跑到我办公室来坐着，随手关了手机扔在我办公桌上，端起我用一次性纸杯给他泡的茶，一边喝茶一边安安静静地坐在沙发上看当天的《参考消息》。这一次他是和阿蛟玩起了失踪。他仿佛找到了一个藏身的孤岛，稳稳地坐着，宁静而安逸。实际上却是树欲静而风不止，就在他沉浸于《参考消息》的时候他腰里的呼机不时响起，他总是低头看一眼，随后摁掉。只要他不回电话，我基本可以断定是阿蛟在呼他。有一次我实在看不过眼去，催他给他回个电话，而且还义愤填膺地指责他不该这样玩弄别人的感情。他只是轻轻说一句："我跟你说不清楚。"随后继续喝茶看报。要说我也确实搞不清楚他们之间到底是怎么回事，我只是觉得有事说事，躲躲藏藏不解决问题，而且做人也不该这样缺乏诚意。某一天我们一起吃晚饭的时候他用一种推心置腹的口气对我说："有时候动了真情真是一件相当可怕的事情，生可以死，死可以生，他自己不过了也不让你有好日子过，所以我真怕那些玩不起的人，可是我转来转去尽碰到一些玩不起的人，一动就是真情，一动就是真情，那些真情就像蜘蛛吐出来的丝一样把你网住，缠得你透不过气来，你说我该怎么办？当然啦，你可能会以为我矫情，但我真的不是矫情，一个被逼无奈的人是没有心思矫情的。有句话我觉得说得特别好——"他停顿了一下，就像是准备潜入水下那样做了一个深呼吸，"最不能动的就是感情，谁动感情谁完蛋！"

那天吃完晚饭我们去了一家常去的酒吧，照例是喝酒。我和他在一起是不喝那些兑得花里胡哨的鸡尾酒的，我们喝威士忌、白兰地或者龙舌兰。威士忌和白兰地有时加冰有时不加冰，龙舌兰和盐还有切得极薄的柠檬片配着喝。就在那个晚上他在喝高之后第一次跟我谈到阿蛟，而且是大倒苦水。他告诉我阿蛟辞掉工作做了地下通道里唱歌的歌手，辞职之后他用仅有的一点积蓄去了一趟西藏，回来时身无分文，而这些都不算什么，最糟糕的是他牢牢地缠着他，所有的闲暇时间都要和他腻在一起，只要没和他在一起随时都会打电话查问他的行踪，而且经常会突然出现在他在的场合，甚至当众向他表达亲昵之情，让他无比尴尬。他对我诉苦说："我跟他说过多少回了，可他总听不进去。他喜欢我行我素，我比他还喜欢我行我素呢，但这是一个可以我行我素的环境吗？不说别的，我还得在这地界上混饭吃呢，多少得顾忌一点吧？我只要劝他两句，他就说我没有真心，为人虚伪，还说我玩弄感情，游戏人生……我被他折磨得痛苦不堪。"

他苦恼地叹着气，一筹莫展的样子。我第一次看到他如此无计可施和萎靡不振，而且在我看来他分明是作茧自缚。

那天他破例要了"深水炸弹"，他本来已经高了，可是我没拦住他。喝完了"深水炸弹"他沉默了好一会儿，整个人仿佛变成了一个巨大的容器，小心翼翼地承载着那枚滑向水底的高能量的炸弹。不知道那枚炸弹最后是爆炸了还是溶解了，他就像获取了特殊的能量，进一步对我敞开心扉，向我吐露了他生活里一些在我看来显然是更高级别的秘密。他告诉我阿蛟为了他不止一次自杀过，有一回是吞老鼠药，浑身上下皮肤出现大面积的瘀血，要不是救治及时，差点就送了命；有一回是割腕，他的鲜血把浴缸里的水都染红了，卫生间地上扔着好几条血淋淋的毛巾，那个场面就像电影里的恐怖镜头，什么时候想起来都很瘆人；最厉害的一次是他认为自己被冷落半夜里悄悄起床打开了煤气阀……所幸最后都化险为夷，没有酿成大祸。他长叹一口气说："现在我睡觉都得睁着一只眼睛，生怕他做出什么丧失理智的事情，我真是被他害惨了。"

这天他喝得不少。记得走出酒吧站在街边等出租车的时候他既像是自嘲又像是不平地说："以前我总是把女人搞得发疯，没想到现在把男人也搞得发疯，我难道就是一个让人发疯的人吗？"

他对着空旷的大街哈哈大笑，几乎笑岔了气。我却一点也不觉得好笑，相反我觉得他这个样子有点可悲。

突然他握住我的手，另一只手搂住了我的肩膀，无比真诚地对我说："我真高兴我们之间干干净净的，就像是一方净土，我必须要留住这方净土。"

他紧紧地拥抱了我一下，让我先上了前面的一辆出租车。

……

扯了这么远，而且提了这么多的旧事，我就是想说明当我听说吕非老和章老大之间不清不楚的关系我倒并不特别吃惊，而且马上就信以为真了，让我吃惊不小的反倒是他又和简菊混在一起，如果不是他亲口告诉我，我还真有点不大相信。简菊是章老大带进朋友圈的，尽管从来没有挑明过，但大家都把她看作是章老大的女人，即便说得含蓄点，她也是章老大的朋友。吕非老跟章老大是哥们儿，自然不能去戗他的行。如今再加上他自己和章老大的那一层特别的关系，假如是真的话，他跟简菊实际上就应该是情敌，两个情敌有事没事厮混在一起，这于情于理都讲不通啊。我不知道简菊对这两个男人之间的事是否有所觉察和耳闻，但看她浑然天真的样子她似乎并不知道。我真不明白吕非老这样做难道是嫌水不浑还要搅得更浑些吗？他这样胡来可别弄得有一天朋友都无法见面，我心里隐隐有些担心和不快。

吕非老显然没有觉察到我的情绪变化，他十分坦然地告诉我他和简菊经常在下午去后海和工体那边泡吧，天气好温度适宜的时候他们就坐在露天。他慢悠悠地说："喝着扎啤，和一个漂亮的姑娘面对面坐着，不知不觉一坐就是半天。"

他双眼微闭，一脸陶醉，那副享受的表情好像羽化登仙了一般。

我不怀好意地问他："你们在一起除了喝酒都干吗呢？"

他不管我语气里刺探和讥讽的成分，微微一笑，说："聊天。"

我怀疑地说:“你和她有那么多好聊的?”

他又微微一笑,不紧不慢地说:“有啊,不是说‘酒逢知己千杯少,话不投机半句多’吗?”

嚯,泡个吧喝个酒就往“知己”上扯了!我满腹醋意地嘲笑他说:“你是‘酒不醉人人自醉’吧?”

他从胸腔间喷发出一阵笑声,笑完斜睨着我说:“你吃醋的样子真可爱。”

我差点生气,但却是和他一起哈哈大笑起来。

我们就是彼此太熟悉了,所以一出手都能打蛇打在七寸上。大概也正因为如此,所以我们都不装,实在也是没有装的必要。

我跟他打开天窗说亮话,我问他:“你老和简菊在一起,章老大不介意吗?”

他摇了摇头,说:“他不介意。”

我说:“你肯定?”

他说:“他真不介意。”他大概看我一脸的怀疑,解释说,“他自己也是成天在外面花天酒地,这些事情看得开得很。再说我们男人之间跟你们女人之间不大一样,有了好东西拿出来分享一下,也是件很有面子的事——我这么说不是要挑战你的女性意识,你别跟我急赤白脸的。我说的不过是实情,这种实情可能没人跟你说过。”

我觉得他不但强词夺理而且刚愎自用。我毫不客气地说他:“所以你就有理由把黑手伸向简菊吗?”

他明显一愣,我很得意自己一语中的,直击他的要害。我坐在他对面细细地欣赏他标致的脸上浮起一片雾霭,眉宇间一时愁云惨淡,就像乌云笼罩山雨欲来。但是转眼那片乌云就散去了,就像阳光穿透厚厚的云层照射开来,他露出了笑容。他收起懒散的瘫坐的姿势,身体前倾，就像要向我倾吐重大秘密一样用低得听不清的声音说："不是我爱上了她……"

他只说了半句就收住了话头，轮到我一愣——难道是简菊爱上了他？

他微微叹了口气，说："其实也怪我不好，我是早应该想到的，有句话叫'防患于未然'，我应该提前防范才对。"

我相信他说的是实话，但对他的那种虽说不是故意却是无法掩盖的狂妄自大心里还是有些抵触。我没好气地说："真够乱的，我真弄不懂你们！"

他两眼无辜地望着我说："我也弄不懂。"又说，"谁弄得懂呢？"

话说到这里，他似乎觉得不好马上收住，又半吞半吐和我说了一些他和简菊的来往，无外乎是一起吃饭喝酒逛街唱歌等等，都是正常范畴的交往。但就是这些正常的交往却带来了一个副产品——她爱上了他。说心里话，乍一听我真是不大相信。因为据吕非老自己说"他正过着狼狈不堪的生活"，一边被戚燕逼着离婚，一边被阿蛟缠得透不过气来，心烦意乱身心交瘁不说，而且没有太多时间和精力出去挣外快，财政上也日益吃紧。他倒也并不掩饰这份窘迫，有一段日子他不止一次跟我说："我得出去找活干了，我算是明白什么叫坐吃山空了，哥们儿最近真是太殍了。"我上小学的时候就学过这个"殍"字，字面意思是"饿死"和"饿死的人"， 这个词到了吕非老嘴里，我认为应该解释为"穷死"和"穷死的人"。但尽管"殍"，在外面吃饭喝咖啡他仍是一如既往地抢着买单，还不让别人跟他抢，他自己说是骆驼死了架子不倒。再从简菊这边说，她退了学从家里跑出来跟着章老大混，说到哪里去就是傍款，她傍款傍得好好的忽然爱上一个没什么钱的穷小子，我倒不说这事没可能，爱情的力量从来就是巨大的，而且爱情从来就是盲目的，只是这至少是违背了她的初衷吧？但随着吕非老叙述的深入，我打消了心头的疑惑，相信简菊真的是爱上了他，而且越是没有金钱和物质的依托，这份爱也越是显得真实和纯洁。

吕非老说简菊对他很依恋，甚至可以说是超乎寻常地依恋，只要章老大不在北京，她就要他陪她，她会一次次打电话叫他去，不管他正在忙什么。而且不和他在一起的时候她随时随地会给他打电话，也要求他给她打电话。他这样说："一天当中我们没有几个小时是真正分开的，我现在算是明白了什么叫'每时每刻和你在一起'。"

尽管他是嘻嘻哈哈说出这番话的，但我却感觉到某种不能承受之重。这不是又一个阿蛟吗？不过与阿蛟不同的是他没有一点为此感到烦心的意思。他说话时眼神清正，透出郑重，他很少这么郑重其事，至少以前我没有见到过他对谁这样。

我知道那一段章老大为生意上的事经常外出，据吕非老说章老大让他没事多陪陪简菊，看来这位忠实的朋友不但欣然承接了这份差事，而且做得尽心尽意乐在其中。出于为朋友好的善意我还是提醒吕非老："章老大还是会回来的呀！"

他显然明白我的意思，苦笑一下，两眼望着我，像是征询我的意见似的小声说："你有什么办法？"

我不知道他是疑问还是诘问，凭着对朋友的仗义，我还是忍不住把心里话说了出来。我说："这种危险的感情游戏是不能玩的，何况大家都是朋友。"

他点头，我以为他同意我说的，结果他却说："我可以阻止自己，但我不能阻拦她。她怀着一份纯洁的感情去爱一个人，有什么错？她告诉我这可是她的初恋，我怎么可以去破坏一个灿若桃花美若仙子的小姑娘的初恋？"

这是什么逻辑？我差点被他绕晕。吕非老经常会用他自成一体的强大逻辑把别人带到沟里，这次他差一点又如愿以偿。我头脑一向糊涂，但偶尔也有清醒的时候。我不太客气地对他说："有句老话是怎么说的——"

他马上接嘴说："常在河边走，哪能不湿鞋？"

我说："不是，另一句。"

他说："牡丹花下死，做鬼也风流。"

我说："我跟你说正经的。"

他问我："到底是哪句？"

我说："兔子不吃窝边草。"

我以为他听了会不高兴，没想到他竟然深深地点点头，十分由衷地说："其实我不是不懂人情世故，我也不是一个一点规矩不讲的人，真要是那样就好了，我也不会这么累了，我的人生也不会这样被动。"

我没有去仔细琢磨他的话，只是问他："那你到底打算怎样？"

他深深地叹了口气，说："不是我想怎样，我说了，这事不取决于我。还是刚才那句话，我可以阻止自己，但我不能阻拦她。你不要以为我是推卸责任，我只是不忍心去毁坏她的一个梦。"

我直言不讳地说："你绕来绕去说了半天，就是想说你不拒绝、不承诺、不负责对吗？"

他说："不，那是流氓逻辑，你可能会以为我这样说是抽自己耳光。对她我不会这样的，我真的想为她、为她的这份感情承担一切，但我知道我承担不起，我不能害了她。她纯净得就像山泉水，美得就像珍珠一样，我真的不知道拿她怎么办。"

我忽然有点不耐烦，说："你把我约到这里，让我搭了工夫昏头涨脑听你絮叨这半天，难道就是让我来见证你们伟大的爱情吗？"

他沉默了片刻，用无辜而深情的目光凝望着我，真诚而无助地说："我要你救我！"

6

可是我根本不知道怎么去"救"他。不过因为他的盛情邀请，那一段我经常跟他和简菊泡在一起。

那会儿我们第一任社长快要到站退休，是我们报社有史以来最轻松愉快的一个时期。以前我们那里一直是要求坐班的，早上班车七点发车，八点之前就能看见我们端坐在办公桌前的楚楚动人的身影。就是有采访我们也要先到办公室点过卯再出去，各人的行踪会写在一块小黑板上，以便各组室领导掌握。采访结束也要再回到办公室继续坐班，不到六点不能下班，就是打牌下棋也要坚守在工作岗位上。老社长在临退休前不但放松了对我们这些部下的监管，而且竟然一举打破几十年的常规宣布弹性工作制，也就是说只要完成自己的工作，没事不用到办公室坐着。为了不辜负老领导对我们的厚爱，我们怀着解放般的喜悦充分享受这份突然降临的职业福利。那一阵我因为中枢神经过度兴奋，每天比平常起得更早睡得更晚。我在天色蒙蒙亮的时候就开始写稿，九点以前就能有两三千字的成果，如果有采访就去采访，没有采访就在家看书或者查资料，通常忙到吃午饭一天的工作就做完了。下午到晚上只要没有活动我有大把的空闲时间，那可是真正的空闲啊，没有工作，没有家务，没有心事，没有追求，没有梦想，有的只是一颗贪玩的心和旺盛的精力。因此只要吕非老一叫，我立马便飞车赶去，真是指哪打哪。

一般来说等我到的时候吕非老和简菊已经在一起了。因为知道了背景,所以我也就见怪不怪。简菊对我的出现也是一副坦然接受的样子,没有任何排斥或者不自然不舒服等等的情绪,更没有一丝一毫的妒忌,就好像我本该跟他们在一起的。她甚至还表现得有点兴奋,就好像是多了一个同谋者。其实我一点没有和她同谋的意思,我去不过就是凑热闹,跟他们一起消磨时光而已。不过因为她对我非但不抵触而且还很欢迎,因此我对跟他们泡在一起也乐此不疲。到后来习惯成自然,我们三个人好像缺了谁都没有意思。

我们三个人在一起也的确非常愉快,至少比我预想的要愉快得多。最主要的是轻松,没有主题,没有目的,想到哪说到哪,许多话听上去就像是梦话和胡话,但我们却说得津津有味,一混就半天过去了。我们经常喝完了下午茶紧接着又一起吃晚饭,过得简直就像一家人一样。

我们三个人在一起时简菊很喜欢说话,她完全不像在章老大宴席上那样端庄和矜持,她经常用一些孩子气的或者是颠覆性的话逗得我们乐不可支。不过一到我和吕非老深谈的时候她就很安静,她说她特别喜欢听我们说话。吕非老嘲笑她说:“我们大人说话,你小孩儿听得懂吗?”她听了一点不恼,嘻嘻哈哈地说:“听不懂瞎听呗!”我则说:“我们尽胡说些儿童不宜的话,多好的孩子都让我们拐带坏了。”我和吕非老经常会在她面前有意无意地画出一条线,似乎要用那条线来强调跟她年龄上的距离,她显然对那条线是不屑的,也根本不当回事。她的放松和自在让我颇有些吃惊,在她那里似乎什么都运行在各自的轨道上,互不干扰。大多数时候是我和吕非老在说话,她在一边静静地听着,有时插几句,更多的时候一声不响。有一回我们正聊在兴头上,她甚至对我们说:“你们说着,我在旁边的沙发上睡一会儿。”说着她径直走过去,像一只猫一样蜷曲在凹陷的沙发里,悄没声息地睡着了。吕非老忍不住感叹说:“多么单纯,多么无忧无虑,她的心就像水晶一样透明!”

那天趁她睡着的时候我悄悄问吕非老:“你们怎么样了?”

他悄声回答我说:“还那样,不前不后,不左不右,不上不下,我掌握着精准的平衡,忒他妈累了!”

我掩口而笑。我问他:“你打算就一直这样暧昧下去吗?”

他脸上出现了片刻的迷茫。我觉得他迷茫的样子相当动人,因为他很少有迷茫的时候。

他想了想说:“你这个‘暧昧’用得太好了,凭心而论,可不就是暧昧嘛?爱不能爱,不爱又放不下,拉拉扯扯,黏黏糊糊,剪不断,理还乱,你说这叫什么事?不过摸着良心说,我真的是不敢爱她,我就像守卫上甘岭一样守着自己最后的底线,我不想把事情弄糟,我害怕看到不好的结果,我害怕崩盘,一句话,我没有勇气。有时半夜醒来我想想自己真不是个男人,可是白天头脑清醒的时候再想想为了大家都好我还是忍忍吧,反正忍忍就过去的。”

他最后一句话就像是对自己说的,也给了我一个错觉就好像我是他的另一个自己,或者说是他的一个分身。既然我和他都已经默契到这种程度,我自然也是想他所想,急他所急。我望着熟睡中简菊那玫瑰花瓣一般的脸颊,不由得冲口而出一句既任性又不负责任的话:“我要是你,我就带她远走高飞。”

他定定地看着我,半晌吐出一句:“你以为我不想?”

就在那个刹那我突然明白过来,我问他:“这么说不光是她爱上你,你也爱上了她?既然这样你还让我来瞎掺和干什么?”

他就像被我问住了,出现了片刻的短路。不过他很快就找到了一个显然是在他看来非常站得住脚的理由,他说:“我从来没有说过我不爱她，但是我是有理性的，而且我一直坚守着这份理性。我是把你当战友的，叫你来就是帮助也可以说监督我坚守这份理性，难道不是这样吗？”

好像……是这样吧。我承认我又一次被他强大的自以为是的逻辑俘虏了。到这会儿我通过推理分析归纳总结终于大致明白了他的意思：他不想破坏简菊的爱情梦，所以他要维持跟她的一种爱情氛围；可是他又怕毁坏她的生活，也怕自己担负不起后果，他克制着自己，不与她发生任何实质性的关系。——我真弄不清楚这个吕非老到底是一个正人君子还是一个彻头彻尾的伪君子。

前面说过我头脑一向糊涂，要说我从小受到的也是一是一二是二的正统教育，可是当需要明辨是非的时候我却经常好赖不分，是非不明。尤其是交了吕非老这样的朋友，更是堕落得飞快。比如说面对他五彩斑斓的情史我竟然从来没有怀疑过他对爱情是否抱着真诚纯洁的态度，而且明知他男女通吃，我也没有因此对他产生反感或者异样的看法。在我眼里他就是他，高大，帅气，机智，幽默，有趣，随时有直击靶心的聪明话说出来，随便说一句话能让你捧腹大笑半天，问他什么事知无不言言无不尽，总是尽可能透彻地告诉你核心与真相，他对生活总有新的体验和发现，你可以根据他的体验和发现修订和校正自己的人生轨迹，避免重蹈覆辙，或者说至少是减少重蹈覆辙的概率，而且他大方仗义，有好事总会想着朋友，真有什么事找他肯定会为你两肋插刀……这样一个朋友，我不知道还有什么可挑剔的。因此我并不在乎他是正人君子还是伪君子，因为那并不影响我们在一起时的亲密和愉快。

那一段因为我们总是三个人在一起，我几乎没有和他单独相处的时候。以前我和他时常会单独见面，说点私房话啥的。其实我们的私房话也没有什么见不得人的，无外乎是些八卦新闻和生活感受，说到底就是些鸡毛蒜皮。观点相左时也免不了针锋相对，相互攻击。因为相处日久，彼此熟稔，我们说起话来往往是单刀直入不绕弯子，有些话说得刻薄残忍，乍一听可能会觉得锥心刺骨，纵使好朋友也会因此反目，可是我们早就习惯成自然，而且觉得只有这样才酣畅痛快。我感到奇怪的是简菊居然十分适应我们的这种说话方式，就好像她一直和我们在一起似的。因此即使有她在旁边我也不觉得和吕非老说话有什么不便之处，我们基本还像以前单独在一起时那样说话，只不过我们不说跟眼前的人和事相关的话而已。我和简菊之间的情况也大致类似，以前她经常和我通电话的时候我们也有许多我们之间的私房话，因为吕非老跟我跟她都是极好的朋友，所以我们也没有什么要避讳他的。除了女人之间那些不登大雅之堂的小秘密，我们当着他同样也是无话不谈。因此我们三个人简直是超级和谐。

每次相聚到了深夜不得不散的时候吕非老总是先送简菊回家，然后再送我，让我忍不住会想到狼和羊还有白菜同船的那道题。我想他这么做无疑是借我保护自己，当然实质上也保护了简菊。我心里觉得可笑，不过倒是丝毫没有觉得自己这个电灯泡的地位有什么尴尬。

有一天在吕非老送完简菊送我回去的那段路上我好奇地问他："你和她有没有新进展？"

他一脸无辜地说："你不都看到了吗？"

我说："那总有我看不到的吧？"

他扑哧一笑，摇了摇头。

快到我楼下，他才像是喃喃自语一般说："我承认爱情的力量是巨大的，不过我没有放任自己。像我这么一个放任惯了的人不放任自己其实是相当不容易的，这是真话。但我做到了，至少迄今为止做到了。"

按照习惯我是会调侃他几句的，可是这天我却什么也没有说。他的话让我心里很震动，也让我明白了原来拒绝也是一种爱情。

7

我们三个人在一起的时候没人提到章老大，就好像他根本不存在一样。可是某一天章老大突然就从东欧回来了，把我们安逸和谐的小日子给打乱了。其实也不能说章老大是“突然”回来的，临走时他就对我们说他去东欧少则一个月，多则两三个月，把那边的事情处理处理就回来。结果他一去就是五个多月，远远超过了预计的时间。我知道无论是吕非老还是简菊都不希望他回来，可是他总算没有提前回来。况且他也不可能在外面漂一辈子，总会有回来的那一天。就在章老大回来的前一天，我们三个人依然是在一起喝茶吃饭，晚饭之后我们又去一个常去的酒吧喝酒。那天吕非老喝得有点多，简菊也喝得有点多。平常简菊是极少喝酒的，像这天这样一杯接一杯地喝了啤酒又喝洋酒我还从来没有看见过。我能想象她心里的烦躁和郁闷，但不知如何劝她。再说吕非老也在，这事轮不到我。看他们两个都是郁郁寡欢的样子，我识趣地提出要先走一步。结果他们同时伸出手来拉住我，不让我走。我只得又坐下，陪他们耗着。那天酒喝得十分沉闷，我们三个在一起还从来没有这么沉闷过。过了一个钟头我又提出要先走，他们还像前一次一样异口同声地不让我走，但我感觉出简菊的态度远没有上一次那么坚决。我正想站起身就走，吕非老拉住我的胳膊，并且攥得很紧。我明白他的意思，顺从了他的意愿。

又点了酒喝，仍然是喝闷酒。吕非老提议我们去唱卡拉OK，简菊说不去，他又提议去吃卤煮火烧，简菊又说不去，他搜肠刮肚想出去王府井逛店连带吃冰淇淋，简菊还是说不去。我们都知道她最喜欢逛店和吃冰淇淋，现在连这两样都引不起她的兴趣，可见她的情绪的确是低落到了极点。

忽然间她哭了起来。先是声音低低的，仿佛是小孩子某个要求没有得到满足，不一会儿哭声大起来，而且哭得十分伤心。我和吕非老面面相觑，好在酒吧里没什么人，我们赶紧把她带到了尽里面的小间。吕非老搂着她，像哄小孩一样轻轻地拍着她，在她耳边低低地说着什么。我出去，到柜台上为他们叫了两杯咖啡。我没有马上进去，一边翻着酒吧里给客人提供的时尚杂志，一边等着服务生做咖啡。等我跟着送咖啡的服务生进去的时候，简菊已经收住了眼泪。吕非老朝我使了个眼色，意思是别招惹她。这个夜晚剩下的时间我们一直是小心翼翼的，话也不敢乱说，生怕哪一句说得不恰当触动了她。好在这一晚总算是平稳度过了。

到不得不散的时候吕非老还像往常一样先送简菊回家。到了她楼下的时候她不肯下车，一定要我们送她上楼。我看她提出这个要求的时候两眼紧紧盯着吕非老，心里便明白了她的意思。我让吕非老送她上去，一边朝他递眼色，表示自己不跟他们上去。

吕非老明显是犹豫的，他的动作比往常迟缓了许多。他慢慢吞吞下了车，走过去替简菊打开车门。就在她下车的那一刹那，他向她伸出一只手拉住了她，她一下子就扑进了他的怀里。他们两个在车下紧紧地拥抱在一起，就像是生离死别。我就像看见爱情片里动人的镜头，一时间竟然十分感动。我赶紧转过头去，不看他们。等我再转过头来，他们已经搂抱着朝楼门里走去，不一会儿他们就消失在暗绿色的铁门后面。

我坐在灭了火的汽车里，心里直后悔刚才没有及时下去打车回家。吕非老没把车钥匙拔走，我自然是不能走的。黑暗中等待的时间过得特别缓慢，而且我不清楚究竟要等多久。我落下车锁拿出手机玩起俄罗斯方块，一局还没有结束，吕非老已经在车外敲车窗玻璃了。

我打开锁，问他："怎么这么快？"

他重新打着汽车，一边说："我就像逃一样跑出来了。"他沉默了片刻又说，"其实我就是个逃兵。"

一路上我们没有再说什么话。

第二天章老大如期归来，他一到首都机场就像报喜一样给我打电话通知当晚老朋友聚会。他在电话里说出去这一趟太想念北京了，太想念我们了，简直就像是从别的星球回来一样。我问他见到简菊了吗？他连声说："见到啦，见到啦"，他带着幸福的欢笑高声说，"她正在我的怀里呢！"

当晚我因为临时被派了个活儿出差去外地没有参加成聚会，所以不了解那次聚会的情形。我最想知道的是吕非老和简菊在这样一个聚会上如何应对，他们会不会不自然？他们会不会内心备受煎熬？这是我关心的，也是我担心的。毕竟这次聚会不同以往，他们的感情和心境已经发生变化。我想象这样的相聚其实是尴尬的，对他们两个来说恐怕也是痛苦的，他们却还得强颜欢笑。但这个晚上就那么悄无声息地过去了，究竟发生了什么或者什么也没有发生我都一无所知。

章老大回来之后日子好像又回到了原来的轨道，我们三个人不聚了，我们只有在章老大的饭局上才碰面。因为有他在场，我们三个人也自觉不自觉地保持着距离，不再像原先那样亲昵和熟不拘礼。一段时间下来，我们也似乎真的有点疏远了。

有意思的是在几个月的安静之后，吕非老又像从前那样和我联系频繁起来。他为了挣钱又积极地投身到走穴活动之中，而我是他麾下的主要成员之一，毫不谦虚地说，是非常得力的成员。因为那时候我们部门正好出国的出国生孩子的生孩子，写稿的主力都不在，我手上有大把大把的版面可以支配。版面多人手少，领导对稿件的质量也放宽了要求，发关系稿相对容易得多。走穴期间我和吕非老朝夕相处，不走穴的时候他也会隔三岔五到我们报社来串门，因此我和他的关系不知不觉又重新紧密起来。

那一阵吕非老很少跟我谈起简菊和章老大，我感觉他是有意回避，我自然也不会主动跟他说起他们，怕刺激他，也怕给他添堵。据我所知那一段他过得很素净，也很安静，最重要的一个指标是他在那段时间里没有失踪过。顺便说一句，他的失踪不但让他的妻子戚燕备感痛苦，也让他的单位十分头痛，据传他所在的报社已经给过他一次处分了，有两次甚至痛下决心要开除他，但两次都因为老社长爱他有才出面把他保了下来。那时的单位可是一辈子的铁饭碗，而且单位也不会轻易开除一个人，可见他的失踪已经到了人神共愤的地步。

有一次在从甲地到乙地的走穴途中，在颠簸的盘山道上，坐我旁边的吕非老一边欣赏着车窗外的风景一边说："真想好好谈一次恋爱啊！"

我听了不由笑起来，给他泼冷水说："好像谈恋爱不是一个人能办得到的事吧？"

他反驳我说："说到底还是一个人的事——这个世界上任何事其实都是一个人的事，它是你的事，或者它根本就不关你事。"

我差点又被他强大的逻辑绕晕。我说："那恋爱你总不可能跟自己谈吧？"

他微微叹息一声，慢悠悠地吟出《诗经》里的句子："爱而不见，骚首踌躇。"

我问他："还在想她？"

我故意没提简菊的名字。

他却避开了我的问题，头靠在车座上，半闭着眼睛像是自言自语说："我想找一个山泉水一般清纯珍珠一样美丽的女孩，安安静静，柔柔顺顺，和我在一起时有花朵般的笑脸，我保证对她好，精心呵护她，不跟她吵架，不让她受一点委屈，我要给她买漂亮的衣服首饰，送她鲜花，每天早晨醒过来第一句话就对她说我爱你，我要跟她高高兴兴快快活活过一辈子……"

我心说你做梦吧，嘴上却说："我知道你心里的这个人是谁。"

他睁开眼睛，十分肯定地说："你想错了，根本就没有这么个人，我说的是天上的仙女。"

我轻轻一笑，说："我知道谁是你的仙女。"

他像是被我戳中了要害，愣怔地望着我，深深地叹了口气说："我已经过了做梦的年纪了，我真的是想找一个温柔娴静的女孩，好好地谈一场恋爱，然后结婚成家，踏踏实实过一辈子。"他好像生怕我不信似的，又补充一句，"我已经不想折腾了。"

我心说你倒是先把婚离利索了再说，这会儿又想结婚成家，难道想重婚不成？不过我没有说出来。

然而他还真是说到做到。时隔不久，在一次新闻发布会上我听一个跑文化口的同行说吕非老又结婚了。我以为是谣传，因为我都没有听说过他有新的女朋友。我马上打电话向吕非老本人核实，他在电话里含羞带笑地承认是真的，还说跟他近的朋友他谁也没有说，等过些日子要请我们喝喜酒。听他这么说我真的是很晕菜甚至很失落，他刚在我旁边上演着情真意切的爱情节目，转眼已经跟别人结婚了，你说这个人是多么花心和不靠谱哎！

我等了很久很久，也没有喝上他许诺的这顿喜酒。我一直相当好奇这一回他是否真的找到了他所说的那个像珍珠一般晶莹剔透美丽纯洁的小仙女？我也相当好奇这个神速到位的新娘真的能让吕非老这样一个情场老手因为她而刀枪入库马放南山从此收心跟她一心一意过平平静静的家庭生活？她真的能使他做到他所说的“我保证对她好，精心呵护她，不跟她吵架，不让她受一点委屈，我要给她买漂亮的衣服首饰，送她鲜花，每天早晨醒过来第一句话就对她说我爱你，我要跟她高高兴兴快快活活过一辈子”吗？在强烈的好奇心的驱使下，我非常想见一见吕非老的这位新娘，可是她却像《蝴蝶梦》中的吕蓓卡一样神秘，好几次我跟她都是失之交臂。比如某个饭局，我刚到她已经走了，或者某个活动，我要走了，她说来却还没有来。这个让我好奇的女人仿佛触手可及，可是我却始终没有和她碰过面。

吕非老结婚的消息很快在记者圈里传播开来，而且反响很大。一般来说记者都是些见多识广的人，他们每天接触各类新闻事件，神经不会轻易兴奋，吕非老结婚的消息之所以能让这些处变不惊的同行们激动不已，是因为他娶了一位崭露头角的青年钢琴家，他的婚姻一时也成了佳话。他的新娘夏茵茵来自新疆，有一半的藏族血统，不但钢琴弹得好，还能歌善舞，被报纸称为“一朵艺术奇葩”。那时正是她的上升期，报纸和海报上经常有她的名字和巨幅照片出现，因此她的婚姻也备受各方瞩目，吕非老跟着她一起出现在许多报纸的娱乐版上和电视的访谈节目里，不管在报纸还是电视上每次无一例外都是和她大秀恩爱。两个人都年轻漂亮，真是风光十足。那是一段真正的蜜月期，不但属于吕非老和他著名的钢琴家妻子，也同样属于喜欢名人八卦和这对佳偶的热心读者与热心观众。我由衷地承认后面这个人群也包括我，只不过我比不认识他们的那些读者和观众心情要更加微妙复杂——

我除了能在娱乐新闻和访谈节目中获得一个普通读者或观众获知名人隐私的欣快，同时心里还有一些说不出来的失去了好友的醋意，甚至还有一份替简菊的不平。

8

就在吕非老陶醉在做名人老公的幸福之中，相对应的是简菊备受失恋的煎熬。要说原本他们之间是不应该存在这种对应关系的，可是阴差阳错，偏偏就给对上了。要说他们两个人一天真正的恋爱也没有谈过，失恋应该是谈不上的，可是简菊却分明经历了一次真正的失恋。

她比我晚了一两个星期知道吕非老和夏茵茵结婚的消息，她在这个消息的打击下顿时崩溃了。那天我在上海接到她打来的电话，电话刚一通就听见她的哭声。我吓坏了，以为她出了什么事。我问她怎么啦，她哭得说不出话来。好容易我在她的哭声里听出一个字："他……"几乎是凭着第六感，我马上就想到了让她如此伤心的原因。

那天她断断续续给我打了三个多小时的电话，向我倾吐她如何伤心，如何难过，甚至说她活不下去了。她反复问我吕非老怎么可以这样绝情，我觉得这就像是一个终极提问一样让我没法回答。打电话的时候她一直在哭，好几次因为哭得太伤心不得不中断了通话。她哭得我心里酸酸的，假如我不是身在外地肯定会过去陪她。我搜肠刮肚，找出种种说辞劝慰她，又搬出书里和现实生活中的事例来开导她，我跟她从"天涯何处无芳草"一直说到"离了张屠户哪里就吃带毛猪了"，雅的俗的，话糙理不糙的，掰开了揉碎了说了一路，只为让她心里能好过些，可是似乎也没啥效果。她边哭边跟我说她的心碎了，生活彻底毁了，永远都不会再有幸福可言了。我理解对于一个十七八岁的女孩来说，失恋的确就像是世界末日。我跟她说时间会让这一切不愉快都过去的，过一段她心情就会自然平复。我还跟她说"永远"是个巨不靠谱的词，你以为永远很远，其实很可能拐个弯儿就到，所以幸福随时随地都会有的，没有必要把未来想得一团漆黑。我说得口干舌燥，可是她仍然在哭，哭得伤心欲绝。我只好转而和她说起一些现实层面的问题。

我问她："你吃饭了吗？"

她说："吃不下。"

我说："要不你去睡一会儿吧？"

她说："睡不着。"

我说："你这样会伤身体的。"

她说："那又怎样？"

我说："那你想怎样？"

她说："我想死。"

我听了心头一个激灵，但马上想到这不过是小孩子耍性子的话，说了她两句，又劝解和安慰了她一番，听她不哭了，说话也比较平静，才挂了电话。

那时已是傍晚时分，天色正在暗下来，窗外雾气腾腾，远远近近的屋檐沉默而落寞，间杂着一团团惨绿的树冠，楼下马路上公共汽车和大小汽车川流不息，我心情烦闷，心里也是暮霭重重。我脑子里翻腾着刚才简菊说的那些伤感的话，独自到旅店楼下的餐厅吃过了简单的晚饭，等回到房间，我忽然心神不宁起来，总觉得有什么事情放不下。我的脑子自然而然又转到简菊身上，赶紧又给她打了个电话。但是电话响了好久她没有接。我又打她手机，她还是没有接。过了几分钟我再打，她的手机已经关机。

我心里有一种不太好的预感，而且就像毒气一样弥散开来。我害怕起来,脑子里甚至现出可怕的场景。但我理智地想想应该不会那么糟糕。我坐在灯下准备整理一下当天的采访笔记,打开笔记本电脑,却心烦意乱。我忽然想到了章老大,刚才简菊给我打电话的时候他显然不在她旁边,那他在哪里呢?他知道不知道这件事呢?我拿起电话翻到了他的名字,犹豫再三还是拨通了他的手机。

他的电话倒是一打就通,不过电话里非常嘈杂。

我问他:"你在哪里?"

他说:"在珠海呢。"又说,"刚刚从澳门回来,和几个朋友过去玩了。"

我问他:"你现在在干吗呢?"

他似乎一愣,大概很意外我会问得这么具体。

他在一片嘈杂声里说:"这个钟点你说能干吗?在喝酒呗。"

我问他:"那你什么时候回北京?"

他一边哈哈大笑一边调侃说:"怎么着,想我啦?过一个礼拜吧,也许过两个礼拜,回去我就张罗咱们聚。"

他肯定以为我给他打电话是为了聚会,而且他说话的口气有几分敷衍,可能酒桌上鏖战正酣,也许是我过于敏感,反正我不想再跟他多说下去,而且我心里也确实拿不准这种事情该怎么跟他说,我不想让他知道得太多,说多了我肯定会招架不了,可是只要话头一提起来他岂有不刨根问底的?当时我只是单纯地希望他能在简菊旁边,有他在,至少不会出什么事。可是他既然已经说了要过一个礼拜甚至两个礼拜才能回去,显然是远水不解近渴。况且我心里也真拿不准这个当口他究竟是在还是不在简菊身边更好。说实在话,我也害怕他真回去反而弄得简菊处境更难。于是我和他闲扯了几句别的,便挂了电话。

放下电话我心里的不安却没有消散。我努力不去想简菊，可是却做不到。我安慰自己她不会有事的，可是却不起作用。到了大约九点钟，我望着窗外黑乎乎的树影和在雾气中变得模糊的灯光，心里忽然有一种莫名的惶恐，我仿佛想起了一个早已忘记的梦境，而那个旧梦却昭示了一个不妙的结局。我想不起那个结局到底是什么，但一种不好的预感却萦回于心，无法排解。我坐在椅子里发呆，脑子里反反复复想着这会儿向谁求助最合适。

我总算想起了一个人，他是我们朋友圈外我唯一认识的和简菊连得上关系的人。他叫王小光，是简菊的远房表哥，在章老大公司里当司机，有一天晚上聚会之后他送过我回家，不过我并没有他的电话号码。我赶紧先打114查到了章老大公司的电话，所幸有人接听，辗转要到了王小光的电话，不过那只是他家楼下传达室的电话，他没有座机，也没有手机。我抱着撞大运的态度试着拨打了这个电话号码，三遍之后居然通了。一个操着外地口音的男人答应替我去叫他。几分钟之后听筒里果然响起了一个气喘吁吁的声音，说他就是王小光。那一刻我心里就像是升起了一道曙光。

王小光显然想不到给他打电话的人会是我，我也顾不得跟他多解释，只让他快点去简菊那里看看，而且一定要悄悄去，不要对任何人说。他问我到底出了什么事，我说可能什么事也没出，只是我不放心她而已。他马上就心领神会，说这就去，看完有事没事都会给我打个电话。

真难为他这么头脑聪明和善解人意，放下电话我大大地松了一口气。

可是直到第二天天亮我也没有接到他答应打给我的电话。因为一直处于等待的状态，那一夜我睡得很不踏实。我自我安慰没有电话一定就是没有什么事情，这种时候没有消息就是好消息。

九点来钟我刚走进地铁，手机响了，我终于接到了王小光的电话。他说忙了一夜，刚消停。我刚“哦”了一声，他就说太感谢我了，幸亏我给他打电话让他去看表妹，要不然可能真就出大事了。我问他究竟怎么了？他说昨晚简菊吃安眠药了。

王小光告诉我他这一夜的经历，听上去简直就像是历险记。他到的时候简菊已经吃过药了，不过时间短药性还没有发作，她人还是清醒的。他半天敲不开门，在门外高声叫她，她在里面听见是他，说太晚了，已经睡下了，有事明天再说。他坚持要她开门，说给她送东西来了。其实他两手空空，他说真害怕她开了门自己尴尬。她却还是不肯开门，让他走。他感觉事情不对，没有走，站在门外和她说话。说着说着他觉得她说的话有点文不对题，有些话就像是胡话。他求她开门，里面没有了动静。他害怕起来，去找了物业。费了一番口舌终于说服物业从外面撬开了锁打开了门。那时简菊躺在床上已经睡过去，床头柜上有水杯和空了的安眠药瓶。没等叫救护车，物业立刻派车把她送到了医院……他说自己一夜没睡，简菊倒是睡了一夜。不过医生说她没事，药吃得不多，该处理也都处理了，等她睡醒就好了。他反过来叮嘱我一定要保密，他说：“就当她睡了个懒觉完事。”

我觉得这王小光真是个明白人，找他算是找对人了。

等我回到北京，我去简菊家看她，她除了清瘦一点看上去一切正常。我问她怎么样，她说就那样，老样子。我问她章老大回来没有？她说昨天刚回来。我问他知道不知道那件事？她摇头，说他不知道。我说不知道就好，没有必要告诉他。她两眼深深地望着我，突然拉住了我的手，点头说我知道的。

这件事就算过去了，我心里暗自舒了一口气。我不由想到吕非老，这可是他情史上的又一次化险为夷，只不过他不知道罢了。

9

这次打击就像病毒一样击中了简菊，等我再见到她，她越发瘦了，瘦得形销骨立，面颊上的红润也消失了，脖子下的锁骨相当明显。她吃得很少，精神倦怠，章老大很着急，带着她遍访名医，可是西医检查下来却说她没病。他又带她去看中医，中医说她气血两亏，给她开了汤药让她慢慢调理。据说章老大亲自替她煎药，亲口为她尝药，并且亲眼看着她喝下去，在我看来这可比正经丈夫还要体贴，可是却并没有药到病除，简菊还是面色苍白，整天没精打采。章老大给我打电话，让我没事过去陪陪她。

我自然是欣然应命。跟简菊单独在一起的时候我开导她为一个人这么伤心是不值得的，我没好意思直说为一个不爱她的人这么伤心是不值得的，我怕说得太直白会刺激她。可是她听我这么说，两只黑白分明的大眼睛紧盯着我，愣头愣脑地反问我："什么叫值得什么叫不值得？伤心是件没有办法的事，你以为我想伤心？我根本做不到不伤心！"

说着，她眼睛里扑簌簌滚下一串泪珠。

我只好换个说法开导她。我说："爱情是两个人的事，你爱他，他爱你，你才算拥有了这份爱情；你爱他，他不爱你，或者他爱你，你不爱他，那份爱情根本就不存在。你为了一个不存在的东西这么难过，还在这里执迷不悟，你想想有意思吗？"

她抹去眼泪，蹙起眉头，仿佛在思考一般。片刻之后她说："谁说爱情一定是两个人的事？我的爱情就在我心里，现在我的心就在疼……他爱不爱我我都爱他，你能说这不是爱情？"

我被她问得哑口无言。我忽然想到她和吕非老倒是同样认为爱情不是两个人的事情而是自己一个人的事情，他们还真是想法一致！而且，他们两个人其实都爱着对方，只可惜却没有共涉爱河，这也算是造化弄人吧？

我心里替他们遗憾，不由得深深叹了一口气。

她却说："有啥好叹气的？你总不会认为两个人认识了谈个恋爱领个证过成一家人才算是爱情吧？"没等我说啥，她又说，"我也不为他，我只为我的心！"

我承认我真的没有办法来裁定她这份自讨苦吃的爱情值得不值得，我也没有办法来开导她从深陷其中的爱情陷阱中抽身出来，我只能眼睁睁地看着她在无望的爱情面前伤心痛苦。不过说心里话，我也真为这个不到十八的女孩的执着吃惊，尽管我并不赞成她的这份执着。

然而，她还有更加让我吃惊和感叹的。

时隔不久，某日我去她那里玩，她显得情绪很好，那是自她得知吕非老结婚消息以来情绪最好的一次。她笑眯眯地问我："有样东西你想不想看？"

我看她一脸的神秘和得意，以为是章老大又给她买了什么好东西要在我面前显摆，我笑笑，不置可否。

她仍是笑眯眯地逗我说："你不想看的话我就不拿给你看了，不过你可千万别后悔哟。"

其实我并没有多大兴趣，只是为了让她高兴我立马做出一副兴趣盎然的样子，催她快点去拿给我看。

她脚步轻捷一阵风地跑进房间。她扭动着纤细的腰肢的模样娇憨可喜，欢快的样子就像一只穿行在花丛间的小蝴蝶。一分钟之后她手里拿着一个像时尚杂志一样厚厚的本子出来了,她把那个本子小心翼翼地放在我面前的桌子上,柔声细语地说:“你自己看吧。”

我轻轻翻开,生怕弄坏了她的宝贝。那是一个做得十分精心的贴报本,里面仔仔细细地贴着报纸杂志上剪下来的照片和文章,空白的地方还画着一些花朵和贴着卡通小贴画,一看就是女孩子的手工。让我相当吃惊的是这个贴报本里全部内容都是围绕吕非老和他太太的。不过除了前面几页是他们夫妇的访谈,后面都是关于夏茵茵的:她的巡演消息,她的获奖消息,她的长篇访谈,还有她姿态各异的照片……一时间我说不出话来。我发现简菊做的这些就像是一个追星族,根本不像是一个情敌。

看完之后我不由得哈哈大笑,简菊愣了一下,也跟着我一起哈哈大笑。等我停下笑,她有点心虚地问我:“你笑什么?”

我反问她:“你说我笑什么?”

她脸一红,不好意思地说:“你知道你笑什么,其实我自己也觉得很可笑。”

“太荒唐了!”我毫不客气地说,“你这是自我折磨吗?”

她就像一个挨了批评的小孩,低头不语。我忍不住又说了她几句,事后想想那些话说得挺重的,可我当时真是骨鲠在喉不吐不快。

过了会儿她才说:“说老实话我最早把这些报纸收集起来是作为他对不起我的罪证的,我仔仔细细读了报纸上的那些文章,发现自己很喜欢她,她比他还要聪明,比他还要有意思。我在电视里看过她弹琴,天哪,我简直被她迷住啦!我根本不觉得她是我的情敌,尽管她真的就是我的情敌。我本来是恨她的,可是听她弹琴弹得那么好我根本就恨不起来了。我想如果她不是他老婆,我肯定会把她当成我的偶像的,其实现在她也是我的偶像。我不知道还有谁像我活得这么拧巴,情敌和偶像居然是同一个人。”

我好容易分清楚她话里的那一堆“他”和“她”分别指的是谁，我很想笑，可是我笑不出来。

我想了想，还是跟她说出了真话：“你遇到她就好比你是个科学家，但你有个同事叫爱因斯坦，或者这么说，你想走性感路线，但当头遇到了玛莉莲·梦露。一句话，你会发现因为有她的存在你离自己的爱情梦很远，而且有可能越来越远，你得有这个心理准备。”

她凄然一笑，虚弱地说：“其实我早就不做梦了。”

10

正当简菊为伊消得人憔悴，吕非老知和他著名的太太在阳光明媚海水湛蓝的巴厘岛快乐地度假呢。这个消息不是吕非老告诉我的，也不是我道听途说的，而是我从楼下报亭里买的小报上看到的。现在除了通过媒体，几乎没有一点吕非老的消息，想来他和心爱的夫人过着美满幸福神仙眷侣一般的生活早把我们这些老朋友忘记了。

不过好景不长，很快就传来了吕非老和夏茵茵婚变的消息。这我倒不是从媒体上看来的，而是听同办公室的一个记者说的。这种消息永远是不胫而走而且传播得很快。不过虽然出自记者之口，但仍属小道消息，正经媒体在这个时候就像约好了似的不再出声，吕非老本人也和正经媒体一样保持了沉默。因为有数月不联系，我也不想在这个当口打电话给他。虽说作为朋友问候一声也无妨，尤其是在他低潮的时候似乎更应该关心他，可我实在不知道跟他说什么。我怕说深说浅都不合适，也怕他误会我是在看他的笑话，所以我想来想去还是没有给他打电话。

和吕非老没有联系，但我还是听到了不少他和夏茵茵的消息。据说是夏茵茵不要吕非老的，她主动离家出走，有一段日子吕非老竟然找不到她。在我的印象里从来都是他玩失踪，而且从来都是他抛弃别人，弄得别人伤心不已，没想到这次轮到他自己成了受害者。据传夏茵茵性格刚烈，脾气暴躁，生起气来会直接上刀子。曾经有一次她和吕非老言语不对，她拔出英吉沙刀子捅伤了他，差一点结果了他的性命。不过我总觉得传言夸张，吕非老一米八几的个子，年轻力壮，身手敏捷，又不是风烛残年，打架岂会不是一个弱女子的对手？他顶多就是不跟她动真格的罢了。不过有些传言我听了还是比较相信的，尽管这些传言版本多种多样，但说的事情还是大致差不离的。

据说吕非老是去采访青年歌手大奖赛时和担任伴奏的夏茵茵在后台偶遇一见钟情的，当晚他们就住到了一起。当时夏茵茵已经名花有主，她有一个同居了两三年感情稳定的男朋友。她的男朋友无业，是个音乐发烧友，最爱做的一件事就是听音乐，他对音乐知之甚多，而且品味独到。在没有遇到吕非老之前夏茵茵把他当成知音，而当她跟吕非老在后台擦出火花搞到一起之后，这个昔日的知音顿时就成了绊脚石。他不肯跟她分手，甚至以死相威胁，最后只能通过钱来摆平。夏茵茵挣钱不少，但她花得更多，拿不出钱来给她的无业男友，吕非老为了和夏茵茵有情人终成眷属，不但火速和戚燕离了婚，又给了阿蛟一大笔分手费，花光了所有的积蓄，卖掉了富康车才替心上人把前男友打发了。可是他们也就甜蜜了几个月，问题又出来了。这一回与别人无关，是他们两个自己的事儿。夏茵茵除了弹琴唱歌跳舞对别的不感兴趣，她不擅长家务，柴米油盐让她头大，而且她在家里根本待不住。没有演出的日子她白天睡觉，晚上和朋友出去吃饭泡吧，经常是通宵不回家。吕非老尽管也爱玩，但毕竟还要上班，他跟她耗不起，所以时间一长他不能总跟她出双入对。而夏茵茵其实也不需要他总陪在身边，她有自己的朋友圈，没有吕非老在场她可以玩得更疯更野更无拘无束。她经常喝得烂醉如泥，关于她酒醉的故事流传甚广，有的甚至相当不雅。吕非老劝她不要在外面喝那么多酒，但她置之不理。这还不算什么，吕非老还听说她和她的那些玩重金属的朋友在一起吸大麻，他阻止她跟那些人泡在一起，她认为他干涉她的自由，便离家出走了。我听说吕非老费了好大周折找到她让她回家，她却不肯回家，悄悄换了饭店去住，再次从他眼皮底下消失。他一家饭店一家饭店地找她，找到她住的饭店就在门口蹲守，终于堵到她，甚至给她写保证书，保证不干涉她的一切自由，她才答应回家。可是回到家仅仅两个多星期，她又走了，临走留下纸条，向吕非老正式提出离婚，并让他除了办离婚手续之外别再找她。

这些消息我并不是从一个人那里听来的，但拼凑起来却相当完整，而且没有前言不搭后语甚或自相矛盾之处。后来有幸听吕非老亲口说起他的这段婚姻生活，证明上述传闻基本属实。

等我再见到吕非老他已经又恢复到形单影只的单身状态，推算起来大约是夏茵茵和他提出离婚一两个月之后。他沿袭他一贯的风格在某个下午毫无预兆地出现在我的办公室，叫我和他去新闻中心的咖啡厅喝杯咖啡。当时我正在发稿，答应一刻钟之后过去，让他先去咖啡厅等着。他催我快点，照例顺走了我办公桌上的《参考消息》。大约过了半个小时，我草草拼完版去了咖啡厅，远远看见他犹如坐在百花丛中，身边花团锦簇围着几个女孩，一桌人正谈笑风生。我走近发现那几个女孩有些面熟，但并不认识。吕非老热情地向我介绍她们，都是和他前妻戚燕一个部门的，其中有两个认识我，知道我的名字。吕非老搬了一把椅子让我也在这张桌子旁边坐下来，我算是又一次见识了他在女孩们当中是如何地如鱼得水。

在我的人生经验当中一个男人要同时对众多女孩表现得怜香惜玉或者是要同时充当众多女孩的护花使者是件不太容易的事，稍不留神就会弄巧成拙，就是《红楼梦》里的多情公子贾宝玉也常常会顾此失彼，不是得罪了这个妹妹，就是惹恼了那个姐姐，摁下葫芦浮起瓢，很难做到面面俱到。在我看来这不啻也是一种戴着镣铐跳舞，真难为了吕非老跳得那般轻盈舒展，游刃有余。我感觉他仿佛天天和她们在一起一般，也仿佛他天天要面对如此温柔绮丽又复杂难处的场面。我暗中佩服在众口难调的女孩之间他有本事说出的每句话都能起到相声般的效果，令她们乐不可支，笑逐颜开，而且我清楚她们绝不是单纯出于为他捧场。她们都是些在场面上跑的人，见多识广，眼界开阔，没一个是庸脂俗粉，她们也不需要对吕非老讨好拍马。我冷眼旁观，吕非老是那样潇洒自然，清新脱俗，妙语连珠都是张口就来，虽被女同行众星捧月，却没有一点矫揉造作和得意忘形，各个角度瞧上去都相当完美，丝毫看不出来这是一个落魄的下岗丈夫。我暗自感叹他真是一个魅力出众的人物。

热闹了一阵之后女孩们相继散去，就剩下吕非老和我两个。下午三四点钟的阳光透过我们单位咖啡厅巨大的玻璃窗静静地照在他的身上，他伸了个大大的懒腰，随后深深地陷在柔软的沙发里，让自己坐得更加舒服。

他笑眯眯地望着我说："你好吗，这一段？"

我差点笑出来，我想应该是我这么问他才对。

我说："还是说说你自己吧。"

他居然是粲然一笑，就像面对镜头一般。我不由想起他前一段风光无限的日子，心中一酸，当然是替他心酸。我非常想从他那个灿烂的笑容里捕捉到类似强颜欢笑或者黯然神伤的成分，但是没有。他一点没让我感觉到他在掩饰什么，相反，他直截了当地说：“我过得太糟了，简直是前所未有，希望也是空前绝后。说给你听也许你都不会相信，真的就是人家说的没有最坏只有更坏。”

我有什么不相信的呢？我早就有所耳闻。我不知道是不是该对他表示安慰，可是他光彩照人的样子让我说不出一句安慰的话。

我说：“看你神采奕奕魅力无穷的样子我还是很放心的。”

他一边摇头叹气，一边说：“你是只看表面，不看内里，我是驴粪蛋子表面光。”

他也不管我有没有倾听的意愿，直接向我开讲这几个月来他所经历的情感波折。他讲的版本和我之前道听途说的那些版本在大的框架上所差无几，只是细节有些出入。当然，他的叙述是远远高于大众版本的，毕竟他是当事人，他有着丰富的第一手资料以及一个久经情场的人洞幽察微的感触和感悟。我承认这种由当事人面对面的陈述，听上去要切肤得多。

吕非老悲愤地说他难得动一回真情，人家却压根儿没把他的真情当回事；他说他从来没有爱得那样深过，没想到竟然是掉进了深渊；他说他从来没对谁那样好过，结果是付出越多赔得越大。

他喝一口早已放凉的咖啡，从激愤的情绪里平静下来，说：“其实爱情是不能算账的，当初我和她好我并没有想过付出就要有回报，我真希望我能一味地付出，永远不要回报，那是何等幸福？那才是我心里追求的真正的爱情！可是我发现自己居然在权衡利弊，计算得失，小算盘打得噼里啪啦响，这本身就说明我输了，损失惨重！我以为是礼物和奖赏一般的爱情到头来居然是打击和惩罚，这玩笑开得也实在是有点儿大。现在我真的是一无所有，我太伤心了。”

我听他说“一无所有”，真的有点被打动。但我知道他的这个“一无所有”是暂时性的，只要他愿意，随时随地都可以不再一无所有。我倒是由他想到了简菊，想起她在听到他的婚讯时的心痛欲绝。我不知道这算不算是冥冥之中的一报还一报？不过当时我安慰简菊的话似乎又可以重新拿来劝慰他。对他我没有太多顾忌，话说得直截了当。我对他说：“为一个不爱你的人伤心是不值得的。”

说出来之后我意识到这句话的尖利和冷酷，自己都感觉到这句话里透出的浓浓的寒意。

他紧皱双眉，就像在思索一道难题那样沉思着，然后字斟句酌地说：“不能说不爱，应该说爱过。和她在一起的时候我们真的爱得如火如荼，我从来没有和谁达到过那样的爱情浓度，就好像把一生当中的美好浓缩到了那几个月，我们有爱，有欲望，有青春，有说不完的话，实在是应有尽有，生活就像春天一样鲜花盛开，开了一茬还有一茬，仿佛永远花开不败，一切都洋溢着光明和美丽，美好得无可挑剔……后来我才明白，其实所有这一切无不是世界崩溃的前兆。我算是知道了什么叫昙花一现，转眼成空。可是我对她的爱还热乎乎地堵在胸口，而且还在不断升温，我就像一个熊熊燃烧的火炉，心都快被烧焦了。我可以为她去做一切，甚至可以为她去死，但这些对她都毫无意义，她不在乎，她觉得心烦。我是一团火，她是一块冰，我们是冰火两重天。其实我应该知道我们已经不在同一个世界，我们分别属于不同的时空，其实就是永别……但是我真的是不甘心，尽管我知道不甘心是没有用的。”

我忍不住叹息了一声。

他问我：“说真的，你是不是觉得我很傻？”

我说：“任何人爱上别人的时候都很傻，不是说爱情让人智商下降吗？”

他凄然一笑,陷入了沉默。

他突然问我:"你相信爱情吗?"问完他自己就笑了起来。没等我说话,他说,"这还真是个没法回答的问题啊,如果你说你相信爱情吧,说明你从来没有经历过爱情;如果你说你不相信爱情,那你更加完蛋,你永远不会再有爱情。"

我用我们之间一贯的调侃说:"我相信爱情,比如现在,看见你这样的情圣居然也会失恋,我就更加相信爱情了。"

他狠狠地瞪我一眼,然后哈哈大笑。

我重新叫了两杯咖啡。

捧着刚送上来的滚烫的咖啡,他一脸认真地问我:"你有治疗失恋的良方吗?"

我在脑子里搜索了一番,笑了:"我要有的话就不用每天起早贪黑辛辛苦苦来这个地方上班了。"

他重重地叹一口气,说:"其实我自己倒是有这么一个方子。"

我故作认真地说:"哦,方便透露一下吗?"

他说:"忘掉。"

我说:"能吗?"

"当然不能。"他说,"忘不了啊!"

离开咖啡厅的时候他把一只手搭在我肩上,深情款款地说:"还是那句话,最不能动的就是感情,谁动感情谁完蛋,我越想越觉得这句话真他妈深刻,简直就像是定理或者说真理一样。哥们儿这回是认栽了!"

11

我不清楚吕非老的感情重创对于简菊来说是不是一个利好,心里一直犹豫要不要把这个消息告诉她。我也不是说希望他们走到一起，我真没有那个意思，我只是希望大家还能回到从前，还能像从前一样在一起吃吃喝喝说说笑笑，快快乐乐地过我们自己风和日丽的日子。尽管我觉得“回到从前”就是个梦想，但我还是愿意促成简菊和吕非老恢复关系，至少彼此还能做朋友吧。

转眼到了年底商场打折，简菊约我去逛店。其实她有章老大替她付钱，根本没有必要像个小白领那样等着看中的商品打折，她这样做我认为完全是出于她个人的喜好，说得刻薄一点就是一种省钱的本能。那天我们收获颇丰，简菊买了好几件衣服，还有一些围巾、帽子、腰带一类的配件，我也买了一件外衣和一条裙子。我本来是什么也不打算买的，但经不起她的怂恿。她认为出来逛店啥也不买是很亏的，等于是白费了时间和心情。我觉得她说得不无道理。但当我把新买的外衣和裙子拿回家放进衣柜的时候，发现类似的外衣和裙子已经不少了，完全属于重复投资。

那天我们在商场里楼上楼下逛得很累，我们提着大包小包在顶楼的咖啡店坐下休息，离我们不远处的一张桌子坐着一个小伙子，正在埋头看电脑，他穿着打扮很像吕非老，甚至连模样和举止都有几分相似，乍一看真把我吓了一跳。简菊也看见了他，我发现她跟我一样，看到他的第一反应也是一愣。我们坐下来，不约而同交换了一个眼神。

简菊笑起来，撒娇一般说：“真讨厌！”

我也笑了，说：“我还以为是那谁借尸还魂了呢！”

简菊听了哈哈大笑，笑得十分畅快。

停下笑，她说：“就这一眼，我的心又在淌血了。”

她夸张地用一只手捂着胸口，不过她眼睛里流露出的是真实的忧伤，虽然她似乎很想说得像是一句玩笑话，可是我听了心里还是一疼。

我终于没忍住告诉她:“你知道吗?他和夏茵茵分开了。”

她说:“我早知道了。”

她的平静让我吃惊。

我问:“你从哪里知道的?”

她说:“章老大告诉我的。”

我觉得我立即就明白了章老大的用意。凭直觉我早就看出他知道简菊对吕非老的意思,毕竟简菊太年轻,还不太会掩饰,也许她也没有刻意去掩饰。再说像章老大那种下过乡扛过枪做过工经过商阅人无数人生经验一大把的人,一个十七八岁的小姑娘想要在他面前掩饰得滴水不漏恐怕也不是一件容易做到的事。我记得就在简菊刚刚对吕非老有那么点意思的时候,章老大似乎就轧出了苗头。就在那次吕非老挺身而出为简菊挡酒不久,有一次我和章老大还有简菊在建国饭店喝茶,不知说着什么,简菊突然和章老大争了起来,我听她声音很响地说一句:“吕非老就是这么说的!”似乎吕非老是一个什么了不得的权威。我正诧异她怎么会用这种口气跟章老大说话,而且在章老大面前把吕非老捧到那么一个至高无上的位置,这不是太岁头上动土吗?我还想取笑两句呢,看她一脸凛然不可侵犯的样子,赶紧收住了话头。再看章老大,本来显然是跟她逗着玩的,突然间也变了脸色,不过他只是鼻子里哼了一声,并没有再说什么。很快他转换了话题,聊起了别的,这一页就算翻过去了,我也就把这么个小插曲给忘了。直到章老大从东欧回来,有一天聚会后他亲自送我回家,那天正好简菊感冒没有出来,车子经过贵宾楼前面的时候他提议再进去喝一杯,我估计他是有话跟我说。

果然在说了一些新闻旧事之后他提到了简菊,还提到了吕非老,不过语气是淡淡的,说什么都是点到为止。这也是他一贯的风格,不管面对多大的事情他都处之泰然，或者说做出处之泰然的样子，而且越是事情重大越是说话轻轻的，甚至轻到让你听不清。这次他说话的音量正常，说明他并没有当成大事。

章老大这人的好处是不较真，不会让你觉得沉重和有什么负担甚至是无法面对什么的，在我看来他圆融通达，是个成熟沉稳的明白人。不过他说话爱绕弯子，讲究微言大义，喜欢赋比兴那类手法，有时听他说话需要费点神儿，或者说不打起精神来会听不懂他话里深一层的意思。那天也是一样，在提过简菊和吕非老之后他跟我讲了一些在欧洲的见闻和在那里闹的笑话，然后带着感叹说：“那里可真安静，静得就像是另一个世界。我经常一个人在河边和森林里散步，四周看不见一个人，我觉得自己融化在自然里，似乎都感觉不到自己的存在。等我回到这个热闹的世界，我又觉得热闹是多么好啊，我就像捧着一张热乎乎的饼，而且是从小吃惯的，闻着香喷喷的，真舍不得一口咬下去。”他笑吟吟地问我，“你明白我说的吗？”

我想了想，说：“你的意思还是回来好。”

他笑了，说：“我是说我是个俗人。”

当晚我回到家躺到床上才琢磨过味儿来。我想他可能是说他还是离不开这份热热闹闹的生活，当然就有放不下简菊的意思。也就是说，他对吕非老和简菊之间的那种黏糊的关系还是在乎的，可是他又不愿意为这样的事和朋友撕破脸皮……我在睡意迷蒙中想到这些，自己觉得相当有道理，但是否真的就是章老大的意思，不得而知。他的话说得含蓄隐晦，他可能觉得自己不应该表现得在乎吧，可在我看来他在乎才是恰如其分的态度。他赚了太多的钱，处处把自己当成时代英雄，一个时代英雄在女人方面失利估计在他看来是很丢人的，再由另一个女人来表示安慰恐怕就更加丢人了。所以为了他的自尊心我也是尽量装得啥也不知道。

不过面对简菊我却还是忍不住说:“章老大告诉你这个是有意考验你吗?”

简菊听我这么说顿时愣住了,她年轻单纯的脸干净得就像一张白纸。她说:“你在说什么呀?他根本就不知道我喜欢吕非老。”

真让我无语。我知道她头脑简单,但我没想到她头脑如此简单。

她突然像是受到惊吓似的半张着嘴,一脸惊恐地说:“难怪他半个月前有一天很没来由地对我说你见到吕非老了吗?我说没有啊,我还觉得他问得古怪,他是从来不问我见谁没见谁的,居然单单挑出吕非老来问。还有,前两天我刚说在家待得太闷了,要找一天出去逛逛,他忽然就说好久不见吕非老了,倒有点想他了。现在想想他会不会是故意试探我的?”

我不想让她有心理负担,劝她说:“你和吕非老也没有什么,你怕啥?他就是旁敲侧击,你心里有数,凡事有个度,也就可以了。”

她两眼盯着我,毫不拐弯地问我:“什么叫有个度?这个度是什么?”

我想了想说:“在外面让章老大面子上过得去,在家里让他心里过得去。”

她顿时泄了气一般,气恼地说:“这不是难为我吗?”

我看她眼圈红了,眼睛里涌起了泪水。

我赶紧哄她:“算我没说。”

她的眼泪还是流了下来。

我宽慰她说:“章老大也没有真跟你计较,你把日子好好过下去就是了。”

她委屈地说:“我哪里不想把日子好好过下去?看他对我好,每天问寒问暖的，啥都给我买，我不开心他哄我，总想让我高兴，我心里就觉得对不起他，我觉得自己是个很坏的女人。可是这是我要的生活吗？这样的问题我都不敢问自己。你说做人怎么就这么难呢？”

说老实话我没法回答，这是她自己选择的生活，就像硬币有两面，每一种生活同样不可能只给你享受不给你难处。可是这样的话说出来又有什么意思？我只好什么也不说。

12

数月之后章老大为简菊举办了一个盛况空前的二十岁的生日晚宴。我没想到不知不觉简菊已经二十岁了，一问才知道原来是按民间传统过的是虚岁生日。这个生日晚宴真是竭尽奢华，五星饭店的大宴会厅里摆了有近百桌，还有一台水准不低的歌舞晚会。给我印象深刻的是宴会厅门口摆满了鲜花，一走进饭店还没上楼就能闻到百合花的芳香。那天简菊打扮得也是光彩照人，她化着精致的淡妆，穿着一件低胸束腰的浅粉色晚装，脖子里是粉钻的项链，简直就像出水芙蓉一般美丽。她自然是晚宴的焦点，不但吸引了众宾客的目光，我看连章老大的目光都一直在她身上。他领着她一桌一桌去敬酒，在亲朋好友的祝贺和羡慕声里喝得满面红光。我去洗手经过很靠后的一张桌子，无意中听见一个素不认识的客人在说：“这哪儿是过生日？分明是纳妾嘛！”一桌人哗地大笑起来，连我都没忍住跟着笑起来。

这样排场的盛会有一个人却没有到场，那就是吕非老。连我心里都感到有种莫名的失落。我不知道是章老大没有请他，还是他接到邀请没有来。我推想章老大应该不会不请他，那就是他故意躲了。我觉得这不像是他的做派，他不是那种心理羸弱的人，在这么个特殊的日子里来给简菊捧个场又能怎样嘛?我觉得他没来实在是一种缺憾,就像拼图少了一块,而且还是显要的一块。趁简菊去小休息室里补妆的时候,我也走了进去,悄悄问她怎么没看见吕非老,要不要我打个电话叫他过来。她神情黯然地说:“他去外地了。”

可见他就是故意躲了。我忍不住说了一句:“他真没劲!”

简菊眼里闪过一丝亮光,她一把拉住我的手说:“你真说到我心里去了。”

她的眼睛很快又黯淡下来,一边往脸上扑粉,一边叹气。

我劝她说:“别往心里去,没有他,咱们马照跑,舞照跳!”

她朝我凄楚地一笑,起身朝宴会厅走去。

这个夜晚并没有因为吕非老的缺席而缺少内容。当专业的歌舞节日表演完毕,进入到宾客跳舞的环节,乐队奏起了舞曲,可是并没有人入场去跳。舞曲奏了好一会儿,音乐在宴会厅里回响,渐渐就有了一种催促的味道。有人站起身高声叫喊让章老板和小寿星先跳第一曲,但章老大喝得几乎站不起来,哪里还跳得了舞?何况本来唱歌跳舞就不是他的强项,据他自己说唱歌他五音不全,跳舞他找不准节奏。他听人起哄,醉眼迷离地笑着朝他们连连抱拳告饶。

第一支舞曲结束,第二支舞曲紧接着奏响起来。就在这时,有一个人大步流星地走向简菊,走到她面前他弯下腰深深地鞠了一个九十度的躬,十分绅士地向她伸出手,做了一个邀请的动作。

所有人的目光都被这个人吸引,有人高喊着鼓起掌来,气氛顿时十分火爆。

我一眼就认出这个人是陆虎,以前在章老大的饭局上不止一次遇到过,有一回为了让简菊喝酒跟吕非老打架的就是他。不过我和他不熟,只知道他是章老大生意上的一个朋友。陆虎长得高大魁梧,剑眉豹眼，就像电影里的硬派小生，人往那儿一站威风八面，很有气势。不过他在邀请简菊跳舞的时候却是恭敬有礼，甚至还有几分谦卑。简菊笑眯眯地坐着，她坐得相当稳当，既没有接受也没有拒绝的意思。紧挨着她坐的章老大也跟她一样脸上笑眯眯，坐得相当稳当，平静地看着眼前的这一幕。宴会厅里的掌声慢慢稀落下来，大家似乎都在静观其变。有性急的已经在用起哄声和口哨声催促他们。说实话，我觉得这个场面有点尴尬。我甚至有些隐隐的担心，生怕出现什么僵局，大家都不好看。好在简菊犹犹豫豫地还是伸出了手，陆虎彬彬有礼地托起她的手，眼睛望着章老大，朝他微微点了个头，仿佛是征得他的许可一般，然后以一个潇洒的旋转带着简菊滑进了舞池。我仿佛感觉到周围的宾客们都松了一口气。

终于有人进场了，乐队的热情仿佛一下子被点燃，演奏得更加起劲。舞池里就陆虎和简菊一对，全场的目光都聚集在他们身上，我不知道他们会不会感到有压力？我心里还真有点佩服这个陆虎，觉得他有勇气，敢挑战，而且脸皮足够厚。

陆虎跳得说不上特别好，但他舞步十分花哨，他带着简菊满场旋转，两个人就像两只翩跹的蝴蝶。刚开始他们的舞步也并不是十分合拍，但他们很快合上了节奏，跳得出乎意料地协调。虽然颇为招摇，但也真有几分美不胜收的意思，我看周围好多人和我一样都看傻了。一曲终了，大家爆发出雷鸣般的掌声，还有人大声打起了呼哨，我相信大家是发自真心为他们叫好，而不是起哄看笑话。跳完舞陆虎仍然是托着简菊的手把她送回到座位，然后又是弯下腰对她深深地鞠了一躬。他这样绅士风度，又引来了宾客们一阵热烈的掌声。

这时又有人大声叫喊让章老板和小寿星来一个，而且叫喊声越来越高。章老大站起身，笑容满面地向客人们作揖，大家喊叫得更加起劲。实在推托不掉，他拉起了简菊的手。可是正当他拉着她走向舞池，脚下忽然一个趔趄，差点摔一跟斗，要不是简菊及时拉住，他可就要出洋相了。马上有人跑过去把他扶回到椅子里坐下，又有人端了茶给他醒酒，而简菊却一个人被孤零零地晾在了舞池边上，有点不上不下。我想要我是个男的这时候一定会冲上去搭救她。正在我脑子里这么一闪念的当口，有个小伙子走了上去，轻轻地拉起了简菊的手。我一看不是别人，正是她的远房表哥王小光。

照道理这样的场合是不该有王小光什么事的，他不过是章老大公司里的一个司机，甚至都不是给老板开车的司机，属于位低人微的，这样的场合应该都轮不到他来，但他不仅来了，而且还走上了前台。王小光的上升路线其实我是一清二楚的，要说那个机会还是我给他提供的。要不是那天我不放心简菊让他去看看，要不是他正好赶上简菊吃多了安眠药，我想他也不会蹿升得这么快。但我也承认他确实是一个有眼力劲儿而且懂得抓住机遇的机灵人。不是说机会是属于有准备的人吗？这句话还真应在了他身上。也就是一年多的时间，他相当于已经从公司的六环以外挪到了三环边上。有几次我和简菊在外面吃饭，都是他开车接送我们。在车里我甚至亲耳听见他劝简菊不要把钱都花光了，手上有闲钱可以做些投资。我听了心里真的是相当震动，一是我和简菊一样在这方面都是没什么脑子的，从来有了钱只知道花掉，能存下一些就算不错；二是他一个司机，虽然跟简菊拐了好几道弯能扯上些亲戚关系，但操心她的钱，未免过了。简菊听他那么说，有点爱搭不理的。我不知道她是觉得他操心太过还是根本就对投资理财不感兴趣。可是没过多久，还是在车里，我听他对简菊说已经替她把那笔钱放出去了。我倒是暗叹这个王小光还真是一个能死磕的人。我想既然有了替简菊理财这样的事，说明他们之间的关系肯定是不会太远，如此，简菊自然也会照应他。果然不出所料，不久之后他在开车之外被借调到公司的公关部帮忙，而且是专门负责老板的事务。有几次章老大张罗饭局，都是由他打电话通知我们，饭后也是他送我们回去。如果不靠着简菊，单凭他自己恐怕不容易这么快混到这一步。

王小光带着简菊走进舞池，宾客们显然不知道此人是谁，都在交头接耳地相互打听。章老大显然也是颇感意外，我看他两眼直愣愣地盯着王小光，好像在想怎么会冒出这么个人。不过他丝毫没有恼怒的意思，脸上一直挂着笑容，而且一看就是发自内心的。他甚至跟着舞曲的节奏晃动着身子，仿佛陶醉在音乐当中。我想想这个时候由简菊的一个亲戚出面其实倒是相当不错的，毕竟怎么说也是她的娘家人，总比再杀出个劲敌或者四六不靠的人要强吧？章老大怎么想的我不知道，但从他从容安然的神态看他似乎还是比较满意的。

王小光比起陆虎显然要拘谨得多，虽然简菊是他表妹，但他却不太放得开。他肯定清楚在这样的场合自己和她跳舞是太高攀了，他的内心显然自信不足，一入场就没踩准节奏，脚底下是乱的。简菊被他带得也是舞步凌乱，两个人跳着跳着就撞到了一起，远没有上一曲跳得那样舒展和抒情。跳到中间简菊似乎不想再跳下去，她停了下来，不过王小光还是拉着她坚持把舞跳完。越往后倒是跳得越好，舞曲快结束的时候两个人总算完全合上了节奏，他们终于也能像蝴蝶在花丛里蹁跹一般，只是他们没蹁跹多一会儿曲子就停了，优美和谐的时光相当短暂。

跳罢王小光像陆虎一样托着简菊的手把她送回到座位，他没有像陆虎那样弯腰向她鞠躬，而是立刻弯下腰讨好地给章老大点了一支烟。章老大很给面子地凑过去让他点烟，等他点完还在他手背上轻轻拍了两下，以示感谢。这个小小的举动显然让王小光受宠若惊，他高兴得似乎有点发懵，竟然不知道退下，保镖似的在章老大身边杵着。等章老大抽完这支烟，他又要替他点，章老大摆了摆手，态度里已经带上了几分傲慢。这时候王小光才仿佛如梦方醒，赶紧退下。

有了前面的开局，宾客们纷纷入场跳舞，宴会厅里热闹非凡。我想这时候除了我大概没什么人会特别留意王小光吧。我留意他完全是因为他的表现太出位了，这也让我联想到此前他怂恿简菊做投资并亲自替她理财的那些事情。这么一联想我发现这个人还真不能小瞧，他绝对是个有心人，他总在为自己寻找机会，而且他也确实很能抓住机会。说心里话我并没有一眼把他看准，当初我还以为他老实本分，是那种言语不多替人做事任劳任怨不图回报的人，现在看来他除了言语不多别的我都把他看错了。

宴会结束章老大让自己的司机小王换了面包车去送从前单位里的几位老上级，专门点了名让王小光送他。王小光颠颠地从小王手里接过车钥匙，我想那一刻真不知道他怎样心花怒放呢。章老大拉了简菊和我一起上车，说要先送我回家。于是，我听到了章老大和王小光如下的一段对话。

章老大语调慢悠悠像是首长和战士拉家常那样对王小光说："你车开得不错，舞也跳得不错嘛！"

王小光似乎有些不好意思，他嘿嘿笑了两声，说："今天没跳好，人太多了，心慌。我以前是专门学过国标的。"

章老大哈哈笑着说："人多就心慌呀？人多有什么好心慌的？人多应该兴奋才对。"

王小光谦虚地说："没见过世面嘛！"

章老大问他："你多大了？"

王小光说:“二十九了。”

章老大说:“好啊,真年轻。”

王小光说:“奔三了,不年轻了。”

章老大又问:“结婚了吗?”

王小光说:“结了。”

章老大点点头,似乎比较满意。又问:“有孩子吗?”

王小光回答说:“有。”

章老大以赞赏的口气说:“真不错,二十几岁婚也结了,孩子也有了,很好啊。”又问他,“是男孩还是女孩?”

王小光迟疑了片刻,说:“女孩。”

章老大用一种善解人意的口吻说:“女孩好啊,女孩知道心疼爹妈,女孩好多时候比男孩还好呢。”

王小光点头说:“是。”

章老大忽然说:“我听小菊说你们是亲戚,到底是什么亲戚?”

王小光微侧了一下头,似乎特意关照到坐在后面的简菊,说:“她是我表妹。”

章老大饶有兴趣地说:“我知道她是你表妹,不知道她是你哪根线上的表妹。”

王小光想了想说:“说起来还挺复杂的,我管表妹的妈叫姑妈,其实也就是这么叫。我问过我妈,我妈说表妹是我姑妈的小姑子的大姑姐的女儿,确实是拐了好几道弯儿的。”

章老大听了哈哈大笑,说:“你这一连串姑妈小姑子大姑姐表姐表妹的把我都听晕了,难为你搞得清楚!”他转过来问简菊,“你弄得清吗?”

简菊一个劲儿地摇头。

章老大说:“我听了半天好像你们并没有血缘关系啊?”

王小光说:“好像确实是没有血缘关系,不过我们是老亲,祖上还有些亲上加亲的关系,而且一直是有走动的。”

章老大说:“人家说‘打仗亲兄弟,上阵父子兵’,我们家亲戚少,有些亲戚从前还走动,现在也不怎么来往了,你既然跟小菊是亲戚,以后就多走动吧。”

王小光听了就像得着圣旨一般,朗声回答说:“好的,那太好了!”

简菊的生日宴会之后,王小光果然就名正言顺地当起了她的护花使者。我再和简菊见面,车接车送基本是他的事,而且他还经常陪伴在她左右,像个忠心耿耿的侍卫。说心里话我不太喜欢他总跟着简菊,一个原因是有他在场我们说话不方便。其实倒并不是说我们有多少要背着人说的私房话,只是旁边多一个人,不管他听不听总得顾忌这个人的感受,说起话来便多了些障碍,况且有些是女人之间的话,有个男人在边上旁听,就没法张口说了;再一个原因是我觉得他一直在使劲高攀简菊,这也让我感觉不怎么舒服。在我看来他除了身高长相过得去,别的都是不达标的。他显然没读过多少书,经验层面的事情说起来头头是道,但是当他想说一点高级的能够显示或者显摆自己的话时我发现他的逻辑极为混乱,一段话说得东拉西扯让人晕菜,而且往往说着说着就跑题,不知扯哪儿去了,所以我特别怕听他卖弄,好在这样的时候倒是不多。我还发现他极善于察言观色,随时装得可怜巴巴忠心耿耿,其实是见到利益不管大小都会两眼放光奋不顾身往上扑,这让他在我心里很是失分。因此在我看来他当简菊的护花使者实在有点档次不够。更何况之前还有英俊潇洒风流倜傥的吕非老比着,王小光与他显然是不可同日而语。

13

简菊生日宴会之后除了王小光还多出了一个护花使者，便是在晚宴上大出了一把风头的章老大的朋友兼生意上的合作者陆虎。陆虎和王小光的风格截然不同，他是通过送礼传情。不止一次我亲眼目睹他派人给简菊送来各式礼物。

陆虎送给简菊的礼物五花八门，倒也不都是特别贵重，但看得出是颇费了一番心思的。比如我见到过的有巧克力、热带水果、国外带回来的玩偶、应季的大闸蟹、一只从动物园买出来的刚断奶的纯种暹罗猫、一缸身价不菲的热带鱼等等，最值钱的大概要算一辆意大利比安奇牌的自行车。我听简菊说陆虎告诉她世界上第一辆女式自行车就是这个牌子的创始人比安奇先生为女王设计的，这个牌子是意大利的名牌，它以工艺完美品质超群而著称于世。后来比安奇被瑞典人收购，之后大多数自行车都是在亚洲生产意大利组装，其中也包括一些顶级产品。当然陆虎送给她的这一辆是地地道道的正宗比安奇产品，是他花了五位数而且费了不少周折从别人手里买来的全新货。简菊从来不骑自行车，也看不出她对自行车有什么偏爱，我有点不明白陆虎为什么要挑这么一个礼物送给她。我琢磨他专门挑这个牌子的自行车，还扯出女王来说事，大概就是把她比作女王来取悦她吧？我觉得这个弯子绕得未免也太大了，不过真要是这样倒也的确是煞费苦心。有一次我没忍住好奇问简菊陆虎为什么要送她这么一辆自行车，她像外国人一样耸一耸肩，不以为然地说："一辆自行车他都肯掏那么多钱，他大概是想让我知道他舍得为我花钱，也花得起这个钱吧。"

她话倒是说得直爽，但我觉得多少有点故意避重就轻，这反过来或许也能说明她对陆虎的心思其实是看得明明白白的。我能看出她对王小光的鞍前马后基本熟视无睹，但对陆虎的殷勤备至却不能无动于衷。我目睹她接受陆虎的礼物时十分开心，有些礼物甚至让她欣喜若狂，比如那只娇媚可人的两个月大的暹罗猫，再比如那一缸子五彩斑斓的热带鱼。他送她比安奇自行车时我不在场，没能亲眼见证那一幕，想来她肯定是很高兴的。我有一个小小的发现，等她收了陆虎一定数量的礼物之后，她说起他时的态度和以前完全不一样了，连语调都是甜蜜的。

平心而论简菊不是贪财之人，再说章老大在物质上可以说是最大限度地满足她，只要她想要，他从来没有一个不字。简菊对陆虎送她礼物那么高兴，在我看来最主要的一条可能还是因为有另一个财大气粗的人对她如此殷勤，这让她在章老大面前很有面子。

其实我心里也很好奇章老大怎么看陆虎对简菊献殷勤。在这件事上头他以他一贯的含蓄和内敛没有什么明确的表示，至少是没有任何不悦的表示，他态度平淡，就跟一般人看着旁人收礼差不多，只是他完全没有那份羡慕和眼热。我想他不可能不清楚那些礼物是有另外的含义的，所以我觉得他的无动于衷是装出来的。

有好几次陆虎派人给简菊送礼我正好在场，这也说明他给她送礼的频繁。有一天送来的是一盒子日本产的糯米点心，章老大看一眼，淡淡地对简菊说一句："你不是怕发胖不吃这些东西的吗？"

沉浸在喜悦当中的简菊说："送来了就吃呗，胖了再减肥。"

章老大便笑一笑说："真难为他样样想得到。"

我觉得他这句话有点一语双关的意思，但简菊好像根本就没在意。

再一次是陆虎派人送来热带鱼，章老大居然跟简菊一样十分高兴,甚至忙里忙外帮着她安置。

我听他对简菊说:“陆总还真是有心!”

简菊乐呵呵地说:“就是啊。”又说,“你就想不到!”

他就像是十分由衷地说:“陆总头脑聪明,心又细,谁能跟他比?像他这样的人怎么能不成功呢?”

简菊听得直点头,笑得就像一朵花。

无意间章老大的眼神和我碰到一起,他的目光迟疑了一下,马上笑容可掬地对我说:“你说我说得对不对嘛?”

我笑说:“你说陆总头脑聪明,心又细,不过他怎么也比不上你吧?”

我这么说自然有站在自己朋友一边,又有哄他开心的意思,他听了哈哈大笑说:“话可不能这么说,你怎么能说他比不上我?”

我知道他爱听这话,故意说:“他没你成功。”

他再次哈哈大笑,说:“怎么能说他没我成功呢?”

我说:“至少他没你钱多吧?”

他收了笑,做出严肃的样子说:“钱多钱少倒也不好说,有的时候不能光比钱的。其实我是挺佩服陆总的。”

就像是为了给自己的话找些佐证,他讲了一些陆虎的事情给我听,我发现简菊比我听得还要津津有味。

他说陆虎曾经帮过他,甚至说救过他也不过分。他问我对亚洲金融危机有多少了解,一边讲起了他在那次金融危机中的遭遇。他说1997年7月泰国宣布放弃固定汇率制实行浮动汇率制,引发了一场遍及东南亚的金融风暴。当天,泰铢兑换美元的汇率就下降了17%,外汇和金融市场一片混乱。因为受到泰铢波动的影响,亚洲金融风暴席卷泰国,周边的国家如马来西亚、菲律宾、新加坡、印度尼西亚的货币都成为国际炒家的攻击对象，香港、台湾地区和韩国的金融体系也受到冲击，韩元的危机也冲击了在韩国有大量投资的日本金融业，亚洲股市全面大跌，东南亚金融风暴演变为金融危机。他说那时他在香港尤其是印度尼西亚都有相当大的投资，泰铢大跌当天陆虎就打电话给他，让他当心，他却并没有特别当回事，以为就是一天或者几天的事，扛一扛也就过去了。次日他又接到陆虎电话，建议他能撤就撤，至少不要再往里投钱了。而那时他根本就没有打算要跑，他非常看好手里的项目，甚至怀疑陆虎是不是眼红他。他正想把更大的资金砸进去，而且正好可以趁着大跌抄个底，陆虎却在电话里一遍遍对他说这就是海啸，是金融海啸，赶快逃命要紧，这会儿不是考虑赚多赚少的时候，止损才是第一位的。他听他说得如此严重，有点将信将疑，仔细地看了电视和报纸，打了一圈电话，咨询了他信得过的人，终于明白了情况真的相当危险。他仍然没有当即就走，只是采取了观望的态度，没有马上履行合同。后来证明陆虎的提醒是相当及时的，当然也是对的，他也因此控制了损失。结果印度尼西亚是受这次金融危机冲击最为严重的国家，而且出现了有史以来最严重的经济衰退，如果当初他陷在里面，后果不堪设想。陆虎除了挽救了他在印度尼西亚的投资，随后还挽救了他在俄罗斯的买卖。他说就在1998年9月2日这一天，卢布一天之内就贬值了70%，这是多么吓人！俄罗斯股市汇市急剧下跌，直到年底俄罗斯的经济仍没有摆脱困境，如果不是听了陆虎的话及早抽身，那很可能前面躲过的到后面还得赔进去。

他感叹说："多亏了陆总，要不是他，我肯定损失惨重，说不定这十几二十年就白忙乎了，一把就被打回到原形。"他带着一种由衷的赞赏说，"陆总对宏观形势把握得特别好，他很会看大势，他不光看经济形势，还会结合政治、国际形势、国家关系、国家实力、政策调整等等来看经济发展，而且他会把这些跟实际操作结合起来，动作快，下手准，心也足够狠，这些都非常值得我学习。就说亚洲金融危机，就在我还犹豫观望的时候，他早已经割肉跑了。其实那次金融危机他在香港股市的损失也不小，假如他不走，恐怕就会彻底伤了元气。这么多年在生意场上我也遇到过形形色色的人，没有多少是我真心佩服的，陆总可以算一个吧。”

听章老大这么说倒令我对陆虎平添敬意。我曾经听吕非老说过陆虎就是个野路子，没上过什么学，靠歪门邪道飞黄腾达。据吕非老说陆虎在下海以前是广东某市一家看守所的所长，后来从看守所辞职做起了资本运作，很快参与了广东某上市公司的资产重组，那时“资产重组”是个非常时髦的概念，他浑水摸鱼挣着了钱，而且还是数额可观的大钱，由此发迹。我不清楚一个看守所所长是怎么进入门槛很高的金融业的？我也不清楚他是凭什么能去参与资产重组的？我问吕非老，他也说不清楚。不过他说此人背景复杂，水深得很。看来这个吕非老嘴里的“野路子”是不能小瞧的。

跟陆虎比比，王小光就显得很小儿科了。他尽管有胆冲上去跟他同台竞艺，但实际上他跟陆虎是不可同日而语的，这点他自己显然也是一清二楚的。他一定没想到自己阴差阳错竟然跟陆虎成了竞争者，他对他的醋意也就油然而生。

在随后章老大带着简菊去香港打理生意的一个月里，他把陆虎送给简菊的一大缸漂亮的热带鱼全部养死了。等章老大和简菊回到家，鱼缸里只剩下几根已有腐烂迹象的水草和几只看不出死活的清洁鱼缸的小蜗牛。简菊心疼得大哭，可是她再怎么哭死掉的热带鱼也不能复生。她在电话里告诉我热带鱼都让王小光养死了，我问她怎么回事，她说王小光说是鱼缸加热设备故障鱼被冻死了。没过几天她又打电话给我说猫也病得很厉害，好像快不行了。我让她赶紧带猫去动物医院，她说已经去看过了，医生说猫的肝脏肿大，像是慢性中毒，当然也可能是先天的原因，如果是成年猫还有百分之五十的治愈可能，幼猫基本是没有办法的。没过几天暹罗猫也死了，简菊在电话里悲痛地告诉我陆虎送她的宠物一只也不剩了。我脑子里的福尔摩斯神经不由得跳动起来，我立马想到会不会是王小光对这些弱小的生命下了黑手。不过我没有证据，当然不好乱说；即便有证据，人家是表兄表妹，我也不便多嘴。

过了几天简菊约我去她家玩，她一见我就开门见山说："我一直怀疑鱼和猫是王小光故意害死的，昨天我问了他，他先说他不可能做出这么缺德的事，后来又说养那些玩意儿看着添堵。这么说就是他下的毒手，你说是不是？"

我一时语塞，不知道该怎么说。

简菊像是自言自语一般说："不是他又是谁？"

我谨慎地说："那倒也不能就这么下定论吧。"

她愤愤地说："完全可以下定论，肯定是他干的！他要是清清白白手上没沾一点鲜血，我这么冤枉他还不跳起来？你说他人心是怎么长的？就不怕遭报应吗？"

尽管我心里的猜测被进一步印证，但我还是希望王小光没有那样做。他看上去也并不像是心狠手辣的人，而且我一直听说他是喜欢小动物的，他自己还养过狗。一个热爱小动物的人要去残害小动物，这是一件多么违心而且变态的事情啊。

简菊说："我真没想到他这么狠，我好后悔让他替我管鱼和猫了。还有一点没跟你说呢，我发现他人品不好。"她问我还记不记得她过生日那天在车里章老大问他有没有结婚的事，我说当然记得，她说，"其实他没有结婚，当然也根本没有什么女儿，他完全是信口胡诌的。章老大要不问，我是想不到问他这些，我也没兴趣知道这些。我知道他爱打牌，经常一打一通宵，而且他们是来钱的，他跟我吹牛说玩的数目挺大，一夜输赢能过万。有一回也是闲聊，我问他你整夜在外面玩牌还赌钱你老婆不管你吗？他说他没有老婆，我说那你不是跟章老大说你结婚了还有孩子？他哈哈大笑，说就是那么一说，好让他放心。我说章老大对你会有什么不放心？他说那可说不好，我们说是亲戚，其实也没有血缘关系，他防我是正常的。我说那你就对你老板撒谎？他说那也是为我们好。他居然说'我们'，你说可笑不可笑？"

我真有些吃惊。

她说："这样一个人，还是我唯一走得近的亲戚，横竖都该算是我的'自己人'，说实话我用他真是不放心。"

我口气坚决地说："不放心你可以不用他。"

她摇头说："哪里这么简单？我用惯了他，毕竟他样样事情都替我想，不用他让我上哪儿去找这么一个人？"

14

不管王小光是不是真的在暗地里使劲驱除陆虎的影响，比陆虎更强的一个劲敌——吕非老又回来了。

简菊生日宴会的时候吕非老说他在外地，没人知道他的这个"外地"究竟是哪里，也许真的要搭上飞机火车才能到达，也许坐地铁和公交就能到达，甚至多走几步路就能到达，反正只要他不出现，咫尺便是天涯。我想这一点别说经多识广的章老大，就是年纪小小的简菊也是十分清楚的。那么长时间接触下来，其实大家都清楚彼此是什么样的人。章老大最含蓄，他曾经这样说吕非老："非老是个挺有个性的人"，简菊则说他："怪怪的，永远弄不清他是怎么想的"，我是这么说他的："我知道他怎么想的，但看到的结果永远是相反的"。吕非老对我们的评价照单全收，不但一点不恼，相反还很得意。他相当中肯地说："你们都是了解我的人，所以你们也是我最珍视的朋友。我可能是个不按常理出牌的人，但我真的不是坏人。"

他是不是坏人姑且不论，这个自称"不按常理出牌的人"果然是以一种一反常态的方式回来的。就在章老大和简菊从香港回来不久他就出现在章老大面前，而且一见面就开口向他借钱，一张口就要借五万块。那是1999年，他在单位上一年班也就是挣三四万块钱，再多也多不到哪里去。章老大倒是经常有人向他借钱，比这数目大的也多得是，但吕非老向他借钱还是头一次。而且因为生意上的合作他在去香港之前刚打给他一大笔钱，他认为他不应该这么快手头就短缺了。——某一天章老大在电话里跟我闲聊，就像是无意间说起这一段。他告诉我这些并没有说担心吕非老怎么还这笔钱，而是说害怕他年纪轻，又刚跟夏茵茵分开不久，别因为情绪不稳把持不住，跟人走上了邪路，比如赌博、吸毒什么的，或者被人骗了，所以存了个心眼，多问了他几句。我问他吕非老是怎么说的，他说他明显是不想说，但是架不住他绕着圈子问来问去，只好说出来钱是给夏茵茵的。我说他和夏茵茵不是分了吗？言下之意怎么还给她钱。章老大说他也是这么说的，吕非老说婚还没有离，没离一天她就是他老婆，他养她是天经地义的。章老大说话都说到这份儿上了他就不便再说什么，让会计拿了五万块钱给他。但是不出一个月，吕非老又一次来找他借钱。他疑心更大了，他不相信夏茵茵这么快就把五万块钱花光了。他告诉我吕非老开口之后他先是保持沉默，拿烟给他抽。吕非老终于绷不住了，主动说出那五万块钱他其实没有交到夏茵茵手上，而是投进了股市。他说本来想趁着牛市进去滚一下赚点钱的，没想到成泥牛入海了，放进去当天就被套住，十几个交易日一天也没红过，眼下浮亏已经快百分之三十了。割了吧心有不甘，也实在舍不得，等着它解套吧又怕越跌越深，真是进退两难。想想还是先不管它，毕竟不还是牛市嘛，跟它慢慢耗吧，以时间换空间。章老大听他说得像是那么回事，就又让会计拿了五万块钱给他。吕非老当即表示等手里的股票涨上来点他就会出来，一出来就会把钱还回来，章老大反过来叫他不用着急。

后来我反应过来章老大给我打这个电话完全是因为吕非老时隔不久的两次借钱。章老大在电话里先跟我聊了好些别的，甚至问我最近在读什么书，有没有读到什么好书之类，我心里清楚他跟贾宝玉见到林黛玉问她妹妹读过什么书完全不一样，他对我读什么书、有没有读到好书绝对不会真正感兴趣，他不过就是挑起话头罢了，就像外国人见面谈论天气一样。果然不出我所料，扯了几句闲篇之后他就问我最近有没有见到吕非老，我说有日子没见过他了。他问我想不想见他，我模棱两可地说见也行不见也行。他便笑着问我吕非老这个人到底靠谱不靠谱。我听了不由笑起来，我说你和他那么熟，他靠不靠谱还用我说？他又问我最近听没听说他遇到什么事？我说这我倒还真没听说，我反问他是不是听说他遇到了什么事。他说他也没有听说，只是随便一问。我心里清楚他那个人是绝对不会随便一问的，一定是事出有因。我对他说你不说就算了，我也不想知道。他便说出了吕非老跟他借钱的事情。他说："他跟我借钱倒没关系，我怎么总觉得心里有点不踏实。我也没谁能说，就跟你说说。"

我叫他放心，一边跟他开玩笑说："那你是心疼他人，还是心疼你的钱？"

他听了哈哈大笑，说:“你就是想把我绕进去算!”

我调侃说:“人家不是说嘛，借钱给朋友就当那笔钱丢了。”

他立马说:“不是钱的事。”

我想也不应该是钱的事，他那么有钱区区十万块钱影响不到他什么，况且吕非老也不一定就不还他。

我继续跟他逗:“那你就是心疼人啦?”

他呵呵笑着说:“算是吧，不过没你说得那么邪乎。”

他让我暗中多留意吕非老，真有什么事情一定告诉他一声。

一个星期后章老大张罗了一次饭局，那天是在故宫附近的一个小院子里，好几道门进去，大厅中央就摆着一桌席，服务员倒是站了一地。我到得稍微晚一点，宾主已经在各自的座位上坐好，我一眼就看见吕非老也赫然在座，而且他神色自如，笑靥如花。章老大坐了主位，简菊坐在他正对面，宾客也基本是些老面孔，一时间我恍若昔日重来。

席上的气氛相当好，大家有说有笑，十分欢洽。从前我们就是这样的，可是已经好久不这样了，忽然间又这样了，我心里有一种说不出来的愉快。章老大似乎也被这种欢愉的气氛打动，他一高兴就多喝了几杯。吕非老也很兴奋，同样也喝得有点高。他们俩你一言我一语，就像说相声一般，两个人都机智幽默妙语连珠，把一桌人逗得前仰后合，简直乐翻了天。我已经好久没看见他们如此默契和情投意合了，心里既高兴又惊讶。简菊这一天也是喜笑颜开，她一改以前那种矜持冷漠的姿态，不但有说有笑，还照应席面，就像一个真正的女主人一样，甚至亲手给每个客人斟酒。

我看到她在给吕非老倒酒的时候脸微微红了一下，不过两个人看上去还都挺自然。章老大在简菊给吕非老倒酒的时候转过头去和旁边的一位客人说话，我觉得他是有意避开目睹这一幕，但是他对吕非老的热情周到以及他们两个人之间一颦一笑的呼应与默契，又让我觉得他们是不存在任何芥蒂的。我一点不知道这些日子发生了什么，或者什么也没有发生，不过总体来看，他们三个还是相当和谐的，甚至比以前还要和谐。

宴席临近结束前吕非老趁着敬酒换到了简菊旁边的位子，他拿着一个照片洗印店赠送的那种小相册让她看里面的照片，简菊起先似乎并没有多大兴趣，只是出于礼貌把头凑过去看了看，但她看了一眼之后就伸手接了过去，一页一页看得特别入神。我猜不出吕非老拿出的是什么秘密武器如此吸引她，我也借着敬酒凑了过去。说老实话我一看之下真是吃惊不小——我从简菊手中翻开的相册里看见的是夏茵茵的照片，那可真是千娇百媚搔首弄姿。吕非老说这些照片都是他给她拍的，有时一拍就是一整天。他对简菊说："找个天气好的日子我也替你拍点照片好不好？等回头看看年轻时候的姿容多珍贵啊！"

我在旁边听了心里直好笑，担心简菊听他这样说会不高兴，就好像她年轻不了几天了似的。果然简菊马上说："被你这一说好像我转眼就成老太太了！"

吕非老赶忙解释说："我不是这个意思，你离老还远着呢。不过青涩有青涩的美，成熟有成熟的美，在我看来老也有老的美，那是各不相同的。但是成熟了就不可能再有青涩之美，老了也不可能再有年轻时的丰盈之美，所以一定要抓紧时间把各个阶段不同的美都保留下来。"

简菊冷冷地反问一句："那又有什么用？"

吕非老显然没料到她会来这么一句，脑子似乎出现了片刻的短路。他想了一下说："有什么用还真不好说，也就是说——曾经美过。"

他们俩突然同步地大笑起来，而且同样是笑得收不住。

我真没觉得有多么好笑，至少是没有像他们那样觉得好笑。就在这时，正和别人聊得火热的章老大突然转过脸来，做出漫不经心的样子问我："他们在笑什么？"

15

这天晚饭结束没有马上散，章老大乘兴邀大家一起去唱歌。他不知因何兴头特别好，一直声称自己五音不全从来不在歌厅唱歌的他竟然破例亮开了嗓子。他唱的是张学友的《吻别》，平心而论，他自然是不能和张天王比，但他唱得声情并茂，也是蛮打动人的。尤其是唱到"我和你吻别在无人的街，让风痴笑我不能拒绝，我和你吻别在狂乱的夜，我的心等着迎接伤悲"那几句，实在是相当有味，引得包厢里的宾客们跟着他一齐唱起来，气氛热烈。但我更喜欢的是这首歌的叙述部分，我觉得那歌词大有意味："前尘往事成云烟，消散在彼此眼前，就连说过了再见，也看不见你有些哀怨，给我的一切你不过是在敷衍，你笑得越无邪，我就会爱你爱得更狂野。"还有这一段，"想要给你的思念，就像风筝断了线，飞不进你的世界，也温暖不了你的视线，我已经看见，一出悲剧正上演，剧终没有喜悦，我仍然躲在你的梦里面"。我边听边觉得章老大是在倾诉，而且是如泣如诉，真是被伤了心的样子。我感觉这首歌不像是唱给简菊的，简菊一直跟着他，怎么也说不上"前尘往事成云烟"吧？再说他给出的那种分量也不像是针对简菊的。有意思的是这首挺伤感挺悲情的歌被他演绎得略显诙谐和调侃，他边唱边一眼一眼地瞟着吕非老，吕非老竟然也不回避，目光一次一次地和他对接，一副像是心领神会心服口服的表情。包厢里好几次有人忍不住嘿嘿地笑出声来，他们笑啥自然也是不言自明。章老大唱到动情处双眼紧盯着吕非老，眼睛里几乎要长出钩子来，引得那几个没溜的男人的一阵阵的哄笑和掌声。我觉得他们实在是太露骨太猖狂太过分了。

我几乎有点坐不下去，可是想想不管这两个人是假戏真做还是戏假情真，那都是他们之间的事，跟我一点关系没有。我悄悄去看简菊，她比我沉着镇静得多，根本就没有什么反应。她稳稳当当地坐在沙发里，听得相当入神，等到大家一块儿唱副歌的时候她也晃动着身体大声唱起来，十分投入的样子。我怀疑她是不是根本就没有听出这歌里另外的滋味或者说弦外之音，我也怀疑她是不是根本就没看出章老大和吕非老之间的眉目传情，不过那得多不敏感才能毫无觉察？当然假如她完全不知情，或者完全不明白，倒也有可能根本就想不到。于是我心里产生了一个大大的疑问：难道她真的一点都不知道吗？

在章老大唱完了《吻别》之后，吕非老接着唱了一首《心太软》。他半闭着眼睛，麦克风贴在嘴唇上，唱得情真意切，用声情并茂都不足以形容，简直是掏心掏肺。我觉得这首《心太软》也算是神作，仿佛就是为吕非老量身定制的一般，或者干脆就是吕非老自己用化名写的，歌词直接就唱出了他的心声："你总是心太软心太软，独自一个人流泪到天亮。你无怨无悔地爱着那个人，我知道你根本没那么坚强。你总是心太软心太软，把所有问题都自己扛，相爱总是简单相处太难，不是你的就别再勉强……"还有这一段歌词也是相当有意思，真是既贴切又应景："夜深了你还不想睡，你还在想着他吗？你这样痴情到底累不累？明知他不会回来安慰。只不过想好好爱一个人，可惜他无法给你满分。多余的牺牲他不懂心疼，你应该不会只想做个好人？喔，算了吧，就这样忘了吧，该放就放，再想也没有用。傻傻等待他也不会回来，你总该为自己想想未来……"

他唱得动情，仿佛融进了歌里，但显然这首歌不是呼应章老大跟他调情，而是在诉说他自己心里的另一段苦情。我觉得如果说刚才章老大那首《吻别》是“抒情”的话，吕非老这首《心太软》应该算是“叙事”，说的显然是他跟夏茵茵之间的事，但他究竟是对章老大还是对简菊“叙事”，还是自言自语自我抒发，我一时倒还真有点不好判断。

但我发现简菊显然听明白了这首歌，在歌厅包厢昏暗的灯光下，她眼睛里有晶莹的东西在闪动。当吕非老唱完这首歌的时候，也是她第一个鼓起掌来。

这个夜晚后来唱了什么我记不大清了，最大的亮点就应该是章老大和吕非老的这两首歌。我记得从歌厅出来，大家依依惜别，感觉真的是昔日重又回来。我发现自己特别喜欢昔日重来的感觉，有意思的是我发现在这上头章老大和吕非老显然跟我一样，他们好像也找到了那种失落多时的感觉，两个人脸上闪耀着情比金坚的光芒。告别的时候他们俩站在风里，脉脉含情地说了许多话，因为离得有一段距离，我听不清他们在说什么。但看他们的站姿和肢体语言，两个人是那样地情投意合。他们好容易说完了话，大家准备分头回家，我真怕章老大要在众目睽睽之下带吕非老走，他那个人是完全做得出来的，他不吝起来横扫一切，何况又喝了酒唱了歌煽了情，一切似乎都水到渠成。但是他没有，他只是当着我们大家对吕非老说了一声“改天再聚”，当然这句话也可以认为是对我们全体说的。

章老大和吕非老就这样自然而然地恢复了情同手足的关系，两个人似乎从来没有疏离过。因为吕非老感情上的回归，章老大的饭局也猛地多了起来，那一阵真是三日一小聚，五日一大聚，那种觥筹交错夜夜笙歌的气氛透出纸醉金迷挥霍无度的味道，章老大似乎恨不得把每一天都过得像是世界末日一般。他花钱如流水，但他花得显然是真高兴。

除了这些呼朋唤友的饭局和饭后的余兴节目，我知道吕非老还有事没事常去和章老大泡在一起。有几次因为稿件上的事情我打电话给他，他都没在班上，而是回回都在章老大那里。和以前不太一样的是他们并没有开展什么业务合作，在一起就是纯粹消闲。章老大有闲工夫我认为不足为怪，因为他事业有成财富充足，吕非老也那么悠闲让我觉得他是被爱情和生活打垮了，有些不思进取。我不知道他欠着章老大十万块钱心里急不急，说实话，他那副消沉颓唐的样子真让我看着有点替他着急。当然我不过是希望他好，并没有别的意思。章老大和吕非老在一起的时候时常也会叫我过去玩，那一阵正好我当时的男朋友出国读博士去了，上班又不忙，所以基本是他们一叫我就过去。有时简菊也在，有时她不在，只要我去了章老大马上就会打电话把她叫过来。我们四个人偶尔会打打麻将，但简菊不喜欢打牌，顶多坚持四圈就烦了。章老大意犹未尽会叫司机上桌来替她，但简菊看牌更烦。所以更多的时候我们就是喝喝茶聊聊天。

我能感觉到有吕非老在简菊总是高兴的，就是烦也不过是撒娇而已，而章老大对她的撒娇是纵容的，把她宠得就像孩子一般。章老大最喜欢讲的一个笑话就是他带简菊出去有人把她当成他的女儿，这个笑话我听过好多次，每次他讲起来自己都笑得前仰后合，让听他说的人不笑都不好意思。章老大明摆着不会觉察不到简菊对吕非老的那种难以言表的倾心，但他却完全是一副置若罔闻的样子。而他对吕非老的亲近也并不避着简菊，让我真的非常奇怪，我完全弄不清他们三个人是怎样保持这种在我看来既相当神秘又相当神奇的平衡的。

有一次我和简菊单独在一起的时候悄悄问她："你现在看见吕非老到底是一种什么样的心情？"

她沉思了片刻说："就像牙疼的时候吃巧克力。"

我立马被她逗笑了。

我说:“牙疼的时候是可以不吃巧克力的。”

她摇了摇头,说:“有巧克力怎么能忍得住不吃呢?”她脸上浮起无奈的笑容说,“其实他不是巧克力,他根本就是毒药。”

我笑说:“那你应该远离毒药。”

她十分严肃地板起小脸说:“我当然知道,那我也得做得到才行啊。”

我看她认真了的样子就没敢再继续跟她开玩笑。

她突然问我:“你怎么没爱上他?”

她两眼炯炯地直视着我,不容我回避。说老实话,她这么单刀直入,一下子把我问懵了。要说我和吕非老之间也不能说是完全清白的,即便没有爱情也不是没有暧昧,这我承认。我也说不清我们怎么会成了这种类似兄弟或者说闺蜜的关系,我只能说这是在历史发展中自然形成的,就像溶洞,里面有钟乳、怪石、奇峰等等,是石灰岩地区经过地下水的长期溶蚀形成的,不是一朝一夕之功。其实我和吕非老成了现在这样要说也是阴差阳错,比如他对我钟情的时候我正跟别人打得火热,而当我对他有意的时候他又陷入了某一场狂热的恋爱,越到后来当然可能性就越小,因为我们彼此知道得太多了。彼此知道得太多可不是什么好事情,尤其是在男女交往这个事情上。不了解才有神秘感,而且不了解才容易美化对方。可惜我和他之间那层能制造雾化效果的纱幕早就不存在了。可是我这么说简菊根本就不相信,她微微笑着,笑得有点神秘莫测。我估计她肯定是认为我跟吕非老有一腿或者我们之间有什么不可告人的秘密。

果然她听完我的解释便说:“其实我知道我是不该问的,那是你们之间的秘密,你放心,我以后再也不会随便问了,就是你想告诉我,我也不听。”

她格格地笑起来，还夸张地用手指堵住耳朵，倒弄得我不好意思起来。我说："我真不是要故意隐瞒什么，我跟他是有点说不清楚，但有一点是肯定的，我和他是不可能的。"

为了让她彻底放下心来我向她说了一些"不可能"的因素，我再次强调了结论，就是我们早就错过了，没有可能性了。她转动着眼珠，似乎在判断我说的是不是真话。不过她很快就吐出一口气，做出不再较真的样子说："好吧，你怎么说我就怎么听吧。"

我笑着逗她："你问这么多说明你心里还是放不下他呀！"

她瞪我一眼说："这是两码事！"

我故意不依不饶地说："那你跟我说说理由。"

她顿时就泄了气一般，沮丧地说："我真的是想彻底放下，要是看见他一点感觉没有就好了，可是我承认我没做到。"

她就像打开了一个泄洪口一样向我倾诉吕非老闪电结婚好几个月都不露面甚至打电话给他都不接她有多么失落和沮丧，她在心里发誓再不理他，可是等再见到他，他朝她无辜地一笑，想到他也是一个在爱情中受伤的人，她居然把之前他的种种"劣迹"统统丢到了脑后，而且对他充满了怜惜。

她这样说："我找不到一点恨他的感觉，看见他的时候我觉得空气是软的，阳光是软的，一颗心更是软得就要化掉了，我真想冲过去对他说你回来了就好，别的都无所谓。我就像丢了一个大钱包又捡回来了，真的是心花怒放啊！你说我是不是很贱？我真是没药可救了！"

我无言以对。

她又说："其实我不喜欢他跟章老大混在一起，我也不喜欢他们在一起商量那些生意上的事，我说过章老大，我直来直去跟他说你们就是骗完了这个骗那个，黑完了这个黑那个，挣的就是昧心钱！不过这样的话我可不敢跟吕非老说。我想过如果把章老大换成他，我一定会非常非常温柔，我会对他言听计从，绝对不会对他说一句难听的话。我这个人是很没有原则的，只要我心甘情愿，让我做什么都行。上学的时候老师就说我脑子不清楚，所以我不喜欢去上学，不过我觉得老师说得倒是没错。有些事情别人一是一二是二弄得特别清楚，到我这儿就是一锅粥，而且我也不想弄清楚，所以我是个糊涂人。而且就像歌里唱的，我总是心太软。心太软真的不是一件什么好事，可是心太软是没有办法的事啊。我觉得我越来越能包容了，尤其是出来混了这三四年，我经历了许多过去从来没有经历过的事，甚至是一般女孩不会经历的事，有些是你知道的，有些我从来没有跟你说过，不是我不想跟你说，而是不知道怎么跟你说。简单说吧，我觉得自己变老了。我说的不是外貌而是心，心老起来是很快的，比外貌老得还要快。”

说完她重重地叹了一口气。

她的这番话实在是够我消化一阵子的，我不清楚她是不是想说连章老大和吕非老那种关系她都容忍了，还有什么是她不能容忍的？但是又似乎不太像，我不相信她真的已经到了看破一切包容一切的地步。或许是我心里不希望也不舍得她这样沉着冷静地面对如此难堪的关系吧。我不由想起三四年前第一次见到她的时候，她可是一个简简单单的小姑娘，干干净净，如花如玉。如今虽然不能说她就不干净不如花如玉了，但在这个泥沙俱下的环境中，一个靠男人生活的女孩，恐怕真的是“欲洁何曾洁”。

她看我不说话，问我：“在你眼里我是不是很坏？”

我赶紧说：“当然不是。”怕她多心我又补一句，“如果你很坏我会拿你当朋友吗？”

她淡淡一笑说：“其实你不必安慰我，我爸和我后妈都不好意思来看我，我清楚自己是什么货色。你肯拿我当朋友，其实我心里是挺感激的。另外也说明一个问题——”她停下来，调皮地望着我笑，欲言又止。

“说明什么？”

“你也是个糊涂人，其实我早看出来了。”

我哈哈大笑，心里感叹这小姑娘真是成了精了。

16

没隔多久，在一个月黑风高的夜晚简菊突然打电话给我，问我在不在家，说她要来找我，已经在路上了。她从来没有在深更半夜急匆匆上门来找我，我问她是不是出了什么事？她说见面再说，便匆匆挂了电话。

在等她到来的那段时间里我心里做了种种猜测，我想会不会是她和章老大吵架了？或者是和吕非老发生了什么事？我甚至想到会不会是章老大的老婆打上门去了？但我又否定了这些猜测，第一种的可能性极小，章老大一向对她爱护有加，把她当小妹妹甚至是当女儿看待，从来不跟她吵架，就是偶尔跟她有句把言语不对，他也会说些别的岔开去，或者自己找台阶下，不会和她认真；第二种可能性也不大，因为没有这方面的端倪，再说他们认识也三四年了，要有事也早有事了；第三种可能性就更小了，章老大的太太住在上海，和他处于分居状态，他们早就说了要离婚，估计也不会突然跑来管他的闲事。我想来想去，实在猜不出究竟是因为什么。

我等了一个多小时她还没到，我不放心，打她的手机，却总是无法接通。我站到由半地下室新搬上来不久的这个小家临街的阳台上一次次张望，总算看见一辆两块钱一公里的桑塔纳开进了院子。

我下楼去接她。她从出租车里出来，头发蓬乱，神色仓皇，一副失魂落魄的样子。我还从来没有看到过她这样狼狈不堪。我挽住她的胳膊，刚问了她一句“你怎么啦”，她就扑进我怀里，抱着我呜呜地哭了起来。

进了屋，她忍住哭说：“他和他怎么能那样？我太伤心，真的，我都没法跟你说！”

虽然我不知道她这个“他和他”指的是谁，但凭直觉就是章老大和吕非老无疑。我马上想到莫非他们有什么不恰当的行为落在了她的眼睛里——在那个刹那我脑子里突然迸出日本作家三岛由纪夫的小说《禁色》里描写的镝木夫人在卧室的锁孔里看见丈夫和她深爱的英俊青年悠一做爱的情景，难道简菊也撞见了类似的一幕？一想到这，我简直害怕她对我说出发生了什么。

我打开冰箱给她倒了一杯汽水，她端起来一饮而尽，一边流泪一边说：“要不是亲眼看见，我真不敢相信，谁对我说我都不会相信……其实他一直对我都是挺好的，真的是相当好，他疼我，他很会疼人，要不我也不会跟他在一起这么久了。可能别人以为我看中的是他的钱，其实我最看重的是他对我好。我长这么大，从来没有一个人像他这么关心我，真的可以说是无微不至。每天我吃没吃饱，吃得好不好，穿得漂亮不漂亮，在他那里都是大事，有时候我都烦他管得太细了。他就像一个爸爸，不，比爸爸要好得多；他简直像一个妈妈，不，比妈妈也要好得多——至少比我的爸爸妈妈要好得多。其实，我一直以为他是很爱我的，我心里还一直自责自己远没有他爱我那样爱他，我还觉得自己亏欠他呢。看见他对他那样，我真的傻了，我第一个念头就是他根本不爱我，他只不过拿我当一个玩物而已，他还有别的玩物，他想要多少有多少，想要什么样的有什么样的。我以前真的是太天真太自作多情了，其实我在他那里根本就不算什么。我太傻了，我真愚蠢！”

她一口气说了这么多，听到中间我又以为是她发现章老大另有新欢了，我觉得如果真是这样反而没我想得那么糟。在没有弄清具体情况下，我只好大而化之地安慰她说：“章老大对你那么好，他当然是爱你的。如果他不爱你，他会对你这样吗？”

她不置可否，一边用纸巾抹眼泪，一边说：“今天的事情把我心里原来的想法都打破了，我真的有一种上当受骗的感觉。你说他会不会从头到尾其实一直在骗我？”

我不假思索地否定说：“当然不会，他干吗要欺骗你？”

她狐疑地望着我，好像在判断我说的是真话还是假话。随后她用一种坚定不移的口气说：“不不不，他就是在欺骗我！我不能再自己骗自己了，他真的对我是无所谓的，你要是看见那一幕你就不会怀疑我说的了。”

我真想问问她看见的“那一幕”究竟是什么，但我还是忍住了。我怕刺激她，更不想让自己尴尬和难堪。在我看来那是她的秘密，她要是想说她会说的。而且出于一种本能的自我保护，我一向认为最好离别人的秘密远点。

就在简菊进门不到一刻钟，我家的电话响了起来，是章老大打来的。他急促地说：“实在不好意思这么晚给你打电话——”

他刚说了一句，我为了让他放心马上接嘴说：“简菊在我这里呢！”

他像是大大地松了一口气，说：“我刚到家没找到她，我想她很可能是去你那里了，我这就过来。”

我告诉简菊章老大马上过来，她站起身就要往外走。我拉住她说：“这黑灯瞎火的你去哪儿？”

她呆了一下，说：“我不想再见他！”

我说:“有话好好说嘛,这么晚你一个人走我不放心。”

我把她拉回到沙发里坐下,给她去煮杯咖啡。咖啡刚煮好章老大就到了。

他站在门外,急急地问我:“她还在吧?”

我点头,请他进门。

他一边往里走一边说:“我真担心这小姑奶奶一赌气又跑掉了。”他走进房间,一刹那脸上露出惊喜的笑容,他笑呵呵地对简菊说,“总算找到你了,你怎么说走就走啊?可真把我急坏了,你看看我头顶都冒青烟了!”他转向我说,“如果在你这里找不到她,我可要报警了。”

简菊扭过脸去,一眼不看他。

章老大就像一个娇宠孩子的爹,笑着说:“什么时候也改不了这小孩儿的脾气!”

我发现他脸上虽然笑着,眼睛里却没有一点笑意,相反,是冷冷的,显然很不耐烦,只是竭力克制而已。我从来没有看到过他对简菊这个态度,心里有些忐忑,生怕他憋不住火会跟她吵起来。不过我马上就放下了这个担心,因为我看见他脸上的线条又恢复了柔和,神情里透出发自内心的容让和温和。他伸出手,就像抚爱一个年幼的孩子一样摸了摸简菊的头发,虽然简菊扭动着身子躲闪开去,他还是宽厚地笑了。

他转向我,格外客气地说:“这大晚上的给你添麻烦了,找一天我请你吃饭,好好补补你这份情!”

我笑说:“跟我还用得着这么见外?”

他伸手去拉简菊,要她跟他回家,简菊却甩掉了他的手。

章老大笑起来,说:“气性还不小哪!那你就待在姐姐这儿别走啦,我回家去。”他做出要走的样子,走到门口又停下来,换了认真的口气对她说，“你先跟我回家去好不好？有话我们回去慢慢说。”

简菊一声不吭，还是一副气呼呼的样子。

章老大几乎是哀求她说：“太晚了，姐姐明天还要上班呢，你在这里这么耗着不合适！”

简菊扭过头硬邦邦地说一句：“我不跟你走。”

章老大朝我苦笑一下，无奈地说：“我是搞不定她，看来只好搬救兵了。”

他拿出手机正要拨号，但他发现手机没电了。我让他用我家的电话，他走到门厅里，找到了电话。我在旁边轻声问他一句：“你怎么把简菊气成这样？”

他很无辜地说：“真没怎么啊！”他看我不信服的样子，又说，“我说了你大概也不会相信，今天我们三个人一起去温泉，下午去泡温泉游泳玩得挺开心的，吃过晚饭我和吕非老在房间里说话，因为一件小事我跟他吵了几句，不过我们很快就说开了。后来他就在沙发上睡着了，我坐在旁边看书，就这些，没别的。那会儿小菊正在隔壁房间里睡觉，那是一个套房，带一个小院子，房间之间都是通着的。我忽然不放心她，去她那个房间看她，发现房门开着，她人不知去向。我给她打电话也不接，我们赶紧就开车回城了。我回家去找她，家里没人，我想可能会在你这儿。就这些，没别的。”

简菊突然在里屋插话说：“别以为我不知道……”

章老大瞬间变了脸色，虚张声势地问她一句：“你知道什么？”

他马上就收了话头，电话也不打了，几步走到沙发边，紧挨着简菊坐下去，两条胳膊松松地圈住她，在她耳边轻轻说着话，就像哄孩子一般。

简菊却是毫不客气地挣开了他，气愤地说：“你别跟我提他，你们是一丘之貉！”

“一丘之貉”这个词让我心里一震，仿佛更加证实了我之前的猜想。不过我心里也觉得有点好笑，她高中没毕业居然还会用这个词，说明她语文基本功还确实是挺扎实的。章老大听见她说“一丘之貉”也忍不住扑哧笑了。

但是他却没有办法说服她跟他回去。无奈之下他站起身，再一次走到我家的门厅里，毫不犹豫拿起电话拨了号。

打完电话回到房间，他一脸轻松地对简菊说：“我叫他过来跟你解释，你不相信我，还不相信他吗？”

简菊呼地站起来，气愤地说：“你觉得这戏演下去还有意思吗？我什么都明白了，我跟你说，我也不想见他，你们我一个也不相信！”

“你到底明白什么？”章老大有点心虚地追问她一句，随后也似乎有些急了，说她，“这半夜三更的闹个什么劲儿？你还有完没完？”

我赶紧把他们劝开。

没过多久有人敲门，我打开门，吕非老带着一脸灿烂的笑容站在门外。

虽然我已经猜到章老大搬的救兵肯定是他，但是见到他如此明媚潇洒还是让我大感意外——他既不像简菊那样神色仓皇失魂落魄，也不像章老大那样满心牵挂焦灼不安，他心安理得泰然自若，就好像是闲来没事随便到我家来串门一样。实际上他没事从来没来过我家串门，我们之间没有这个习惯。他走进房间，章老大朝他使了个眼色，似乎提醒他小心行事。他没有任何表示，径直走到沙发边，伸出手拉住了简菊的手。简菊在一时的发愣之后突然哭了起来，她痛哭失声，就像一个在外面受了巨大的委屈的孩子。吕非老二话不说，拉起她把她揽到怀里。他们当着我和章老大的面紧紧地拥抱在一起，就像是久别重逢一般。

这个拥抱带来了无比神奇的效果，似乎所有的不满、恼怒、愤恨和委屈都瞬间化解了，简菊很快收住了哭声。

章老大试探地问他们："我们走吧？"

吕非老点头，简菊竟然也点了头。

他们三个人带着一股小风走出了我家。临走的时候章老大深深地看我一眼，悄悄地握了下我的手，感谢之情溢于言表。吕非老同样是深深地看我一眼，朝我使了个心照不宣的眼色。

我站在阳台上，目送他们三个人上了汽车。奔驰车载着他们驶向街道远处，消失在夜色之中。

忽然我有一种担心，今后我们还能像从前那样见面吗？

不过想过之后我就去睡了，而且睡得特别深沉。

17

我想有些事情如果可以选择，或者说可以事先设计的话，当事人一定会选择不发生，或者设计成不按这个样子发生。在我充当了如此尴尬的见证人之后有相当一段时间他们三个人都没有和我联系，当然我也没有和他们联系。我们大家都像沉入水底的鱼一样，既不相互打扰，也不在水面发出一点动静。那是一个沉寂期，也像是一个隔离期，似乎每个人都心照不宣地留出一段时间来淡忘，或者说是特意空出一个时候来给现实之河沉淀，让水重新变清。那样的一个夜晚显然是需要用无数个平静无事或者说纯洁无瑕的夜晚以及夜晚之外的时光去消弭的，好几次我都带着一种类似怀旧实则是牵挂和想念的心情这样想，我承认我的心情里是夹杂着些许遗憾的。我发现自己其实是个爱热闹的人，不但爱热闹，还爱繁华，甚至爱浮华。那会儿我自以为对人对世界很有自己的一套看法，而且以为自己的看法“不俗”，当然换一种说法也很可能是判断失准，是非不分。那时我相当反感用流行的一套道德观去衡量人和事，因此我很快忘掉了那个夜晚给我带来的冲击和困扰。但是事后他们和我玩“相忘于江湖”那一套，却让我颇有些气恼。我决定不主动搭理他们。

就像知道我的心思一般，吕非老终于在沉寂多时的水面上率先冒了个泡。

一天早晨我刚上班就接到他发来的一条呼机留言，问我能不能去参加当晚某酒厂的新闻发布会。我看见呼机上出现他的名字竟然心里一阵狂喜，远比看见那个酒厂新闻发布会的邀请要兴奋得多。当晚我在东二环边上的一家豪华酒楼里见到了阔别三个多月的吕非老，他混在一群衣冠楚楚谈笑风生的人当中，也是一副春风得意踌躇满志的样子。看到他这个样子我就放下心来，说明此前的事情对他没有多大影响。我心里甚至刻薄地想像他这么无情无义的人，对别人的感情会当几分真？这么一想我来时对他的一腔热情顿时便烟消云散了。

吕非老看见我进门，满脸笑容地向我迎来。走到我身边他上下打量着我说：“今天好漂亮，多日不见越来越美了！”边说边凑上来在我脸上半真半假地亲了一口。

虽然这不过是他和我见面的客套，但我心里还是感觉到了他想表达的和解甚至是讨好之意，说心里话他的这个姿态还是挺打动我的。

和我寒暄过后他拉着我把我介绍给酒厂的领导，之后我们就被对我们版面感兴趣的人围着说话，再之后宴请开始，先是领导讲话，随后便是喝酒。

桌上提前放好了名签，吕非老和我没有坐在同一张桌子上，但我们两张桌子紧邻着。坐下不久有人在后面轻轻拍我,我扭头一看,面前立刻出现吕非老向日葵一般的笑脸,他已经换到了和我相邻的位子。他颇有几分得意的意思,我不得不承认他的确机灵,要我就只会老实巴交地坐在两边都是陌生人的位子上。他这一换我们虽然仍然坐的是两张桌子,但近得一衣带水,席间他不断转过身和我碰杯,我觉得这样的敬酒方式有点暗度陈仓,他还故意做出眉目传情的样子,引得我们两张桌子的人不断嘲笑我们,我想这大概正是他想要的效果吧。

晚宴结束,我们照例拿到了以信封形式出现的非常丰厚的红包。不少记者过来和吕非老告别,他们伸出手在他顺手的部位拍上几下,他则十分谦和地请他们多多关照,这个“多多关照”自然是让他们多多发稿的意思。我也走过去和他告别,他在给了我一个大大的拥抱之后在我耳边说:“你没事的话我们再找地方去喝一杯吧!”

我一点磕巴没打就接受了他的邀请。

我们打车去了荷花市场。

坐在灯光黯淡的小酒吧里,吕非老脱掉了西服,松开了领带,十分放松地舒出一口气,说:“这么多天,我一直在演,真是累坏了。”

我顺嘴道:“你不是一直在演吗?职业演员,演戏是本分,有什么好累的?”

他瞪我一眼,随后哈哈大笑,说:“唉,我就喜欢听你说我,一针见血,扎了我还能让我像被放了血那么舒坦。”

他端起酒杯和我轻轻一碰,在玻璃杯碰撞发出的悦耳的声音里我们几乎同时问对方:“怎么样,这一段?”

他笑起来,洁白的牙齿在酒吧的灯影里闪着光,抢先回答说:“狼狈不堪。”

我追问他:“啥叫狼狈不堪?”

他带点羞涩地说:“恋爱呗。”

我立刻明白他一定是又陷入了三角或者多角恋爱。

我说他:“你可真够乱的!”

他摇头叹息道:“哪里是我乱?树欲静而风不止。”

我承认我听了心里有点触动,甚至还有点小酸涩,我想他一波未平一波又起,经历了情场上这么多的风风雨雨身边仍是蜂环蝶绕不得消停,而我跟他这样一个花心的人深夜在一个地处偏僻的小酒吧里喝酒,到底算是怎么回事儿?

我略有不快地说:“你应该跟你的莺莺燕燕们约会去,跟我在这儿瞎耽误什么工夫?”

他一脸纯情地笑起来,说:“这你大可放心,我是个利己主义者,大事情我还可以忍让甚至做出某种牺牲,但那是迫不得已为了顾全大局。男人嘛,在社会上混,怎么也得委曲求全一点,不然怎么说男子汉大丈夫能屈能伸呢?说到底也是为了获得更大的利益占更大的便宜。在个人生活这样的小事情上,我是一点不会委屈自己的,我永远会选出最优方案,而且完全出于本能。”他又一次举起酒杯和我碰杯,柔情蜜意地说,“其实我早就想和你好好说说话了。”

我说:“好吧,那我就充当一晚上你的倾听者吧。”

他反驳道:“我不需要支棱的耳朵,我需要的是聪明的头脑。”

我笑了,说:“这样的话你还是去说给你的那些小姑娘听吧。”

他也笑起来,说:“啥叫‘你的那些小姑娘’?不要把自己摘得那么干净嘛!虽说我知道你不好骗,但我已经习惯成自然了,就像人家拳不离手曲不离口,我也是举手投足一不小心难免就会带出武功来。我承认我这个人的确是喜欢嘴上一套心里一套,你也知道我嘴比心甜,但我坦诚的时候还是相当坦诚的,比如现在,诚意度百分之一百,你应该能看得出来。”

我做出不跟他较真的样子说：“我姑且相信你说的吧。”

他说：“请你把‘姑且’两个字去掉，当编辑的人，文字上应该严谨。”

我说：“那好，你就坦诚地给我讲讲你最近的恋爱故事吧。”

“没啥好说的。”他说，“都是些很露水的关系。”

我支棱着耳朵，静待他的下文。

他喝一口酒，笑说：“真是没啥可说的，发生的时候也有温度、颜色和气味，就像真的一样。可是事情一过，温度骤降，颜色褪去，气味散尽，就像从梦里醒来，眼睛一睁啥都没有了，有的只是空虚感。我真的很厌倦这样的生活，也厌倦自己。”

我说：“那你为什么要这样呢？”

他想了想说：“因为寂寞，因为无聊，因为……爱。”

他居然提到爱，让我下意识地想到简菊。我很想知道那个夜晚之后他们的关系怎么样了，也很想知道那天他们三个人在温泉究竟发生了什么。我犹豫了一下还是问他：“后来你们怎么样了？”

他神情茫然，出现了片刻的短路，似乎没有明白我在说什么。但他很快就转过弯来，说：“前些日子还跟他们一起吃过饭。”

“他们都好？”

“老样子吧。”

我不知道再问什么。他轻轻地叹了一口气，我也跟着叹了一口气，他笑起来，问我叹什么气。我还没说话，他先开口了。

他说：“其实我知道你为什么叹气，我只能说她爱错人了。她实在是太年轻了，根本不知道自己爱的那个人究竟是什么货色。她算是生不逢时。”他又和我碰了下杯，却没有马上喝酒，继续说，“我也有过她一样的纯情期，所以她的心情我完全懂得。那个时期就跟一个人的青春期一样，明媚美好，就连天真懵懂都是可爱的，用什么好词形容都不过分，可是那个时期就跟青春一样短暂，应该说比青春还要短暂，说过去就过去了。那是花开一季，不可能指望花开长久，而且永远没有重新开放的时候。我想想自己就像一条河，从前河水清澈能看得见水底下的鹅卵石，如今这条河已经被污染得不成样子了。但是我这个人尚有一点好处，就是我有自知之明，最重要的是我的心还没有完全被污染，而且所幸那还是一颗爱美之心。虽说爱美之心人皆有之，但在我看来还是人各不同的。所以我早就在心里发誓一定要善待她，要好好保护她，这也是我在看见她头一眼时心里就萌生的念头。不是说‘一个人做一件好事并不难，难的是一辈子做好事，不做坏事’吗？平心而论，别说一辈子做好事，就是不做坏事这一条我都做不到。但是我想做一件好事，一生至少做一件好事吧，就是对她好，绝不伤害她。这算是我残存的一点爱心和痴心吧。”

他端起酒杯，一口喝干了杯中的酒。

我听了心中真有点百感交集，笑问他：“那你自认为做到了吗？”

他听出我的调侃和嘲讽，不过并无一点气恼。他腼腆地一笑说：“只能说尽力而为吧。”他旋转着手里空了的杯子，慢吞吞地说，“其实我觉得挺对不住她的，说起来也很矛盾，我既爱她，却又不能爱她，我真想对她好一点，可是那样也许更加害她，我真是进退两难，从来没有这样纠结过。”

我说：“我真弄不明白。”

但他没有再说下去，他沉默了片刻，向服务生又要了两杯酒。

这一杯我们喝得很慢，但话语却进入到一个流畅的阶段。

我故意很随意地问起那天简菊到底因为什么生那么大气，他说他还真没弄清楚具体原因。我以为他想隐瞒什么,但实际上他却像竹筒倒豆子一般说出了事情的经过。他说那天章老大临时起意去温泉,他们三个人就一起去了小汤山。他因为要赶写稿子一下午没有出房间。章老大和简菊去泡温泉,中间他们好几次打电话叫他过去,他因为文章写得不顺手没有去。等一起吃过晚饭,章老大到他房间,问他为什么出来了还要躲躲闪闪?他觉得他是话里有话。恰好当天下午阿蛟给他打过好几次电话,追问他的行踪,还向他要钱。阿蛟和他断了很久,那一阵又死灰复燃纠缠上他,让他十分心烦。因此他回章老大的话便有些不耐烦。章老大那天也似乎情绪不太好,他们就拌了几句嘴。也是话赶话,章老大提到他借给他的钱好像他并没有都给夏茵茵,还给了别的人,他不希望自己的钱花在不搭界的人身上。吕非老说确实有三万块钱是给了阿蛟的,他问章老大是怎么知道的,章老大承认是偷看了他呼机上的留言发现的,他便和他吵了起来。但他们想到简菊就在隔壁房间里,马上就停止了争吵。吕非老说他非常疲倦,和章老大吵完就在沙发上躺了下来,不知不觉就睡着了。没过多久被章老大叫醒,说简菊不见了。随后他们便飞车赶回城里,本来计划中一次轻松愉快的旅行就这么既不轻松也不愉快地结束了。

他说:"事情就是这样,你说简菊到底是因为什么呢?"

我说:"听你的意思是不是她听见你们争吵以为你另有所爱?"

他略显迟疑地点了点头,说:"大概是这样吧。"他一口喝完了杯中的酒说,"这他妈是多大的误会啊!"

突然我的被酒精浸润过的大脑里划过一道闪电,有一片记忆复苏过来。我想起那个夜晚简菊到我家时说的是"他和他怎么能那样",她还说"要不是亲眼看见,我真不敢相信,谁对我说我都不会相信",当时就让我下意识地联想到她是否撞见了《禁色》里描写的那一幕。她还说到章老大一直对她很好，他很疼她，对她无微不至，要不然她也不会跟他在一起这么久；再之后她说出自己怀疑章老大根本不爱她，他只不过是拿她当一个玩物而已，他还有别的玩物，想要多少有多少，想要什么样的有什么样的，等等等等，这难道不是她看破了章老大和吕非老之间的关系吗？她还特别提到"你要是看见那一幕你就不会怀疑我说的了"——"那一幕"到底是什么？吕非老的讲述中根本没有提到。我不清楚他是故意不说，还是他也根本就不知道所谓的"那一幕"是什么。同一件事让他们说成《罗生门》了，我一头雾水，真伪难辨。不过我也没有再问。前面我已经说过，我一向认为最好是离别人的秘密远点。

18

又一杯威士忌喝完，我以为我们的酒吧长谈该结束了。

吕非老站起身摇摇晃晃往吧台走去，我以为他是去结账，结果他又端了两杯酒回来。他脸上挂着明媚动人也可以说是明知故犯的笑容，用令人陶醉的蛊惑性的语调说："既然喝了，就喝个痛快吧！"

我已经喝得不少了，见到酒比清醒的时候更加高兴。我欣然接过酒杯，再次和他碰杯。

酒精令我加倍感觉到夜晚的温柔美好。吕非老显然也是一样，他脸色柔和，眼神迷离，笑眯眯地说："这样的夜晚，让我有一种恋爱般的感觉。"

没等我有啥反应，他却陷入了沉思，说出了这样的一番话。

他说："其实我就是对自己也不想承认，我是爱她的，或者说还爱着她，我还经常会想她，有时睡不着觉，就想她，有时吃到什么好吃的东西，想到她也喜欢吃，又想她，有时去一个地方，忽然想起跟她一起来过，要不就是她想来没有来过，我也会想她，她就像一个鬼影一样，无时无刻不在我身边徘徊。就在大前天，我从北海公园门口经过，远远看见一个人很像她，我以为就是她，追了两条街，发现认错人了。那个姑娘真是漂亮，容貌和身材都相当不错，穿衣打扮也无可挑剔，和她还真有几分像，可惜不是她！我盯着那姑娘看了老半天，越看越发现不如她，她更精致，更有灵气，也更有味道，你说这是不是'情人眼里出西施'？我他妈真是无药可救了！"

刚听我有点发蒙，听了几句才明白过来这个"她"不是简菊而是夏茵茵。

他慢慢地喝一口酒，就像是向我透露一个秘密那样掏心掏肺地说："我终于知道有一种女人是毒品，是让人上瘾的，而且毒瘾难戒。夏茵茵就是，我现在提到她名字都打颤。"

我忽然想起简菊把他比作毒药，而他却把夏茵茵比作毒品，可见在爱情的生物链上也是有上游和下游之分的，而且弱肉强食的丛林原则同样适用。

他大概看我有点走神，问我："你是不是听烦了？"

我说："没有，我只是有几分感慨。"

他说："你感慨什么？"

我说："我感慨你也有真情。"

他哈哈大笑，突然收住笑问我："你知道'薛定谔之猫'吗？"

我说："隐约听说过，好像是一个物理实验，不过不太清楚。"

他说："那我就跟你卖弄一下。你知道薛定谔吧？他是奥地利著名物理学家，也是量子力学的创始人之一，获得过诺贝尔物理学奖。'薛定谔之猫'是量子理论的一个理想实验，是薛定谔为了解决爱因斯坦的相对论所带来的祖母悖论，即平行宇宙之说所假想的一个实验。量子力学描述和揭示的微观规律与我们在日常生活中看到的宏观规律很不一样，比如：电子可以几乎同时位于几个不同的地点，直到被观察测量时，才在某处出现。这种事如果发生在我们的日常生活中，打比方说就是一个人在家中何处是不确定的，他可以同时在客厅和卧室里，你看他一眼，他才突然现身于某处。薛定谔的这个实验是把一只猫放进一个不透明的盒子里，然后把这个盒子连接到一个包含一个放射性原子核和一个装有有毒气体的容器的实验装置。薛定谔设想原子衰变而放出一个中子，它就激发一连串连锁反应。如果我们不揭开盒子的盖子，根据我们在日常生活中的经验，可以认定，那只猫或者是死的或者是活的，它只可能是这两种状态。但是，根据量子力学，我们用薛定谔方程来描述薛定谔猫，则只能说，它处于一种活与不活的叠加态，也就是说它既是活的也是死的，只有在我们揭开盖子的一瞬间，才能确切地知道此猫是死是活。”

我说：“太复杂了，我都听晕了。”

他谦虚地说：“可能是我没有讲明白，的确是有点复杂，跟我们的生活经验和常规的想法不太一样。”

我困惑地问他：“你说这个是啥意思？”

他莞尔一笑说：“我想说我的爱情就像那只关在黑盒子里的可怜的薛定谔之猫，我以为它死了，它却活着，我以为它活着，它却死了，它就是那种又死又活的叠加状态。而且即使是我知道它活着的时候它也是飘浮在不同的地方，我要是不好好找，连我自己都找不到它；而当我找到它的时候，它却已经死了。”

我听得满心悲哀。

他两腮泛上酡红，沉浸在自己的思绪里，继续滔滔地说着。说了一会儿就像突然清醒过来似的说：“这些话我从来没对别人说过，我觉得无从说起。爱情是一个梦，在我的朋友中除了你之外我不知道还有谁愿意听我痴人说梦。”

我脑子里立马跳出一个名字，我想不管他说什么，她肯定都会有兴趣听的。不过我却没有提她，只是对他说了声谢谢。

他双眼凝望着我，问我：“谢什么？”

一时我竟无言以对。

夜深了，别桌的客人都走了，音乐停止了，四周的灯光熄灭了，到最后只有我们这桌的灯还亮着，就像舞台上的一束追光打在我们身上，把我们聚拢在一处，令我们更加亲近和融和。

我发现和一个人喝到亲如兄弟的份儿上人生观世界观和价值观都是会发生变化的。我感觉我已然非常能理解他，我丝毫不觉得他斑驳陆离的情史，脚踏几只船，甚至男女通吃会影响他在我心目中的形象，相反，我觉得他更加真实和生动。我用我装满酒精的脑袋去思考问题，竟然由衷地佩服他活得比我随性、潇洒、奔放和丰富。

下半夜的冷风从窗子缝里吹进来，带来了深夜的寒意和寂寥。吕非老依然谈兴十足，我听得也是兴味盎然。他甚至破天荒地跟我讲起了他早年间的一些情史，那些爱情故事在我看来应当算是他的“初恋版”，更准确说应该是他的“初恋系列”。我仿佛第一次知道一个久经沙场、武艺高强的人也是有过稚嫩柔弱的童年的。在他讲述的初恋版故事中他竟然也是一个“情不知所起，一往而深，生者可以死，死可以生”的痴情人，而且屡屡为爱受伤，只因为爱得太真、太深。

他讲的两件事给我留下了相当深刻的印象。一件是他在中学时代爱上了他的高中女同学，每天给她写一封信，整整写了三年，但从来没有寄出过，除了他自己没有人知道。到高考结束，他和她都考上了重点大学，她去了上海，他到了北京。临行前他想向她表白，但因为羞涩和怯懦在她家附近徘徊了好几次却没敢去找她。等到大学一年级放寒假，他和她都回到家乡，终于在一次同学聚会上见面了，可是他仍然没好意思向自己心中的女神表白。他说在那次同学聚会上他跟除她以外的所有女同学都非常亲近，又是喝酒又是拍照，甚至还搂搂抱抱，唯独对她敬而远之。事后他非常后悔，很想打个电话向她解释一下，却没有勇气打这个电话，更没有勇气约她出来谈心。寒假结束各奔东西，回到学校他非常想给她写信，甚至想把从前写的那些没有寄出的信都寄给她，明确地向她表白。但是他日复一日地拖延，没有行动，因为他害怕被她拒绝。纠结了一个学期，等到暑假回家，他又见到她，却看见她已经挽着男朋友的胳膊。

另一件事是他工作之初爱上了一个同行，可是那位女记者已经有男朋友了。他默默地等了她两年，终于等到了她和男朋友分手。他向她表白，但是她坚决不接受，仍然想等男朋友回心转意。他每天去陪她，听她倾吐失恋的苦闷，耐心地安慰她，为她疗治心灵的创伤。他陪了她整整一年，她接受了他的爱情。但是仅仅过了不到两个星期，那个离去的前男友又回来了，她和前男友旧情复萌，转眼他成了痛苦的失恋者。

我无法判断他讲的这些第一人称的爱情故事是否真实，但我却相当同情他彼时的处境和心境，也很被他当年的纯情打动。我仿佛透过时光的纱帘看见了昔日那个青涩真挚的年轻人。突然那个青涩真挚的年轻人在我脑海里变成了另一个人——一张花朵般的面庞从幽暗的背景下浮现出来，我不由自主想到了简菊。简菊对他怀有的一腔热情和当年多情的他多么相似，这真令我无比感慨。

吕非老的讲述令这个夜晚温柔绮丽，他在我眼里也变得更加浪漫多情。我和他相互凝望，就像凝视镜子中的自己，那种心心相印的感觉简直无法描述，仿佛连时间都静止了。

窗外依然是深浓的夜色，但我知道离东方透出鱼肚白已经不远。吕非老问我还要不要再喝一杯，我控制住了，没有与他喝到一醉涂地。

我们走出酒吧，外面很冷，跟酒吧里完全是两个世界。那个钟点很难打着车，我们朝大街走去，一直走出很远，冷得几乎快冻僵了。

他靠近我，仿佛要用身体为我遮挡冷风。突然他伸出手试探地握住了我的手。他露出腼腆的笑容，在我耳边轻声说："别回去了，好吗？"

我的第一反应竟然是相当愉快，但我心里隐隐感觉有些不妥。我拒绝了，和他站在街边等出租车。他又一次靠过来握住了我的手，这一次比上一次更加用力了一点。他口气坚定地对我说："走吧，我住的地方不远，去我家吧。"

我没有再次拒绝。也许这是新的一页？也许这是一个故事新的开头？就在黑夜和白天更迭的那个暧昧不清的时分我们手拉手快步向前走去，就像两个一起逃学的孩子。

可是，当快到他家楼下时，我迟疑了。我仿佛看见自己成了另一个简菊，正脚步匆匆不顾一切地和他一起行走在一条蜿蜒曲折荆棘丛生的悬崖小道上。我顿时被吓住了，酒也醒了。

就在马路的尽头，我及时收住了脚步。

19

这样的结果虽然扫兴，但不要以为这会影响我和吕非老之间的关系，我们的关系没有那么脆弱，相反它相当皮实，简直就像牛皮绳那么结实。当时隔不久我和他又坦然地坐在某一个新闻发布会相邻的两个位子上窃窃私语的时候，我心里真为我们之间感情的无缝对接沾沾自喜。然而我发现他除了与我，和别人同样对接得也相当好，比如简菊。

一天中午我正在食堂吃饭，接到他打来的电话，问我下午有没有空出去坐一坐。也许是怕我推说有事，他赶紧补一句："不光是我，还有别人。"

听他的口气这个"别人"明显是作为吸引或者说是作为诱饵的，似乎比他本人更有吸引力。我知道那不过是他的噱头而已，故意不问他那人是谁，只是答应下午去赴约。

下午四点来钟我来到三里屯北街，在靠近马路顶头的一家安静的酒吧里见到了他，不出所料，另一个人是简菊。这是自那个夜晚她跟着章老大和吕非老从我家离开之后我第一次见到她。虽说我猜到吕非老在电话里神秘兮兮说的那个"别人"很可能是她，但亲眼看见他们那般情投意合地双双出现在我面前，多少还是有点惊讶。我心中暗想，假如我是她一定不会再跟他走近，当然其实我也不知道假如我真的是她会怎么做。简菊看见我，冲过来和我热烈拥抱，她的热情感染了我，让我心里也充满了久别重逢的喜悦。我们仨挑了一张转角沙发坐下，争抢着说话，高声大笑，真的就是昔日重来。

在简菊起身去洗手间的时候我得空悄悄问吕非老："你们怎么又凑一块儿了？"

他简短地说："她找我的。"

他似乎是剖白自己，在我看来完全没有这个必要。

他悄声解释说："她遇到了点事情，其实应该说是章老大遇到了点事情，一两句话说不清楚，回头再告诉你。"

看他欲言又止的样子，我识趣地不再问。他也没有再说下去，因为简菊已经从洗手间出来了。

简菊倒是毫没受到影响一样，她夸张地扭着腰肢迈着猫步走过来，走到吕非老后面，她一下子趴在他肩膀上，吕非老的胳膊马上绕到后面抱住她，把她从自己肩上翻了过来。他们两个人顿时笑成一团，引得酒吧里另两桌人都扭过头来朝我们这边张望。

我说他们："公共场所，注意形象！"

吕非老放下她，扶她在沙发里坐好，朝我说："看看，多好的一个孩子，没心没肺的！"

他说得十分由衷。

此时简菊双手捧着一杯刚送上来的卡布其诺，十分专心地抿了一口，放下杯子的时候她嘴唇上沾了一层奶油沫，就像长了一层白胡子，她冲我们讨好地一笑，很是娇憨可爱。

吕非老问她："晚上想吃什么？"

他的口气里充满了怜爱，仿佛在和一个小妹妹甚至是女儿说话，我觉得他那种神态简直和章老大一模一样，他从前可不是这样的。

简菊摇了摇头，一双明亮的眼睛黯淡下来，很有几分无奈地说："今天我不能跟你们一起吃饭，我得回家去，我后妈过生日，早就说好的，我要不回去我爸又该跟我急了。其实我特别特别不想去，我特别特别想跟你们在一起。"

吕非老口气温柔地劝她说："你好赖还是回去一下呗，吃完早点出来。"

简菊点头。

吕非老向我使个眼色，像是征求我的意见，然后大包大揽地说："我们陪你一起过去，回头等你吃完饭送你回家。"

简菊的脸色立刻转阴为晴，她拍着巴掌高兴地说："太好了！"

我顾不得责怪他替我做主，欣然点头答应。我真佩服他想得周到，也真佩服他会讨好女孩。

我们出了酒吧上了出租车，先送简菊回家，然后我和吕非老在她家附近找了家餐馆吃晚饭。

我们俩刚坐下，吕非老声音低低地说一句："章老大跑了。"

这个消息生生把我吓了一跳，一时我还以为听错了。

我问他章老大跑哪里去了，他为什么要跑。

他说："没人知道他跑哪里去了，应该是跑国外去了吧。他的一个房地产项目出事了，听说还连累到了官员，他不跑就得被抓起来了。"

我叹说："说出事就出事，真是太突然了！"

"其实之前他跟我提过那件事，我也劝过他小心为妙，也怪我太没有经验，不知道事情的严重性。"他说，"大约在一个月之前吧，他找我过去跟我说他手上的一个项目遇到点情况，有点不好弄。我问他遇到什么情况，他说是资金方面的，银行不给他贷款。他跟我讲每年都是从银行贷出款来还上一年的贷款，贷款一旦断了，钱还不上，资金链就会断裂。眼下这个项目正做在吃劲的当口，也是最出不得岔子的时候，熬过这一阵就胜利在望。我跟他说那就赶紧找找人想想办法吧，需要我做什么说话。他说早已经去找了，只是还没有结果。这里面有点棘手。他并没有跟我细说到底因为什么棘手。过了一两个礼拜我问他事情进展得怎么样，他说情况不是太好。他那个人一向很沉得住气，有时简直是太沉得住气了，所以他说情况不是太好肯定是问题很严重。不过当时我却没有意识到。他那人从来是很有办法的，银行他又相当熟，况且他人脉充沛，跟上层关系也非常深，我根本就没去想他会遇到迈不过去的坎儿。就在一个星期前，他约我到京广中心喝茶，突然问我这是不是北京最高的楼，我说应该是吧，他就噢了一声。我听他那一声噢得有点不对劲，问他你啥意思？他跟我开玩笑说我在想从这里跳下去是啥感觉。我说你不至于吧？他说当然不会。随后话就岔开去了。那天分手前他特别跟我说假如他有什么事，让我照顾好简菊。我还跟他逗乐呢，我说你不怕我趁机把她拐跑?他说怕呀,正因为怕才大胆托付,你要做君子,你就得信守承诺。我还跟他贫,我说你以为我是谁?我就那么迂腐吗?假如我甘愿当小人,或者天生就是个小人,你不就所托非人了吗?虽然嘴上跟他逗来逗去,可我还真没想到他会跑。现在想想他那是临别托孤啊!”

我问他:“简菊知道章老大这些事吗?”

他说:“她只知道他跑了,他生意上的事估计她不清楚。”

我惊讶地说:“出了这么大的事情她竟然还跟没事人一样?”

他苦笑一下,说:“她可能还没意识到这件事的严重性吧,或者她天生就是一个沉得住气的人。”

我问他:“那她怎么跟你说的?”

他说:“昨天夜里她打电话给我,说章老大走了,我问他去哪里了,她说他没说去哪里,我又问他说没说什么时候回来,她说他也没说什么时候回来。我心里就奇怪,问她他走的时候说了什么,她说就叫她在家好好待着,等他回来,还让她有事找我。我问她要不要我现在就过去,她说不用,太晚了,要睡觉了。今天她又给我打电话,说让我没事出来和她坐坐。”

我忧心忡忡地说:“往后她可怎么办?”

他同样忧心忡忡地说:“就是啊,我也替她发愁呢。”

我和他一致认为现在就看章老大能不能回来了,如果他能回来,他应该还会跟她续上旧缘,如果他不回来,恐怕她就得另作打算了。我们真不知道她一个二十岁不到的姑娘,高中没有毕业,没有一技之长,没有工作经验,又是娇生惯养的,能做什么?我们俩愁得就像她亲生的爹娘,唯一能让我们稍感定心的是她有章老大的房子可住,手里也还有钱,至少眼下衣食无忧,不至于马上就面临命运的抉择。

我们晚饭还没吃完，简菊就过来了。她在我旁边的椅子里一屁股坐下来，脸色不好，像是受了委屈的样子。吕非老问她怎么这么快就出来了？我问她怎么不高兴了？她没说话，闷闷地坐着，发愣。过了片刻才说：“早知道我就不回去的，我发现我这个人真是到哪儿都多余。”

吕非老立马接着她的话茬儿哄她说：“谁说你多余啦？你一点不多余，我们俩等你都等得望眼欲穿啦！”

简菊扑哧笑了，转眼脸又冷下来，幽幽地说：“人家是亲亲热热的一家子，我整个就是一外人！别人对我冷淡也就罢了，我爸对我也是那副嘴脸，叫他一声爸，他就嗯一声，多一句话都不跟我说，真让我受不了。他一句也不问我在外面怎么样，过得好不好？我知道他心里不待见我，我也难得上他一次门，他就是装装样子给我看总可以吧？从头到尾冷冰冰的，太让我伤心了，说起来他还是我亲爹呢。”

她说着眼圈就红了，我们赶紧安慰她，说当爸爸的都那样，让她别往心里去。

她不服气地说：“对孩子好的爸爸多得是，只不过我没赶上罢了。还有个烦人的消息，我后妈怀孕了，肚子已经挺大了，再过四个月就要生了。听她说做过B超是儿子，你们没看见她那个得意的样子，我真不知道我爹弄那么个孙子似的儿子图个啥？往后这家我更是没法回了。”

吕非老说她：“你后妈是给你们老简家续香火呢，你应该恭喜她才对。”

简菊梗着脖子说：“她生她的，跟我一丁点儿关系也没有！”

吕非老又说：“怎么叫跟你一丁点儿关系也没有？有了他，你亲爹和后妈就有人养老了，他们就可以不来麻烦你了。”

简菊愣了一下，哈哈大笑，说："这我倒是没有想到！"

吕非老得意洋洋地说："所以说姜是老的辣嘛！"然后他拿出大人教训小孩的口气，语重心长地对她说，"你如果肯听我的，还真得和你后妈搞好关系，不是要让她真的对你有多好，至少你还能回得去这个家。你爸我倒是不担心，毕竟他是你亲爹，他表面对你冷，也许是不善表达，也许是故意做给你后妈看的，人情世故那一套太复杂，我就不跟你细说了，你就想想各人都有自己的难处就行了，要不然也不会说'家家都有一本难念的经'了。我就担心你年纪小，难免意气用事，什么都做在脸上，容易吃亏。娘家再不好也是娘家，是你的后方，关键的时候你也好有个退路。"

简菊听得呆了，突然她哈哈大笑，笑得几乎喘不上气来。好容易忍住笑，她说："我真没想到，你一个男的，怎么这么婆婆妈妈？"

吕非老一点不受打击，甚至有点沾沾自喜地说："我是个有生活阅历的人嘛。"又说，"《红楼梦》里说'世事洞明皆学问，人情练达即文章'，这可是一路武功。"

简菊十分坚定地说："不管怎么说，再不济我也不会回我爸家去的，我出来了，就没想过再回去。"

我叹说："真没想到，这孩子小小年纪还这么有志气！"

他们两个都笑起来，我自己却没有笑，我笑不出来。说心里话我真的很替简菊担心，前面是一片迷雾，后面又没有退路，真不知道等待她的是什么。

当晚我们把她送回家，一路上她情绪平稳，甚至还很轻松地跟我们有说有笑。到了她家楼下，我和吕非老问她要不要我们上去陪陪她，她语气干脆地说不需要。她利落地下了车，站在楼门口向我们挥手告别。她笑容灿烂，犹如春花一般明媚。

20

这个夜晚之后有日子我没有见到简菊，她过着深居简出的日子，手机大部分时候都是关着的，联系她很困难。我给她打了好几次电话，一共只打通过两次。一次她正在银行交费，信号不好，说话听不清楚，说了几句就只好挂断了。另一次聊得多一点，我问她章老大有没有消息，她说一点消息没有，我问她过得怎么样，她说还可以，我问她心情怎么样，她说就那样，听上去显然是不怎么好。我说要不哪天你出来我请你吃饭，她说等我有心情吧，结果这一等就是三四个月。

这之间我倒是见过吕非老好多次，主要都是因为工作关系。在忙着采访的间隙我们也聊到章老大和简菊，他说一直没有章老大的消息，他问过那些和章老大有交道的人，他们都说不知道他跑哪里去了，而且生死不知。吕非老说起章老大的口气十分担忧和沉重，我听了心上就像压了一块石头一般。说到简菊他倒似乎欣慰一些，语气里竟然有几分喜色。他说他真没想到那个小丫头竟然那么坚强，她一个人把日子过得井井有条，一点也不用别人操心。他由衷地夸奖她："她真的是一下子就长大了！"

再见到简菊，已经是春暖花开，距离章老大走有将近四个月了。那天我接到她电话，她说商场在打折，问我有没有兴趣去逛店，我很想见见她，不假思索就答应了。

我们约在庄胜崇光见面，三四个月不见，她更加清瘦，面色也更加白嫩，别的并没有太大变化。她没有化妆，穿得十分朴素，头发用橡皮筋勒在脑后，看上去就像是一个十六七岁的高中生。她情绪不错，甚至有点兴高采烈的。她说好久不出来了，发现商店特别好看。她说这话的时候我们正一起穿过一层的化妆品柜台往滚梯走去，我四处看了看，并没有她说的那种感觉，至少是没有明显的感觉。在我看来商店还是老样子，只是多了一些装饰和招贴，大概是因为春季促销吧。我们楼上楼下逛着，她在卖女装的那两层流连忘返，但是却什么也没有买。我们一边说着话，一边不知不觉上了六楼。这一层主要是打折品卖场，就是俗话说的“甩货”的地方。我想她不至于要买搓堆货吧？果然她拉我往另一边的儿童用品部走去。

她告诉我前两天她后妈生了，她想送一个礼物给新出生的小弟弟。

我笑说：“你还真是懂事了！”

她抢白说：“我本来就很懂事！”

我说：“看来吕非老的话果然起作用了。”

她抿嘴一笑说：“听人劝，吃饱饭。”

我陪她在儿童用品部转了好几圈，最后她决定买一辆童车。但是开完票准备去交钱的时候她又犹豫了，对我说：“要不你再陪我到西单去转转？”

我明白她是想货比三家，尽管我觉得这类商品价钱不会相差太大，但还是一口答应陪她去西单。

在西单一家门脸不大的店里她找到了一模一样的童车，价钱要便宜三十几块，她高兴极了，当即就买下了。她脸上洋溢着小得意，对我说三十几块钱听着不多，但从百分比上算，省的就不少。我笑她居然还懂得算百分比，她说是跟章老大学的，他就是什么都算百分比的。说到章老大，我迟疑了一下，还是问了最近有没有他的消息。她神情黯然地说还是没有消息。我们默默地走了一段，她脸上绽露出笑容，说：“这种时候没有消息就是好消息吧。”

我听了心中一酸，差点落下泪来。

拿着童车没法再逛，我们就在街边的一个小冷热饮店里坐下来。外面风刮得很大，冷热饮店里的人特别多，每一张桌子都坐满了，没一张椅子是空的，我们等了二十来分钟才坐下来。我们要了咖啡、果汁、蛋糕、起酥、果仁饼等等，她要和我抢着付钱，我当然没让她付。

吃了东西她脸色红润起来，我觉得到这会儿她才真正放松下来，之前她虽然看上去情绪不错，但更像是强颜欢笑。她靠在冷热饮店硬邦邦的塑胶椅背上，居然显出了她平常的那份优雅和慵懒，她的话也多了起来，而且是谈笑风生。

她十分自然地说起章老大走后的这一段生活，她说她以为自己离了他会过不下去，没想到居然也活得不错。

她且笑且叹地说："在他眼里我什么也不会，过马路他都要拉着我的手，生怕我被车撞死。他要是外出几天，走之前会给我买好多吃的东西把冰箱塞满，还会给我写一大堆叫餐电话，生怕我饿死。他老对我说：离了我你可怎么办哟?现在事实证明我自己啥都行。前天洗衣机坏了，进水管直冒水，我把手伸到后面胡乱摸索了一阵，居然给拧上了。昨天客厅里的灯不亮了，我去超市买了灯泡，自己换上了。以前我哪里弄过这些?我也没想到我这么能干，样样都会，全是无师自通哎，你是不是都快不认识我了?"

我由衷地说："我真是太佩服你了!"

突然她收起嬉笑的神情，说："有件事情正想跟你说呢，我和别人没法说，跟你说说没关系。"她问我，"你还没忘记陆虎吧?"

我说："当然没忘记，不是对你挺有意思的吗?"

她微微一笑说："有一段时候他很消停了，章老大还在家时我就听说他包了一个大学生，领着那个小妹妹到处游山玩水，美得很。章老大一走，他又不知从哪里冒出来了，他给我打电话，问寒问暖的，而且总是半夜三更来电话，约我出去吃宵夜，我当然是没有去。后来我烦了，把手机关了。我想我态度这么明确，他应该明白我的意思吧？熟人熟面的，当面拒绝多不好意思嘛。不过他倒是不怕打击，又开始给我送礼物。你还记得以前有一段他老给我送东西吗？五花八门啥都有，说心里话他送的猫呀鱼呀我还真是特别喜欢。你知道现在他都给我送什么吗？”

她停下来，让我猜。

我想了想，说：“汽车？”

她摇头。

“珠宝？”

她摇头。

“鲜花？”

她还是摇头。

她高声笑起来，说：“你想得太美了，告诉你吧，他派人送来的是米、面、油和鸡蛋，你想不到吧？反正我是想不到。他倒真是个务实的人，好在我还没到那个份子上。他可真把我笑死了！”

我也觉得好笑，不过我还是说：“真难为他对你的一份心！”

她说：“是啊，不过光是这份心也就罢了，他还存着另一份心呢。他派人送了几次东西，自己就亲自登门了。他说打我手机总打不通，不放心，过来看看我。他人都来了，我也不能不让他进门对吧？他倒也不是一个人来的，还带着他的一个手下一起来的。坐了一会儿他一定要请我出去吃宵夜，我不想出去，主要是我不想跟他有任何瓜葛。不过我架不住他三请四邀，他那股子劲头真的是不达目的誓不罢休的，我怕拒绝了这次他还要再找下次，就换了衣服跟他出去。他弄了一个大包间，点了一大桌子菜，就我们两个在里面吃，连总跟着他的那个手下都没让上桌。我和他心思都不在吃饭上，那桌菜基本就没动。一晚上就听他反反复复唠唠叨叨劝我青春苦短，美貌易逝，心眼儿不要太死板，等等等等。我当然明白他的意思，但我不会按他的意思去做的。我很想站起来就走，但是想想章老大回来跟他还要见面，我就忍了，不想把事情弄得太僵。你说章老大才走了四个月，又不是走了四年，他就这样不遮不掩直扑上来，我不说他人面兽心，我算是认识他这个人了！当然话也说回来，他对我可能真没有什么恶意，就是有点想法而已。我自己也不是什么贞洁烈女，本来不过是出来混的，跟谁混都是混，现在又落到这个境地，说不定他还觉得自己是搭救我呢，不过他真的是想错了……”

说着她眼圈红了，她飞快地眨动眼睛，睫毛上还是沾了一层泪花。

我递给她一张纸巾，劝她说：“什么人都有，你别往心里去。”

她点头说：“我知道的，我也就是跟你说说。”

我说：“你现在是非常时期，凡事忍耐点，有什么事你跟我说，我能帮你的肯定会帮你。”

她说：“我知道的，现在我还应付得了，真有应付不了的，肯定会说的。”

我说：“除了我，还有吕非老呢。”

她凄婉一笑，说：“他倒是经常打电话给我，说这说那逗我开心。他从来没有像这一段给我打这么多电话，以前他有事才打一个，而且三言两语就说完了，总让我觉得他的电话特别珍贵。现在虽然他给我打得多，我担心有一天他不给我打了，我又该失落了。”

我马上说：“真有那一天的话，肯定是章老大已经回来了。”

她愣了一下，好像我把一个谜底提前向她揭晓了。她居然脱口而出:“那我还是宁可他晚点回来的好。”

轮到我一愣。我说:“真没想到你对吕非老还这么心重!”

她一只手托腮,望着窗外,眼睛里又浮起了一层泪光。好一会儿她才说:“我对他心重有什么用?他对别的人心重,他从来心重的人就不是我。可惜人家根本就不理他,你说他可悲不可悲?”

我说:“他早就说过要和夏茵茵离婚的,也不知离了没有。”

我希望我这么说多少能对她起到一点安慰作用。

“没有。”她说,“他跟我说每次他们想离婚总有事情让他们离不成,不知道是不是天意?他说第一次他们决定离婚,正赶上下雨,雨大得出不去门,只好作罢。第二次他们说好去办手续,夏茵茵在前一天突然出国了,之后好久没有音讯。这一次他听说她回北京来演出,去找她,两人一见面,他说自己忽然就犹豫了,不想离了,可是他也知道跟她没有复合的希望,最后还是跟她约好了下周去办手续。但是就在前几天,夏茵茵和乐队的几个人在酒吧里跟小流氓打架,有个人敲碎了啤酒瓶扎到她脸上,把她的一只眼睛扎伤了,前天报纸就登出来了。她是偶像,是靠脸吃饭的,又这么年轻,这下子破了相,是多大的一个打击!我想他怎么也不可能在这个当口跟她离婚的。”

我吃惊地说:“真的?我可一点不知道!”

她说:“要不是他告诉我,我也不知道。现在我不看报纸,也不看电视,外面发生什么都不知道。”又说,“他心情不好,一听他电话我就能感觉到。其实我早看出来了,他根本就不想跟她离婚。”

也许她的判断是对的。她这样冷静,让我心里震动。

离开冷热饮店的时候她凄楚一笑,双眼烁烁地望着我说:“其实不离也好,只要他高兴就行。”她十分由衷地说,“我是真的把你们当成亲人的。”

21

那一段吕非老也真有点漏船偏逢连阴雨，除了夏茵茵那档子事，他自己也陷入了麻烦，他因为组织走穴收红包让人告了。我听说事情是这样的，有家乳酸饮料企业为了创品牌多方找关系报道，所费不赀，但收效甚微。后来他们经人介绍认识了著名穴头吕非老，高价让他为他们策划并请记者上门报道。经过吕非老和他找来的记者们的一通煽乎，这家企业在各大媒体充分曝光，名声大振，销售渠道也随之打开，产品甚至打进了学校，成了学生的课间奶。可是树大招风，没过多久这家企业就受到竞争对手的攻击。竞争对手搬出行内颇有权威的专家，指责乳酸饮料是由乳酸菌、调味剂和微量元素调制而成，含奶量极低，其中蛋白成分、钙等含量都远远不达标，如果学校用乳酸饮料代替奶制品，不但会破坏孩子的味觉，引起食欲不振等问题，长期饮用还可能会导致青少年骨骼发育不良。紧接着这个拔地而起声名日隆的品牌又被查出卫生严重不达标，饮料中甚至含有毒物质。这样一来之前的宣传报道就成了假新闻，吕非老也被卷到了这个漩涡当中。本来假如说只是因为不知情而报道了一款不合格产品这也不算是什么大事，因为假货实在太多，防不胜防，谁都保不齐会一脚踩进烂泥里，明星代言的广告还频繁出事呢，记者的报道中有点水分大致也属正常情况。可是这件事却没有那么简单。这就好比一张青春的脸上长了青春痘，虽说不好看，倒不算啥大事，过一段会自动消退，可是偏偏有一个痘发炎溃烂，甚至引发大面积感染，本来可以忽略的事就真成了事。让这事变得更糟的是有一个跟随吕非老一起去这家乳酸饮料企业走穴并且发表了大块文章的记者突然反水，他不但主动向单位领导递交了检讨书，还上缴了一万块钱的巨额红包，顿时成了新闻界的一个新闻。吕非老的单位很快接到上级通知，要求严查此事，并且要求严肃处理相关人员。几乎与此同时，吕非老接到同行通风报信，他马上意识到自己处境不妙，赶紧怀揣一万块钱连夜去找领导投案自首。领导尽管不会相信他当穴头只拿了一万块钱，但却也不想把事情闹大，更不想由他们报社来背这个涉及面颇广的黑锅，便让他写份检讨完事。但这件事对吕非老还是造成了相当大的负面影响，不说领导因为这件事对他有啥不好的看法，他原本即将被提拔为编辑室副主任，管人事的领导都已经找他谈过话了，宣布在即，结果因为出了这么件事提拔的事暂且搁置了。在紧接着的评职称中，他又再度落选。他自己分析按他的水平和事先所做的铺垫评个职称应该是十拿九稳的，没有评上只能说明还是受到这件倒霉事的牵连。除了这两桩，不久他被一纸调令从新闻中心调到了资料室，上面没有给他一句解释。只有一位平素跟他关系不错的领导闪烁其词地对他说是让他避避风头，他知道实际上就是把他调离了采编第一线，让他靠边站了。虽说这并不是处分，但一点也不比处分轻。

一向不惧风吹雨打的吕非老在这一通劈头盖脸的打击下情绪低落了许多，好几次记者圈聚会他都没有露面。有一次一个风头十足且和他关系极密的美女同行从广州过来，北京几大媒体记者联袂为她接风，这样的事情按习惯本来应该是由他挑头张罗的，结果那天他甚至都没有现身，可见他真的是没有心情。听说他出了这事之后，我打过好几次电话给他，每次问他境遇是否好转，他都说还在资料室，我想安慰他，但实在是没有什么有力的话可说。

吕非老自顾不暇，对简菊的照顾自然也就少了。我和简菊通电话的时候她说起这一阵吕非老不怎么给她打电话了，而且他经常关机，十次打过去通不了一两次，就跟冬眠了似的。我安慰她说最近他有点诸事不顺，过一阵应该会好。她问我是不是因为夏茵茵，我说是因为别的事情。我没有多说，她也没有再问，然后是长久的沉默。说心里话，我很同情她，却也真是爱莫能助。

不过我还是挺牵挂她的，隔一段时间会过去看看她。每次我去她都特别高兴，而且总希望我留在她那里的时间长一点。她的欢迎甚至是毫不掩饰的依恋，让我不知不觉去她那里的次数就多了起来，跟她走动得相当频繁。

除了我常去看她，有一个人也经常去看她，就是她的远房表哥王小光。好几次我在她家里跟他不期而遇，我马上想起她以前说过他"人品不好"，而且有一段时间她的确是远着他的，甚至都不叫他替她开车。我也是有日子没见到王小光了，没想到他又出现在简菊的身边，而且他对她还那么殷勤和关怀备至，大小事情都替她做，而且还是那么心甘情愿，任劳任怨。如果放在从前我是一点也不奇怪的，简菊年轻漂亮又受宠，而且手上还有钱，可是放在现在，明摆着她正倒霉，而且有没有翻身之日还不好说，他能做到这样，在我看来他对她实在是有情有义非常不错的。

简菊对王小光的态度还跟从前差不多，跟他不远不近，有事叫他做有话对他说都是直来直去，支使他就像是呼僮唤仆，一点不像是求亲朋好友帮忙。我在旁边看着，有点挂不住，心里觉得她多少应该对他客气些。王小光却是一副安之若素的样子，就好像很习惯这种仆从地位。

有一天我和简菊聊天，婉转地提醒她对王小光态度应该好一点，她一听便说："我对他够可以的了，你不了解他，他贼着呢，就这样他都蹬鼻子上脸！"她皱起眉头，似有难言之隐，"你以为我想要他在这里？

我真希望没他在我眼前晃。”

我知道她有苦衷，却不好问，毕竟他们沾亲带故。

简菊慢慢地吐出一口气，说：“章老大不在家，什么妖魔鬼怪都冒出来了，我也不跟你细说了，一想起来我就心烦。虽然他也不是个省油的，不过有他在这儿多少能替我挡掉一些。说心里话，要连他都不在这里才算清静。”

我说：“这么说你是两害相权取其轻？”

她点头，说：“有句话叫‘知人知面不知心’，原来我没啥感觉，现在总算明白了一点。”

她告诉我王小光不止一次在钱上算计她，平常他开车去超市替她买东西，回来跟她算账从来报的都是一个整数，而且明显要比买的那些东西的价钱贵出许多，她明知他多要了，心里不舒服，也不好说啥。前一阵家里冰箱坏了，她让他去买个新的，他竟然多要了她两千多块，她是无意中看到报纸上的广告才知道的。她有一笔钱一直是他在替她打理，以前放过高利贷，后来收回来投进了股市，有一天他跟她说不能白替她操心，让她每年按一定数给他手续费，亏了算她的，赚了要拿出利润跟他四六分成。她说自己并不在乎那点钱，但他开口闭口跟她谈钱让她受不了。她说自己是拿他当亲戚看的，从前帮他的时候从来没想过要他回报，更不会向他索要回报，现在他跟她这样斤斤计较，让她觉得寒心。

我劝她凡事想开些，不必太计较。

她愤愤地说：“我的确是不想跟他计较，也知道不值得跟他计较。不说钱上的事，章老大走了以后他跟我说过不少不三不四的话，我都随他去，不去理会他，他还越发来劲了。有一天他直不楞登问我今后打算怎么办？我心说我今后打算怎么办跟你有关系吗？我没理他。他看我不说话，还追着问是不是找个好人家嫁了？我嫁不嫁的用得着他操心吗？别说他是转了十八道弯的野路子远房表哥，就是亲表哥也管不着我嫁不嫁啊！”

我安慰她说：“也许他是真关心你，你不领他的情也不必生他的气。”

她仍是愤懑地说：“他还是别来关心我的好！你知道他还怎么说？他说当初看我这朵鲜花被章老大摘走他心里就特别别扭，也特别生气，他认为我是上当受骗的，是年幼无知被章老大诱拐走上了邪路。他跟我说女孩子最重要的一条就是名声清白，名声一坏别的就谈不上了，就是想嫁人，讲究些的好人家也不会要。他说不如这会儿趁着还年轻，人也漂亮，手上还有点钱，赶紧找一个差不多的嫁了算了，别等过几年年老色衰了，手上的钱也花干了，再想嫁人恐怕就难了。他还赤裸裸地说他除了没钱样样都有，要长相有长相，要头脑有头脑，方方面面条件也都说得过去，人家忌讳的他也不忌讳，听他那意思就是让我趁早带着钱嫁给他，你看他这算盘打得怎么样？我最气不过的是他让我贱卖不说，还要再来往我心上砍一刀！”

我说：“还真没看出他会这样。”

她脸上带着嘲讽的笑容说：“看不出他这么有想法吧？最早我把他介绍到章老大公司是看他老实本分，谁知道这么个老实本分的主儿心眼也足着呢！要不就是我不会看人，压根儿就看走眼了。我实在想不通他看上去对我全心全意，好像样样都是在替我想，可是又分明总想挖坑让我跳，我要是真跳下去，他也真能把我就地埋了，你说这叫什么人？要说他追我或者算计我，我都接受得了，我接受不了的是他一边追我一边又算计我，你说有这样的吗？那得多不上道子的人才会这么干！”

我听了心里真替她难过，很想说这样的人你还留他做什么？可是替她想想，赶走了他，身边连一个能搭把手的人都没有。我婉转地问她："那你打算怎么办？"

她苦笑一下说："我没啥打算，就这么混着吧，过一天算一天，要是章老大回来，请他走不迟，要是章老大不回来，估计他在我身边也待不长。"

我说："那你就自己当点心，好自为之吧。"

她点头，眼睛里有泪光闪过。

22

不知不觉一年多就过去了，这段时间里我们的生活基本还是按原有的轨道运行。章老大没有回来，而且仍然没有音讯，简菊还是一个人过着深居简出的生活，陆虎没有放弃对她的追逐，不过是有一搭没一搭的，王小光也依然坚守在她身边，却仍在用种种方式算计着她那点所剩无多的钱。我依然是单身，虽然谈了一次又一次恋爱，却还是没能找到一个踏实可靠吃苦耐劳的有志青年把自己嫁出去。

我们当中变化最大的大概要数吕非老，他终于和夏茵茵离婚了，重新回到了单身队伍中。我听说他又成了炙手可热的钻石王老五，身边蜂环蝶绕，热闹非凡，甚至他们单位一位做人事的领导也相中了他，想把自己的女儿嫁给他。当然这些我对简菊一字未提。

吕非老的另一个变化是经过整整一年的"冷藏"之后他又回到了原来的采编岗位，只不过仍然是普通一兵，提拔没有他，评职称也没有他，不过这些对他都没有太大影响，也丝毫不减他在外面的活跃度与知名度。他从来就是墙里开花墙外香的，如今在外面依然是香气四溢，深受欢迎。他又做起了穴头，不过不像以前那样大张旗鼓，而是隐蔽了许多。然而他依然是能力超强，能在最短的时间里组织起最精锐的记者队伍，他发给大家的红包还是最丰厚的，而且他比出乳酸菌饮料那件事之前更受欢迎，因为有更多的人通过那件事知道了他是肯分钱给大家的，也知道了跟着他干是有利可图的，他的江湖地位也因此更加巩固。

我和吕非老的见面也因为工作关系频繁起来。我荣幸地在我们报社承包了一个专栏，每星期有一个整版，每期要请一至两位社会名流谈社会热点问题。如此，每年需要找五十至一百位名家来做访谈，我手上的资源显然远远不够，于是我自然而然便想到了人脉广泛的吕非老。

俗话说靠着大树好乘凉，有吕非老这么一头关系，我真的是省事不少。我一到资源短缺的时候就给他打电话，每次他都热心相助。为了能够一劳永逸，有一天我专程跑去他报社找他，让他给我提供专家名单，他当即从贴身的口袋里掏出一个像密电码一样的小本子，让我从里面随便抄录。我坐在他办公桌前，整整抄了一个下午，毫不夸张地说，我从他那里抄到的名单足够在我的版面上不重复地使用三到五年。吕非老甚至还开玩笑说只要我乐意他还能从这份名单里为我介绍一个可以结婚的男朋友。

面对他如此慷慨仗义，我的心呼地热了起来。那天抄完通讯录之后我提出请他吃晚饭，他一口答应，但答应之后脸上出现了犹豫的神色。

我问他："怎么啦，是不是有啥不方便？"

他说："方便倒是没啥不方便，只是过会儿我前妻要来找我一下，时间不会太长，一刻钟就够，你不介意吧？"

我没问他是哪个前妻，只是说："你要是有事我们也可以改天再吃饭。"

他说没关系，随后补一句："戚燕顺路过来给我送片子，她父亲病了，让我帮他找个医生看看。"他羞赧地一笑说，"我这人就是心太软，总想着夫妻一场，能帮她就尽量帮她。"

"应该的。"我说。

他嘿地一笑说："有人撞见我跟她在一起，就传我们要复婚了，真是太意想天开了！复婚对我来说是绝无可能的，我不会在同一条河里淹死两次。"

此前我耳朵里确实也刮到过他要复婚的消息，我笑说："你是大情圣，你为了谁在同一条河里淹死几次我都不会奇怪。"

他听了哈哈大笑，说："你太高估我了，我远没有你想的那么多情。"

说话间他的手机响了，接完电话他对我说："你在这里稍坐片刻，我去一下就来。"

大约十分钟他回来了，手里多了一个纸口袋。他重新在椅子里坐下来，如释重负地说："这是她爸的CT片，明天我拿给专家去看看。我真担心她要留下来，那今儿晚上可真有点掰不开龒子了。"

我明知他是向我示好，嘴上却还是说："你告诉我有事我就走了，你和她明媒正娶，跟我瞎耽误什么工夫？"

他弯起一双眼睛，笑眯眯地说："跟她明媒正娶那是从前的事，现在早已经是分道扬镳了。你这话听上去怎么有点像是争风吃醋啊？"

我毫不相让地说："你当谁都为你争风吃醋！"

说笑间，他的手机又响了起来，他看一眼屏幕，皱起了眉头，似乎想接，却没有接。铃声响了十多下还没有停止，真有点不屈不挠的劲头。他把手机放在桌子上，由它响着。终于手机的响声停了，他刚舒出一口气，铃声又一次响起来。他无奈地摇了摇头，接起了电话。

他“喂”了一声就匆匆走了出去，显然这个电话的内容他不想让我听到。他出去少说有一刻钟，回来的时候有点气急败坏。他一屁股坐在椅子里，沮丧地说：“让你说着了，还真有人为我争风吃醋！我说我是和你在一起，他不相信，跟我胡搅蛮缠，偏要过来看看才行。看来今天晚上咱俩想吃一顿安生饭也不成了。”

我问他：“谁呀？”

他没好气地说：“还能有谁！”

我和他开玩笑说：“不会是夏茵茵吧？”

他的眼神瞬间黯淡下来，摇了摇头。

他说：“说出来你别笑话，是阿蛟。”

我脱口而出：“你怎么还跟他在一起？”

他重重地叹了一口气，说：“一言难尽！”

他告诉我就在单位让他“靠边站”的时候，阿蛟不知从哪里得知了他倒霉的消息主动来找他，还主动留下来陪他。他说当时自己十分软弱，也十分无助，真的是空虚寂寞冷，有这么一个人不嫌弃他，肯对他好，他真是十分感动。虽然他心里也清楚阿蛟这个时候来对他来说一方面是雪中送炭，另一方面也是乘虚而入，就像硬币的两面，没法掰开来。他说自己之前已经吃尽了他的苦头，也知道他做事冲动，不计后果，想起一出是一出，要多不靠谱有多不靠谱。而且他们分开的时候阿蛟从他这里要走了大笔的分手费，感情早已经是荡然无存，再和他重归于好，无疑是作茧自缚。

他带着歉意和委曲求全的神情对我说：“今天实在是对不起你了，他要过来，我拦不住他，你要是不介意的话我们就一块儿吃饭？”

既然如此我还能说什么?我只好答应。

没过多久阿蛟就来了。我和他也有两三年没见过了,他比以前黑了些,却更加结实,不像从前那样长发飘飘,而是留着时髦的参差不齐的短发,一侧鬓角还挑染了一缕金红和一缕亚麻色,刘海又长又尖,挡着眼睛,配着他妩媚的眼神,实在是太像女孩了,甚至比女孩还像女孩。

他朝我嫣然一笑,柔声细语地说:“见到你很高兴!”

就这么一句客套话,被他说得千娇百媚,简直让人骨酥肉麻。

我们三个人去了附近的一家餐馆吃饭。阿蛟吃得很少,说是在减肥,一顿饭基本就是我和吕非老在吃。吃了一半吕非老接到一个电话,他拿着手机跑了出去。

就剩我和阿蛟对面而坐,他朝我甜甜地一笑说:“你们做媒体的真那么忙吗?你看他整天电话不离手,吃顿饭都不踏实,而且没有一天不加班,有时候好几天都不回家,我不相信每个人都像他那么忙!”

他抱怨的口气就像一个真正的老婆,一时让我十分错乱。不过我也从他这里获证了吕非老的确是有意在躲他,我不知道该说什么好,便笑笑没说话。

阿蛟身体前倾,凑近我,温柔地笑着说:“想问你一个问题,可以吗?”

我点头。

他娇媚羞怯地说:“你和他认识那么早,你们怎么没有好上?”

说心里话他问出这样的问题我既吃惊也不吃惊,吃惊是因为我和他远没到谈论这么私密的话题的关系,不吃惊是因为我感觉他并不是想刺探我的个人秘密,他这样问纯粹是因为他自身缺乏安全感。因此我没有用玩笑话去戏弄他,也没有用绵里藏针的话去讥讽他,而是平和地回答他说:“我们俩就是哥们儿,实在要问我们为什么没好上,也许是闪前错后错过了吧。”

他双目炯炯地盯着我,追问道:“你们俩在一起也不是一天两天,如果说曾经错过,也不会得总是错过吧?”

要说他说得还真没错,不过我并不想跟着他的推理去反思我和吕非老的关系,更不想在他的追问下去追悔为什么没跟吕非老走到一起,就像他说的,那也不是一天两天的事了,结果就是现在这样,追根究底没有意义也没有必要。说实话,就这么短短一会儿的交谈,我已经感觉到了他的纠缠劲儿,我真害怕被他一味缠下去,赶紧干脆利索地对他说:“我和他各有所爱吧。”

他一脸认真地问我:“他真的说他另有所爱吗?”

我看他只差问我“他爱的是我吧”。我怕他问个没完,赶紧点头。他的眼神忽然明亮起来,就像雨过天晴一般,人也似乎一下子变得自信起来。

他说:“我这个人经历坎坷,什么苦都吃过,但是再苦再难,我相信爱情,为了爱情可以生也可以死,我觉得我就是为爱而生的。有的时候我确实是太冲动了,我知道这不好,这让我很容易受伤,而且经常被伤得很厉害。这么多年,我的心真是伤痕累累。人家说‘情场如战场’,有一点我很自豪,我从来没有从这个战场上败下来过。”

我听他这些话,感觉脊梁后面冒凉气。我赶紧说:“我从来都是知难而退的。”

他说:“我们俩不一样,我是知难而进型的,你是自我保护型的,其实我觉得你这样挺好的。”他莞尔一笑说,“这么说来我们大概不会成为情敌吧。”

他笑意盈盈地望着我,眼睛里全是柔情蜜意,就像一个真正的闺蜜一般，让我又一次倍感错乱。

就在这时吕非老回来了，他看我们四目相对谈得十分融洽，很是诧异地问我们在说什么。

我笑说："阿蛟问我为什么没有跟你好。"

他听了脸上没有一丝笑意，瞟一眼阿蛟，很不耐烦地说："你哪来这么多愚蠢的问题？还逮谁问谁！"

阿蛟悄悄看我一眼，吐一吐舌头，微微一笑，没有吭声。

看他像个做错了事情的孩子一般，我倒为自己的多嘴感到不好意思。

过了片刻，阿蛟讨好地问吕非老："今天你还加班吗？吃完饭可以一起回家吧？"

吕非老皱着眉头，用不容商量的口吻说："我们还有事，吃完你先回去吧。"

阿蛟微微笑着，柔中带刚地说："我等你。"

吕非老显得有些不耐烦，说："不用等。"又说，"我还不知道要到什么时候。"

阿蛟说："你不会又不回来吧？"

吕非老似乎被他说中，迟疑了片刻更加不耐烦地说："我不知道，到时候再说。"

阿蛟转向我说："看看，他就是这样。"他像是自我反省地说一句，"我不知道自己为什么要爱得这么懦弱！"

我看吕非老双眉紧锁，似乎忍耐快到头了。我生怕他跟阿蛟发火，赶紧打圆场说："先吃饭吧，吃完再说。"

阿蛟却放下筷子，两眼瞪着吕非老说："要是我就不先走呢？"

吕非老同样是两眼瞪着他，我能感觉到空气中的火光雷电。看他们这个样子，我赶忙说："那我先走。"

吕非老还没说话，阿蛟突然有点挂不住了，他转向我说："不，你不要走，我不是冲你的。"他带着委屈抱怨说，"他总是这样！"

我看他好像马上就要哭出来。

我执意要走，吕非老拉住我，叫我别走。他两眼冷峻地盯着阿蛟，仿佛用一种穿透力很强的电波控制住了他的非理性。一分钟之后阿蛟终于软了下来，而且神情飞快恢复了正常。他带着歉意冲我一笑说："你待着吧，我走了。"

他态度温柔地跟我们告辞，一点没有刚才的强硬，完全是一副逆来顺受的样子，弄得我心里很不是滋味。

阿蛟一走吕非老顿时如释重负，脊背最大限度地朝椅子后面仰去，看得出他真是一身轻松。

我说他："你不至于吧？"

他不好意思地笑了，说："我觉得我是自讨苦吃。"他叹着气说，"有时候一个错误的决定没有及时纠正，后面就会跟着一连串的错误决定，现在我是悔之晚矣。"

我说："这可不像你。"

他说："其实你是不了解我，我这个人畏首畏尾患得患失，脑子里想的可能是一套还不错的方案，实施的往往是一套特别差的方案。而且明知有错，又不能及时改正，事情过后总是后悔得不得了。比如我特别痛恨撒谎，可是自己却经常撒谎，简直就是撒谎成性。有时是为了缓和局面，有时纯粹是为了照顾对方的情绪，但是撒了第一个谎之后就得用许许多多的谎话去圆，而且还必须记清楚，如果记不清楚就会穿帮，那就非常被动和狼狈。被人揪着漏洞反复追问我感觉自己就像一条仓皇的狗一样落荒而逃，却又无路可逃，而且还会经常被人质疑人品。我也自问为什么要让自己落到如此不堪的境地?可是到下一次还是会做出那种不明智或者干脆说是弱智的事情,简直就像是出于一种低劣的本性。以前上大学的时候文学老师反复说过一句话'性格即命运',我就是这么一个优柔寡断矛盾重重的人。"

我说:"我还真没看出来,我只看到你风光无限的一面,不知道你还如此委曲求全。"

他说:"倒不是委曲求全,其实是很分裂。就像刚才,你也看到了,我真不想那样对他,可是不那样我又拿他没办法。我总是在忍与不忍之间徘徊,然后又在自责中难受。"

我笑说:"你是在为自己开脱吧?"

他说:"你这么认为吗?"随即他笑了,瞪我一眼说,"有句话我要对你说:得饶人处且饶人!"

我们相视而笑,心意相通。

突然他换了副正经的神色说:"一会儿你能跟我去趟简菊那里吗?"

我敏感地说:"这么晚?你拉上我去是什么意思?"

他嘿地一笑,说:"你没想歪吧?我找她是有正经事,我要给她送钱去。"

我说:"送钱你为什么不大白天去,偏偏要半夜三更去?"

他耸了耸肩,说:"我是想大白天去的,结果你一来我兴奋得就把这事儿给忘了。明天一大早我要去医院替戚燕家老爷子找医生,十点钟有采访,中午外地有企业来请吃饭,两点半有新闻发布会,之后要去开一个策划会,晚上要加班发稿,我都不知道几点才结束得了,一包钱带来带去不方便。"

我不以为然地说:"多大的一包钱?至于带来带去不方便嘛!"

他说："十万块。"

我吓了一跳。

他做出不经意的样子解释说："我之前借过章老大两笔钱，本来我是没打算还他的，他那么有钱，十万块钱对他来说不过是九牛一毛，就当他是扶贫济困了，而且我也确实不是白拿他的，他让我做的好多扯淡事我一毛钱也没跟他算过，要说我跟他之间是算不清楚的。他曾经答应送我一个公司，话是说出口了，好几年过去了那公司连个影子都没见到，到现在更是成了泡影。他这个人有时爱说大话，事到临头又心疼钱，经常做些半吊子的事，所以把身边不少朋友都得罪了，有的甚至还反戈一击，成了他的仇家，要说这也是他的性格和为人造成的。人家说'商人无利不起早'，比起那些无良商人，章老大无疑算是好的，我有点气不过的是他跑得没影没踪，只顾自己，把简菊生生撇下了，连个交代都没有。简菊已经扛了一年多了，我不知道他走的时候给她留了多少钱，也不知道她手里的钱还够撑多久，我从外头黑着这十万块钱想拿给她，假如章老大不回来，这钱就算是还他的，我也心安了；假如他回来，我也不会再拿钱去还他了，他爱咋想咋想，我跟他钱上就算是两讫了。"

我说："你这个思路倒也奇特。"我问他，"你拉我一起去是不是让我为你这十万块钱做个见证？"

他呵呵笑着说："我倒是没想这么多，你这么说提醒我了，将来万一章老大心里不平衡起来，我相信不用我说你也会帮我说句话的。"

吃完饭吕非老开车和我一起去简菊家送钱。我有生以来第一次见到十万块钱现金长什么模样。那些票子码得整整齐齐，一万一沓用盖了红印章的封条拦腰扎着，散发着淡淡的油墨清香，而不是散发着铜臭味。我不无嫉妒地说："这才是真正的雪中送炭啊！"

吕非老咧开嘴笑了，说："也许就是锦上添花，不过我倒更情愿是锦上添花。"

我很想嘲讽他几句，但却什么也没有说。

到了简菊家楼下，他在马路边上停下车，我说："要不我不跟你上去了？"

他问："为什么？"

我没有回答。

他又说："你不想上去看看她？"

我说："还是你一个人上去更好吧。"

他想了想说："你觉得怎样好就怎样吧。"

他站在车下望着我，好像在等着我改变主意。

但我没有改变主意。

他走出几步又折返回来，站在车窗外对我说："我要一夜不下来你就在车里睡吧。"说完贼贼地冲我一笑。

他进了暗绿色的楼门，上楼去了。深夜的小街上一片寂静，偶尔有汽车驶过。说老实话我想象不出他们会怎样为这十万块钱推让，我也想象不出这会儿他们会发生什么。我耐心等着，心里做好了打持久战的准备。但是也就十来分钟，他就出来了。

"这么快？"我淡淡地问一句。

"你啥意思嘛？"他扑哧一笑，"你还真以为我要在她家待一夜？"

他点着火，离开了小街驶上了大马路。

"她痛痛快快就收下了？"

"没有，她不肯要，我放下就走了。"

"她没有感动得热泪盈眶？"

"还真没有。"

汽车开出一段，在红灯前停下来，他又说："她冷静得很，稳稳当当坐那儿，只说钱还有，她不需要。我说这是我以前欠章老大的，他不在，还给你也一样。她说这不妥吧，我说有什么妥不妥的？她就那么浅浅一笑，没再推让。天哪，那种气势，真是把我给震慑了。我放下钱，心里斟酌着是不是陪她坐一会儿，她竟然问我是一个人来的还是有人陪着一起来的，我没敢撒谎，她说那就不留你多坐了，我抱头鼠窜屁滚尿流就出来了。你说她是不是成了精了？"

我笑说："你用不着这么夸张吧？"

他一脸认真地说："真不是夸张，她成熟得太快了，简直让我吃惊，和我们刚见到她时真的是判若两人。"

我说："你是不是又被她打动了？"

他突然就沉默了，让我的话就像线头被生生地掐断飘在了空中，我不由得有几分尴尬。隔了片刻他说："我对她的爱永远是大于爱情的。"

我承认虽然这并不是意料之外，但他说出这句话，我还是相当震动。

汽车拐了一个弯，我发现他走错路了。我告诉他方向错了，他伸出手温柔地拉住我的手，半开玩笑半认真地说："我们是不是可以找个舒适的地方去共度良宵？"

我真心佩服他脸皮厚。我知道了他这么多事，刚才还在听他剖明对别人的心迹，他仍然敢大胆试探，不怕拒绝，我觉得他实在是勇气可嘉。说真话，我心里颇有些迟疑，我真有些不忍心拒绝他。我知道只要我点头，这个夜晚将会被改写，说不定连带我们的人生也会被改写，但更大的可能是梦醒之后一切如常，就像被船桨划开的水面，瞬间合流不留痕迹，我还是我，他还是他，我们依然是朋友，可以像什么事都没有发生过一样。我觉得这很荒唐,也很没有意思,最主要的是我实在是没有那么洒脱。

他看我不说话,用开玩笑的口气问我:“你是不是正在进行激烈的思想斗争?”

我轻声说:“送我回家吧。”

“为什么呢?”他露出孩子般的执着。

我们似乎陷入了一种僵局。

我说:“因为我相信爱情。”

他说:“我也相信爱情啊!”

我说:“可爱情是具有排他性的。”

他说:“只分享,不占有,同样也是爱情。”

我突然有些气恼地说:“你把感情、性、金钱分别给了不同的人,我真的相信你只剩下纯粹的爱情了!”

他瞬时愣了,就好像在一错神的片刻被我挑下马去。

突然他迸发出一阵大笑,我从来没有听他笑得那样疯狂和酣畅。

23

章老大回来了,就像离开得那么突然,他回来得同样也很突然。他走时是1999年底,回来已是2002年初,走了足足两年还多。据后来简菊告诉我,那天她刚洗完澡,头发湿漉漉地顶在头上,忽然听见有人敲门,那时已经是夜里十一点多钟,她不知道来的会是谁,也不知道此人没打电话是怎么通过门禁上楼的。她站在门后反复问是谁,门外的人就是不回答。她从门孔往外看,门孔被堵住了,什么也看不见。她拴上防盗链之后把门开了一条小缝,看见门外站着的不是别人,正是章老大。

她没有说与章老大分别两年后重逢的心情，只说章老大回来之后他们的日子跟以前大不一样。章老大的性格变了许多，他不像以前遇到什么事都沉得住气，处变不惊，而是稍稍有点事就心烦意乱坐卧不宁，还经常为点鸡毛蒜皮的小事大动肝火。她觉得十分苦恼，不知道过一段他会不会好。她让我在合适的时候劝劝他，特别关照我一定把话说得温和婉转，不能刺激他，也不要让他知道她跟我说了什么。我答应她会帮她这个忙，而且一定会小心行事。

我是在章老大回来一个多月后才见到他的。他比两年前白胖了许多，整个人就像一个发面馒头，肚子从衬衣下面鼓出来，跟怀了六个月的身孕差不多。一张嘴一口烟熏火燎的牙齿，一脑门的抬头纹，落魄的痕迹十分明显。

那天是吕非老设宴为他接风，来了不少人，大都是他从前的朋友。我无意间听见他低声埋怨吕非老为什么把谁谁、谁谁谁和谁谁谁也叫来了，吕非老则耐心地轻声细语地向他解释这个谁谁和谁谁谁现在在做什么，那个谁谁谁现在在管什么，等你东山再起的时候都是用得着的。他便不再说什么，脸上的线条慢慢柔和了下来。

这晚上的酒喝得相当闹，章老大从前的朋友和生意上的合作伙伴一拨一拨拥上来敬他酒，说的都是“大难不死，必有后福”一类的话，也有拿他跟简菊开玩笑的，那些玩笑粗鲁露骨一点也不风雅，吕非老在旁边听了直皱眉头，章老大却是一副无动于衷的样子，不管谁说什么，他都是呵呵笑着，端起酒杯仰起脖子一干而尽，而且跟谁都搂脖子拍肩膀，称兄道弟，显得十分亲热。一晚上他喝了至少有一斤白酒，好在没有喝醉。他得意地说自己在俄罗斯练出来了，现在是千杯不醉。

这晚上的插曲是陆虎不请自来。吕非老一贯不喜欢这个人，而且也知道他对简菊的意思，他为章老大接风自然不会请他。可是开席不久章老大就接到陆虎的电话,问他在干吗?他说正和朋友在喝酒,陆虎马上主动请战也要过来喝一杯。章老大就把电话递给了吕非老,吕非老是场面上的人,心里再不情愿,也不能拒绝主动上门的客人。不到半个小时陆虎就赶到了,这个速度在下班高峰时间简直堪称神速。

陆虎倒是跟两年前基本一样,除了原来一丝不乱的大背头搓成了板寸,看不出有什么变化。他依然身姿挺拔,气场很大的样子。他进屋之后不坐给他新加的位子,而是随便拉了一张椅子一屁股坐在了章老大和简菊中间。他像老鹰一样伸开两条胳膊,一边一个把章老大和简菊搂在胳膊底下,无比感慨地说:“终于等来了今天!”他端起酒杯一次一次地向章老大和简菊敬酒,不一会儿就把自己喝大了。喝大了之后他话特别多,而且说起来没深没浅,当说不当说的一股脑儿往外说。他对章老大一个劲儿地夸简菊,说别看这孩子年纪轻,可是少年老成,把持得住,虽说不是明媒正娶,倒比娶回家的正经老婆还要忠贞不二。她等了你整整两年,想想那日子多不容易,换个人恐怕早就跑掉了。——他说得口无遮拦,简菊显然有些坐不住,想走又不好走,只好转过脸去,做出似听非听的样子。章老大还是呵呵笑着,和陆虎连连碰杯,大概是想用酒堵住他的嘴。我看不下去,好几次插话想打断他,可是却打不断他。吕非老也上去解围,借着敬酒想拉他到他自己的位子上去坐,可他就是不肯离开。我留意到有一阵章老大脸色发白,神情郁闷,好像强忍着什么,不过过了片刻笑意又回到了他的脸上,他重新变得活跃起来,端起酒壶主动出击,一圈通关打下来,把他从前的弟兄放倒了几个。

席散之后章老大把吕非老和我叫住,说咱们再找个地方去喝一杯。我们顺路去了香格里拉。

章老大为我们重新点了吃的喝的,他真挚地感谢我们照顾简菊,夸我们是真朋友。他又拉起简菊的手，感谢她一直等他。简菊却不好意思起来，她红着脸叫他别这么酸。章老大便笑着放开了她的手，亲自给我们斟茶倒酒。

章老大用一种坦率的口气跟我们聊起他两年多的逃亡生活。他说他先去了东北，躲在一个哥们儿的亲戚家，那里是真正的深山老林，出门走上一天都不一定见得着人。躲了一阵之后他买了本护照去了俄罗斯，以前他做生意去过那里，不过怕被人认出来，没敢去熟悉的地方，而是去了一个边境小城。在那里他生活在土生土长的老毛子当中，谁也不认识他。因为怕暴露也怕连累朋友，他不敢跟国内有联系，尤其不敢跟我们联系。直到他认为躲了足够长时间，试探着联系了一个从前生意上有合作的人，得知那个项目的事情已经过去，该抓的不该抓的人都抓了，主要的负责人也都撤换过了，最主要的是上面发话不让再动这个案子了，他才敢回来。他说这两年在外面漂着，最冤的是耽误了不少事情，本来生意势头正好，让这盆冷水泼得只剩些火星了。不过好在这一盆冷水还算没把火彻底扑灭，至少自己还不算老，东山再起还有可能。他说他正看着两个项目，都是相当不错的，趁着这会儿政策好，不拘做成哪一个，年把两年也许就能翻过身来。我们都举杯祝他成功，我们也都相信他能成功。

几天之后，吕非老给我打电话，问我晚上有没有空，他有话跟我说。他口气严肃郑重，听上去不像是小事。当晚我们在一个我们常去的小咖啡馆见面，他果然是面色凝重心事重重的样子。我感觉他找我像是要我为他排忧解难。

坐下之后他没有马上进入正题，而是跟我东拉西扯说些新闻圈里的八卦，又跟我说他们单位奖金分配不公，我想如果他单为了跟我闲扯和抱怨他就不会郑重其事约我出来了，所以他越是这样顾左右言其他，我越是觉得他遇到的事情可能很棘手。

他跟我说了半个多小时不着边际的话还没有切入正题的意思，我忍不住问他："你约我出来不会是为了扯闲篇吧？"

他马上笑了，说："当然不是，不过我真不知道怎么跟你说。"

我说："你就直说吧。"

他字斟句酌地说："昨天晚上章老大把我找去，跟我谈心，不，是跟我谈判……我被他谈得心里非常不平静。我知道我不应该跟别人说，可我憋在心里实在难受，想来想去，还是想跟你说说。"

我说："这么说我很荣幸。"

他咧开嘴努力笑了一下，似乎想调节一下气氛，但他这个笑容很快被他脸上的凝重吞没。

他告诉我昨晚章老大和他进行了一次长谈，章老大把自己的处境、困难、忧虑、机遇、希望、风险等等统统说给他听，甚至连他的私事也都告诉他，是前所未有的深谈。章老大告诉他自己已经选定了项目，准备跟着陆虎一起干。这两年陆虎在房地产圈里已经是有一号了，他的特点是眼光准下手狠，手笔相当大。他有一个连襟便是地产界赫赫有名的大鳄任垒，他搭着任总的关系上层路线走得极好，人脉资源相当充沛，跟他一起干不但能拿到好项目，而且会事半功倍。但是陆虎也向他提了条件，除了明确提出生意上的利益他要多占之外，还半遮半掩提出想得到简菊。章老大说他倒也并没有觉得他这个人多么无耻他的要求多么非分，他不是不知道他对简菊垂涎，这也不是一天两天的事了，倒难为他一直是彬彬有礼，也没有趁他不在时对她强行下手，在他看来他就算是君子了。而且他还专门来跟他提，也是事情做在明面上。章老大说要是换个别的女孩，他也就拱手相让了，甚至若是放在两年前，他这么挑明了来跟他要，他兴许也不会拒绝。可是如今他却不能那样做了，毕竟简菊等了他两年，这是连他自己都没有想到的。她对他这样有情有义，他就不能随随便便对待她了，更不好意思把她当个玩物随手拿出去送人，虽然她是眼下最能打动对方的礼物。所以他没有答应陆虎的这个要求，跟他开玩笑说再找更好的美女送他。章老大自然知道陆虎心里不会痛快，但他只能这样。他说自己到了这一步，要钱没钱，年纪一大把，眼下还得跟着陆虎混，虽然自己总说还能东山再起，但真要做到，中间不知道会有多少艰难险阻，不确定因素很多，能不能成局还得看运气。现在自己实际上就是个穷人，甚至比穷人还穷，项目一启动身上就背上银行的巨额债务，自己吃苦受罪不算什么，为的是有朝一日能够咸鱼翻身，这一把不赌不行，但是这个时候还拉着简菊不撒手其实就挺不够意思了。毕竟她不是明媒正娶，自己老婆还在位，既给不了她钱也给不了她名分，让她一起同甘可以，让她一块共苦就不应该了。他说陆虎跟他明着把这事提出来，也让他不能再不好好考虑一下简菊的问题。所以就在前几天他跟简菊谈了，给了她两个选择，一是送她一个小店，让她离开；二是给她一笔嫁妆，让她嫁人，简菊回应他的态度是沉默。昨天他又问她到底考虑得怎么样了，还说自己是想好了，绝对不再耽误她。简菊表态说不走，不管日子怎样，就这么过下去。说完她就哭了，哭得十分伤心。

我问吕非老：“你这么郁闷，是为简菊伤心？”

他含义不明地笑了笑，不置可否。

我问他：“章老大找你长谈是让你劝简菊离开他？”

他欲言又止，似乎难以启齿。

我说：“是不是你对简菊又有了啥想法？”

他摇头，像是无法张口似的说：“是章老大有那个意思。”

尽管他半吞半吐，我还是听明白了。什么什么？这可真让我大惑不解。章老大既然拒绝了陆虎，怎么又主动招揽吕非老呢？这究竟唱的是哪一出？

吕非老轻轻叹了口气，紧锁眉头说："其实章老大没来找我的时候简菊已经来找过我了。我想那肯定就是章老大和她谈过之后吧，她打电话给我，说就在我们单位附近，问我有没有时间跟她喝杯咖啡。我以为她就是没事找我闲聊天，没想到她开门见山告诉我章老大不想要她了。当时我说这不可能，章老大于情于理都不会在这个时候和你分开。我还一二三给她分析，得出的结论是章老大是因为害怕她离开才故意那么说的。她听完之后问我：'那要是我真的离开他呢？'我不假思索说那还是不要离开的好，他不在这两年你都等过来了，岂有他回来了你反倒离开他的？再说你离开他怎么过呢？我说出这话之后她就沉默了，然后就把话岔开了说起了别的。"他颇有些恼恨地说，"你说我是不是太蠢了，我居然没有听出她托付终身的意思！"

我不由也叹了一口气。

"我真是太后悔了。"他说，"当时我要是明白她的意思怎么也会把话说得周全些，至少别伤她的心。"

我直截了当地说："其实大可不必，她需要的是真实的信息，你既然做不到，还是让她死心的好。"

"太冷酷了！"他感叹道，"你这话我听着怎么就像是她本人说的，刚才恍惚间我差点把你当成她。"

我沉默不语。

他又说："我算是知道了，有时候你们女人比男人还心狠。"

他回到刚才的话题，告诉我章老大找他虽然话说得含蓄，但意思很明确，他希望他接着简菊。

我愤愤地说："说到底在章老大眼里简菊就是一件东西，可以随便送来送去!”

“不像你说的这样。”他耐心地向我解释说,“章老大那代人经历坎坷,一路上摸爬滚打过来,有自己的一套处事方式。说老实话他的那种务实、坚忍不拔和不择手段也经常让我相当吃惊。跟你这么说吧,平常他跟我们交往,表现的是他温文尔雅的一面,也可以说是他最好的一面,你要是知道他在生意场上的事情,估计会被吓坏。我对他的了解也是一点点加深的,而且肯定也很不全面,但我已经比较知道他的思路和处事方式,所以不像以前那样经常被他震翻。”

我无语。

他又说:“当然他这样做肯定是不得已而为之,我估计他是想一箭双雕,一是通过成全我们让简菊有一个她想要的归宿,二也是有断了陆虎的念想的意思。”

这么说还是一种通盘考虑?但我还是觉得匪夷所思和难以接受。我仍是沉默不语。

吕非老艰难地一笑,说:“我跟你一样,从小受正统教育形成的世界观人生观和价值观受到了前所未有的冲击和考验,你想不出他跟我谈这些的时候我有多么难受,用‘如坐针毡’都不足以形容,简直就像把我架在火上烤。他把意思跟我说得明明白白,面对面的就等我表态,那真是考验意志。我都不敢看他,但我不看他也能想得出他那种既盼我表态又怕我表态的郁积的样子。说老实话我心里万分难过,替他也替简菊难过。我真真切切地感觉到那个时候他是拿她当自己女儿或者是亲妹妹的,他心疼她,一心只想为她好,但是他越是这样,越是让我恼火,我想都没想一口就拒绝了。昨天晚上我一夜没睡着觉,我一直在反省自己,我发现从初恋到现在我就没有长久地爱过一个人。就说和戚燕结婚,真正也就维持了三五个月,和夏茵茵结婚,在一起的好时光也就半年上下。我扪心自问,自己是不是已经准备好了和一个女人共度人生?我觉得这对我来说真不是一道容易的题目,我甚至怀疑自己根本就没有那种能力和耐心。既如此,我又何苦去害人?再说我从来就没想过要和简菊生活在一起,我是结过婚的人,知道柴米油盐最消磨人了,我不愿意看到一个如花似玉的姑娘在我身边日复一日地销蚀掉。我记得以前就和你说过,她就像枝头娇艳的花朵,我看着她心里已然十分快乐,不是我不爱她,远远地看着她,欣赏她,对我来说也许是最好的。我承认我不是一个知难而上的人,我爱人生有时候正是爱那不切实际的一面……”

在我看来他说的这些都是他不愿意承担责任的托词,即使说得再好听,也毫无意义。我还是沉默不语。

他显然从我的沉默中知道了我的态度。他苦笑一下,缓缓说道:“男人和女人经常想得不一样。我让她失望了,也让你失望了。”

24

时间就像河里的水一样湍急也是流去平静也是流去,日子一天一天地过着,表面看大同小异,实际上也是大同小异。章老大回来三四个月之后似乎又回到了从前的状态,他又开始张罗聚会,而且宴席极尽铺张,一副急着要把钱花出去的样子。他挂在嘴边上的一句话就是:“挣上来的是纸,花出去的才是钱!”我向吕非老感叹他真是神勇,这么短的时间又活过来了,吕非老却说他是打肿脸充胖子,就是起来也没有这么快。我虽然不理解章老大为什么要那般打肿脸充胖子,但冷眼旁观,觉得吕非老的话应该是对的。我留意到章老大大宴宾朋时常常一上来就把自己喝高,而且他即使眉开眼笑,眉头也没有真正舒展过。

这三四个月时间简菊的变化也是明显的，在我看来她从一个娇柔的姑娘一下子变成了一个贤淑的女人。她不再像从前那样精心捯饬自己，衣服穿得比章老大不在家时还要朴素，经常就是套头衫运动裤，颜色不是灰扑扑的就是黄不黄绿不绿的，看着永远是乌突突的。头发也不像从前和章老大在一起时那样一会儿是烟花烫，一会儿是麦穗烫，一会儿又做成月份牌上那种古典美的大花卷，而是还像章老大不在家时那样留着一把未经修剪毫无层次感的清汤挂面，简直和图省钱的家庭主妇没啥两样。我以为章老大回来了她又有了依靠，至少是钱上有了依靠，她已经过了两年清苦的日子了，这回应该好好找补一下，而她却是一副安贫守道的样子，真让我有点失望，也替她觉得不值。最让我感到遗憾的是她身上那股子小姑娘的妩媚甜美劲儿没有了，变成脚踏实地的成熟干练劲儿了。虽说脚踏实地成熟干练也没有什么不好，但这些特点出现在她这样一个美人儿身上还是令我无比扫兴。我感觉她似乎真是塌下心来过日子了，这让我替她悲哀。

那一阵我发现她格外沉默，无论是章老大呼朋唤友召集的闹闹哄哄的饭局，还是我们三五好友的清清静静的小聚，她话特别少，显得郁郁寡欢。吕非老因为对她心怀愧疚，在她面前多少显得有点拘谨，远不如从前风趣好玩。渐渐地，除了乱哄哄的酒局，我们小范围聚得越来越少。

在章老大回来大约半年，有一天吕非老打电话给我，问我或者我周围的朋友有没有想买房子的，我说单位福利分房刚结束没几年，我们这茬人差不多都分到房子了，没听说有谁想买房子的。我顺嘴多问了一句你要卖房子？他说不是我，是章老大。我又顺嘴多问了一句他为什么要卖房子？这一问引出了他的一篇话。

他告诉我章老大卖房子是为了付他老婆孙梅梅的分手费。我说他们不是早就离了吗？他说他们的确是早就说要离婚，但因为种种原因到现在还没离成。先是因为家产分配产生分歧，孙梅梅提出要的钱章老大不肯给，中间七七八八还有别的事情，离婚的事就拖下来了。后来章老大不辞而别，孙梅梅找不到他，离婚这事也就搁置了。现在孙梅梅听说他回来了，找到他跟他旧话重提。章老大说离婚可以，但如今可是真的没什么钱给她了。孙梅梅也不像以前那样一定要拿够多少数才肯离，据说有人等着跟她结婚，她年纪也大了，不想错过，只求速离。她向章老大提出除了上海的房产归她之外只要三百万现金，这和她七八年前提出要八千万相比已经是做出了巨大的让步，章老大说他甚至都不好意思跟她讨价还价，就一口答应了下来。但就这三百万他也拿不出来，东拼西凑才弄够了一百万，还有两百万得再想办法，无奈之下他只好卖房子。

我在刚认识章老大不久就见过孙梅梅，她是舞蹈演员出身，举手投足有一股和别人不一样的味道，在我看来简直美得无法言表。她人也长得精致漂亮，五官小巧，身材修长，白皙而纤瘦，令人想起白天鹅。在我印象中她不爱说话，而且表情总是冷冷的，我从来没有看见过她跟谁特别亲近，包括跟章老大也是一样。她像西方人一样叫章老大“Honey”，但口气冷得像冰一样，听上去感觉很讽刺。她大部分时候都住在上海，偶尔来北京小住，就是来北京也很少参加章老大的聚会，难得出来一趟跟我们这些章老大份儿上的朋友也没有什么可聊的。她说话和大家有点不搭调，甚至自己都有点前言不搭后语，她喜欢说结论性的话，见解总想高人一筹，又似乎力不从心，所以说实话我对她印象一般，彼此也就是客客气气的，但一点也不近，基本属于见面笑笑没什么话说的那种。那时候简菊还没有出现，等有了简菊，我们理所当然把她当成了章老大的女人，几乎忘了章老大还有那么一位明媒正娶的夫人。

以前章老大跟我提起孙梅梅时就说她“挺作的”“不是个省油的灯”，那时他们关系已经不好，但是他给她买起东西来还是挺痛快的，相当舍得花钱。记得有一次他在王府饭店请我们几个朋友吃饭，当晚他要去上海，吃完饭他特意请我到地下一层的专卖店帮他给孙梅梅挑礼物，那回可真让我见识了什么叫“一掷千金”。买完东西走出商店时他对我说：“她年轻的时候温柔得像水一样，真是千娇百媚，而且特别听话，特别善解人意。”他脸上那种怀旧和神往的表情令我这个旁观者看了都心酸。他还说：“有些事情就和春天一样，你刚看见枝头冒出尖尖的嫩芽，还没来得及好好欣赏一番，一眨眼工夫已经是落木萧萧了，快得让你都来不及反应。我跟她的关系就是这样，说得酸一点应该叫爱情，还没咂摸出味儿来呢，已经油干灯灭了。现在我每次回去都要给她买礼物，其实我认为两个人要是真好，就是热热乎乎地在一起，根本用不着这些累累赘赘的东西，当然这是我作为男人的想法，你们女人不见得同意。可悲的是现在我跟她之间要没有这些零碎作为润滑剂，她连个笑脸都没有，我们之间就剩下冷冰冰的尴尬了。”

那时候我刚踏入社会不久，人生经验十分有限，虽然我不知道如何判断他这些话究竟是一个心怀不满的丈夫的抱怨呢还是孙梅梅的确就像他说的那样冷漠无情，但他的话无疑令我对孙梅梅的印象更加不佳，当然对后来毫无障碍地接受简菊肯定也有一些影响。

等简菊出现我再没见过孙梅梅和章老大一起出双入对地露过面。吕非老曾开玩笑说她的任期到了，换新人来接班了。我不知道孙梅梅知道不知道有人替代了她的位置，我也不知道她要是知道会怎么样。那一段她来北京的次数比以前更少，一年也就来个两三次，章老大这边只要隐瞒得好，她完全可能不知道有简菊存在。当然简菊是知道有她存在的，不过她没有任何反应。有时章老大在饭桌上提起自己老婆，她就像没听见一般，完全是一副置若罔闻和若无其事的样子。但是章老大却似乎不愿意天下太平，也不知他出于什么心理，他喜欢在简菊面前提孙梅梅的事，尤其是她要来北京，他总是提前预报给她，还不时要跟她就这件事扯上几句，她越是不理睬，他越是说得起劲，直到她有反应为止。我就亲眼目睹不止一次简菊被他惹得很不开心，而章老大却是一副暗中得意的样子。有一回孙梅梅来过刚走，我听章老大跟简菊说他给她买了什么什么，多少价钱什么牌子一件一件如数家珍。他津津乐道，似乎很享受这个过程，看见简菊流露出醋意，他越发开心，直到简菊真的不高兴了，他才低声下气赔尽小心去哄她。虽说他们在我面前熟不拘礼，但我目睹此情此景，心里还是有些别扭。

据我所知，在章老大家孙梅梅是当仁不让的女主人，即使她和章老大一直在闹离婚，关系极其冷淡，但只要她回北京出了机场都是直接回家的，而简菊始终是住在外面的。简菊住的房子自然是章老大给她买的，这回为了付孙梅梅分手费，章老大动的正是卖掉这个房子的念头。

我在电话里问吕非老："简菊同意章老大卖掉她住的这个房子呀？"

吕非老说："章老大肯定都跟她说好了吧，再说这是章老大买的房子，他要卖，她怎么能不同意？"

我说："那卖了房子她住哪儿？"

吕非老忍不住笑起来，说："看你这心操的！章老大总不至于让她流落街头吧？卖了房子可以租房子住啊。"

我说："这倒是。只是简菊也太好说话了吧？"

吕非老说："这也正是她的不一般吧，所以我从来觉得她和那些出来玩的小姑娘是不一样的。”

我顺着他的话茬儿和他开玩笑说：“只可惜你在关键的时候不肯伸出援手，要不然她会有一个更好的归宿，也许还是个相当理想的归宿。”

他在电话那头突然就不说话了，我有点后悔自己说话不知轻重。过了一会儿他才说：“太难说了，我真的是没把握。如果我有把握，说不定我就不退缩了。”

然而就在吕非老帮着章老大四处张罗卖房子的时候，有一个人却站出来帮简菊说话，替她维权，这个人不是别人，正是她的表哥王小光。

简菊已经有一段不怎么让他掺和她的事情，除了一小部分钱还让他替她炒股外，别的投资她都收回来了，这是她亲口告诉我的。但王小光对她却还是一如既往，只要有机会，他还是什么事情都替她做，勤勤恳恳，任劳任怨。从我这个外人的眼光看，王小光对她是真不错，尤其是章老大不在那两年，那时候她没有经济来源，真的就是坐吃山空，有点活钱基本是他帮她大钱生小钱赚的。不过要说王小光对她也不是无所图，他想她的钱，除此，他更想她的人，这些简菊都跟我说过。王小光三十出头了迄今还是单身一人，也不找女朋友，他不止一次半开玩笑半认真地跟她表白，说随时随地准备接着她，她对此却毫不领情，拒绝得干脆利落不留余地，这些简菊也都跟我说过。她好几次想让王小光彻底离开，但碍着那么一层亲戚关系没有张得开口。这会儿章老大要卖她住的房子，她倒没多想什么，王小光听说了却替她搂不住火了。

就在接到吕非老这个电话没两天，一天早晨我刚到班上简菊就给我打来电话，问我中午有没有空见一面，我马上想到她肯定是有事要找我，要不然她不会这么一大清早给我打电话。那天我们在宣武门内的一家快餐店见面，一坐下来她就跟我说王小光挑着她去跟章老大闹，不但不让他卖房子，还要他把这个房子改成她的名字，她问我这事该怎么办。

我真不知道该怎么办，要说章老大是我的朋友，她也是我的朋友，我实在不知道应该站在谁一边说话。

我尽量就事论事地说："王小光要说是为你着想，明摆着是为了保护你的利益，可是如果说两个人相爱，算计这些未免伤感情。"

她像学生听课一样听得很专心。当她听我说到"如果说两个人相爱"这句话时，显得有些不自在。我意识到这句话的确有点不妥当，也跟着她有些不自在起来。

她沉默了一阵点头说："其实我想的和你是一样的，我最讨厌跟人算钱了，算来算去多没有意思！以前我在家的时候，我爸和我后妈都喜欢算钱，他们跟我算，他们两个人相互也算，一五一十算得可仔细了，把我烦得不行。那个时候我就明白了一家人过得好不好，幸福不幸福，真的跟有多少钱没太大关系。我爸和我后妈都不缺钱，但我没看见他们有多少真正高兴的时候。反正我跟着他们的时候是一点也不快乐，要不我也不会离家出走了，也就不会遇到今天这种尴尬了。所以我真的是恨透了亲人之间算账。说心里话我也从来没有想过要跟章老大去算账，也没有想过要他的房子，他要是真心想送给我，我当然也不会拒绝，但要让我急赤白脸跟他要，我是绝对做不来的。我觉得两个人到那一步就没意思了。王小光说我傻，他说现在不要，难道等章老大有了新欢再跟他要吗？我坚持，说我不要，要房子伤感情。他说有感情的时候怕伤感情，等到没感情的那一天你手里有啥是啥，抓着啥算啥，感情那是一丁点儿指靠不上的。他这个人说话不好听，不过倒是肯说实话的。我知道他说得也在理，可是我实在是做不出来。"

这主意我还真不知道该怎么给她出，听着王小光的说法也不无道理，而且若是真从简菊这边说，我承认王小光说的是对的，要不然真到章老大腻烦她的那一天她很可能会一无所有，啥也落不着。可是作为章老大的朋友我自然不能像王小光那样挑着她去要房子，而且那和我当时满脑子的女人要独立的观念也相冲突。我左右为难，立马想到了吕非老。一般比较棘手的事情他总是很有办法，他果断，直接，而且他的见解通常也比较高明。

我问她："这事你没问问吕非老吗？"

她幅度很大地摇着头说："没有，我怎么会去问他？那他会怎么看我？在他眼里我多俗啊！"

我听了实在是乐不可支，我揭露说："其实他才是俗人一个呢，你看他楼钱的事情哪一件没做过？哪一件不精通？跟他说说你怕啥？"

她也乐了，摇着头说："反正这种事情我是绝对不会去跟他说的，不管他俗不俗，我跟他之间就是清清爽爽干干净净，我是拿他做梦的，虽然现在我已经很少做梦了，你是知道的。"

我笑而不语，随即轻轻叹了一声。

她敏感地问我："你叹什么气？"随后她自嘲地一笑说，"王小光一直说我傻，你是不是也认为我傻？好吧，就算我真傻，我想好了，房子随便他卖掉吧，他总不会让我睡大马路的。"

我说："你倒是想得开，你表哥算是为你白操心了！"

她临走的时候趴在我的肩上嬉笑地说："本来我大老远跑过来是想让你替我出主意的，没想到你比我还没主意，以后这种事情我也不来麻烦你了。"

我心里忽然有些难过，觉得自己应该旗帜鲜明地支持她的，不过这时候再说什么显然有点为时已晚。

没过两天简菊又给我打电话，在电话里她气呼呼地说刚跟王小光吵了一架。我奇怪她怎么会跟他吵架，她说："我跟他说得清清楚楚叫他别去管章老大卖房子的事，结果他居然跑去找章老大谈这件事，我不知道他都跟章老大谈了什么，章老大那个人城府深你是知道的，他跟我也不说王小光去找他谈房子的事，只是反反复复向我打听王小光是个什么样的人。我说你也认识他，而且你跟他认识也不是一天两天，你还不了解他？他说他了解他，但肯定没我了解得多。我听他话里有话，问他是什么意思。他说王小光好像对你很不错，我说他是我表哥，亲戚情分总是有的。他说这倒也是啊，毕竟血浓于水嘛！我听他越说越不清不爽，追问他王小光到底怎么了。他说王小光找他谈了谈，具体谈了什么他没说，我也懒得问。他好像特别吃惊王小光会去找他，除了吃惊他也好像相当郁闷，在家跟我连话都不怎么说。我气坏了，打电话问王小光谁让他去找章老大的，他说他是实在看不过眼去才管的。我说我不是不叫你管吗？他说他不看见也就罢了，眼睁睁看着怎么能不管？他说他不能看着我受罪。我说我受不受罪跟你有啥关系？他说你爸不管你，你妈不管你，你后妈也不管你，我好赖算是你亲戚，我不管就没人管你了。我说连我爸妈都不管，有你什么事？他说章老大卖了房子是为了把钱给他老婆，你年纪轻轻跟着他，要名分没名分，要家产没家产，本来他就亏欠你，现在连你安身的那么一个房子他都要卖掉，你更是啥都不落了。我说他卖房子是为了跟他老婆离婚，我啥都没有我心甘情愿，不要你来管闲事。他让我头脑放清醒点，别让人骗了还帮人家数钱。他把我说急了，我跟他在电话里狠狠地吵了一架。"

我叹说："倒难为你这个远房表哥替你两肋插刀！"

"什么呀？"她毫不领情地说，"他还不够给我添乱的呢！"

25

没多久，简菊住的这个房子就卖掉了，他们在石景山区租了房子住下来。过了半个来月章老大设宴请我们过去“暖居”，那天的晚饭是在玉泉路的一家餐馆吃的。平常我们很少到西边吃饭，而且大西头的餐馆还真是没法跟东边的餐馆比，不过倒是比东边的馆子要便宜得多。吃完饭章老大请我们几个去新居，准确说是去简菊的新居坐了坐。

简菊的新居在鲁谷路上，当时的鲁谷路是一条很窄的土路，经常有马车经过，风一刮一阵土。简菊新家所在的小区和楼房都很陈旧，她那套房子倒是装修得还不错，两居室，比原来的小了许多，恐怕都没有原来的一半大。章老大告诉我们这是租的，算是临时住处，等有了钱再买新的大房子。说后面这句话的时候他伸出胳膊搂住简菊，似乎是做出承诺一般。简菊露出一个笑容，我觉得她不过是乖巧地捧他的场而已，我看不出她有多少当真和欢喜。送我们出来的时候章老大夸这个小区安全，说住在里面的人差不多都认识，生人进来街坊邻居会上前盘问，他还夸这个小区生活方便，出门就是石景山区最大的农贸市场。他带着我们高一脚低一脚地走出小区，一路上他一直是紧紧地拉着简菊的手。这一晚上我看他几乎一直和简菊手拉着手，就像怕她丢掉一样，我还从来没有看见过他们如此恩爱。

简菊搬到鲁谷之后出来得更少了，有时一个月都不露一次面，就像隐居了一样。其实那边交通还是挺方便的，离地铁不太远，公共汽车四通八达，出租车更是随处可见，而且还有不少不管白天晚上车头亮着一串红灯的拉私活的黑车，而她给我的感觉就像是住到了进出不便的偏远地区。章老大倒还时常请我们小聚，但她十有八九不出席，理由就是嫌路太远。那一段我经常出差，偶尔她去我没去，大部分时候是我去她没去，闪前错后我和她倒有好一段时间没有见过面。

有一天我采访回到办公室接到她电话，她说闲着没事给我织了一条披巾，让我过去看看喜欢不喜欢。我的心呼地一热，真没想到她还有这份心，下班之后就去了她家。

我凭记忆找到她家的小区，果然一进院门迎面就有大爷大妈上来盘问去谁家找谁干什么等等，回答了问题才放行。到了她家我跟她抱怨这个小区里的大爷大妈警惕性忒高了，她大声笑起来，说："这下你理解章老大的苦心了吧？"

我说："不会吧，他这么有心？"

她撇了下嘴说："怎么不会？你可别低估了一个商人的心机，更何况他还是个奸商！"

我从来没有听她这样说过章大老，不由一怔。

我笑问她："他怎么惹到你了？"

她淡淡地一笑说："他没惹我，正相反，现在他对我可好了，真的是我要啥给啥，我不要他还逗我要，当然所有他买不起的东西都记在账上，他说这叫'延时支付'，你看看冰箱上面的那个小本子，上面写的都是他许诺等他有了钱要送给我的，我现在做着的最大的一件事就是在等他有钱。"

说完她哈哈大笑，完全就是一种无所顾忌的嘲笑，这在以前是从来没有过的。我好奇地拿起冰箱上的那个小本子，随手翻开，上面果然写着"给小菊添名牌新衣两套"，"给我菊儿买带花园的别墅一座"，"带我的宝贝去迪拜度假"，"陪我亲爱的小宝贝去香港购物，外加澳门三日游"，"带菊儿去巴黎畅游"，"送我菊儿钻戒一个，钻石不小于两克拉"，甚至还有"满足亲爱的菊儿三个新年愿望，或每个愿望折合人民币三千元”，我看了不由也哈哈大笑起来，直笑出眼泪。

笑完我说：“他给你的允诺可真不少，可见他是多么爱你！”

她却是收了笑，脸上冷冰冰的，说：“你别忘了写在这个本子上的全是他现在实现不了的愿望，我积点口德吧，就不说是他开给我的空头支票。最有意思的是他只肯花三千块钱一个来兑现我的三个新年愿望，连一万块钱都不肯出，本来不过就是说着玩的，我就没当真，他还跟我讨价还价了好半天。以前他从来不这样，爱不爱的我不敢说，但钱上还是很豪爽的，现在就是往这本子上写还算大方，但就连这都忘不了要跟我算账。”

我听她话说得这么尖刻，有点挂不住，毕竟章老大也是我的朋友，而且还是关系不错的老朋友，我想把话岔开去，她却还是不受干扰地往下说：“他真是变得很多，和我刚认识他那会儿比，简直就像变了一个人。现在他除了抠门还疑心，说出来都可笑，你知道他现在总咬谁吗？他有事没事就拿出王小光来说事，王小光成他猜疑和嫉妒的靶子了。王小光是谁啊？虽然他是我表哥，可是他是个什么样的人我心里一清二楚，章老大怎么可能不知道？哪里我眼光就会差到喜欢他？——你说他至于嘛！”

我颇感吃惊，说：“这我倒是真想不到，至少他是知道你的吧。”

她说：“所以说他变得都不像他了嘛！我都没法儿跟你说，现在是稍有一点风吹草动他就前思后想猜来猜去，风平浪静啥事没有他也觉得不踏实，说头上悬着一把什么什么剑会随时掉下来，我都快让他弄疯了！我觉得他这是病态，让他去看医生，他偏说自己没病。要说王小光也是自找，他也是太爱往前凑了，本来没他什么事，他硬要去惹一身臊，我不让他去跟章老大说房子的事，他偏要冲过去，把火惹到了自己身上。他让章老大起了疑心，没准章老大还以为我和王小光联起手来算计他财产什么呢,你说这叫什么狗屁事?所以他那些饭局啥的我也懒得去参加,省得他无中生有又拉扯上什么人,还不够给我添堵的呢!”

我本能地想替章老大辩护几句,我说:“那倒不会吧,是不是他跟王小光之间有什么误会?”

她冷笑道:“他跟王小光之间能有什么误会?他老奸巨猾一个人,自己说自己看人一眼准,偏偏就把个王小光看走眼啦?他就是故意的。他不敢咬陆虎,陆虎难道不比王小光露骨得多?他要跟着他混,要靠着他翻身,处处需要仰仗他,当然不敢去惹他。现在他跟我说话开口闭口都是陆总长陆总短的,连直呼其名都不敢。吕非老他也不咬,要说跟我近,他不比他们都跟我近?他偏偏一句也不提他,你说他不是揣着明白装糊涂吗?他单拎出个王小光来咬,不是存心是什么?你说他这算是敲山震虎吗?这我还是从电视剧里看来的。我越来越发现他治人的招数一套一套的,而且他居然把那些招数用到我身上,有时我想想心里挺悲的。”

我赶紧劝她说:“我知道你不容易,别为这些小事烦心。”

她神情抑郁地说:“我也明白万事要看开些,这是我爸挂在嘴上的一句话,尤其是家里的这些鸡毛蒜皮,根本掰扯不清楚,只能将就将就算了。可是我肯这样想他不肯这样想,他总是隔三岔五要挑事,他只要发现他认为的蛛丝马迹就要找我问长问短,简直就像审讯犯人一样。我要不解释,他就一句一句追着问,问得我心烦;我要是解释,他就追究我话里的漏洞,那完全就是鸡蛋里挑骨头。我还真得打起十二分的精神来对付他,万一哪句话让他挑出了毛病,就更加没完没了。前天他又跟我扯到王小光,我说你既然不放心他干吗不打发他走?让他离开公司不就得了,眼不见为净多好!他说我为什么要辞掉他?他没有什么错处，我这样做他不会服气，我真要辞他也得抓住他的把柄让他心服口服才行。他还说，我可以给他时间，让他的狐狸尾巴充分暴露出来，到时候再动手也不晚。我听得脊梁后面凉飕飕的，真担心王小光遭他暗算，也觉得他心机那么深好可怕，万一哪天他转过枪口对准我怎么办？也许他现在枪口就瞄着我呢，真是一想一身冷汗。我每天都过得提心吊胆的，这种日子真腻歪。”

我听了心里不由得替她难过，却还是劝她说：“他挑事你心胸大点儿，别当回事。也许这就是一时的吧，等他生意起来了，他的心情也会跟着好起来。”

她苦笑一声说：“但愿像你说的吧。不过现在我不像以前，什么事情都往好里想，因为我知道如愿不是一件容易的事。尤其是像我这样的，样样事情要靠别人，自己根本就没什么主动权。以前我从来没有后悔过离家出走，也没有后悔过中学没读完就不上学了，现在我真的是非常后悔，离家出走倒也罢了，不上学实在是太不应该了。有时夜里做梦，我梦见自己坐在课堂里，老师说马上要考试了，然后我就拿出笔来答题。那种心情不是紧张，而是欣喜。我觉得那些题真是亲切，我做了一道又一道，把卷子写得密密麻麻的，心里真的很有成就感，醒来之后回味一番还觉得挺美好的呢。现在我觉得再烦再难也应该把学坚持上下来，读了书人就不一样了，可以出去找工作，能自己挣钱养活自己多好啊！现在我好羡慕你们，我觉得自立是一件特别好特别来劲的事情，反过来说不能自立太悲哀了。我知道自己错了，我是一出门就选错了路！”

她说得很沉痛，我还是第一次听她反省自己走错了路，说实话让我既吃惊又震动。我一直以为靠男人生活那是有资本的漂亮姑娘才能走的独特的路呢，没想到也有后悔的，而且是年纪不大就开始后悔了。

我劝她说："你这么年轻，想上学还来得及，要说活到老学到老的话，什么时候开始都不晚。"

她凄楚地笑着说："晚啦，对我来说只剩下遗憾了。不是说我现在太老了什么都来不及了，而是进入了某个轨道就只能在那个轨道里运行，要想跳出去是极难的。我爸以前就说过这样的话，他还说一个人要改变自己的轨道不但非常困难，而且往往是只要出轨就翻车。所以说我现在是后悔也来不及了。好啦，不跟你说这些灰心丧气的话了，你来看看我给你织的披巾吧。"

她拉起我走进卧室，这里除了床收拾得干干净净，桌子、沙发、椅子和地毯上堆满了各色毛线还有织得大大小小的半成品，就像一个手工小作坊。她把地毯上扔得到处都是的毛线团往旁边踢了踢，给我腾出一条通道，一边从晾衣架上取下一条三角形的披巾，递给我说："喜欢吗？"

说实话这条披巾超乎我的想象，不但花样繁复，而且配色艳丽和谐，简直巧夺天工，让我爱不释手。

我由衷地夸奖她说："真没想到你这么心灵手巧，我也没想到你竟有这样的好耐心！"

她柔柔地一笑说："就是没事弄着玩的，纯粹是消磨时间。"

我听出她话里的寂寞。

她打开抽屉，让我看她完成和尚未完成的作品——各种编织和钩织的茶杯垫，绣着花鸟鱼虫的桌布和餐巾，用锦缎做的动物形状的针插，还有仿照名画的十字绣，件件精巧可人，美不胜收。我赏玩了一番，赞美了一番，对她说："你有空还是多出去走走，别闷着自己。"

她深深地点了点头，说："嗯，我知道。"

回到客厅，她洗了手，沏了龙井茶给我喝。我记得她是不喜欢泡茶的，她曾经说过嫌麻烦，还说所有麻烦的事情她都不喜欢，现在看来她已经完全变了。

她笑盈盈地问我："知道这茶哪来的吗？"

我立马说："是那谁送的吧？"

"你真聪明！"她开心地笑起来。

真不是我聪明，是她的神情泄露了一切。我觉得她还是小，而且真是藏不住事情，或者说她根本就没想隐藏什么。看她这种清澈透明的样子，想到章老大无端地跟她挑事，不管他到底是因为什么，实在是有点过分。

我想说点让她愉快的话题，我问她："最近见着吕非老了吗？"

没想到她脸色瞬间黯淡下去。她说："我已经有好长时间没见到他了，除了上次你们一起来这里，他就没来过，这龙井茶还是他让章老大带回来的。本来我想约他见见，以前我们不也经常见面嘛，可是我一想到章老大那副醋兮兮的样子就怵了，怕他知道了又要不开心，说不定还要跟我啰嗦，就打消了这个念头。再说他也是个大忙人，一会儿要采访一会儿要写文章，我也生怕自己给他添乱。上星期他给我打电话说他很快要去云南支教，说是要走一到两年，那就得一两年见不着他了……"

我安慰她说："那中间他也是可以回来的。"

她苦涩地一笑，显出无奈，说："都在北京城住着见一面还这么费劲，他天高地远地跑云南去，回来也顶多就是待几天，肯定有一堆的事情要忙，再说我又是他的谁，他凭什么一定要见我？"

我从她的身上除了感到浓浓的离愁别绪，还有苦闷和无奈，说实话在交通和通讯发达的今天，"离愁别绪"这个词味道已经淡了许多，远不像古代那样令人伤感，可是她的情绪却深深地感染了我，想到他们要有一两年难以相见，我不由得替她难过起来。

她喝一口茶，声音幽幽地说："那天他在电话里跟我说他走之前会抽空过来看我，我已经等了他五天了，他人没来，电话也没有一个，我不知道他走之前还能不能见到他了。"

我说："那你何不给他打个电话？"

她口气坚决地说："我不打，如果他想来他会来的，我绝不会勉强他。什么事一到强求就没意思了。"

我说："打个电话也算不得是强求吧？"

她不容置疑地说："对我而言就是强求，我不会那样做的。"

看她一脸的坚毅，我越发替她难受。

我试探着问她："那，要不要我替你给他打个电话？"

她摇头说："不用，由他去吧。"然后她换了一种轻松的口气说，"我跟你说过吗？我肚子疼的时候是从来不吃止痛片的，因为如果吃了药之后不疼了，我就不知道是药起了作用还是肚子真的不疼了。"

我心中酸涩，却和她相视而笑。

我说："好，那就看看不吃止痛片的结果吧。"

26

最终我也不知道吕非老离开北京之前有没有去看简菊，她没跟我说，我也没问她。其实我并不想知道她跟吕非老之间的任何细节，无论是她还是吕非老还是章老大都是我的朋友，他们之间的感情纠葛以及我对他们各人的同情很容易让我左右为难，甚至让我丧失是非观念，让我同时具有几种立场并且出尔反尔，而且也让我总觉得是在面对生活的难题。我是个喜欢随波逐流随遇而安的人，最怕面对难题，因此我特别希望他们各行其道，太平无事，或者即便有事也别让我知道。

可是不久之后简菊又告诉了我另外一些事，这些事直接关系到章老大和她的关系，这次不像上次，她再没有让我袖手旁观。

那天晚上简菊又一次突然来到我家，自从那次他们三个人去温泉夜里她跑到我家之后就再没有来过，因此我自然而然地想到她肯定又遇到了麻烦。果不其然，她跟我说起从她搬到鲁谷章老大就很少去她那里，他的理由是平常谈生意都在东边，往西边跑太耽误工夫。

简菊气呼呼地说："房子是他找的，租好了才告诉我，连商量都没跟我商量，他嫌路远不方便，那租房的时候他又是怎么想的？他为什么不租在一个他方便的地方？再说了，如果这是一个家，难道回家也能说耽误工夫吗？何况这房子是租的也不是买的，他要觉得不方便，退了重租就是了。"

我问她："你和章老大说过吗？"

她说："我跟他说过，不过我刚说出这个意思，他立即就拿话岔开了，我也就没法再说下去，要不我们恐怕又要吵起来。"

她就像吐露隐私一样告诉我章老大已经有一两个月没到过她那里了，而且也没拿生活费给她，除了他出逃那两年，这是从来没有过的事。

她心灰意冷地说："他不要我尽可以明跟我说，痛痛快快做个了断没什么不好。我没他想的那么经不住事儿，他也不用担心我会跟他漫天要价。他如果真开口，对我来说恐怕也未必是一件坏事情。"

我听了心里真是五味杂陈。想当初章老大把她介绍给我们的时候就像是捧着一个金疙瘩，那种喜欢，那种珍爱，那种欣悦，简直把他整个人由内到外都点亮了。那时候他意气风发，事业蒸蒸日上，我以为和他心里充满了爱是分不开的。那时候的简菊也是清纯娇美，就像春天树枝上刚刚冒出来的嫩芽儿，犹如含苞欲放的玫瑰花，如今整整七年过去了，她人依然年轻漂亮，但心却变得沧桑，完全不似我们初相见时那般单纯明净和无忧无虑。

我心里很同情她，觉得章老大这样做实在有点过分，不管出于什么原因，也不该这样把她丢在一旁不理不睬。可是我也不便火上加油，也不想让她感到被怜悯，我尽量口气平淡地宽慰她说："可能是你想多了，男人和女人是不一样的，也许章老大觉得他跟你之间的感情稳定了，用不着整天卿卿我我，他怎么做你都会理解他的，或许是他真的特别忙，有点顾此失彼。你看看那些结婚几年的夫妻，不也整天各忙各的，哪有多少工夫花前月下？"

她摇头说："不是这么回事，我心里是一清二楚的。他对我冷，就像外头天气冷一样我能感觉得到。我不知道他就这么一直冷下去还是还会回暖。要是我早知道才这几年工夫他对我就是这个样子，当初我就不会这么稀里糊涂跟他混到一起了。这个世界上有各种药，就是没有后悔药。唉，后悔也没有用了！"

她又一次说到"后悔"，我听了心里沉沉的。我劝她说："你也别那么悲观，比起同龄人毕竟你的生活是相当好的。如果单从物质条件来说，我和吕非老这些上班忙乎好几年的人都远远赶不上你。"

她认真地说："我错就错在这上头，我太贪图享乐了，而且还喜欢坐享其成，这些都是我从小就听老师和家长批评的，可是他们越说这样不好，我还越是喜欢这样。不过天底下确实是没有白吃的午饭，到头来都是要付代价的。"

她一脸认命的表情，倒让我觉得她的成熟远远超过了她的年龄，也让我越发地为她感到心痛。

她忽然问我："你是不是很瞧不起我这种不劳而获的人？"

这个问题直指良心，但面对她，我当然是矢口否认。

她说："你用不着否认，如果我是你，我就会瞧不起，就是我是我自己，我也同样瞧不起。回过头想想，那时我的确是太小了，十六岁，自以为样样明白，其实还差得远呢！别人家的孩子有父母管着，我连这都没有，更指不上父母教我什么了。我妈跟我爸离婚之后嫁到国外去了，她肯定是伤透了心，走了就再没有回来过。我爸那个人我真不知道怎么说，他永远是大道理一套一套的，话说起来唠唠叨叨没完没了，但他说的我总觉得跟事情对不上，就像打靶，他从来就打不准靶心，所以他的话对我没有说服力，好多事我也不想跟他说，更不想听他教导我。不过话说回来，他大概也懒得教导我，他不喜欢女儿，只喜欢儿子，没有儿子盼儿子，有了儿子当个命，我相信他心里根本就没有我。有时候夜里睡不着觉，我想想父母也是造成我现在这种生活的原因，我就不说是根源了。我真不是抱怨他们，但凡他们能像正常的父母那样关心和呵护我，我肯定不会弄得像今天这个样子。我也想过，当真我有点什么事其实也指不上他们。我除了有你们两个好朋友，真的是没有什么自己人了。"

说着她眼圈就红了，我搂着她的肩膀安慰她说："你既认我是朋友，不管你遇到什么事，我都会为你两肋插刀的。"

她顺势把脑袋靠在我肩上，软弱地说："真的吗？"

我说："当然是真的。"

她坐正了身子，咬着嘴唇，似乎是下了很大的决心说："有件事我正想跟你说……"说了一句就收住不说了，停了片刻才接着说，"前两天陆虎把我约出去，跟我说了好多话，他的意思吧还是以前那个意思，让我跟他好。不过这次他话说得特直白，简直就是赤裸裸。他说他一直喜欢我，现在章老大不再是从前的章老大了，说穿了他没钱了，他自己也和从前不同了，他早就不需要跟在别人屁股后头混了，直说就是钱多了，当然还不光是钱多，所以也敢跟我开这个口了。他装得特别谦虚，特别诚恳，但完全是一副稳操胜券的样子，就好像他一开口我必须得答应甚至还要受宠若惊。我也顾不得面子不面子，我说你跟我说这个不觉得不妥当吗？他哈哈大笑，说有啥不妥当的，你情我愿就行了，碍不着别人什么事。我说先不说是不是你情我愿，章老大知道了大家怎么处？他又是哈哈大笑，说我人不大想得还挺多挺周全，又说他自己就是因为想得太多太瞻前顾后所以才耽误至今。他说他这次是下决心了，只要我答应，其余的事情都用不着我操心，他会摆平的。我说你说给我听听怎么个摆平法，他说其实我跟章老大早已经说开了，大家路归路，桥归桥，该吃饭吃饭，该唱歌唱歌，两不相干。我问他章老大怎么说？他说他也是这么说的，不信你回去问他。我听了真是气坏了，他们把我当什么了？这两个人一个是狼心狗肺，一个是禽兽不如，都不是好玩意儿！我跟章老大还过着呢，他一声不吭就把我给转让了；陆虎干脆就把我当卖的，或者干脆就当一件东西，他出得起价钱就能买，我真想把难听的话骂出来，想想章老大还跟在他屁股后头混呢，给他留点面子算了，才忍着没跟他翻脸。”

我真没想到章老大能这样跟陆虎同流合污，不由想到以前吕非老对他的评价，说他做的有些事情让我知道了会惊着我，这件事就非常让我吃惊，而且挑战了我的底线。

我真想心直口快地说几句狠话，可是觉得不是自己意气用事的时候。于是我仍是耐着性子劝她说：“你别生气，不值得。他们在生意场上混久了，可能觉得什么都可以用钱来解决。”

她愤愤地说：“我当即就跟陆虎说我不是出来卖的，让他趁早打消他的邪念。他听了居然也不生气，或者是装得不生气，不像一开始那样趾高气扬稳操胜券，做出心平气和的样子开导我，说不管你是出来玩的还是出来寻找爱情的，反正我喜欢你，你要玩呢我陪你玩，你要爱情呢我爱你，其他条件随便你提，只要你让我高兴，我能够满足你的一定都满足你，就是一时不能满足你，我也会想方设法来满足你，让你看看什么叫前无古人后无来者。我拉下脸来跟他说我当不起你的美意，只希望你不打扰我就行。他还是觍着脸说我会样样听你的，强扭的瓜不甜，我会耐心等着你的，直到你愿意为止。我说不会有那一天的，你趁早别耽误工夫。他大笑，说现在说这个话还太早，别急着把门关上，我们这还是刚刚起步，别着急踩刹车。我说不管你怎么说，反正我跟你把话都说清楚了，往后我们井水不犯河水，互不相干。他说我说的可能不是心里话，我问他为什么这么说，他说虽然你嘴上说希望我们井水不犯河水互不相干，你肯跑出来见我，说明你对我还是有情的，我没说错吧？——你说这人无耻不无耻？他就这么死皮赖脸缠了我好久，说心里话我也有过害怕的时候，我想我一个人单独跟他见面，他想怎么说就能怎么说，他要是真做出什么，不就把我害了？"她两眼凝视着我说，"我担心他还没有完，你说我该怎么办？"

说老实话我真不知道她该怎么办。向章老大寻求保护显然是没有用的，而向别的人求援，比如吕非老甚至王小光，恐怕除了节外生枝并无益处。

她终于慢慢地挪开了目光，凄然一笑说："其实我也知道走到这一步问别人怎么办谁也没法回答我。跟你说真心话，其实我去见陆虎，心里还是拿他当朋友的，也希望他能像朋友一样帮帮我，没想到他直接就是要跟我讲价的样子，才让我对他彻底灰心的。今天我来找你，如果可以的话想请你帮我个忙，你替我问问章老大，他到底是什么意思？假如他不想要我了，让他跟我明说，也好趁早跟他有个了断。"

我吃惊她的态度那样果断，而且冷静。

我问她："你真的要这样？"

她点头："我想好了，与其跟他拖着，不如断了干净。"

我说："这也解决不了陆虎的问题。"

她说："这跟别人无关，至少我心里痛快。"

我答应找机会帮她跟章老大说，但却并没有付诸行动。从内心说我不太希望她和章老大分手，我实在不知道如果他们分开，她将怎么生活。

大约过了一星期，她又一次来找我，她从我们单位传达室给我打内线电话，说就在大门口，我当即扔下写了一半的稿子，飞奔下楼去见她。

仅仅几天不见她就像变了个人，她一脸憔悴，人也瘦了一圈，好像一下子变老了几岁。她见到我就伸出胳膊抱住我，就像见到亲人一般。我刚问了她一句"怎么啦"，她的眼泪就流了下来。我赶紧把她带到了我们单位的咖啡厅。

刚一坐下她就说："我无论如何都要跟他分开了，你一句也别劝我，我已经是忍无可忍了！"

我让她慢慢说。

她告诉我昨天陆虎又来找她，她不肯见，但他坚持让她无论如何跟他见一面，他有重要的话要对她说，还有重要的东西要拿给她看，他说车就在她家楼下等着她。她实在被他磨不过，下了楼。陆虎的司机把她带到金融街，陆虎已经在餐馆的包厢里等着她。陆虎又是点了一大桌菜，见到她热情地拉她坐下来，要和她喝酒。她没有心思跟他喝酒，只想看看他葫芦里到底装的什么药。他却是笑眯眯地跟她东拉西扯，不说正题。她几次提出要走，陆虎让她再坐会儿，说难得出来一次，下次单独相见还不知道是什么时候。她执意要走，他这才说有样东西不知她有没有兴趣看一眼。他边说边从皮包里拿出一个大信封，递到她手里。她打开一看，是一沓照片，她第一眼就看见照片上白花花的一片肉，仔细一看是一个几乎啥都没穿的女孩和章老大紧紧地搂在一起，两个人都笑得十分开怀的样子。往下翻了几张都是章老大和不同女人搂抱在一起的照片，有和一个女人的，也有和两个女人的，甚至还有和好几个女人的。那些女人个个浓妆艳抹，穿得极其暴露，一看就是夜店小姐。她没看完就把照片塞回信封，还给陆虎。陆虎却重新把信封给她，叫她耐心点，继续看，说真正有料的她还没有看到。她再次拿出那些照片，一张一张往下看。她看见了章老大和不同女人在床上的照片，明白他是跟妓女在一起。她说她只瞥了几眼，就恶心得要吐。她说她从来没有看见过那么赤裸裸的下流照片，连为他开脱的余地都没有了。

她对我说："我当时就崩溃了，章老大总跟我说他从来不去歌厅、桑拿、洗头房之类的地方，就是生意应酬他也是出钱让客户去，自己连那种地方的门都不进，原来他一直都是在骗我的，也就是我头脑简单对他的话深信不疑。那些照片就像雷一样一下子把我炸碎了！"她脸色发白，眼泪又一次顺着脸颊滚滚而下。她用手抹去眼泪说，"我长这么大从来没有碰到过这么恶心的事情，我想了一夜，我必须和他分开，我一天也不能再忍了。"她双眼望着我，恳求说，"你帮我打个电话给他行吗？"

这倒让我十分为难，我真不知道这样的事我怎么跟章老大说。虽说他是我朋友，但这完全是他的私生活，而且还涉及如此不光彩的隐私，我实在是难以启齿。

看我迟疑，简菊继续恳求我说："这事只有麻烦你了，我真的是找不到一个能替我跟他说的人。"

我说:“你为什么不自己跟他说?”

她说:“现在我想起他就恶心,我一句话都不想跟他说……”说着,眼睛里又噙满了泪水。

我心软了,不忍心拒绝她,就答应了。可是答应下来之后我发现这真是个难办的差使,我可怎么张口对章老大去说?要说我跟他认识也有近十年了,这些年我们的关系始终不错,除了在一起吃吃喝喝,说说笑笑,有时也会聊点私房话。平心而论,章老大这个人挺真实的,至少跟我是这样,而且他对我一向热情周到,坦诚相待,虽然我没有什么事去找过他,但他从来给我一种有求必应的感觉,我们之间的关系一直很好,说心里话我是很珍视和他的友情的。现在为了简菊,我要去对他说一些显然是他不乐意听到的话,这些话无疑会影响他的心情,甚至会伤害他的感情,我等于是拿我和他的友情去冒险,这是我很不愿意做的。可是我既答应了简菊,又不能不做,真让我进退维谷。

但我是说过会为她两肋插刀的,我不能言而无信,更主要的是我不能让她觉得自己孤立无援。我在相当为难和纠结的心情下度过了一天,紧接着又度过了一天。我总想明天就把这件事办了,可是到了明天,我又寄希望于下一个明天。我就像一个拖延症患者,能拖一天是一天。三天拖过去了,简菊打来电话,问我说了没有,我浑身冒汗,吞吞吐吐,找了无数理由说自己实在太忙,答应马上就给章老大打这个电话。我发现自己就像是一个躲债的,被债主追得无处藏身,又像是在雨水里拖一个沉重的草包,越拖越重,越拖越重……

终于又拖过了一天,早晨醒来我感觉身上的压力又重了一些。在经历了一番内心的挣扎之后,我终于横下一条心摁下了章老大的电话号码。在电话接通的那一瞬间,我的心狂跳起来,几乎要跳出胸腔。那种跳动的频率简直就像是遭遇一次爱情,可实际上我肩负的却是去拆散别人的重任——这个时候我忽然为章老大和简菊之间的聚散感伤起来，有一个瞬间我几乎打消了替简菊对章老大说分手的念头。

电话里传来章老大浑厚柔和的声音，他问我怎么忽然想起给他打电话，还问我最近过得怎么样，采访忙不忙，又说真是有日子没见了，找时间聚聚一块儿吃顿饭，他说的这些很平常也很家常的话让我放松下来，可是却也让我更加张不开口跟他说简菊要我说的话。

就在我犹犹豫豫吭吭哧哧想找婉转妥帖的话和他说的当口，他换了那种只有和亲密朋友交谈才有的亲切随意的口气说："真是奇了怪了，就这一二天吧，我总想到你，你电话就打来了，可见我们真是心有灵犀啊。这些日子你不知道，我真的是焦头烂额，什么烂事都挤一块儿了，我一天忙到晚，好多事也不是为我自己，可是总那么吃力不讨好。我心里很郁闷，真想找个人好好说说。往常这些说不清道不明的事情我总跟吕非老唠叨，他一听就明白，给的话也是一针见血，可惜他跑那么远，见他一面不容易。除了他就是你了，别看你是个小姑娘，多繁难的事也是一听就明白，而且能拆解得开，在我眼里是个明白人。等我回去找个时间咱们好好唠唠，我请你吃饭，你挑地方，好不好？"

我问他："你没在北京？"

他说："我在上海呢。"

我又问："那你什么时候能回来？"

他说："应该很快，也就三五天吧，要是事情办得顺利还能更快些。"说完又补一句，"我在上海跟孙梅梅老师办离婚呢，手续一完马上回去。"

我说："那好，等你回来再说吧。"

他像是刚反应过来似的说："对了，你给我打电话我还没问你找我有什么事呢。"

我赶忙说:“不是我,是简菊……要不我就简单跟你说吧,她想和你分手,让我跟你说。”

他突然就沉默了,我以为电话断了,对着电话“喂”了两声,忽然间听到他歇斯底里的大笑,这时候听到他这样笑真是吓我一跳。

笑完他说:“这个消息真他妈太意外了!”又说,“这孩子抽的哪门子风?真是她让你说的呀?”

我说:“是啊,是她求我说的,我根本就不想替她说。”

他口气变得格外温柔,笑着说:“我明白的,你跟我一样做的也属于是吃力不讨好的事。不过我真是太吃惊了,简直跟被雷劈了差不多。我真没想到小菊会跟我唱这一出!刚才我太失态了,你多包涵啊!”

我马上稀里糊涂也是自然而然地站到他的立场上说:“你快想想怎么办吧。”

他说:“好的,我知道了。”

说完这句话他随即又跟我扯起了闲篇,说的全是跟这不搭界的话,而且无一例外都是轻松愉快的话题。他又恢复了他一贯的沉着冷静,让我也跟着心情轻松下来。

挂了电话我如释重负,马上给简菊打电话。我想给她反馈一下,这件事就算了了。

简菊接起电话第一句话就是:“你终于来电话了!”

我知道她等急了。

果然,她急不可耐地问我:“你跟他说了吗?”

我说:“说了。”

她说:“他怎么说?”

我感觉她提着一口气,或者说是提着一颗心,似乎在等着答案揭晓,甚至可以说像是在等待最后的审判。她的紧张感从电话中波及过来，我心里立时对她生出无限的同情。

我说："他没说什么，就说了一句'好的，我知道了'。"

她问："就这一句话？"

她明显很失望。

我说："是啊，没说别的。"

她长叹了一口气，说："这一听就是他的口气，他就是这样的，老于世故，老谋深算，老奸巨猾，一到关键的时候刀架他脖子上都不会痛痛快快给一句明确的话，看来我得准备好跟他打持久战了。"

我迟疑了片刻，还是说："你们就不能化干戈为玉帛吗？"

她口气决绝地说："没有这个可能，我已经忍够了。"

27

这两个电话之后简菊和章老大都沉寂了。我给简菊打过不止一次电话，她没有接，也没有回过来；章老大也并没有像他在电话里跟我信誓旦旦地允诺的那样回到北京之后马上和我联系，我知道他回来还是听吕非老说的。吕非老从云南回来述职，张罗大家聚了两回，但两次都没有见到章老大和简菊。

一次聚会散局的时候我问吕非老知不知道章老大和简菊的近况，他说不知道，正想问我呢。他也说跟他们联系不上，两个人都不接电话。我三言两语简单告诉他简菊要和章老大分开以及我帮她给章老大打了那么个电话的事，他听了沉思片刻，说："他们分开这是早晚的事。"

我颇吃惊，问他："你怎么这么说？"

他说："这不简单吗？按他们这样的关系，短则三五个月，长则三两年，都是正常不过的，他们在一起都有七八年了吧，算是超长服役了，基本可以看作是奇迹了。”

我听了顿时就愣在了一边。说实话，我明知章老大和简菊之间的关系，可还是习惯从相爱的角度去想问题，我想毕竟他们在一起这么多年，而且简菊在章老大毫无音讯的情况下安安静静耐耐心心地等了他整整两年，如果他不回来，她极可能还会继续等下去，不能不说对他是有情的。

我对吕非老强调说：“他们之间还是有感情的，甚至可以说是有爱情的，不应该把他们想成一种简单的包养关系。”

他同样对我强调说：“感情是会淡漠的，爱情也是会疲惫的，你难道看不出来他们已经倦怠了吗？”

我问他：“你是指简菊还是指章老大？”

他说：“他们两个都一样。”

我发现吕非老就像一个医生诊断病情那样冷静和理性，或许应该说他很客观，可是在我看来他的冷静、理性和客观里带着冷酷的成分，这让我有一种跟他话不投机的感觉。于是我收住话头，不再跟他就这个话题说下去。

几天之后吕非老结束述职要回云南，临行前他打电话给我，略带歉意地说：“那天回家之后我想了想，可能我有些话说得太刻薄了。”

我说：“那不是你一贯的风格吗？”

他笑起来，说：“你就是这点好，得理不饶人，你这样说我反倒没有什么心理负担了。”

我故意说：“你是不是怕我告诉他们？”

他大笑起来，说：“你说呢？”然后换了正经的口气说，“其实我真是挺想他们的，刚才我给他们两个都打了电话，他们还是不接。我要走了，你有空跟他们联系联系吧。我多少有点担心他们，你要是有他们的消息记得告诉我一声。”

我答应了他。

就在吕非老走了大约一个月之后，我总算又见到了章老大和简菊。大大出乎我意料的是，他们不但双双出现，而且看上去是如影随形，一副关系很不错的样子，就好像中间什么事也没有发生过。我很惊愕他们之间出现了这样的转机，简直就像是命运露出了笑脸。当然我除了惊讶也挺为他们高兴。

那天是章老大召集的饭局，我很想问问他们是怎么冰释前嫌和好如初的，但却没有找到合适的机会。饭局开始没多一会儿章老大就喝高了，这好像是他一贯的风格，席间他跑到洗手间去吐了好几回，后来是司机把他扶上车送回家的。简菊忙着照顾章老大，连饭都没有吃好，走前匆匆忙忙和大家告别时她拉着我的手悄悄说找一天要好好跟我说话。我看她神情复杂，隐约能感觉到她的心情并不轻松。

我没想到的是章老大比简菊先行一步来找我说话。

聚会的第二天章老大就给我打电话，问我下班后有没有空跟他喝杯咖啡。那天正赶上发稿，事情特别多，但我还是如约去了。等我到达民族饭店，他已经在那里等我了，他面前的烟灰缸里已经有好几个烟头，看来是等了有一会儿了。

我刚坐下他就拿出一个最新款的IBM笔记本电脑送给我，他笑眯眯地对我说：“我得好好谢谢你！”

我一边推让一边客气道：“我没做啥呀，谢我什么？”

他说：“是你向我传递了重要的情报，不瞒你说，我真的一点没感觉到小菊有跟我分开的意思，我实在是太大意了。说心里话我就从来没往那上头想，我想她有吃有喝的，不管跟我提什么要求我都尽力满足她，至少是从来没有拒绝过她，她怎么会走呢？再说她走了又能怎么样呢？说句那什么的话，她连陆虎都给拒绝了，也没个下家接着她呀。正好前一阵我也是忙昏了头，我跟你电话里说过的，倒霉事扎着堆儿来，生活就像烂掉的盲肠一样千疮百孔，现在我都不敢回头去想那一段是怎么熬过来的。”他喝一口刚送上来的热腾腾的咖啡说，“可以说是你挽救了我和小菊的关系，要不然这会儿我和她很可能就已经各奔东西了。”

我说：“其实，我是帮她替你们拆桥的——尽管我并不想那么做。”

他知情会意地呵呵一笑，说：“我明白的。不过实际效果却是你替我们铺了路。”他目光柔和地望着我说，“我也不跟你多说感谢的话了，我们是一辈子的朋友，来日方长，哪天如果你需要我为你做什么，我一定当仁不让。”

听他这么说，我心中倒有些惭愧。

他点上一支烟，深深地吸了一口，问我：“你还记得那天我们通电话，我说我有一肚子的感慨没处说，等回来要跟你细说吗？”

我点头。

他微笑着说：“真的，人到了特别孤立的境地才知道朋友的可贵，也只有到了那种时候才知道谁是真正的朋友。我对‘真正的朋友’的定义是彼此理解，值得信赖，永远不会害你，永远不会把利益放在第一位，在一起能感觉很安心很愉快的那些人。要说真正的朋友并不很多，我下海年头不短，可以说是久经沙场，阅人多矣，可是交到的真朋友却没几个。我在上海的时候就特别想念你还有吕非老，特别想跟你们说说话，连我自己都没想到这个念头会那么强烈。”

我开玩笑地说：“我真替自己和吕非老感到荣幸！”

他听了开怀大笑，说：“那得说是我的荣幸！”他就像打开了话匣子，滔滔地说起来，“其实要说我这个人的运气一直是相当不错的，一到关键的节点命运总会发生转折，而且遇到困难的时候总有人来帮我，用老话说我命中有贵人相助，要不然当年我也不可能摊子铺得那么大，我逃出去也不可能还能全须全尾地回来，今天也不可能还能重整旧山河。你给我打电话那时正是我的一个低点，生意上的不顺就不说了，家里也是摁下葫芦浮起瓢，没一件事是省心的。生意上遇到沟沟坎坎甚至一时无路可走对我来说都算是正常情况，这么多年来，我每做一个项目，就是克服重重困难，等到最后一个问题解决掉，事情也就啪地成了，我想这一次大概也是一样。反正吧，我就是把事情往好里想，想着前面是一片光明，前景灿烂，要不然我这一口气真的很难提起来。要是去想面前有多少困难，而且事情根本成不了的话我肯定自己就被压趴下了。这话也就是对你说说，跟别人我是不会随便说的。这是我的机密，如果让我的对手或者对头知道了，我会死得很惨。”

他依然是笑容满面，但我觉得他真的是强颜欢笑。我不知道说什么好。

他继续说：“比生意上的不顺更加让我伤神的是我的个人生活，我跟孙梅梅说要离婚也不知说了多少年了，结果是拖了一年又一年，一直没有离成。有我的原因，也有她的原因。以前是因为财产分配谈不拢，现在是我无力给她所需要的钱。跟你说句心里话，其实我是不想离的，说白了婚姻就是个合作关系，跟做项目是一回事，中间有再大的问题、再大的分歧都是可以谈的，我就不相信两个相爱或者说曾经相爱的人难道比一群奸商还不好商量？可是事实上还真就是这样。比如我们孙梅梅老师，那叫一个坚决，死活就要离，我怎么好好跟她商量都没有用。当然了，这里面也是有原因的，她的老相好也离婚了，好像等着要跟她结婚。我倒是有心成全她，可是我妈知道了这件事坚决不许我把上海的房子全给她，婆媳俩多少年不来往了，居然又争起了房产。我老婆你是见过的，我老妈你也是见过的，她们两个看上去都是弱柳扶风，实际上一个是针尖一个是麦芒，可有一拼了。她们两个和睦的时候就是面和心不和，整天斗智斗勇，让我跟着不知受了多少夹板气。从前她们一起在北京住着的时候不瞒你说我们家里常年是烽火连天硝烟弥漫，好在后来她们一个住在上海，一个住在苏州，总算可以井水不犯河水，没想到因为离婚分割财产的事她们狼烟又起。我在上海有三处房子是写在我妈名下的，离婚前需要从老太太名下过户到孙梅梅名下，这就捅了马蜂窝了，我妈坚决不配合。我只得倒过头去做孙梅梅的工作，劝她缓一缓再说，最不济就是等老太太百年之后再给她，她坚决不同意，说是怕夜长梦多，也怕我出尔反尔。想想真是寒心，她跟我结婚也快二十年，到头来她对我是一点不相信。就这样两边相持不下，离婚手续也办不成。”

他停顿了片刻，神情略显凝重。我很少看见他这样沉重。

他接着说：“孙梅梅估计是真着急了，她也不来找我谈，直接就把我告到了法院。你知道她告我什么吗?她告我重婚。重婚可不是闹着玩的，法院不但能判离，而且还能送我去吃官司，你说她是不是太狠了点?我赶紧找人拿了银子去疏通，这边找孙梅梅谈条件，经过一番艰难的拉锯战，来来去去好几个回合，我答应让她在我这个项目里占股份，又答应再给她加一百万，她才同意撤诉。这边刚刚把火扑下去，就接到你打来的电话，忙完了上海的事我赶紧飞回北京，再来解决这头的问题。比起上海那边；北京这边就容易多啦，小菊毕竟好说话，说句那什么的话，她好哄，这也是我喜欢她的原因之一吧。”

他终于又露出轻松的笑容，连坐姿都透出松弛。

我说：“吕非老临走前还说担心你们呢，看来你们不用他担心。”

他听了笑起来，随即正了脸色说："我听到这句话还真是挺感动的。"他又点燃一支烟，慢慢吸着，柔声细语地说，"其实小菊是误会了，她以为我不喜欢她了，所以才对她那样冷淡。我扪心自问，对她确实是不如刚开始那样火热，要说毕竟也好几年了嘛，新鲜劲总是会过去的，不过我心里还是有她的。就像电影里说的，时间长了夫妻就像左手和右手，但如果把那只手弄伤了，我会疼。这一点是不容置疑的。而且你们也都看见了，我真不是拿她当那种玩玩的女孩，我跟她之间是有感情的。不瞒你说我会拿她跟孙梅梅比，我跟孙梅梅是自由恋爱、明媒正娶，但是自从我有了钱之后她跟我的关系就变得功利了，越到后来我们之间好像就剩下赤裸裸的金钱关系了；相反跟小菊即便是到了今天，我觉得还是感情占上风。其实要说她跟我连个正经名分也没有，而且我从来没有许诺过要给她名分，我也从来没有给过她大笔的钱，那你说一个年轻女孩子到底是图什么？"

我笑说："说明你有魅力啊。"

他听了马上咧开嘴笑了。他在椅子里坐得更加舒适，说："我这个人多少还是有自知之明的，我年纪一大把，长得跟英俊潇洒有相当大的距离，女孩子能看上我什么？如果我没有钱我是个谁？按理说我和她这样的关系就得是靠金钱来维系的，但实际上还真不是这样。不瞒你说我因为手头不宽松已经有一段时间连生活费都没有给过她了，她不是还在吗？她即便动了离开我的念头，不还是让你先告知我并没有一走了之吗？特别是我跑得无影无踪那两年，给她留的钱相当有限，我以为她肯定会另作打算，没想到我回来时她还原地不动等着我，我不光是感动，简直是震动，从那时候起，她在我心里就有了特殊的位置，对我来说，她不再是一个红颜，而是一个亲人。"

他两眼望着我，神情真挚。

他说:“严格说我跟你们几个不是一代人,我这个人还是比较传统的,没有你们现代,表达方式也比较保守,我认为亲人之间是用不着多说什么的,就是有事说事,别的尽在不言中,居家过日子也不需要那么些卿卿我我缠缠绵绵,所以平常我跟她也没有你爱我呀我爱你那一套,可能她认为我对她冷,甚至以为我疏远她。她也不是没有表露过,我也懒得去多理会。的确也是外面千头万绪,有点心力不足,再一个是理会了就得做,那就絮絮叨叨没完没了。前面已经有过一个孙梅梅,我真害怕再把她惯成第二个孙梅梅。当然这都是我的小私心。还有一个原因,我一直没有告诉过她,孙梅梅告我重婚其实是连她一块儿告的,按照《婚姻法》规定,明知他人有配偶与其以夫妻名义同居的一方也是重婚,虽说我和她从来没有在熟人朋友面前自称夫妻,但是我们去鲁谷那边租房的时候为了图省事的确和房东说了我们是夫妻,取证的人是相当有经验的,听房东说他们去找过他,好在他人机灵,有城府,话说得含含糊糊,没让他们抓到什么把柄。那个院子的大爷大妈警惕性高你也是知道的,我担心取证的人会去找他们问东问西,所以有好一段我都没怎么敢过去,就是为了避风头。这事儿我跟小菊没法儿说,她一个未婚姑娘,连结婚证长什么样都没见过,居然被我老婆告个重婚罪,岂不是天大的荒唐?我觉得跟她解释起来太费劲,而且还徒增烦恼,所以就什么也没对她说,只说外面生意忙,没想到差点就弄出事情来。”

我由衷地感叹说:“不过你也确实是有本事,什么事都能摆得平!”

他轻轻地摆了摆手,带着自嘲说:“我这个人吧也是生在新社会长在红旗下,从小受到的都是正统的革命教育,可是学坏容易学好难,要我走正路难着呢。我从小没少挨我父亲的打,可是他越打我越是偏离他希望的航向。我们这一代人经历坎坷,又赶上了改革开放,走什么样路的人都有，我自己觉得还算是幸运吧，总算没有成为一个恶贯满盈的坏人。我在社会上摸爬滚打几十年，清水河子浑水河子都趟，想不奸诈狡猾都不行。说句不太谦虚的话，我在江湖上闯荡什么棘手的事没遇到过？糊弄她这么个不谙世故的小丫头还不是小菜一碟？”

他得意地哈哈大笑。

我八卦心顿起，很想知道简菊看到了他和妓女厮混的照片，他是怎么哄得她回心转意的。简菊跟我说那事的时候可是怒不可遏，一副覆水难收誓不回头的样子，我也的确以为他们之间再无回旋的余地。但我又觉得这种问题难以开口问他，不过犹豫了片刻我还是没忍住问了他。

他又是一通哈哈大笑，脸上居然出现了类似羞愧的神色。

他说：“我反复跟她解释说那不过是逢场作戏，实际上也确实是那么回事。我跟她强调说那是好多年前的旧照片，那时候还不认识她呢。你不要笑话我，我这个人的确不是什么好人，时不常也干一些操蛋的事情。”

我说：“她能相信吗？”

他说：“她当然不相信啦，不过我就那么说。那件事的确是伤她很深，我心里还真有点内疚。我不是内疚去风月场耍，那种事情对我这类人来说并不是什么了不得的事，我是内疚这样的腌臜事让她那么个清清爽爽干干净净的小姑娘知道了，我真是无地自容！”他做了个双手掩面的动作，紧接着又说，“为这事我还说了陆总几句，他这个玩笑开得可有点儿过火了！”

我说：“这还是玩笑呀？”

他皱了下眉头，随之脸上露出不以为意的笑容，说：“就当他是开玩笑吧！他那个人是有点没轻没重，而且经常不按规矩出牌，我跟他刚认识就发现他有这个问题，可是他这招好使啊，越是不按规矩出牌，还越是能成事，这也是我佩服他的地方，虽然这种佩服里有相当大的鄙视的成分。其实做生意跟武打很像，自古有话：文无第一，武无第二，第二就是输，输了你就一边待着去，不但没你说话的份儿，江湖上就没你这一号了。生意场就是战场，不管你用什么手段，你能赢你就是老大，所以不择手段就是家常便饭。我本人就是此山中人，我清楚自己是什么货色。”

我说：“我从来认为你和陆虎是不一样的。”

他微微一笑说：“那是因为你是我的朋友。”又说，“陆虎对小菊有意思那就是秃子头上的虱子明摆着的，他的好处也是事情做在明面上，他这么着我倒也不好跟他计较，这也正是他的聪明之处吧。他在我面前也反复流露过想要小菊的意思，我也知道他不讲规矩而且豁得出去，他对小菊一直还算是彬彬有礼，我实在没想到他会玩这一手，他把那些我们一起胡闹时拍的照片拿去给她看，这是从根上灭我啊，明摆着就是要彻底拆散我们，差一点他还真就搞成了。现在想起来我都一脑门子冷汗！也怪我对他提防不严，总想我们是合作伙伴，不说多大的投资是合着的，连命都可以说是合着的，我和他就是拴在一条绳子上的两只蚂蚱，他害我对他自己也不利，更别说把我惹毛了反过来弄他两下子，谁还没个软肋什么的？他难道会有好果子吃？可他还真是一个浑不懔的人，做事不计成本，这点我是有点低估他了。照片这事对小菊的打击和伤害是无法估量的，即使她现在还跟我在一起，她心里肯定是有阴影的，她其实也是没法原谅我的，这我有充分的心理准备。我从上海赶回来的时候就做好准备要打硬仗的。具体不跟你细说了，简单说吧，我的确是费了一把子劲才把她暖过来的，不过是不是暖透了还真不好说。而且我觉得后遗症一定是会有的，就跟得过某种病一样，时不时得当心它复发。你说这他妈的陆虎也亏他真做得出来!”

我不由叹了一口气。

他两眼凝视着我说:“我明白你叹气的意思,你是说小菊遇人不淑吧?其实我自己就是这么想的。想当初我和她刚认识的时候她可是鲜花一朵,我真是没有照顾好她,让她受了不少委屈。你看了都忍不住要叹气,我就知道我做得有多差劲了。其实我今天找你,一是想和你说说我遇到的这些糟心事,二也是想让你有机会的时候开导开导小菊,我把我心里的想法甚至那些难以启齿的实情都告诉你,是想让你有个判断的依据,好对症下药。我是充分相信你有办法影响她的,不过你一定不要刻意,润物细无声地渗透最好。”

我说:“谢谢你这么看得起我,只是我怕自己没有那么大的说服力。”

他做出惭愧的样子,微微一笑,说:“我听明白你这话的意思了,我的确是太不像话了,做了好多令人不齿的事,伤了小菊,我一想起来心里也是沉甸甸的。”临别时他郑重其事地握住我的手说,“我是个利欲熏心的人,但还没到见利忘义的地步,我唯利是图,却不大愿意负别人,尤其不愿意负朋友和亲人。小菊跟我一场,至少我不想看到她伤心而去,所以这个忙你必须要帮我。”

我说:“我会尽力。”

28

我心里惦记着章老大的嘱托,见到简菊总想以润物细无声的方式向她渗透章老大对她的好意——一方面我真是从内心里希望他们都好,另一方面也是我这个人比较一根筋,总以为答应了别人的事就一定要做,而且还要做到位。结果这样一来简菊倒警觉起来,本来说好要和我畅谈的,当她和我面对面的时候忽然变得吞吞吐吐,甚至跟我有些话不投机的意思。我们见了几次面,每次聊的都是些泛泛的话题,她给我的感觉是她不想提到章老大,更不想跟我谈论他们之间的事情,因此我并没有找到什么“渗透”的机会。

一晃又是三五个月过去了,一天章老大给我打电话,让我三天后的晚上务必去参加他的一个饭局。张罗饭局这样的事情他一向都是让手下的人通知的,很少自己亲自打电话,可见这个饭局是他特别重视的。我问他为何如此郑重其事?他笑说你去了就知道了。我怀揣着一颗好奇心,等着三天后谜底揭晓。

这天的晚宴设在香山脚下一个富丽堂皇的会所,一共摆了三桌,而且都是能坐二十个人的大圆桌。那天正好下了一场大雪,香山银装素裹,分外美丽。客人们踏雪而来,一时间客厅里笑语喧哗,煞是热闹。章老大已经有相当时间没有搞过如此大规模的聚会了,我感觉真有几分昔日重来的味道。这天来的多半是章老大往日的朋友,有不少我还是在他兴盛的时候见过,一晃也有几年没见了。这天吕非老也来了,他已经结束支教从云南回来。宾主相见,分外高兴。

这一天最大的亮点是章老大带来了儿子艾伦。我早就听说他有个儿子,但还是第一次见到。艾伦十四五岁,个子长出来了,但脸上稚气未脱,一眼看上去还是小孩儿模样。他羞怯怯地跟着简菊走进来,就像是她的一个弟弟。章老大向我们介绍儿子的时候一手搂着艾伦一手搂着简菊,幸福得就像是搂着自己的一双儿女。简菊还是那种一贯的落落大方,一副淡然处之的样子。她没有一点恃宠而骄,也不是晚娘的架势,我看她处处当心着艾伦,就像细心地呵护着自己的孩子。也许是有艾伦的衬托,我感觉她多了几分温柔和持重。在宴席上她招待客人也得体周到，完全是一副女主人的架势。吕非老凑到我耳边发感慨说：“她还真像个妈，不但像个妈，都快母仪天下了！”我顿时感觉到了他锋利的嫉妒。

等章老大站起来向大家敬酒我才知道这顿饭明面上是为了庆祝他的一个项目签约，实际上是庆祝他和孙梅梅正式离婚。因为有艾伦在场，所以这个正根儿的由头在席间以交头接耳的悄悄话方式传播。这天章老大喝得很多，他满面放光，高谈阔论，和孙梅梅离婚，他仿佛获得了解放，很有几分扬眉吐气的味道。相反，简菊倒是无动于衷，或者说还是一如既往的样子。按理说她才应该扬眉吐气，实际上却并非那样，她相当平静，就好像这件事与她毫无关系。她对章老大的态度似乎也并没有因为这件事而变得更加热情，也还和之前差不多。以我敏锐的观察，那些照片带来的负面影响并没有真正消除，她的瞳仁里还有忧郁，笑容也没有从前明媚，对章老大更没有从前那种小鸟依人般的依恋。而她对艾伦却是关怀备至，照顾他时百般柔情，连笑容都带着阳光般的热力，这也反衬出她和章老大之间并没有真正回暖。

大家敬酒的时候吕非老趁乱把我拉到他旁边的位子坐下来，做出十分甜蜜的样子悄声问我：“这么长时间没见，想我了吧？”

我也做出十分甜蜜的样子，笑嘻嘻地说：“当然想啦，天天想，夜夜想，想得食不甘味，夜不安寝！”

他哈哈大笑，说：“这可有点过了啊，你说‘想过’就够了。”他把椅子朝我这边拉了拉，靠我更近点，换了正经的脸色说，“对了，有点背景资料我得赶紧告诉你，免得你一会儿说错了话。”

我以为他还是跟我开玩笑，便说：“套瓷就套瓷，咱们这么熟，你用不着找借口。”

他凑到我耳边，用只有我们两个人听得见的声音告诉我艾伦不是章老大亲生的，是孙梅梅和她的情人生的。我听了相当惊愕，问他怎么知道的。他说是章老大亲口告诉他的，他怕我说出孩子长得像爸爸这类通常很容易随口说出来的话才特意告诉我的。我说得亏你提醒，要不然我很可能会犯这样的错误。

我问吕非老："章老大怎么能够容忍老婆跟情人生孩子？"

他低声说："不瞒你说我也问过他同样的问题，他说这是历史造成的，那个时候他成天在外面不着家，说是忙生意，其实不少时候都是跟狐朋狗友一起鬼混。孙梅梅先还一遍遍打电话催他回家，出去四处找他，甚至闹到要跟他离婚，据说他们都打算协议了，只是财产分割没谈好拖了下来。日子一天天过着，章老大还在外面浪着不怎么回家，孙梅梅也不打电话不出去找他了，他以为她终于烦够了消停了，实际上她是移情别恋了。她和歌舞团里以前一起跳舞的男舞伴好上了，那人也是早就辞职离开歌舞团了，做点外贸方面的小生意，估计也挣了一些钱。章老大一连几个月不回家，孙梅梅意外怀孕，她又跟他提出离婚。章老大说他还以为事情过去了呢，没想到死灰复燃，而且这回竟是平地起风雷，孙梅梅居然闹出了这等事。他气不打一处来，之前谈妥的条件统统不认账了，一分钱也不肯给她。孙梅梅当然不干，一次次去找他，两个人见面就吵，根本谈不拢，一拖两拖孩子就生下来了。章老大见到孩子不但不讨厌，反而喜欢得要命。他在外头一忙完就回家看孩子，孩子的事永远是头等大事，为了孩子他拖着不肯离婚，因为一旦离婚如果孙梅梅不同意他是不能去探视的。这一拖就拖到了现在。"

我听了心里滋味复杂，也十分感慨，真没想到章老大欢欢喜喜带个孩子来，里面还隐藏着如此巨大的秘密。

我悄声问吕非老："知道这件事的人多不多？"

他说："跟章老大年头久些的老朋友都知道，当年这件事闹得沸沸扬扬。”

我说：“要这么说这里坐着不少的知情人？”

他点头，说：“所以我得赶紧告诉你呢。”

我正和吕非老说着悄悄话，有人拍我肩膀，回头一看不是别人正是章老大。他端着酒杯，笑呵呵地说：“你们俩在说什么私房话呢？交头接耳聊得这么投机，说出来也让我们听听！”

我顿时局促起来，脸也不由红了。

吕非老却相当沉着，他拉着我一起向章老大敬酒，一点不打磕巴地说：“我在向她求爱呢！”

我忍不住扑哧笑了。我真佩服他机智，随口一句话就遮掩了我的窘迫。轮到章老大一脸的惊愕，不过他马上就看出了吕非老是在开玩笑。他哈哈大笑，对吕非老说：“这样的玩笑你可不要乱开，唐叶是一位难得的红颜知己，恕我直言，你配不上她。”

吕非老不服气地说：“凭什么说我配不上她？”

章老大嘿嘿一笑说：“人贵有自知之明。”

吕非老做出服输的样子说：“好吧，我接受你这个打击。”

我说他们：“你们都是善良的人，能不能放过我说点别的？”

章老大就像没听见我说什么，他伸出手搂住我的肩膀，十分由衷地说：“如果一生中只能爱一个人结一次婚，那我确定无疑选择她。”

吕非老笑嘻嘻地附和他说：“我和你一样。”

我一根筋地问章老大：“为什么一生中只能爱一个人结一次婚才选择我？”

吕非老插话说：“就怕你较死劲儿！”

章老大摇头，说：“这我和他的看法不一样。”

我说：“你的意思是别无选择的话才会选择我？”

吕非老抢先哈哈大笑起来，把刚喝的一口水全喷了出来。

章老大还是摇头，说："不，我是怕辜负你。"

他说得十分认真和由衷，虽然我明知是说着玩的，但心头还是一颤。

章老大说："我说的是真心话，只不过这是个假设性的前提，永远也兑现不了的。"

吕非老在旁边大笑着开玩笑说："当着我的面你们说这么滚烫的话，我受不了啦，我走了，不在这儿当电灯泡啦！"

他端起酒杯去了别桌，章老大顺势在他的位子上坐了下来。

坐下之后他替我斟上酒，又把自己的酒杯斟满，说："喝了这一杯，我有话跟你说。"

我们碰了杯，一饮而尽。

他咧开嘴笑着说："我还没跟你说呢，这些天我们家发生了翻天覆地的变化，我和孙梅梅老师终于把婚离了，她嫁给了一个德国华侨，算是找到了后半生的归宿，我心里是百味杂陈，不过多少还是替她高兴的。打打闹闹这么多年，总算停战了。"他的表情很真诚，不像是说假话。停了片刻他又说，"那人是她的老相好，而且，他还是艾伦的生父。"

尽管之前吕非老已经向我交代了背景，当我听他亲口说出这个秘密来心里还是相当地吃惊而且不是滋味。他却似乎很平静，看不出太多的喜怒。

他说："如果放在从前，我肯定不会像现在这样平和，我年轻的时候也气盛着呐，而且很容易冲动。当初我知道孙梅梅和那个人搞在一起，我真想一刀宰了这两个狗男女，不瞒你说我差一点就真动手了。当然后来还是冷静了下来，想想不应该为了生活中的一个岔子毁了整个人生，那太不值当了，而且对谁都没有好处。到现在我的看法更是完全改变了，我不光要为自己考虑，还得为孙梅梅和艾伦考虑。心平气和地去想，孙梅梅嫁给他无疑是最好的解决方案，艾伦和他们一块生活至少不是寄人篱下，想到这一点我心里居然很欣慰，这是连我自己也没想到的。我想这就是理性吧，现在我越来越觉得理性是个好东西。说心里话，只要艾伦不受委屈，我怎么样都是无所谓的。”

我听了心里竟然十分感动。

他长长地叹一口气，又说：“其实艾伦要走我很不舍得，但这也是没有办法的事。他走是早晚的事，毕竟那边是他的亲爹妈。再说就是现在不走，长大了他也还是要离开的。眼下孙梅梅刚过去，需要一段时间安顿，我先把他接了过来，除了我自己照顾他，也让小菊一起过来照顾他，他们俩相处得非常好，我真是特别心安。”

我们不约而同把目光投到坐在另一张桌子的简菊和艾伦身上，他们正在看一本漫画书，两个人脑袋扎在一起，不时一块儿哈哈大笑。

章老大满眼都是怜爱和幸福。他点燃一支烟，深深地吸了一口，对我说：“本来我家这边也算是初步理顺了，可是这样其乐融融的日子还没过几天，我妈就要来了。你还记得我家老太太吧？从前你还帮她联系医院找大夫看过牙，一晃也好几年了。我妈和孙梅梅老师关系一直不好，我说她们就是天敌，两人婆媳一场就是为了找气生的。以前她们住在一起的时候我就是救火队员，而且从来是两头不讨好。孙梅梅老师我就不多说了，婚都已经跟她离了，跟她算是两不相干了，我妈那人可不是好弄的，连我爹跟她磨合了好几十年都败下阵来，老爷子惹不起躲得起，去年跑澳洲跟我妹妹去过了，不再跟老太太掺和。老爷子去澳洲之后我怕老太太孤单，想接她过来，可是她坚决不肯来。这回听说我跟孙梅梅离婚了，我还没开口请她，她主动表示要过来。我问她怎么想起要过来的？她说你一个人没人照应，我来照顾你。我心说您不给我添乱就万幸了，我哪敢用您照顾？老太太是个行动派，这边话音未落她已经订好了机票，这个周末就到。她跟艾伦倒是没问题，寒暑假的时候艾伦常去苏州看她，也在她那里住过，她对小孙子可疼爱了，我一点不用担心。可是问题来了，小菊怎么办？艾伦接来之后我就让她搬回家里来住了，虽说她不是明媒正娶，但她进了家门马上又叫她走那就不妥当了，我也做不出来。跟你说句大实话，跟孙梅梅离了婚，我也没想马上再婚，真等老了需要有个伴儿的时候再说吧，这是我心里的小九九。我甚至想既然我暂时没有结婚的打算，也就不要耽误小菊了，跟她分了算了。当然她跟了我好几年，我心里也是喜欢她的，钱上肯定不会亏待她。就是现在一时付不起那么多，我也会慢慢给她的。没想到的是她对艾伦这么好，艾伦也喜欢她，我立时就打消了跟她分开的念头。现在我想的是让我家老太太接受她，至少能跟她和平共处，不能像从前跟孙梅梅那样三天一小吵五天一大吵。所以吧，我得麻烦你一件事——”他望着我，好像生怕我拒绝。

我马上说：“没问题，你说吧。”

他笑起来，说：“你还真是个爽快人，你还不知道我让你做什么就答应？”他端起酒杯又一次和我碰杯，嘴里说着“先干为敬”，自己一饮而尽，然后说，“我想请你到我家做做老太太的工作，还得是春风化雨润物细无声那种，让她能接受小菊。”

我后悔刚才答应得太快了。

我迟疑地说：“我怕我不行。”

他十分肯定地说：“你没问题！我这些朋友当中只有你行。”

我心虚地说：“我怕我真的不行。”

他莞尔一笑，说：“我们家老太太虽然挑剔，但她眼光却好，上次见你一面，对你印象深刻，能被她看在眼睛里的人不多，所以这个光荣而艰巨的任务必定要由你来承当。”

他话说到这个份儿上，我倒不好再推托。

他眼巴巴地望着我，十分诚恳地说：“这是我眼下最大的心事，老太太和小菊能不能相处好关系到艾伦能不能生活得好，其实也是关系到我家里家外好几个人的心情和生活质量。你不是问我为什么特别郑重其事地邀请你来吃这顿饭吗？我就是想请你帮这个忙。”

29

我算是领教了章老大的细致和磨人。为了能让他妈顺利接受简菊，他做了大量迂回曲折不厌其烦的幕后工作。他先是让简菊从家里又搬回到鲁谷去住，说等把老太太的工作做通了再接她回来。与此同时，他一次又一次地给我打电话，和我协调时间，拟定程序，商量台词，是这样说还是那样说，是先说这句还是先说那句，这样说老太太听上去会有什么感觉，那样说会起到什么效果，先说这句让老太太高兴，还是先说那句不让老太太不高兴，等等等等，如果写下来那是唠唠叨叨的一大篇。说实话，我真有点怕他了，不过他那份周到体贴还是挺让我感动的。

几天之后我按照他的思路和剧本去他家里友情出演。

章老大的这个家我还是第一次去。那是一片低矮的楼房，建筑很有设计感，一看就是高档小区。进了院子山环水绕，只见树木很少见人。他家的房子装修得古色古香，摆设简约，偌大的客厅只有几件家具，看上去清爽通透，很出乎我的意料。我以为像他这样的有钱人家里一定是金碧辉煌，而且会摆得满满当当，他家如此有格调，令我刮目相看。

章老大的妈妈朱老太太笑容满面地迎上来，携了我的手，嘴里说着“有好多年不见了”，亲热地拉我到里面小客厅喝茶。章老大像个孩子似的跟在他妈妈后面，悄悄对我做个鬼脸，坐下之后他摆开架势给我们泡茶。

老太太说自己至少有五六年没来北京了，北京太干，她有点住不惯。章老大马上接嘴道：“皇上都住得惯，您住不惯！”

老太太抿嘴一笑，望着儿子说：“我又没说北京不好，我说自己没这个命不行吗？”她转向我说，“从前的朋友长久不联系了，连带着对北京也觉得陌生了。到了我这个年纪，朋友都是上了岁数的，就是身体还好心劲也差了，彼此懒怠走动，往来得就少了。再说老人跟老人见面，聊的都是老话题，意思不大，倒是能见见你们这样的年轻人，让我特别高兴。”

我听了真有点受宠若惊，也没想老太太这么说是不是出于礼貌和客套，马上兴致勃勃地和她聊了起来。

闲聊中朱老太太得知我是江苏人，她说她娘家就是苏州的，便和我认了个老乡。老乡见老乡虽然谈不上是他乡遇故知，但老太太显然十分高兴。我小时候恰好也在苏州住过几年，只是离开时还太小，没有留下什么印象，她便兴致勃勃地向我说起当地的风物。不知怎么她说到了自己中学的母校苏州振华女中，我说我妈妈也是那个学校毕业的，她兴奋起来，跟我说起苏州女中可是数一数二的学校，校董都是社会贤达和社会名流，能进这个学校的学生也是凤毛麟角。她还说女中的校园是当年的苏州织造署，西花园乃是康熙皇帝六下江南的行宫，还说她们上学的时候经常去北局看电影，星期天就去逛拙政园、狮子岭、虎丘、沧浪亭、西园、留园等等园林。她还说到苏州有名的小吃，采芝斋的粽子糖、玫瑰松子糖、玫瑰酥糖、核桃松子软糖，还有黄天源的糕团等等，她说起来如数家珍，兴趣盎然。

章老大在一边悄悄向我露出赞许的笑容，我明白他的意思，他对第一轮的热身活动表示满意。

朱老太太谈兴甚浓，聊完了中学自然而然就说到了大学。她说她从小最向往的就是国立中央大学，可是等她上学的时候已经改成南京大学了。当她得知我也是南京大学毕业的，分外兴奋，提起好几个著名的老教授，问我认识不认识。

她说的那几位教授都是声名卓著德高望重的老前辈，我读过他们的著作，但遗憾的是我上学的时候他们年事已高，有的甚至已经作古，我一个也没有见到。

她听我这么说，似乎才想起来她跟我是隔着年代的，不由格格地笑起来。她的笑声清脆，让我感觉她似乎还很年轻。

她又和我聊起了南京，说到夫子庙、中山陵、鸡鸣寺、清凉山、燕子矶和栖霞山，一路聊下去又说到古代的诗词歌赋，还随口吟出一些千古绝唱的篇章。老太太的记性和风雅很令我佩服。她聊得十分畅快，糯白的脸上放出光来，不知不觉一两个小时就过去了。

章老大悄悄向我竖起大拇指，他显然对这一轮展开性闲谈表示满意。

等朱老太太聊得高兴了，一直坐在旁边为我们斟茶倒水没怎么出声的章老大开口说话了。

他笑眯眯地对母亲说："我一直担心你来北京会觉得闷，没个能陪你说话的人，怕你待不住，没想到你和小唐这么聊得到一块儿，真没辜负我这片孝心！"

朱老太太含笑说："我就喜欢和年轻人聊天，年轻人思想活跃，气息是新鲜的，和年轻人在一起我感觉自己精气神都足些。"

章老大立马迎合地说："你既然这么喜欢年轻人，明天我去找一个来侍候您老人家,如何?”

朱老太太抿嘴一乐,不置可否。

章老大一边察言观色,一边接着说:“人我都已经给你物色好了,就不知中不中你的意。”

朱老太太略显错愕地说:“哦,这么说你是早就给我打下埋伏啦?”

章老大故意做出被她说中的样子夸张地哈哈大笑,讨好地说:“你老人家的脑筋怎么这么好使,我刚说个一,你就猜出后面五六七八九十了!”

朱老太太转向我,笑呵呵地说:“真是我养的儿子,巧舌如簧,巧言令色,给自己亲娘也设局下套,不知又瞒着我在外头做下了什么勾当,现在要拉我出来认头!”

我掩口而笑,心里真佩服老太太的精明和犀利。

章老大也被老太太的话逗笑,他不再故作姿态,而是十分由衷地说:“强将手下无弱兵,这样聪明的老娘生出来的儿子能差吗?不过话说回来,太聪明的老娘不好骗,那我干脆就实话实说了吧。我交了个女朋友,人长得还算周正,也还算听话,找一天我带她来给您老人家请安,您老赏光见见呗!”

朱老太太脸上笑眯眯,轻声细语地说:“孙梅梅长得不但‘周正’,还很标致,当初也是很听话的,结果呢?当着客人的面我就不多说了。再说‘听话’也不能算标准,如今这年代难道还要人家三从四德?”

章老大又是一通哈哈大笑,对老太太说:“你说得对!”又转向我说,“我妈永远正确。”

朱老太太淡淡一笑,说:“我可不敢说自己一贯正确,我只是看的人多些罢了。”

章老大顺从地说:“那是。”

朱老太太叹口气，说："其实吧，要我说你不懂女人。"

章老大笑问她："怎么说我不懂女人？"

朱老太太端起茶碗慢慢喝一口，说："你对女人还停留在皮相的阶段，你喜欢的莺莺燕燕，在我眼里不过是庸脂俗粉，你不懂得真正欣赏女人。不是我说你，你看你找的孙梅梅，头脑简单，只知享受，要说她以前还是他们团里的台柱子，用老话说她也算是个角儿呢，可是她有从前那些名角的风范吗？人家琴棋书画样样在行，她就是气我在行。我跟她婆媳一场，就是落了一肚子气。"

章老大赔笑说："您老人家样样都好就是要求太高，连我这个儿子都不入您老的法眼，更何况人家孙梅梅？再说跟她那一篇也翻过去了，忘了她就是了，还说她做啥？"他略微提高了声音，显出振奋的样子说，"这次我给你找的这位不敢说准保你满意，至少她不会让你生气，这我是可以打保票的！"

朱老太太眯起眼，格格地笑着说："你刚找孙梅梅的时候跟我也是把她夸得千好万好，把她说得简直就像是九天仙女下凡尘，我还记忆犹新呢。现在你吃了一堑话说得倒是比从前低调多了，但究竟怎么样我不能光听你说，还得眼见为实，说句实话我不怎么相信你说的。"

章老大听了，朝我挤眼，我明白他的意思，是要我帮他说话。虽然在朱老太太面前我不敢太夸大其词，但我还是力挺简菊。

我赶忙说："我见过的，她真是挺好的，聪明，漂亮，人也非常可爱。"

朱老太太"哦"了一声，望着我，笑嘻嘻地说："你这么说不是被他胁迫的吧？"她闲闲地朝章老大问一句，"你新找的这位姑娘叫什么名字？"

章老大说："她叫简菊，简单的简，菊花的菊。"

朱老太太听了，慢条斯理地说：“‘东篱把酒黄昏后，有暗香盈袖’，名字倒还不错，只是这两个字搭配在一起看着不像是大福大贵的样子。”

章老大脸上马上露出几分揶揄的笑容，夸张地赞叹道：“哎哟，我妈学问真大，什么时候还成测字先生了！”

朱老太太说：“我不是测字，我凭的是直觉。”

章老大朝我说：“老话说‘女子无才便是德’，我妈什么都好，就是太有才了！”

朱老太太忍不住扑哧乐了，说：“还有绕着弯子骂自己老娘无德的，这还是我亲生的儿子不是？”

说得章老大和我都大笑起来。

章老大脸上忽然露出温柔的神色，他用一种怀旧的口气对朱老太太说：“我很小的时候你用民国时期的课本教我认字，我现在还记得呢！”他吟诵道，“‘园中花，先后开’——”朱老太太马上接上去和他一起吟道，“‘桃花红，杏花白，菊有多种，颜色不同’。”

我顿时被眼前这温馨的一幕打动。

快到晚饭时分，我觉得演出该告一段落，于是提出告辞。

朱老太太却热情地留我在家里吃晚饭。她对我说：“我有从老家带来的风鸡、酱鸭和腊肠，下午我还新做了熏鱼，现在也该浸得入味了，你要不急着回去，就在我家吃个便饭再走。”

章老大也满面笑容地挽留我说：“我妈很少留人吃饭，这可是莫大的荣幸啊！不是我吹牛，我妈的厨艺是一绝，堪称大师水平，你一定要尝尝我妈的手艺，我保证你在别处是绝对吃不到的。”

被他这一说我更加迈不开步子。

朱老太太笑道：“他又把他亲妈给架到火上了！”

她起身下厨，章老大和我要跟过去替她打下手，被她拦住。

朱老太太一走，章老大热烈地握着我的手，压低了嗓音说：“今天这戏演得太成功了，真得好好谢谢你！我们老太太是个讲体面的人，我知道她不好意思当着客人不给我面子。现在等于是把地基都打好了，只等着盖楼了！”

30

章老大的楼转眼就盖起来了，快得出乎我的意料，也出乎绝大多数朋友的意料，包括吕非老。某一日章老大约了我和吕非老到他家去吃饭，简菊已然是他家的女主人了。

那天自我被章老大请去替简菊打前站不过两三个月，章老大说家里老中青三代人已是相处得水乳交融一派和谐景象。正是春暖花开时节，那一日朱老太太带着孙子去植物园踏青去了，家里就章老大和简菊两个人。本来他们可以清清静静享受一下二人世界，但他们也许太急于找人分享这份家庭和睦的快乐了吧，临时现抓了我和吕非老去观摩体验。用章老大短信上的话说是“薄治小酌，闲话家常”，我们都清楚他们（至少是章老大）想要炫耀幸福。我和吕非老到他家的时候，餐桌上已经整整齐齐摆好了碗碟和酒杯。让我们深感吃惊的居然是从来不会做饭的简菊在厨房操作。

我问章老大：“今天是简菊做饭？”

吕非老马上接嘴说：“这饭能吃吗？”

章老大哈哈大笑，说：“所以我要请你们过来见证一下奇迹！”

八个冷盘很快端上桌子，摆成一圈。六个热菜也端了上来，在桌子中央摆成梅花形状，八仙桌上立时摆得满满当当。吕非老发自内心的惊叹已经代替了见到美食的喜悦，他由衷地说："年轻人真是不可限量啊！"

我很想对他说一句"你是不是后悔了"，但投鼠忌器，话到嘴边还是咽了回去。

简菊听吕非老这么说，笑嘻嘻回说一句："好像你有多老似的！"

章老大乐呵呵地说："在我眼里你们都是早晨八九点钟的太阳！"

吕非老顺着他的话头说："世界是你们的，也是我们的——"我接上去和他一起说，"但归根结底是你们的。"

简菊瞪着一双水汪汪的大眼睛茫然地望着我们说："你们在说什么呀？"

吕非老得意洋洋地说："名人名言啊！"

章老大哈哈大笑，说："她跟我们显见不是一个朝代的人！"

简菊也笑，说："回头让我家老太太再培训我几个月，我就跟你们是一个朝代的人了。"

我们都笑。

章老大颇为得意地说："我家老太太的确是个调教人的高手，这才多少日子，就把我们小菊调教得水葱儿似的！"

简菊撇了下嘴，做个鬼脸。

章老大笑问她："我说得不对吗？"

简菊马上说："你怎么会说得不对？你从来就没有不对的时候。"

章老大笑得一下子呛咳了，说："看来是有情绪啊！"

简菊给我们斟上红葡萄酒，章老大向我们举起了酒杯，说："为了这桌美味佳肴干杯！"

吕非老由衷地说："为了你们的幸福生活干杯！"

我看见简菊飞快地瞥了他一眼，眼光迅速挪到了别处。一刹那她神情复杂，说不上是悲是怨，但显然不是喜悦。我赶紧朝章老大看去，好在他只顾品酒没有在意。

这个微妙的瞬间很快过去，就像往平静的湖水里扔了一块石头，湖面泛起层层涟漪，但涟漪转眼平复。我们的注意力都转到桌上丰盛的菜肴上。平心而论，简菊这么快达到如此高的烹饪水平还是很让我们赞叹的。她做菜的风格是苏浙沪家常菜一路，显然是得了朱老太太的真传。有几个拿手菜比如腌笃鲜、雪里蕻煮大黄鱼、淡菜萝卜丝汤真是相当地道，只是她毕竟初学乍练，炒蔬菜的时候火候掌握得还不好，豌豆尖炒得有点老。不过我们还是一致给予她好评，搜肠刮肚找出许多溢美之词称赞她，章老大更是自夸家里出了世界顶级厨师。

不过简菊对我们的这些赞美并没有太多的高兴，相反她态度淡淡的，有一种超然的冷静。而且如今她的冷静里似乎有了更多的沉淀，变得有些冷硬。我知道她并不是针对我们的，更不是为了表示跟我们疏远，她只是不经意流露而已，或许连她自己都意识不到。我和她实在是太熟了，而且深深地了解她，因此才会如此敏感。

等吃完饭，简菊收了桌子，沏上茶来喝。章老大和吕非老去院子里吸烟散步，客厅里就剩下我们两个人。我问她："看你怎么像是不太开心？"

她反问我："是吗？"随后淡淡地说一句，"还好吧。"

我说："那就好。"

一时我们都沉默了。

过了片刻，她说："我现在真没什么想法了，我发现心静是一件挺好的事。"她嘿地一笑说，"你看出我有什么变化吗？"

我随口说："当然是更漂亮啦。"

她幅度很大地摇了摇头，说："我胖了，腰里都有肥肉了。再这样下去，有一天我会变成一个大胖子的。”

我笑说：“不至于，差得还相当远呢！”

她说：“你用不着安慰我，我心里清清楚楚。不过我对自己的变化还是相当满意的，你懂吗？”

我看着她，故意说：“不懂。”

她瞥我一眼，冷笑道：“也有你不懂的！”又说，“我家老太太把你夸成一朵花，说你聪明有才，其实也不过如此。”

我开心地笑起来，说：“老太太真的夸我呀？她可是谬赞了！”

她鄙薄地一笑，说：“老太太夸你用不着那么美，她夸你主要是为了打压我，这叫没有高山不显平地嘛。”

我听了哈哈大笑，说她：“你这张嘴越发厉害了，老太太没有白指教你！”

她一本正经地说：“当着老太太我可从来不敢放肆，在她面前我尾巴夹得可紧了，装清纯，装贤惠，装乖巧，一句话就是装得不像我自己，本性一点不敢暴露，都快把我憋坏了。你想咱一个北京大妞，还是说退学就退学，说离家出走一跺脚就离家出走的北京大妞，咱怕过谁？”

说着她扬声大笑，完全没有了刚才为我们斟酒端菜时那种温柔贤淑的样子。

她突然像是打开了闸门似的说：“其实我早就想找你聊天倒苦水了，怕你忙，更怕你厌烦这些家长里短的事，才没有给你打电话。和老太太混了这两三个月，我可真是长了不少见识。别看她年纪大，可真是个老人精儿。她耳聪目明，伶牙俐齿，心眼儿足得不得了，经常她随随便便一句话就能把她儿子噎得半天回不上话来，我当然更加不是她的对手，她拿我想捏圆捏圆，想拍扁拍扁，我是一点脾气也没有。”

我听了忍不住笑，她娇媚地瞪我一眼。

她又说："你不知道我刚搬过来的时候她看我样样不顺眼，早晨我洗完脸打粉底，她在旁边瞄一眼说'噢，粉刷门面哪'！我不过是简单地刷个睫毛打个腮红，还没化浓妆呢，她就在边上吟诗'清水出芙蓉，天然去雕饰'，弄得我连化妆都不敢当着她的面了。她对我的衣服也很挑剔，老对我说'佛靠金装，人靠衣装'，'宁穿破，不穿错'，还跟我讲穿衣要有品位啥的。有一天她上上下下打量了我一番，我就知道她又要挑理了。果不其然她对我说'小菊啊，你怎么老是穿得像块太湖石？'我根本不知道太湖石是什么东西，上网一搜，原来就是那种千疮百孔的石头。网上说太湖石的特点是瘦、漏、透、皱，我想老太太是讽刺我那些又短又小皱皱巴巴还有透明的衣服吧？那可都是大牌啊，我明白她是嫌我的衣服不够大方端庄。她就这么绕着弯子损你，我真是服了她了！"

我又忍不住笑起来，说："老太太果然不是凡人，损人都损得这么雅致。"

她嗤地一笑，说："你这话要是让她听见了不定多高兴呢。"又说，"老太太讲究实在多，我跟着她那叫一个累，人累，心更累。就说为吃那点饭，她讲究'食不厌精，脍不厌细'，说是孔夫子说的。可是你真弄些鱼呀肉呀甚至海参鲍鱼给她，她又说要懂得配伍，要把肉鱼菜果和细粮粗粮搭配好。这里头说法实在太多了，两三个月下来我还没有整明白。你讲了搭配吧，她又要讲口味，鱼要做得鲜，肉要做得香，蔬菜要炒出它的本味，一样菜要做出一样菜的滋味，鲜香脆嫩条条重要。你要是重油重酱弄成一个味道，她就说你糟蹋材料。所以我除了下功夫还得入神，稍一马虎就会让她抓住辫子。这一段时间我每天过得胆战心惊，半夜做梦都梦见自己在厨房炒菜，而且不是忘了放油就是忘了放盐，而且回回她对我都没有好脸色，惊醒过来一身冷汗。"

我不由叹了一口气。

她说："其实做事我倒不怕，虽说我从来不是个勤快人。我最喜欢的就是袖着手往沙发里一窝开着电视从早到晚一件事不做，不过真要我做事我也没问题，一做家务我就有一种定心的感觉，心里并不烦。不过给老太太做事我一点也不定心，简直就跟考试一样，老是提着个心。而且她对我做什么都不放心，我做事的时候她总要跟过来看，总要指指点点，挑我的毛病。我本来就是初级阶段，根本架不住她挑毛病。她一指手画脚，我就乱了方寸，本来能做到五分好，结果这一来连三分好都做不到，弄得她扫兴，我自己更沮丧。"

我又叹了一口气。

她说："你先别叹气，还有呢。老太太是有钱人的妈，她自己也有退休金，她女儿还寄钱给她，从前家里说不定还有些老底子，照理她应该手头很阔绰吧，可是她过得可节俭了。以前我在家的时候我看不惯我后妈，觉得她无比抠门，她最喜欢在农贸市场收摊前去买搓堆菜，菜叶子黄了也不舍得扔，老太太这上头跟我后妈有一拼，她也喜欢在农贸市场收摊前去买搓堆菜，买回来仔细挑拣之后用小塑料袋分装好了放在冰箱里慢慢吃。比我后妈还厉害的是她还会跟摊主砍价，真的是一毛两毛往下砍，有时几分钱还要还人家价，我看了脸上都挂不住。那个农贸市场我们总去，大家其实都认识，那里报的都是实价，没人砍价，只有我们家老太太例外。人家看她的眼光都不一样，她那么聪明一个人，不可能感觉不到，我看她就是要占那点儿小便宜。我实在理解不了她那么高雅有品位的一个人，还是读过书的，自己也总为这骄傲，怎么在这一毛两毛钱上面就是过不去呢？"

我再次忍不住叹了一口气。

她说："我还发现老太太有时候挺自相矛盾的，除了上面说的，她还有个特点就是不舍得扔东西，什么物件只要进了她的门，不管有用没用，她都当个宝贝似的仔仔细细收起来，让我受不了的是每天的剩菜她都不舍得倒，今天吃不完明天吃，明天吃不完后天接着吃，家里冰箱简直成了百宝箱。你说她讲究‘食不厌精，脍不厌细’，讲究荤素搭配，讲究食物的色香味，吃个剩菜还不一把全找回去了？我跟她说吃剩菜不健康，尤其是那些叶子菜，时间放久了会产生亚硝酸盐什么的，隔夜的是不能吃的。她说从前物质匮乏，谁家有这些讲究？她自己也是从小到大都吃的，活到七十多快八十岁，不也没病没灾健康得很？这上头她又像个愚昧的老太太，我跟她完全说不通。她不但自己吃剩菜，还要拉着我跟她一起吃剩菜，说是‘惜福’。章老大在家不会让她这样做，他会一声不吭把剩的饭菜拿去倒掉，老太太跟儿子倒也不会掰扯，倒了也就倒了，顶多心里不高兴。章老大不在家，我是不会为这种事情去顶撞她的，我就跟着她‘惜福’一块儿吃剩菜吧。我发现我们老太太不但是调教人，她是改造人。”

我不由哈哈大笑，笑完心里酸酸的。

她又说：“还有呢，老太太要求我去买东西回来都要记账，去商店买东西有发票，我把发票给她就行了，去农贸市场买菜，三块两块的，有的就几毛几分，我本来算术就不好，哪里记得住？回来也就是写个大概的数目，老太太还不高兴，说我没有精益求精的态度。我真是服了她了，以后再去买菜我都带着笔和纸，买一样记一样，不让她再说出什么。”

“真不容易！”我说，“又不报销，那些豆腐账记它做什么？”

她轻轻一笑说：“谁说不是呢？老太太对我不信任呗，大概是担心我把她儿子的钱卷跑吧，所以在钱上对我特别当心。我想也不怪她，她肯定以为我这种人就是出来混男人钱的，要不又是图什么呢？其实我要是真图钱就好了，也不会这么累！老太太还有一个可笑的事，家里的存折珠宝还有屋里值钱些的摆设她隔一段时间就会清点一次，一五一十就跟真的似的，我心说家里也没进贼，清点这些做什么？她这不是明摆着把我当贼防吗？换个人可能就要多心了，我根本就不去理会。想想孙梅梅跟她处不好完全正常，说句那什么的话，要是处得好才不正常呢。”

我说：“难怪老话说家家都有一本难念的经！”

她带着自嘲的口气说：“我自己都觉得现在我跟刚从家里出来的时候变得太多了，说就像换了一个人也不过分。我想我要是当初就像现在这样能忍，估计也不会退学了，更不会离家出走，我就踏踏实实在家里做个乖乖女，让我爹帮我找份体面的工作，到点儿嫁个大差不离的人，都不是什么难事儿，至少能过一份说得过去的生活，不会弄成现在这样！说到底我就是自己瞎折腾，遇到事情心又软，章老大叫我搬过来我就搬过来了，想想这一切都是我自找的。”

我叹说：“在外人看来你的日子光鲜靓丽，有豪宅住，有豪车坐，吃穿不愁，还不用上班，不定会怎么羡慕你呢，其实你也真是不容易。”

她说：“我这么使劲要是真能讨得老太太的欢心也就好了，我知道她心里对我其实是不满意的，她看不上我，这我第一次跟她见面就感觉到了。我知道她最接受不了的就是我没读过书，和她家‘书香门第’配不上。她也真逗，她儿子又读过多少书？再说了，我要是读过好多书，一肚子的学问，才华横溢，有一份像模像样的工作，走出去风光体面，我会这么不明不白地跟她儿子混在一起吗？用我老爸的话说我就是头脑空空好吃懒做贪玩不学好才走了这条路的。老太太教育我说：一个女孩子容貌很重要，衣着也很重要，但最重要的还是内在的东西。她让我既要上得厅堂，又要下得厨房，对我的要求可不低。为了讨她欢心我除了家务样样学着做，没事就抱本书翻着，这两天还弄了本字帖装模作样描两笔。我心说好在她儿子的标准跟她不一样，要不然我压根儿就不会出现在这里。”

她说着格格笑起来。

我附和她说：“老太太那一套太落伍啦！真是符合她标准的，未必讨得了男人喜欢。”

她发出高分贝的笑声，笑得十分畅快，简直可以说笑得极其放肆，我想若是老太太在这儿她肯定不敢这样疯笑。

她用实情相告的口气说：“我本来是不想搬过来的，我压根儿就没想过要升堂入室。如果我想嫁人，我相信我不是嫁不出去，当然也不是非得嫁章老大。”

她停下来，察看我的反应。

我自然是不动声色。

她就像是反省一般说：“我这个人就是图自在，实际上就是随遇而安，随波逐流，不想改变什么，也是无力改变什么。我看人家知难而上，我可没那个劲头，我是得过且过，能混就混，不说别人，就是在我父母看来我都不是什么好货。”她话头一转说，“好在章老大倒是不这么看，这也是我感激他的地方。刚开始那两三年他对我确实是相当好，要什么给什么，给的永远比我想要的多，经常是一个要求还没有提出来，他已经把我想要的准备好了。这个世界上没有一个人像他这样对我好过，就是我爸爸也没有过，后来他有了儿子，就更没我什么事了。回过头想想，要是不认识章老大，我都不知道被人宠爱是怎么一回事。所以就是投桃报李我也要尽量让他过得开心，所以我也要让老太太过得高兴，让艾伦过得高兴，我真的就是这么想的。”

我说：“这么说，你是找到了归属感？”

她愣了片刻，像是在思考。然后说：“不，不是你说的什么归属感，就是认命。不过我是心甘情愿的。”

正说着话，章老大和吕非老从外面进来了。

章老大说：“你们在说什么呢？聊得这样热闹！”

我故作高深地说：“我们在谈论女性的命运问题。”

章老大做了一个夸张的表情。

吕非老冲我说：“那可是哲学问题，菊儿还是孩子呢，你可别把她的脑子搞乱了！”

我笑说：“你错了，是她在给我上课呢。”

两个男人同时显出一脸的惊愕。

简菊笑着解释道：“我跟她说我在老太太面前装贤惠。”

章老大一听，立马喜笑颜开地说：“我们老太太跟她还真是投缘，从穿衣吃饭到读书写字样样指导她不说，还把厨艺传给她。其实要我说这些都在其次，家里人这份和睦融洽才是我看重的。以前老太太和孙梅梅总不对付，两个人掐来掐去，你看我不顺眼，我看你不顺心，而且都喜欢来找我评理，把我夹在当中，我是向着谁说话都不是，真让我里外不是人！家里成天吵吵闹闹，弄得我心里不清静，日子再好也过不出滋味来。我和小菊说过，我在外面折腾，劳心劳力，每天都是真刀真枪出去拼杀，回到家只想看见家里灯亮着，一家人和和气气快快乐乐，心里就很安慰，在外面打拼也不算白忙。到了我这个岁数，有个安定团结的大后方实在是太重要了。”

他边说边拉住简菊的手，可是简菊却飞快地抽出了手，起身去替大家倒茶。她这个微小的动作让我心有所感，我觉得她和章老大之间远没有了最初的亲近，我不知道这是时间的作用，还是因为她和章老大之间伤了的感情还没有弥合？这飞快的一抽手成了这个其乐融融的温暖的下午留在我心头的一丝寒意。

从章老大家出来，吕非老提议我们走一段。外面刚刮完风，空气清新，温度适宜，正是散步的好时候。

我们默默走了好一段，吕非老才开口说话。

他问我："你有什么感受？"

我反问他："你是不是有一肚子的感慨？"

他笑了，微微摇了下头，说："恰恰相反，我已经没啥好感慨的了。"

我说："你很失望？"

他说："不是失望，是孤寂，只觉得心里空空的。"

我说："为简菊？"

他说："不完全是，也为我自己。"

31

转眼又一年过去。这一年当中我们都有了变化，甚至还是不小的变化。我终于找到了一个年轻有为又十分靠谱的男朋友，可望在年内把自己嫁出去，假如运气足够好，完全可能实现赶在三十五岁之前生孩子的人生目标。吕非老终于被提拔了，当上了编辑室副主任。变化最大的当数章老大，他又起来了，据说资产再度过亿。只是到了这时候资产过亿已经不算什么，资产过亿的人已经不再是凤毛麟角，而是犹如过江之鲫，和他十年前资产过亿远不是一个概念。但过亿毕竟是过亿，尤其是对于我们这种永远不会和过亿沾上边的人来说，还是相当了不得的。我听吕非老跟我说章老大这个"过亿"不过是个保守的说法，他真正有多少钱谁也不知道。

从章老大的身上也确实能看出资产雄厚带来的变化，他上下一水大名牌这就不用说了，他自嘲披那么一身皮是蒙人的，他最喜欢的还是布衣布鞋。话虽这么说，他还是重金置办行头，从西装到袜子都是什么贵穿什么。他的车也换了，仍然是奔驰，但却是最新款的。这些还都是外在的变化，内在的变化是他身上多了几分霸气，话比原来少了，却是说一不二，一句是一句，每句话落地都恨不得要砸一个坑出来。他笑声洪亮，信心十足，给人的感觉是气宇轩昂，很有天降伟人的味道，估计他自己也相信自己是天降伟人。现在他已经很少跟我们说起家里的事情，也不再说什么“到了我这个岁数，有个安定团结的大后方实在是太重要了”诸如此类的话了，甚至连家长里短都不说了。他高谈阔论聊的都是国内外形势，宏观调控，GDP，CPI，PPI，等等等等，全是高屋建瓴高瞻远瞩的话题。他对国家的政策变得极为关心，某个时期出台什么跟经济发展关系密切的新政他都一清二楚，基本是在第一时间知道，甚至比发布时间还早知道，把我和吕非老这种正宗媒体的从业人员都比下去了。经过这两年，章老大不仅在金钱方面，甚至在精神上面都透出一种唯我独尊的优越感。

但是章老大有一点好，就是在我们这帮老朋友面前从来不搭架子，而且肯说真话。除了他的资产不向我们透底之外，别的他似乎从不藏着掖着。还有一点他不但保持了从前的传统，而且还有所发扬光大，就是经常搞聚会。如今他的饭局规模比从前更大，来的宾客也比从前更多，在他的饭桌上几乎能见到社会各界人士，而且不少还是大名鼎鼎的人物。吕非老对此的评价是“章老大的上升通道已经打开”。就从他饭局的排场上和他交往的人来看，我觉得吕非老说得一点没错。

和章老大在外面意气风发相呼应的是朱老太太和简菊在家里也是歌舞升平。同样像是和章老大相呼应一般，她们在家里也大摆宴席，有时干脆就摆着流水席，从早到晚高朋满座，十分热闹。朱老太太原说是爱清静的，可是年纪大了反而变得爱热闹起来。她爱热闹就像她从前爱清静一样都是真爱，因此家里的热闹也是真热闹。简菊本来就青春年少，正是好玩的时候，却常年深居简出，章老大忙生意忙应酬经常不在家，艾伦又去了德国，她整天面对的就是一个七老八十的老太太，要说闷她更闷。难得老太太有兴致不嫌烦愿意大宴宾朋，她恐怕是求之不得。朱老太太和简菊都十分好客，这上头她俩竟是一拍即合。她们的宾客基本都是朋友熟人引荐，不分阶级阶层，也不分有钱没钱，甚至不分有用没用，只要进入章家的大门，就受到她们的盛情款待。

然而，我通过观察发现，虽然她们对上门的客人一概表示欢迎，但她们也有一套就像是内部掌握的对宾客的评判标准。她们一致喜欢的是社会名流，当然是名气越大越好。她们还喜欢艺术界人士，作家、画家、音乐家、电影导演、电视剧明星以及歌唱家等等都深受她们欢迎。她们的客厅一度就像是艺术界的高级沙龙，众多的艺术家和文艺工作者都在她们家会聚，就像参加首发式或者颁奖典礼一般。章家的聚会名声在外，吕非老曾戏言章家简直就是一个小型的文学艺术界联合会。

常去章老大家聚会的除了新朋自然少不了老友，有相当一些人是刚和章老大在外面聚过，转身就出现在他家的客厅里。这些人除了我和吕非老，还包括陆虎甚至王小光。

那一段我男朋友去基层挂职锻炼，我过着和以前差不多的日子。吕非老倒是没以前悠闲自在，他当上编辑室副主任之后要值班发稿，事务性的工作多了许多，工作时间基本要盯在班上，而且还常常要加班，所以逢到章老大请客的时候他去不了的时候很多，但是朱老太太和简菊的流水席早点晚点到都没关系，因此他经常会出现在章老大家里。我看出朱老太太特别喜欢他，对他经常有些特殊的优待，比如有时令的东西会留给他吃，有时甚至会专门为他做一两道菜，因此他去得也格外勤些。我在章老大家遇到他的次数不少，甚至可以说那段时间除了在章老大家都很少见到他。他到章老大家主要是和朱老太太聊天，两个人成了忘年交，见了面有说不完的话。天气好温度适宜的时候他们坐在阳台上聊，更多的时候他们到小客厅里关起门来聊，别人也不便近前打扰，别说是我，就连同样作为主人的简菊都被冷落了。

但是简菊却似乎并不在意，不管吕非老对她热情还是平淡她对他的态度一如既往，在我看来她仍然是深深地爱着他，当然她是把这份爱埋藏在心里的。她对他一切都非常留意，他的爱好、他的习惯甚至于他说过的每一句话她都记得清清楚楚。偶尔他说起某件事或者某句话有出入，她会小声地纠正他。只要他来，她会提前为他准备好他爱吃的菜，他爱喝的茶，甚至他使用的茶杯都是专门的，别人是不能用的。他说话她静静地听，就像认真的小学生听老师讲课一般，格外用心。他去和朱老太太说话，她就在外面耐耐心心地等着，隔一段时间进去送一趟茶，保证他们总能喝到热茶，却又尽可能少地打扰他们。朱老太太对这一切安之若素，吕非老对这一切竟然也是坦然自若，在我看来他显然是没拿自己当外人。在这一点上他和简菊两个人可谓心照不宣，心心相印，太有默契了。我觉得他们两个人很有点像情窦初开的青涩的初中生一样默默地相望，或者说是含情脉脉地相望，但却不敢越雷池一步。我感觉他们并非是要在朱老太太面前掩饰什么，而是两个人仿佛找到了一种新的交往方式，而且都在这个新的交往方式中品尝到甜蜜。说实话，我心里竟有些羡慕——他们之间的情愫历经十年并没有在时光中消散，实在令我唏嘘感叹。

和吕非老在简菊面前的内敛安稳相比，陆虎则高调张扬得多。听说近两年他又有新的项目做成，更加有钱，资产远远超过章老大不说，在地产界的地位也越来越高。然而，虽然在生意方面章老大是跟着他混的，但毕竟章老大出道比他早得多，又一直在北京地界上走动，无论是做派还是为人处世甚至于生活方式，陆虎有意无意其实一直是向他看齐的。章老大是老牌的暴发户，又有那样一位当过大学教授生活考究的妈，品位自是不凡。他吃得讲究，玩得风雅，交往的人也是各界精英，这些大概都让从基层奋斗上来的陆虎艳羡，因此也总想跻身他的那个圈子。

陆虎在玩上要说也是相当舍得花钱的，在我看来甚至比章老大更有挥金如土的劲头，这一方面自然是跟他财大气粗有关，另一方面也是他有意要处处超过章老大，这明眼人大概都一眼就能看出来。还有重要的一点，就是他仍然对简菊垂涎，总想引起她的注目。他到章老大家走得也很勤，我就好多次在那里碰到他。我冷眼旁观，他来的时候一般章老大都不在家，我小心眼地认为他一定是瞅准了时机来的。朱老太太对他十分客气，但实际上却并没有多大热情，一般跟他聊的都是些电视里看来的社会上的热门话题，并不聊近旁的话题，而且说不上多一会儿她就会找个借口走开，忙她自己的去。好在陆虎来也不为和她聊天，因此倒是两相便宜。简菊对他表面上也很热情，尤其是当着外人，更是笑容可掬，话也说得亲热，我想她是给章老大面子吧，毕竟他的不少业务都要仰仗陆虎，这也正是她懂事的一面。这点我想陆虎自然也是看得明明白白，所以他不止一次当着我们夸她是章老大的福星，而且夸得那样由衷，同时也丝毫不掩饰自己的爱慕与觊觎。

这种时候简菊表现得从容大度，不管他说什么她都是脸带笑容。陆虎仍像过去那样隔三岔五会送她这样那样的礼物，她也还是照收不误，只是她会在恰当的时候还礼给他，有时还会以章老大和她共同的名义还礼，实际上就是跟他保持或者说拉开距离。陆虎显然也是心知肚明的，他当着我们的面跟她说话从来很有分寸，开玩笑也是小心谨慎的，就是难得故意说一两句出格一点的亲热话，我相信那肯定是他和她单独在一起时绝对不会随便说的。虽说十年过去了，他也仍然喜欢简菊，这从他看简菊的眼神一望而知。

有一次陆虎喝多了酒，也许根本没喝多就是借酒盖脸，趁章老大走开的一会儿工夫，当着我们的面对简菊说："你就是我心里的一个梦，我追到你才算实现自己的梦想，追不到你我等于白来这世上走一遭。"

话虽然说得夸张，但情看着却像是真的。当时大家都笑，但我没有笑，我一边觉得他这个人较劲，一边也几乎被他这片痴情感动。要说十年不是个短暂的时间，一段感情能保持十年不变，在我看来他与吕非老有一拼了。然而吕非老和简菊是双向的，尽管两个人都把真情深藏于心；而他却是单向的，他对简菊的感情从来得不到正面的呼应，实际上一直是被拒绝的，这样一段可悲的感情也可以保持这么久，尤其还是像他这种非常有钱身边永远不缺女人的人，在我看来也算是奇迹了。当然也可能是我理解错了，他就是想得到她，仅此而已。

我发现章老大显然是知道吕非老和陆虎都喜欢趁他不在时到他家里来。当然他要知道这点很容易，因为他妈妈是他最好的眼线，而且朱老太太精明的目光也让我相信这点。有时候吕非老或者陆虎刚来不久，章老大就像赶巧似的也从外面回来了，表面上当然是宾主尽欢，实际上大概是谁都不会真正高兴。不过这样的时候并不太多，章老大是聪明人，也是体面人，他不会让这样的巧合发生得频率太高。我相信如果说他是敲山震虎的话，那两个一定早就心领神会，因为他们同样是聪明人，而且是体面人。

有时我看着章老大、陆虎、吕非老三个人坐在客厅里默默吸烟，都是一副深不可测的样子，或者听他们一本正经地谈论一些国内外的大事，分析形势，做一些各执一词的研判，心里忍不住好笑——我觉得他们才是五湖四海的同志，为了一个共同的革命目标走到一起来了，而且谈的和心里真正感兴趣的根本就不是一回事。而这样的时候简菊往往并不在场，她可能在厨房里，也可能在另一个房间里，她不去陪他们，自然也不排除是有意躲避。我总觉得这三个男人在一起暗中较劲过招却没有女一号在场，这样的场面未免滑稽可笑。

有意思的是章老大像只老狐狸放出臊气，那两个却不为所动，也不知难而退，他们依然故我，似乎并不拿他的态度或者说警示当一回事。前面说过章老大是聪明人也是体面人，他不喜欢做过头的事情，更不喜欢撕破面子，凡事点到为止，分寸一向拿捏得很好，既给自己留面子，也给别人留面子。他明显改变了策略，对他们更加仁厚亲近，似乎要用自己一颗宽厚滚热的心来感化他们。但那两位却似乎熟视无睹，他们油盐不进，既不怕他来硬的，也不怕他来软的，真正是软硬不吃。有时我无意间看见他们斗法，心里实在是乐不可支。

令我颇感意外的是随着吕非老和陆虎在章老大家客厅里碰面的机会增多，两个人居然渐渐地走近起来。在我想来这两个人别说是情敌，就是不是情敌他们也没有多少投合之处或者说结合点，我以为他们是不会有什么交谊的，因此他们一下子成了哥们儿倒让我有点拐不过弯儿来。

最先让我有所感觉的是我发现吕非老竟然向着陆虎说话，这在以前是从来没有过的。

那天吕非老和我一起从章老大家出来，他就像是随口说起，告诉我陆虎跟他抱怨章老大不够朋友。我很好奇陆虎怎么会跟他抱怨章老大，也很好奇他抱怨的内容。但吕非老却欲言又止，说这是男人之间的事，跟我说不好。我的好奇心越发被勾了起来，问他到底是怎么一回事。他这才说陆虎跟他说他和章老大是“同吃同住同劳动”，不分彼此，他连项目都肯拿出来跟他分享，他不至于有点好东西就那么吝啬吧？

我问吕非老：“他是指简菊吗？”

他点头，说：“是啊，要不然呢？”

我愤愤不平地说：“他对简菊的意思早就是司马昭之心了，但这样赤裸裸说出来也太过分了吧？他能把简菊和那些项目啥的相提并论？”

他说：“或许他还觉得他的项目更了不得呢。”

我脱口而出：“太无耻了！”

他却说：“我倒觉得他有啥说啥，是个直爽的人。”

我惊愕地望着他，为他的立场吃惊。

他笑问我：“你这样瞪着我干吗？”又说，“我倒是真没觉得他有多无耻。”

随后不久，有一次章老大在北京饭店请客，我去了，却没有见到吕非老。我问章老大吕非老怎么没来，他凝视了我有好几秒，脸上表情复杂，似笑非笑，一副难以启齿的样子，说：“他出活儿去了，忙得来不了。”

吕非老出活儿本是件很平常的事，我不解章老大何至于这副神色。我问他：“他出啥活儿去了？”

他似乎不太情愿地说：“帮陆总做的，他跟他一起去博鳌了。”

我简直不太相信自己的耳朵，要说吕非老也是个心高气傲的人，况且他是新闻圈里赫赫有名的穴头，怎么说也是个腕儿，他跟陆虎没有交情不说，也不是一路上的呀，居然颠颠地跑出去替他出活儿，难怪章老大要那副表情呢。

看我一错愕，章老大倒笑了，说：“我理解非老无非是想挣点钱，陆总在这方面肯定是能充分满足他的。其实我这边也一样有活儿做，我都跟他说过了，再等一两个月事情一上来恐怕他都忙不过来。可是他大概是等不及这一两个月。再说了，他真要是手头不方便，跟我说一声也是没问题的。”他停顿了一下又说，“不过陆总那个人是个急性子，想到什么就要干，干什么就要干成，他要是想拉他，我看他也不大容易抵挡得住。”

显见的章老大对这件事是有看法甚至是有情绪的，只不过他不想过多表露罢了，我虽说不想火上浇油，却还是忍不住说：“再怎么说陆虎也不能绑了他去，还是他自己没脑子。”

章老大笑了一声，说：“关键是非老可不是个没脑子的人，相反他脑子是相当够用的。”

我听明白他的意思，分明是嫌吕非老站错了队。可我反过来想想他自己不也跟陆虎合作得十分紧密，如此说来为这事计较吕非老倒没什么道理。这么一想我就没有刚才那么激愤，而且投鼠忌器，我怕话说深说浅了不好，让章老大吃心，因此便不再多说什么。

一个礼拜之后我见到了从博鳌回来的吕非老，他神采奕奕，连笑容里都仿佛充满了海南岛明媚的阳光，看来这一趟和陆虎的出行相当愉快，而我想到的是他一定收获颇丰。果不其然他告诉我他们在博鳌亚洲论坛上大出风头，陆虎对他相当满意，给他的酬谢也相当丰厚。

吕非老这样对我说：“说老实话以前我不怎么看得上他，通过这次近距离接触发现他这个人还是蛮不错的，他豪爽，干脆，豁得出去，做事不拖泥带水，该花钱的地方出手大方，这种人是容易打得开局面的，也容易成事，有些地方我看他比章老大一点不差，他是个有自己长处的人。”

我不屑地说：“看来你是被他收买了。”

吕非老听了一点也不恼，颇为自负地说：“你可以这么说，但他真的不光是拿钱收买我的，你知道光用钱是很难收买我这样的人的。”

我毫不客气地说：“那更坏，说明你已经被他俘虏了。”

吕非老听了哈哈大笑，说：“你说啥总这么一针见血，让人又恨又爱。”他收了笑，正色地说，“有个事想听听你的意见，这次从海南回来的飞机上，陆虎跟我说想让我和他一起干，他打算和我一起开一个广告咨询公司，利润分成，你觉得可以做吗？”

我斟酌了一下，说：“如果是我不会跟他做的。”

“为什么？”他问我。

说老实话我这么说并没有经过深思熟虑，但既然他问我，我只好摆出条分缕析的架势说：“一是我觉得你和他不是一路人；二是他房地产做得如火如荼，你想过没有为什么要和你一起另起炉灶开广告咨询公司；三是他明知道你是章老大的朋友，你跟章老大也有合作关系，拉你过去跟他做，是不是想戗章老大的行？”

吕非老一听便摇头，说：“你想得太多啦！第一用不着是一路人也可以在一起做事；第二开广告咨询公司跟他的主业并不冲突，而且是相辅相成，只有好处没有坏处，他何乐而不为；三是我跟章老大的确有一些合作，但我们也不过是松散的合作，他拉我过去跟他合作，也谈不上戗章老大的行。我以前和你说过章老大早几年就答应送我一个公司，迄今为止我还没有见到那个公司长什么样子，而陆虎这边立竿见影，只怕比章老大要靠谱得多，所以我觉得没有理由不跟他合作。”

我立马说：“既如此，你还问我做什么？”

他眼神纯正地望着我说：“我本来是想多一个支持者的。”

我口气坚决地说：“不，你想错了。”

我们之间出现了片刻的尴尬。

他笑起来，说：“早知道这样我就不来问你了，省得碰壁。”

但是他虽然在我这里碰了壁,却丝毫没有动摇与陆虎的合作。陆虎也实践自己的诺言,很快注册了一家名为盛世添彩的广告咨询公司,和吕非老正式开始合作。后来盛世添彩公司一度极为有名,不过却和吕非老已经没什么关系了,那是后话。

据我所知吕非老刚和陆虎合作就像他们一起去博鳌一样是相当愉快的。吕非老做的第一个项目是替陆虎的一个酒店做推介,听说相当成功,用吕非老夸耀自己的话说是"酒店推广的一个成功案例"。

为庆祝初战告捷他请我去燕莎吃饭,酒酣耳热之际他脸上浮起亲切的笑容,问我愿意不愿意加盟他们。我心里其实很高兴跟着他一起做事和挣些外快,可是想到混来混去混到了陆虎的手下,便有些迟疑。我倒不是对陆虎有多大的成见,只是我不大喜欢这个人,而且我总觉得他跟章老大还有简菊之间关系复杂,和他搅到一起怕彼此不好相处,再一个方面是当时我正在筹备婚事,忙得有点分身乏术,于是我拒绝了他的邀请。

吕非老脸上浮起嘲弄的笑容,说:"你不会是为了效忠章老大吧?"

我立刻矢口否认。

他说:"那我不太明白你怎么放着挣钱的大好机会都没有兴趣呢?"

我笑着反问他:"不可以吗?"

他即刻笑了,露出心领神会的神情——还不只是心领神会。他说:"我知道了,你是急着把自己嫁出去吧?出嫁才是你的头等大事,也是你的当务之急。也难怪啊,如果我是你,我也会把婚姻当成手上最大的项目去经营的。"

听他话说得刻薄,作为大龄未婚女青年我心中不免敏感,不过我只是不置可否地笑笑。

他还追问我:“我说得没错吧?”

我没好气地说:“随便你怎么说。”

大概看我有些不悦,他没有就这个话题再说下去。

不久之后我在章老大家遇到陆虎,趁大家各忙各的时候他装得不经意地用半开玩笑的口吻对我说:“我那里新近成立了一个广告公司,由非老主持工作,非老跟你说过吧?有空的时候请你过来指导指导工作!”

我赶紧客气地说:“不敢!”

我发现他和章老大一样也管吕非老叫“非老”,透着不一般的亲近。从他不紧不慢游刃有余的神态看,他和吕非老完全够得上这个交情。我有个感觉,就是吕非老已经被他控制,或者干脆说已经成了他手里的一张牌。不知怎么我心里忽然隐隐生出一种抵触。

他带着浮夸的赞扬说:“非老相当能干,你们国家单位真是精英荟萃人才济济啊!要不是你们端的是铁饭碗,我就要撺掇他出来干了。”

我笑笑没说话。

随后他的目光慢慢聚拢起来,望着我说:“我对做广告咨询公司是门外汉,全靠非老独当一面。他跟我说人手不够,我让他广交朋友,广招贤才。我听他说你是个笔杆子,他一直夸你妙笔生花,做事利索,你要是有空的话,我不敢说让你过来帮忙,欢迎你常到公司来坐坐。”

尽管话说得婉转客气,他终于还是把这话说出来了,我心里都暗暗替他舒出一口气。从这么多年我们来来往往并没有什么交集来说,我觉得他对我发出这样的邀请是需要冲破一些看不见的障碍的,要是换作我,那是需要鼓起相当大的勇气才能开得了口。我承认陆虎算是很给我面子,我也极想给他这个面子,但我权衡轻重,还是微笑地婉言谢绝了他。

32

吕非老上了陆虎的船，章老大肯定是不高兴的，不过他没有太多流露，说到底他是一个城府很深的人。陆虎拉拢了吕非老之后有一阵颇为得意，当着章老大他对吕非老说话格外亲昵不说，有几次正在章老大家客厅里闲聊，他忽然有了某个想法，或者想到某件事可做，就叫吕非老赶紧拿笔记下来，还催他去打电话尽快落实。有时甚至当着我们大家把吕非老叫到一旁窃窃私语。在他可能是无心之举，或者他不认为这有什么，但章老大显然都看在眼里，我从他脸上不止一次看到那种变幻不定的神色，有几次他嘴角挂着似有若无的冷笑，似乎就要说出点什么，但最终说出来的还是另外的不相干的话。我竭力想从他的话里捕捉一些挖苦或者影射的成分，但我一无所获。我能清楚地感觉到他的不快，他似乎在用忍耐和缄默来消化自己心中的郁闷。凭他的为人我想他是不会在这样的小事上让上他门的客人不愉快的。

然而陆虎和吕非老之间的蜜月期并没有维持太久，顶多半年不到，两个人基本也就分道扬镳了。

就在吕非老自以为做得风生水起的时候，突然发现陆虎往公司里弄进了一个新人，这个新人不是别人，正是几年前他带他出去走穴，后来他反戈一击向上级交出红包的晚报记者茅小平。早几年我就认识茅小平，他长得獐头鼠目，为人贼奸溜滑，在记者圈里口碑很差。之前因为乳酸菌饮料企业走穴率先交出红包的事，吕非老跟他之间算是有了过节，他也早就不带他玩了。不光是吕非老不带他玩，记者圈里没人肯带他玩。要说江湖很小，彼此都是通着的，各人人品大家也都清楚，因此他的人缘很差。然而他虽然不受欢迎，甚至四处碰壁，却不屈不挠，而且不失时机，见缝插针，什么好事儿几乎都有他的身影，用同行的话说他是“闻着味儿就去了”。他与陆虎相识正是他“闻着味儿就去了”的一个典型例子。

盛世添彩一成立陆虎就让吕非老广交朋友，他从旁考察，招贤纳士。吕非老经常把同行和朋友请到公司去吃饭闲聊，介绍给陆虎认识，陆虎从中挑选了几个中意的人合作。茅小平这种人吕非老当然是不会请的，但他还是跟着某个熟人一起去了，吕非老自然也不能撵他走。他万万没想到的是陆虎居然一把就挑中了这个贼眉鼠目的人，而且对他情有独钟。他更加没想到的是陆虎和茅小平的关系很快亲密起来，茅小平到公司来得甚至比他还要勤。他跟我说过他提醒过陆虎茅小平这人不怎么样，陆虎说他知道，甚至于连他们发生在乳酸菌饮料上的那桩事儿他也知道。吕非老说他这么一说他倒不好多说什么，再说下去倒像是冤家路窄他要借机打压茅小平似的。

没过多久陆虎提出要把茅小平吸收到公司里来，吕非老没有同意，他跟我说他是坚决反对，陆虎也就没有坚持。然而没过多久，茅小平以盛世添彩特约作家的身份一下子推出了三本书，一时间成了夺人眼球的新鲜出炉的畅销书作家。茅小平也不叫茅小平了，他起了个响亮的笔名叫诸葛剑雄，外号小诸葛亮。三本书的书名都是以“中国”打头，听上去颇有气势，分别是:《中国往哪里去》《中国之大局》和《中国怎么办》。每本书都是洋洋六七十万字，明眼人只要上手一翻就知道这三本书都是包装出来的，事实上也的确都是找枪手写的，茅小平不过就是统了下稿，说是统稿，没人知道他究竟做了啥。这些吕非老都一清二楚，他还知道这三本书所费不赀，当然都是陆虎掏的腰包。他甚至在陆虎办公室的电脑上看到过这些书的原稿，是陆虎硬让他看的。在他看来那些东西完全是东拉西扯七拼八凑，既没有清晰的思路，也没有独特的观点，就是些粗制滥造的急就章。陆虎让他提提意见，他很不屑，一句话没说。他心里是等着看笑话的，他估计这种假大空的书就是放进书店也无人问津，说不定连架都上不了，就是上了架说不定很快就会被退货，要不了多久就会像处理品一样在一些书市上甩货，最终的命运无疑是被送到废品回收站打成纸浆。他没料到的是这些书一上市媒体的宣传铺天盖地，翻开报纸、打开电视和收音机都是关于诸葛剑雄和这三本书的介绍，而且这三本书迅速登上了新书排行榜，甚至还在一个书展上得了奖，茅小平可谓一夜成名。吕非老几乎是眼睁睁看着他仿佛沿着一条捷径从山脚飞快地跑到了山顶，并且毫无悬念也毫无竞争地获得了冠军，他不服气都没有用。他心里其实是无比鄙视的，既鄙视茅小平弄虚作假，也鄙视陆虎幕后操纵，他清清楚楚地看见这幕"包装"丑剧的全过程，眼睁睁看着陆虎把这么一个才疏学浅其貌不扬的茅小平给捧了出来，这让他看到了资本强大的力量。通过这件事他也更加认识了陆虎的为人，为了挣钱"道义""情义"这些对他来说都是一文不值的。

随着茅小平渐成气候，陆虎很快对吕非老显出了冷淡，他凡事都找茅小平商量，甚至对茅小平言听计从，明显让吕非老靠了边。这还不算什么，连吕非老手上正做着而且做得很不错的几个项目也受到了冷遇，陆虎要么不闻不问，要么就是故意设置障碍，吕非老想跟他商量点具体事情他不是说没空就是三言两语打发他，让他感觉阻力重重，什么事都无法开展。慢慢地他的气就有些泄了，陆虎又转过头来挑他的毛病，言语中流露出他不如茅小平得力的意思，甚至还让他有事去找茅小平商量，听他的主意，茅小平也果然摆出一副大拿的架势走过来指手画脚起来，吕非老自然难以咽下这口气。那一段我看他神情郁闷，问他过得怎么样，他说诸事不顺，最不开心的就是在陆虎公司的事。尽管他说得半吞半吐，但意思还是十分明白。

时隔不久，陆虎在茅小平声名日渐上升中顺势给了他一个副总的头衔，这件事事先也没有跟吕非老商量一下，甚至是一丝风儿都没给他透，直接就在公司的会议上宣布了。吕非老不想为这事跟陆虎费口舌，当然也不想为这事跟他伤和气，所以就忍了。而茅小平虽说排名在吕非老后面，但他的气势可一点不像是在他之下的，不把他放在眼里不说，还对他很不友好。吕非老一看这样子根本就无法再做下去，他也确实已经心灰意冷不想再做了。一段时间之后，他基本和盛世添彩没有多少关系了。

到这个时候吕非老突然醒悟过来，当初陆虎把他拉过去并不是像他嘴上说的那样看重他的人品才情，他实际上是拉他过去做个幌子，也可以说是拿他做块诱饵，自己又另行支起一摊，虽说他不靠这一摊吃饭，却是靠这一摊造势，犹如火借风势，确确实实也给他带来了蓬勃兴旺的效果。再往深里说，他觉得陆虎是看不过他和章老大联手，故意要把他从章老大身边拉开，既让章老大难看同时也削弱其锋芒。等他入了套，他又通过启用一个无才无德的人来打压他，除了让他寒心，给他添恶心，更让他看到他陆虎是无所不能的。吕非老看明白陆虎其实不但要挣钱，他更要赢。

吕非老再没有比这会儿更透彻地意识到跟着陆虎是上错了船，陆虎不但不是诚心对待他，甚至都没有兴趣拿他当挣钱的工具，他更大的目的是为了瓦解和削弱章老大，他不由得有些后悔当初陆虎一叫他就义无反顾就跟着他走了，伤了章老大的面子，往深里说是伤了章老大的心。他也不由得对章老大的处境担忧起来。

有一天在一次新闻发布会后他让我留下来陪他去饭店的咖啡廊喝杯咖啡，他开门见山地对我说：“我犯了一个错误。”

我以为他开玩笑,嬉笑地问他怎么忽然想起来反躬自省。

他一脸认真地问我:“你没听章老大说过我什么吧?”

我摇头。

他叹口气说:“这下让我对他更加愧疚了。”

我开玩笑地问他:“你做了什么对不起他的事情?”

他没有接着我的话茬儿说下去,而是仔仔细细地把他从陆虎身上得到的感悟和发现告诉了我。

他脸上显出忧患,说:“俗话说‘一山难容二虎’,别看现在陆虎和章老大有许多合作,两个人关系相当密切,甚至是你中有我,我中有你,但说不定哪一天他们就翻船了,真不是我妨他们,我有这个直觉。章老大尽管也不是好惹的,他树大根深,不是陆虎一把就拔得动的,但是陆虎年轻气盛,关键是他贪婪凶残,比起章老大更加有过之无不及,要我说先下手的这个人当仁不让会是他。我把话放这儿,我们可以等着看。不过我还是希望什么也别发生,只当我是杞人忧天。”

我听得脊梁后面寒气直冒,我说:“不至于吧?他们那么有钱,何苦你争我斗?”

“争斗是人的天性。”他说,“你无法指望在财富上获得成功的人都变成慈善家。”

我说:“我真看不出有什么非要弄得鱼死网破两败俱伤的必要。”

他沉默了。

片刻之后他淡淡一笑说:“还是你聪明,知道什么事当做什么事不当做。”

我困惑地望着他,一时没反应过来他在说什么。

他说:“我是说我和陆虎来拉你,你没上他的贼船。”他莞尔一笑说，“真是早知今日，何必当初！我要是知道陆虎是这么一块料，还不如在章老大跟前干干净净保持节操呢。”

我说：“章老大不也没有计较你嘛？”

他说：“是啊，他是没有计较我，可我心里总有点过不去。我自己觉得真是一失足成千古恨啊！”

我跟他开玩笑说：“那你如今可是浪子回头金不换！”

他摇头叹气道：“哪里就能回头？真要是能回头就好了。”他一脸正色地说，“想当初我刚从大学毕业分到报社的时候也是很有理想的，我想的是关注民生，促进社会进步，任何时候都只说真话不说假话，做一个真正的好记者，那时我可真是有志青年，可是后来呢？我不知不觉就把注意力转移到了升官和发财上面，简直就是不由自主。结果呢，到现在为止既没当上大官，也没发大财，仍然是两袖空空，只是没有了一身的正气。我多想做一个摆脱了私欲、脱离了低级趣味的堂堂正正干干净净的人，但是说真心话我做不到，至少是眼下还做不到。”

我说：“不要妄自菲薄，你还是混得相当不错的。”

他摇头感叹道：“我已经是三十好几的人了，古人云‘三十而立’，我一想到这话就心生惭愧。其实我现在很着急，我渴望有钱，尤其是看到身边诸如章老大陆虎这些人，我更加希望能挣到钱。一是我穷怕了，二是我觉得成功是需要用金钱来说话的，如果你没有钱，一切都是白搭。”

我执拗地说：“我不这么看，我认为成功和金钱没有必然的联系，也不应该有必然的联系。”

他神情严肃，就像是说出一个结论那样说：“这只能说明你对我们这个时代和社会认识不深。”

33

吕非老和陆虎的关系虽然越来越淡，却并没有迅速恶化，我想这一方面是因为他们练达圆通，另一方面也是除了盛世添彩的业务之外，他们还是有着千丝万缕的联系，就像俗话说的，低头不见抬头见，真弄得太僵对谁都没有好处，而且碰面也会尴尬。因此从表面看来，他们基本还和从前一样。

他们还是常去章老大家，章老大对他们也还一样是笑脸相迎。不过据我观察发现，章老大、吕非老和陆虎这三个男人出现在同一平面的时候都不太放松，也可以说是比较紧张，他们会故作高深或者故作潇洒来掩盖那种紧张感，因此更加欲盖弥彰。这是我作为女人的直觉，我相信同样是女人的简菊一定也有这样的感觉，只是她从不表露。在必须要应酬他们的时候，她对待他们三个尽量做得不偏不倚，就像一个想在争宠的孩子们面前表现得一碗水端平的家长。除了不偏不倚，她也会投其所好，尽量使他们三个都感到舒服。我发现她真的是很老练，处理问题很有全局眼光，应对这种既复杂又尴尬的局面也能做到收放自如，着实让我吃惊不小。

有一次章老大、吕非老和陆虎端坐在客厅里，不知为什么事突然争执起来，但他们很快都沉默了，似乎在暗中较劲。我在厨房里看到了这一幕，对正在切水果的简菊说："你有没有发现你们家客厅里充满了看不见的硝烟？"

她先假装没听见，沉默不语。过了片刻才漠然地说："我只看见他们在抽烟。"

我继续逗她说："你去他们那边坐下来，刚好凑够一桌麻将。"

她听了忍不住扑哧笑了，说："其实我特别怀念咱们清清静静在一起的日子。"

她看我一眼，眼神十分清正纯净，我立刻明白她是说当年和我还有吕非老在一起消磨时光的那段日子。

我由衷地说："是啊，那是春光明媚的日子，是我们的青葱岁月，只可惜一去不回头了。"

她鼻子里哼了一声，皱起眉头低声说："随便一比，现在这日子简直就是乌烟瘴气！"

她说得这么直言不讳，我听了倒有点不自在，毕竟她是此山中人，而且她这样说等于把章老大甚至吕非老也臊在了里面，我反倒不好意思去附和。然而几天之后她告诉我一件事，我才真正明白她这么说一点也不过分。

那天她约我去玉渊潭看樱花，看完樱花我们顺着河堤散步。她突然问我："你认为我和陆虎比和章老大合适吗？"

这真有点振聋发聩，我不明白她这话从何说起。我细察她的表情，反问她："谁又跟你胡扯什么了？"

她恼怒地说："还能有谁？章老大呗！"

我沉默了片刻，说："也许他是怕失去你才这样说的。"

"才不是呢。"她一口否认。

"他怎么会说起这样的话？"我问她。

她没有回答，神情木然，就像是自言自语一般说："看来我跟他真正是走到头了。"

她拉我在河边的木条长椅上坐下来，详细地讲述了事情的经过。

"前天中午章老大打电话给我，让我去他公司给他送一份忘在家里的材料，说是急要，我并不知道这是他的一个套。我一去他就让我坐，还叫秘书去现煮了咖啡送过来，我感觉怪怪的，就像我是客人，或者我是上门去跟他谈业务的。他跟我聊了几句别的就问我想不想出去旅行，我问去哪里，他说别问我啊，你想去哪里就去哪里。我问他跟谁去，我的意思是跟老太太去还是跟他去，他反问我想跟谁去，我没说话，他马上说那我给你安排一个人好不好？我想他可能会安排一个他公司里的女的陪我去，我问他是谁，他含含糊糊地说怎么也会是个你熟悉的吧。我看他躲躲闪闪的样子就知道这里头肯定有名堂，我当即改口说我哪儿都不想去，待在家里挺好的。他说出去散散心有什么不好？说这话的当口陆虎一头走了进来——就像事先安排好的一样，或者说简直就像演戏一样，他一直走到我们旁边，大大咧咧拉把椅子一屁股坐下来，就像是随口提起那样说这两天想去杭州一趟，江南正是春暖花开风景如画的好时候，不去看看春天就要过去了，白白辜负了这大好的春光。章老大马上问我你想不想去呀？——你说他是什么意思？他不想要我可以明说，我不会赖着他的，他何苦弄得这样下作？”

这实在是令我吃惊，不过我还是想为章老大开脱几句，但发现说什么都可能越抹越黑，我张口结舌了好一会儿，含糊劝了她几句作罢。

她似乎并不在意我说了什么，仍是怒不可遏地说：“我气不过的是他居然跟陆虎穿起了一条裤子，你说他把我当什么了？他故意当着陆虎的面那么说，肯定是想让我不好拒绝。当时我还真没好意思一口回绝。我顺着陆虎说我还真挺想去杭州的，把他高兴得了不得，立刻就要打电话叫人订票，还觍着脸问我身份证号。他这可是当着章老大的面啊，你说他有多猖獗！所以我肯定他们是串通一气的。我想不出这两个人怎么这么下流无耻！不过我还是没有当场跟他们翻脸，只说马上就到老太太的生日了，等替老太太过完生日再说。可能是我话说得太像真的了，陆虎说不急这几天，我什么时候想去告诉他。其实我这么说也就是想气气章老大的，结果我发现他面不改色心不跳，脸上笑呵呵的，就像在撮合一桩买卖。我知道我气不着他，反而把自己给气坏了。”

我不由想起章老大曾经要把她“安排”给吕非老，有那么件事垫底，我也不怀疑现在他又想把她“转让”给陆虎，只是我理解不了他怎么一而再再而三地做出这样的事情。说心里话，这跟我的价值观是相抵触的，在我看来这甚至不像是我认识的那个章老大做出来的事情。那时他想把简菊“安排”给吕非老看上去还有些为她着想的成分，现在想把她“转让”给陆虎，就连为她着想的意思都没有了，剩下的一种可能性就是为了利益。尽管我和他是朋友，我不得不承认他这样做事是远远超出我的理解力和承受力的，而且也挑战了我的道德底线——虽说我从来没有把道德放在一个至高无上的位置，但是作为底线它还是确确实实存在的，而且我认为它无论如何都是应该存在的。我真不知道这个时候是该继续替章老大辩护洗刷还是干脆对他反戈一击？我心中纠结，无言以对。

河堤上的风吹在身上有点冷，简菊从长椅上站起身来。我和她在长长的河堤上走了一阵，默默无语。

半晌她说：“那天章老大还说要一起吃饭，我可没那么好的胃口，我说老太太还在家等我呢，转身就先回家去了。我坐到车里眼泪就流下来了，我真的很后悔，后悔自己走错了路，不过说后悔是轻的，是那种心如刀割的悔恨。我知道悔也没用，恨也没用，走出去的路退不回去，这一切是我自找的，我自作自受。”

我看她眼圈红了，眼睛里浮起了泪花。

她继续说：“夜里章老大回到家，我一口气还堵在胸口呢，我想不理他，可是没忍住，我冲过去责问他让我跟陆虎一起出去是啥意思，他居然厚着脸皮说没啥意思啊，还装出很有耐心的样子向我解释说同一天去同一个地方的人多得是，你不想去就不去呗，何必生这么大气？他这不明摆着就是偷换概念嘛？他不就是欺负我读书少脑子转不过弯儿吗？我气得不行，对他说以后别把我跟那个王八犊子陆虎扯一块儿，你们让我看着恶心！我从来没有这么恶狠狠对他说过话，我花他的钱，知道该做什么不该做什么，我真的实在是忍无可忍了。他听了我这句话，本来笑呵呵的，脸一下子就变得僵硬了，而且脸色苍白。我真害怕他会冲我大发雷霆，他倒是从来没对我发过脾气，不过我看见过他跟手下的人发作，那个样子相当怕人。我也害怕他突发心脏病，那我就成了害他的那个人。他在房间里走来走去，就像一只被困的野兽。我闻到他身上一股酒气，跟陆虎在外面肯定没少喝。我不敢再惹他，转身回房间，惹不起躲得起。我刚要走，他一把拉住我，不让我走，说有话要跟我说。我说你有啥话明天说不行吗？他说必须今天说，不然他就睡不着。我只好听他说。他躺在沙发上，跟我拉拉扯扯说了一大通。先是跟我回忆往事，说实话好多事情我已经不记得了，要不是他提起，我可能这辈子都想不起来，他倒是记得清清楚楚的，我真佩服他的记性。回忆了往事他跟我抒情，他抒起情来也是蛮吓人的，你不是知道的嘛，他年轻时候的理想是当诗人，只不过那会儿写诗的人太多，他挤不过他们就去挣钱了——这是他自己说的。他拉着我的手，说要跟我心对心地说话。他已经好久没有这样跟我说话了，我以为他是要跟我摊牌，没想到他说的是另一篇话。”

她似乎在犹豫要不要把那些话跟我说，迟疑了片刻，还是说了出来。

“他问我对陆虎怎么看，我说没看法，他跟我没有半点关系。他让我别赌气，又说其实陆总这人还是挺不错的，他相当能干，这是有目共睹的，就不必说了，他出手大方，拿钱砸的时候从来不手软，而且他胆子大，豁得出去，这些都是男人在社会上打拼和发展的必不可少的因素，并不是人人具备的。他还说这上头陆虎比他要强得多，比他敢赌，也比他会赢，而且，他还比他年轻。我说你跟我说这些干什么？我根本不想听。他劝我耐心点，用那种长辈开导晚辈的口气说：女人老起来是很快的，二十来岁花香果鲜，三十出头就人老珠黄了，不是我吓唬你，社会就是这么看的，这是一种社会共识，你能跟自己较劲，能跟别人较劲，但你无法跟社会较劲。我说谁过一年不是长一岁？老不老的我从来就不担心。他说是啊，你不担心是因为有我在替你担心啊！他跟我强调他是多么爱我，所以才会想这么多，想这么远。他说正因为我爱你，我不怕你离开我，反而怕你砸在我手里。又问我懂不懂。我生气地回他说不懂，也不想懂。他还是那种语重心长的口气，说陆总既年轻又有钱，方方面面都比我强，其实要我说你和他比和我要更合适。”

她两眼望着我，既愤怒又屈辱。

我心中不忍，和她同仇敌忾地说：“这章老大真是疯了，他是喝醉了在说胡话吧？”

她一脸愁容地说：“我真不知道他是醉了说胡话还是酒后吐真言，但他没有疯。你也是知道的，这样的话题他已经不是第一次提起了，我想自己但凡有那么一丁点儿的自尊心都应该拔起脚来立刻离开他。可是我却下不了决心，其实也不是下得了下不了决心的问题，我就像一只被关在笼子里太久的鸟，打开笼子也不会飞出去了。其实我好多次想过假如离开他我该怎么办，偶尔看报纸我也会特别留意那些招聘广告，但是我也很怕那些广告有一天真的会跟我有关系。说心里话真要走上社会我还是挺害怕的，我真不知道我能做什么。”

我默然无语，和她一样一筹莫展。

她深深地叹了口气，又说：“平常我懒散惯了，每天十点来钟才起来,起个床要半天工夫,不瞒你说我出个门都怕,更别说要我去跟人打交道了,还要看人脸色、对人说好话、讨好人,我就更干不了了。我虽说从十六岁就出来混,但这小十年其实都在家待着,我根本不懂外面的那一套。章老大就总说我这样的人头脑简单,出去会吃亏的。我倒不怕吃亏,我是怕自己混得太惨丢人现眼。我从小也是拔尖要强的,在班上一直是班长,年年都是三好生,那时候我爸我妈还没有离婚,他们都特为我骄傲,也特拿我当回事儿。他们要是看到我年纪一大把了被人抛弃了自己出去挣钱糊口,他们会怎么想?这多打他们的脸!我真的是不敢往下想。还有一个选择就是回家,可是我爸和我后妈那个家我根本就回不去,他们是亲亲热热的一家人,我去了不但自己过不好,连带他们也一起过不好,想想我就别去害人了。我妈跟我几乎没有联系,听我家亲戚说她在加拿大又嫁人了,估计嫁得不怎么好,她自己从来就没跟我说起过这事,我也只当不知道。她自顾不暇,我自然不能再去给她添乱。我再有一个选择就是嫁人,可是人家要是知道我的过去得有多大的胸怀才能接纳我呢?想来想去,越想越觉得自己尴尬。我真不是抱怨,我是自作自受。"

我听了心里替她难过,我劝她说:"你别想得那么悲观,办法总比困难多,再说不还没到那一步呢吗?"

她凄然一笑说:"这些事情让你听着心烦了吧?人家说'家丑不可外扬',我本来也是想放在心里不说的。我知道谁也帮不了我,我也不可能找谁帮我一辈子。"走出一段她又说,"我想想自己,没有学历,没有本事,没有社会经验,除了手里攒下的那么一点钱,基本就是一无所有。"

她脸上笑着,眼睛里却泪光闪闪。我心疼地握住她的手,她的手指冰凉,凉得钻心。我们的身边有无数的花瓣在枝头随风起舞,有花的世界那般甜蜜绚烂,但这些在她的愁闷和伤心面前黯然失色。

34

几天之后吕非老约我吃饭,我把简菊说的章老大要把她“转让”给陆虎这件事告诉了他,当时我只觉得如鲠在喉不吐不快。

他听了反应平淡,远没有我料想的吃惊或者惊诧。

我问他:“你听了怎么这么无动于衷?”

他挑起眉毛做了个夸张的表情,两只眼睛在深深的抬头纹下望着我,故作迟钝地说:“你让我怎么不无动于衷?这大概就是一个必然的结局吧。”

我叹说:“你太残酷了。”

他恢复了正常的表情,说:“不是我,是命运太残酷了。”

我默然无语。

他慢悠悠地说:“我现在只要看到某件事的开局就会预想它的发展轨迹和结局,我的猜测经常是八九不离十,有时一件事的发展跟我预想的如出一辙,连我自己都忍不住要佩服自己料事如神,我想这不全是凭灵感,或者说得更玄一点是通灵,而是我的社会阅历丰富了,经历和经验多了,对事情的判断准确率提高了。其实这不是什么好事情,更不是什么值得夸耀的事情,只能说明一点,就是我老了。”

我默然无语。

他叹息着说:“我记得好像以前就跟你说过,他们在一起的时间已经够长了,长到出乎我的意料,像他们这种关系,一口气闷下去就是往十年去,这有点太不正常了吧,要我说可以算违背游戏规则了,所以说不管他们是分是合,我都一点不惊讶。”

我说："可是他们在一起生活了这么久，又一起经历过风风雨雨，不可能没有感情吧？假如有感情，就因为在一起时间长了就得分开吗？"

我语调急促，似乎在责问他。

他一脸无奈地说："你说的那是常理，但常理是涵盖不了生活的复杂性的。"

我不置可否。

他看我不以为然，又说："就说他们俩吧，我不知道该怎么准确定义他们之间的关系，'傍款'那个词太难听，姑且就说是'合作'吧。我觉得他们在这个合作关系中诉求是不一样的，简单说章老大爱的是简菊的色，简菊到底爱章老大什么是我迄今都没怎么弄明白的——也许是我心里不想承认她爱他的钱吧，当然我也确实不认为她真是简单地爱他的钱，我内心里当然也更不想承认她爱他的人，不是我出于醋意，在我看来那并不是事实——但有一点基本可以肯定，就是章老大能提供给她一份相当不错的生活。可是随着年龄的增大，她的色是在不断耗损的，用经济学的概念说是贬值，而且到了某个时间会贬值得相当快，而章老大能为她提供的那份物质保障却不会贬值，这你就能知道他们在索取和给予之间出现了逆差，他们的关系也就随着时间变得不平衡了。这我还没有说到男女之间日久生厌等等因素。因此章老大想出货也就再正常不过了。"

我听他说得这么平心静气而且貌似有理有据，突然忍不住迸出一句："你就这么无关痛痒吗？"

他露出吃惊的神色问我："那你认为我该怎样？"他两眼凝望着我，用推心置腹的口气说，"我懂你的意思，不是我无关痛痒，是我无能为力。"

他沉默了，我也沉默了。

我们的谈话到此基本中断，就像树枝突然折断，露出新鲜的茬口，却再也接不上了。在接下来的时间里我和他默默吃饭，默默喝酒，无论另起什么话头都是三言两语就说完了，而且再没有什么足以让我们兴奋的话题可聊。吃完饭我们匆匆散了，连惯常的饭后咖啡都没有一起喝。

说心里话我对吕非老这种躲闪和推诿的态度是相当失望的，尽管我没有理由要求他有所担当，毕竟那不是他应尽的义务。当我从深切同情简菊的情绪中摆脱出来，我忽然恍然大悟，我清楚地意识到这不过是我一厢情愿的想法，甚至可以说是一个荒谬的想法，假如吕非老真的义无反顾地接过了简菊，我说不定会比谁都懊悔。

然而有一个人却一直对简菊充满了热情和爱意，而且似乎随时随地都渴望着接盘，这个人就是她的远房表哥王小光。

现在的王小光已经是鸟枪换炮今非昔比，他早已经不再是挨斥听喝的小司机，而是成了堂堂正正的“王总”。我从简菊那里听说章老大没让他走先是给他提了市场开发部副经理，很快又给他升了事业发展部经理，章老大还跟简菊说是“不看僧面看佛面”，简菊对此其实是根本无所谓，而且也并不领他情。本来当上经理王小光在公司的发展就算是到头了，但是随后章老大发现他擅长炒股便让他专职替他炒股，因为业绩突出，一年下来就给他提了副总经理。王小光平步青云，在公司里成了一个传奇人物。

那一阵正好我刚入股市，对炒股十分痴迷，对股神更是无比崇拜，有好几次我通过简菊向王小光打听股票消息，我按他说的价位和时间买进卖出，差不多真是能买在相对低点抛在相对高点，有一两次甚至是买在了最低点，抛在了最高点。我也曾好奇地问过王小光是怎么学会炒股的，他只是笑笑说自己瞎琢磨的，再问便插科打诨，顾左右而言其他，总之是不肯把实话说出来。

我是在章老大家的客厅里听来他家的客人们七嘴八舌讲起过王小光学会炒股的传奇经历。据说他爷爷是上世纪九十年代初股市刚开不久就开户的老股民，王小光高中毕业后没考上大学，找了个工作不称心，干了没几天就不去了，在家里无所事事，爷爷就带他去证券交易所看热闹，一来二去他对股市有了不少了解。爷爷兴致好的时候也教他两手，有时因事外出就叫他帮着盯盘，做些高抛低吸，也就仅此而已。据说他爷爷一百万入市，到十多年后离世，户头上股票加现金大约还是一百万，基本上没赔没赚。但他“王百万”的名头却相当响亮，入市早的老股民不少都听说过他的故事。就在爷爷生病住院期间，王小光去医院陪床，在那里他幸运地认识了和他爷爷同病房后来成为他师傅的炒股高手巴老师。

我从来没有见过巴老师，但巴老师是我一度相当迷信的一个人，每次只要他出现在收盘后的电视节目里谈股论市我都会认真收看。巴老师虽然不是巴菲特，但和巴菲特一样大名鼎鼎，他的《巴老师点铁成金术》《巴老师股市实战一百讲》《巴老师教你闭着眼睛挣钱》《狐狸兵法》等等炒股专著都风靡一时，巴老师令无数投资者仰慕。王小光也是早就听说过他，但却并不知道躺在爷爷对过病床上的那位脸色蜡黄看上去奄奄一息的老人竟然就是这位大师。巴老师的儿女工作都特别忙，有时两个班次衔接不上，王小光就主动替他们照应一下。短短几天，他就和巴老师一家结下了深厚的友情。那时候他爷爷已经昏迷，即便知道巴老师就睡在自己身旁也不可能和他切磋炒股技艺了。

一个月之后王小光的爷爷就在巴老师的身边走完了他坎坷而又平凡的人生道路，王小光办完手续去和仍然躺在病床上的巴老师告别，他们只是互道保重，甚至都没有互留联系方式，都以为出了医院再不会相见。没想到万水千山阻不断一个缘字，一年后的一天，王小光开车去机场接人，竟然巧遇巴老师的儿子小巴老师。他本来就是个热心肠，开的又是公司的车，接的也是无关紧要的人，便热情洋溢地邀请小巴老师搭车。小巴老师因为盛情难却也就答应了。王小光往城里送完客人，又专程往通州送小巴老师回家。到了小巴老师家楼下，小巴老师执意要请他上去坐一坐。大概同样是因为盛情难却，王小光跟着小巴老师去了他家，在那里他再次见到了巴老师。巴老师早已经康复，再次见到王小光既意外又高兴，十分热情地和他聊了起来。出于礼貌王小光在小巴老师家坐了大半个小时，而这大半个小时在某种意义上说改变了他的整个人生。

在这大半个小时的闲聊里王小光知道了坐在他对面的就是德高望重人称“股神”的巴老师，他觉得自己实在是太荣幸了。巴老师德艺双馨，又有一颗仁慈的心，他喜欢这个乐于助人的青年，也喜欢他身上的聪明劲儿，又听说他以前跟着爷爷炒过股，便决定收他为徒。王小光肯定没想到出门让这么一个大馅饼砸了。巴老师虽然早已经从某机械学校的教师岗位上退休，但他仍然四处讲课，王小光只要没事或者能请得出假来就跟着他，替他开车外加端茶递水暖场子。他听了老师不少课，老师也传授了他许多宝贵的私房经验，令他如虎添翼。

王小光虽然跟着爷爷炒了几年的股，拜师之后才明白以前那都是盲人摸象，就是侥幸赚钱也是瞎猫碰上了死耗子。一年前他爷爷去世时留下的近一百万股票和资金由两个儿子和三个孙子继承，他分到十多万块钱，便毫不犹豫全部投进了股市。在得到巴老师指点前这十多万块钱并没有给他带来多少利润，相反账面亏损的时候也不少，得到巴老师指点之后，这些钱犹如干柴烈火腾腾就起来了。他尝到了甜头，胆子大起来，把父母的房子卖了，又跟亲朋好友借了不少钱投入股市，在前两年的所谓局部牛市中狠赚了一把。——这倒是我听他亲口说的，他很少吹嘘自己在股市中的战绩，他说这一段也是强调他爷爷福荫子孙。

自从跟了巴老师之后，王小光除了自己赚钱也愿意把股市消息告诉亲朋好友，还喜欢带着别人一起炒股——当然这大多时候都是要收钱和分成的，他不但赚得盆满钵溢，在公司里也因此成了上上下下的红人，章老大也正是因为听说了他的这个才能重用了他。章老大一向是个善于物尽其用的人，他把他抽出来专职炒股，还专门为他设立了一个投资理财部，公司内部简称五部，提拔他当了副总。短短几年王小光突飞猛进，摇身一变成了章老大公司的高层领导，同时还是受同事们爱戴的炒股专家、大师甚至是股神。

我早知道王小光很有赚钱的头脑，而且特别擅长大钱生小钱。在简菊和章老大同居不久，他就主动提出替她理财，我还曾担心他是不是靠得住，甚至担心简菊会不会上当受骗，事实证明那些担心纯属多余。他对简菊算是尽心尽意，而且确确实实帮她赚到了钱。特别是在章老大外逃的那段时间，他帮简菊赚的钱无疑为她支撑下来起了不小的作用。从某种意义上说，王小光等于也在经济上支持了她，甚至可以说在她最困难的时候支撑着她。章老大回来之后他虽说再起不到雪中送炭的作用，但锦上添花的作用我以为却仍然是有的。还有一件事也是我印象深刻的，就是章老大离婚的时候为了付孙梅梅分手费要卖简菊住的那套房子，就在吕非老帮着他四处张罗出售房子的时候，王小光却是主动站出来替简菊维权，他不但不让简菊答应章老大卖房，还挑着她去跟章老大提要求把这套房子改成她的名字，他甚至还为这件事跑去找章老大谈，引得章老大起了疑心，还惹出了一场风波。我曾经暗自感叹简菊爱的吕非老帮章老大卖房，而爱简菊的王小光却替她维权，她爱的人和爱她的人竟然如此不同！然而，就像简菊看吕非老怎么看怎么觉得他好一样，她看王小光恰恰相反。王小光为她做了那么多，她对他却并没有太多好感，她亲口对我说过他这个人“人品不好”，章老大回来之后她明显是远着他的，甚至还要章老大撵他走。然而章老大城府极深，思路独特，非但没让他走，反而还提拔重用了他。简菊对此颇为不满，章老大还故意说既然你和他是清白的，我提拔他算是给他的奖赏，留下他是让他能一直证明自己是清白的。简菊没想到他会来这一手，她积了一肚子的怒气，没法跟章老大抗衡，转身把火撒到了王小光头上，她不再让他替她理财，跟他的走动也明显少了。

有好长一段时间我没有见到王小光，等再见到他，他居然堂而皇之地出现在章老大家的客厅里，成了朱老太太和简菊流水席上的座上宾。

起先我一点不知道王小光是从哪条路线走上来的，我想简菊对他早就冷了，而且她很单纯，为人也远达不到圆融通达的地步，不大可能是她自己转弯和他恢复关系。再说如果真是她主动和他恢复关系，章老大岂不又要多心？从章老大这边说，他是个头脑清醒心思缜密的人，有些时候甚至有点小心眼，他肯定不会把一个不放心的人请到家里来。况且在我看来，他用王小光也就是用他之长，不可能是真正赏识他。那么难道是朱老太太独具慧眼发现了王小光？看上去似乎也并不像。我看朱老太太虽然对他客客气气，却不过是些常规的客套，对他没有什么特别的亲近。朱老太太是个非常感性的人，用她自己的话说是性情中人，她喜欢谁别人很容易看出来。比如对吕非老，她就很偏爱，只要他一来她立马放下手头上的事情陪他聊天，连看他的眼神都不一样。而她对王小光的态度，就是礼貌而已，他显然不是她心中的VIP。

因此基本可以排除他是从朱老太太这条线上来的可能。

后来跟王小光见多了几回，我才知道原来是陆虎把他带进门来的。陆虎和他都喜欢简菊，按理说他们应该是情敌，实际上他们也的的确确是情敌，可是他们不但不是敌人，竟然还成了朋友。陆虎自负、刚愎，这些年生意上一直是顺风顺水，项目越做越大，钱越赚越多，很有些独步天下的神气，估计他压根儿就不会把一个从前连替章老大开车都不够格的小司机放在眼里。况且陆虎也看到了简菊对她这个远房表哥的态度，他根本不会觉得王小光有什么竞争力，在他眼里王小光大概就是一个不足挂齿无足轻重的小人物，所以他非但不拿他当情敌，高兴起来还跟他称兄道弟。他甚至非常乐意提携他，显得他十分大度。我早就发现陆虎这人有个特点，喜欢边做事边表演，他好多的所谓影响力就是这么得来的。他尤其喜欢表现出豪爽、大方、讲义气，但其实他的豪爽、大方、讲义气都是看人下菜碟子的，没有一样是发自真心的自然流露，这一点和章老大很不一样，在我看来是远远比不上章老大的。章老大同样也很会看人下菜碟子，但他比陆虎为人要率真得多，有些看不上的人他是不应酬的，甚至连敷衍都不肯敷衍一下。陆虎则是见人三分笑，笑里很可能藏着刀，不管是人是鬼，他只要想哄都能哄得滴溜溜转。不过对王小光他倒还不是特别假，这恐怕也因为王小光和简菊的那一层亲戚关系，他算是不看僧面看佛面吧。陆虎上门经常会叫着王小光，我想或许他就是拿他当个挡箭牌。但王小光却是一副十分欣然的样子，跟着他就像当年跟着章老大一样，鞍前马后，殷勤侍候，简直就像是他的心腹一般，把他真正的心腹似乎倒挤得靠了后。

简菊对王小光又成了家里的座上宾态度很淡然，在我看来她有点睁一只眼闭一只眼，也许她觉得反正不是她请来的，自然跟她没关系。她拿王小光就当个普通客人，对他并没有任何的特殊招待。王小光起先也是很低调，但时间一长就不安于当个普通客人了，他忍不住就要反客为主。

王小光这个人除了热心肠还有个特点就是自来熟，况且他是简菊的亲戚，跟她本来就熟，一来二去他就不再拿自己当外人。他一进门家务活就上手了，家里的大小事情该张罗的张罗，该操心的操心，倒让简菊和老太太省了不少心。本来这么大的一个家，又总是宾客盈门，一天到晚大事小情肯定不少。家里雇了一个保姆和一个厨师，一到做饭的时候这两个人也就勉强对付厨房里的事情，客厅里的事情都得靠朱老太太和简菊动手。王小光一到，朱老太太和简菊就可以安心陪客吃饭喝茶了，剩下的事情都由他一手包办。朱老太太拿她儿子的话说是"富贵闲人"，她不喜欢做家务，简菊同样也不喜欢做家务，但王小光不同，他不怕做家务，甚至很高兴能在这个家里做家务。他来得越来越勤，渐渐成了这个家实际上的管家。家里某个东西放在哪里朱老太太不记得，简菊也不记得，章老大从来不管家里的事自然是更加不清楚，但王小光却知道，走过去就能拿出来，简直就像是变戏法一样。他就这样十分自然地、合情合理地在这个家里找到了一席之地——虽然地位不高，却是不可或缺。

王小光在章老大家里看上去完全是一副恭顺低调的姿态，但其实这几年他已经混出了模样，早已经不是那个贫穷寒酸搭着远房小表妹往上爬的一无所有的毛头小伙子。如今他在外面也是风光八面，在公司是炙手可热的人物，他手里有钱，大房子也住上了，好车也开上了，虽然不能跟章老大和陆虎他们比，但和公司同级别的人以及白领比比那是强得太多了。我听说王小光在顺义买了一套1000平米的豪宅，装修得相当奢华，屋子前后都有好几亩地的花园，雇人种了玫瑰花和郁金香，开花的季节引得不少人慕名前去参观。我听说他搬家的那个排场令人惊叹，全套的家具都是从意大利进口的，床单和窗帘都是从巴黎定制的，厨房用品是从德国订购的，一应瓷器都是从日本进口的，而且还从拍卖会上花巨资拍得名贵的油画，总之，那绝对是鸟枪换炮了。放从前别说豪宅名车，就是穿戴他都是讲究不起的。我是亲眼目睹他一年四季穿着皱巴巴褪了色的T恤衫和夹克衫，牛仔裤永远是不合身的，那身行头不用问价一看就知道是地摊货，如今他穿的当然都是名牌，只要见到他永远是西服革履，衬衫雪白，皮鞋锃亮，比章老大和陆虎他们都不差。俗话说“人靠衣服马靠鞍”，他这么一捯饬果然是仪表堂堂，看上去很有成功人士的派头。好几次我在章老大家遇到他，他一进门活儿就上手了，朱老太太每回都是拦着他不让他干，说怕弄脏了他的衣服。陆虎公然嘲笑他“出门混全靠一张皮”，他听了呵呵乐，一点儿不恼不说，还挺美挺开心，就像是得到了人佬的赞赏一般。他除了注重衣着，更注重自己的体形，他是我认识的最早一批定期去健身房健身的人，而且坚持不懈，练得一身肌肉，这也是经常被章老大和陆虎取笑的。章老大和陆虎都已经发胖，他们同样都是大腹便便，尤其是章老大肚子比人还显眼，陆虎就这半年多也有了这样的趋势。他们都喜欢对王小光出大力流大汗练出来的体形进行讽刺和挖苦，王小光同样是不但不恼反而十分开心。看得出来他的低调是建立在自信心很强的基础上的，具体的表现是他在这个家里敢说话了，甚至敢提出不同的意见。虽然家里的事都是些鸡毛蒜皮的小事，也足见他在这个家里已经混得如鱼得水。

王小光还做了一件让自己和这个家关系更加密切的事，就是成功说动朱老太太去证券交易所开了户，并且教会她买卖股票。朱老太太是个喜静不喜动的人，平常别说是去逛街逛公园，就是开车带她出去吃顿饭她都嫌麻烦，可是王小光就有本事把她说得拿着身份证跟他去了证券营业厅，并且让她成了大户室的常客。

听朱老太太说王小光第一次只挑了三只股票让她买入，那时她对股市一无所知，完全是蒙着买的。几天之后王小光帮她打开交易软件，账上是三排红彤彤的数字，每只股都涨了。有两只涨了三块多，一只更加火爆，当日正好是涨停板。朱老太太激动万分，问王小光怎么办。王小光说当然卖啦，十块上下的股票涨了三块多，涨幅可以了，她就让他赶紧替她都卖了。但王小光卖了两只，留着那只涨停板的股票没有动。她问他这又是为什么？他说这只股票题材好，盘子小，最主要是庄家强悍，操盘手法凌厉，后面应该还能再有涨停板。她完全不懂，听凭他说，同意先不卖。果不其然第二天她手上仅有的这只股票又是一个涨停板，把她高兴得不得了。她看了一次又一次，K线是平平的一条直线，就像天河一般高高地悬挂着。王小光也替她看过几次，告诉她大单封得死死的，非常稳当。但是她不放心，下午又盯着看。她看见涨停板突然之间就打开了，赶紧叫王小光卖股票。王小光说要不再等等，说不定过会儿还会拉上去。说话间股价飞流直下，五六个点就跌没了。朱老太太说不要等了，再等下去赢的都要输回去了。王小光第一次没听她的，嘴里答应替她卖，却没有下单。当时正是跌势最急的时候，很快翻绿，负了七个多点。可是比跌下去更快的是股价又被直线拉了上去，到收盘又牢牢地封在了涨停板上。朱老太太一看无比后悔，王小光告诉她股票没卖，还在账上，她真是喜出望外。第三天一开盘，这只股票又是一个涨停板，而且从早到晚一刻没有打开过。在这天的收盘前王小光才替她把这只股票获利了结，让她多赚了不少。——朱老太太入市首战告捷，对她而言除了赚到了钱，最主要的是赚到了快乐。她把这个故事反反复复讲给我们听，在她的讲述中王小光就像一颗璀璨耀眼的新星一般冉冉升起。

王小光终于得到了朱老太太的信任，并且讨得了她的欢心。朱老太太不但在股票方面对他言听计从，连家里的家务也对他言听计从。在她最迷恋股市的那段时间，开盘的时间她喜欢王小光陪在她身边，如果他有事不能陪她，她会不时给他打电话。王小光成了她特别依赖也特别信赖的一个人，不但连吕非老靠了后，连她的亲儿子章老大都似乎靠了后。

章老大倒是很支持母亲炒股，在他看来这是"老有所乐"。朱老太太除了看书没有什么爱好，她不喜欢打牌，不喜欢打麻将，也不爱看电视，眼睛老花了以后看大部头的书吃力了，除了跟来家里的客人聊聊天，她就没什么消遣，章老大担心她寂寞，总想陪她出去走走，可是老太太很怕出门。有了炒股这件事她等于有了一种新的娱乐，章老大叫她别在乎赔赚，只当是去股市中消费。那会儿老太太正在王小光的指导下捷报频传，心气儿高得很，她让儿子尽管放心，自己不但没赔还赚着不少呢。她兴致勃勃地把自己一个又一个的胜仗讲给他听，自然是不会抹杀王小光的功绩。她口口声声夸奖王小光，把他说得神乎其神。

别人这么说章老大兴许不信，至少是不会轻易相信，但是他诸事挑剔的母亲大人这样说，他便深信不疑。其实他本来就很相信王小光在炒股方面的才能，要不然他也不会让他在公司里专门负责替他炒股。当然，在公司里做这块的并不止王小光一人，那是一个团体，除了王小光和排名在他之前的负责公司投资理财事务的副总老梁之外，其他几个都是从证券公司挖过来的专业人才，股票买卖也不是由谁一个人说了算，而是有一套运作机制和控制风险的机制。也就是说，公司里的股票赚了，有可能完全是王小光的功劳，但也是大家的成绩，反过来说，如果公司的股票亏了，责任不管是不是王小光的，大家也一起跟着承担的，或者说不管责任是不是别人的，王小光也脱不了干系，因此实际上他起的作用究竟有多大，是不太好准确估算的，章老大也就是从梁总的反馈以及投资理财部其他人的口碑中得知王小光的能耐，其实也就是知道个大概其罢了。而今他母亲亲自证明了王小光在炒股方面的超凡才能，章老大对他也就越发放心了。因此当梁总拉出去单干之后，章老大就没有再派专人监管，只是由自己兼管，实际上就是由王小光直接负责。他规定正常情况下王小光每星期必须向他汇报两次，特殊情况随时汇报，但实际上他经常外出，一周两次的汇报从来没有认真执行过。他只是在想起来时才过问一下，情况好的时候王小光便打开账户让他看，他看到红艳艳的盈利账面，自然是十分放心；而情况不太好或者情况很差的时候王小光基本采取口头汇报，即使有亏损，他也只说损失了些利润，隔几日又说都回来了。渐渐地，章老大对这一块放松下来，尤其是别的部门漏子频出，他忙着四处堵漏，越发对这边放心。俗话说：千里之堤溃于蚁穴，隐患就这样埋下了。在我看来这也算是章老大智者千虑必有一失吧。

回过头想想当时王小光在章老大公司和他家里兢兢业业忙忙碌碌，目的其实只有一个，就是为了得到简菊。但当时除了章老大本来对他就有醋意之外似乎并没有人真正看清他这个目的，也可以说因为某种心理误区几乎没人认为他会有这种癞蛤蟆想吃天鹅肉般的野心，就是我也不会想到他在屡屡遭拒之后还会如此执着。

简菊因为从来跟他就没有那样的意思，因此对他态度非常自然，加上又有亲戚关系，有时熟不拘礼，难免会流露出对他的不耐烦，在别人看来恰似他们的关系相当一般。简菊是个不作假的人，从她这边说也确是如此。章老大虽说对他有所防范，但恐怕也不会觉得他真有多大威胁，何况还有吕非老和陆虎频繁出入，除了这二位之外也还有别的座上客很被简菊的美貌吸引并为之倾倒，他们都是财力雄厚的老板，因此他更加不会太拿他当回事。因此对他在家里出出进进甚至他对简菊呵护有加处处为她着想都是睁一个眼闭一个眼的。但是有一天有一件事却触怒了他，他甚至因此跟简菊大吵了一架。

其实要说也不是什么大事。那天他从外面回家，家里照例是灯火通明，笑语喧哗，那几个常来的熟客都在，大小客厅里各摆了一桌麻将，饭厅里的长条桌子边坐满了抽烟喝酒的人，和平常完全没有两样。他见过母亲，和客人打过招呼寒暄了一番，却没有见到简菊。他去楼上卧室找她，刚走上楼梯，经过露台的时候，看见黯淡的灯光下有两个人影，脸对着脸，样子极亲热。他吃了一惊，定睛一看，正是简菊和王小光。他以为自己撞破了他们的秘密，不过他并没有冲动，闪身躲到窗后悄悄观察他们的举动。他很快看明白原来是王小光眼睛里进了飞虫，简菊正在为他吹。简菊一边替他吹，一边不耐烦地抱怨他没事找事，和她平常对待王小光的态度完全没有两样，他也看不出他们是不是真有私情，但是他们两个身体紧挨在一起毫不避讳的样子令他醋意大发。

当晚等客人走了，他故意问简菊和她表哥在露台上都说了些什么悄悄话。简菊一听他酸溜溜的口气就明白他是吃醋了，她没好气地说他也值得你吃醋？章老大一听便生气了，说我为什么要吃他的醋？难道你和他有什么不可告人的秘密？简菊说你这是屁话！两个人就吵了起来。他们吵得很厉害，章老大在气头上站起身就走了，当夜没有回家。第二天晚上他回来了，一进门就和客人们谈笑风生，似乎情绪相当不错，简菊以为接下来就该上演和解戏了，但是她心里的气还没消呢，她不想这么快就跟他和解。她上了楼，躲进小客房，关了门早早睡下了。当晚章老大并没有去找她，随后好几天，他很少回家，也没有和她说过一句话。本来她不过是一时急恼，有这几天气本来也差不多该消了，但因为冷战她心里的气又积了起来。

我知道这件事的时候他们已经冷战了十多天了。那天我去章老大家，简菊和我在厨房里喝茶，她跟我说了这件事。她告诉了我事情的前前后后，颇为委屈地说："我真不是生气他为点芝麻绿豆大的事跟我烦，我生气的是他竟然怀疑我和王小光有事，而且还跟我这么长时间冷战，我觉得这日子一点过头都没有，我不知道自己还待在这里做什么？"

我劝她消消气，让她有话跟章老大好好说。

她漠然地说："我已经没有话要跟他说了，他让我无话可说！我想好了，我不会再这样下去了。我不想将就了，也不想再委曲求全下去了，大不了就是一个人过苦日子，那也比心里苦要强吧？我已经托我家亲戚找房子了，等房子租好我就搬出去。"

我第一次听她说到已经在外面找房子了，看来她真的是去意已决。我忽然十分不舍，问她："就没有挽回的余地吗？"

她坚决地摇了摇头，瞬间眼圈就红了。她抬起一双含着泪水的眼睛望着我，无奈地说："就是挽回又有什么意思？"

我突然就有了一股冲动，想阻止这件事发生。说心里话现在他们家里风和日丽，并不是难过的日子，我觉得她没必要在这个当口因为一时赌气离开。

我说："你再忍一忍，要不我去找你家章老大谈一谈？"

她不置可否，明摆着对我的自告奋勇不感兴趣。

我一向不是个好管闲事的人，却冲动地兜揽了这件事。第二天我就去找了章老大，他见我到公司找他，颇感意外，开门见山问我是不是简菊让我来的，我说我是为她来的，但真不是她让我来的。随后我们在他位于大厦顶层的奢华的办公室里长谈了两三个小时。

这两三个小时其实也并没有一直在谈他和简菊的事情，大部分时间我都在听他的人生感悟。他一贯喜欢从平常的事情中发现意义，如今遇到这样的事情，他自然又有许多的感慨要发。我尽量做出十分认同的样子听他诉说，心里其实急得要命，只想快点帮他们把问题解决掉，至少能让简菊有个正常平和的心情。可是章老大却喋喋不休，抚今追昔，大讲他创业的艰辛和一路奋斗所经历的风风雨雨，其中不少片断我早已经听过许多次。他从个人经历又说到个人情感，历数自己这一生中的曲折和坎坷，其中不少片断同样我也是早已经听过许多次。他终于把这番车轱辘话说完，问我："如果你是我，你会怎样做？"

我想了想说："好好爱她，至少是好好对待她。"

他默默地点了点头。过了片刻，他又问我："如果你是她呢？"

我说："也许我会另作打算。"

他略微怔了一下，爆发出一阵爽朗的笑声。笑过之后他说："你倒是不说假话！"又说，"我明白了，她肯定也是到了忍无可忍的地步了，我知道我该怎么做，你放心吧。"他站起身，在偌大的办公室里走了两圈，停下脚步，脸上带着由衷的笑容说，"谢谢你专程跑这一趟，也谢谢你有啥说啥。"

我起身告辞，他突然显得意犹未尽，一定要让我再坐一会儿。我以为他还有话要说，便又坐了下来。他换了一种茶来喝，可是喝了好半天茶他也没有说什么。

我再次起身告辞，他一定要送我到电梯口。

等电梯的时候他长叹一声，黯然地说："我觉得自己老了，我连王小光的醋都吃，我真他妈完蛋了！"

我听了心里升起一丝怅然，我很想安慰他一句，比如说他并不老，正是年富力强，或者是诸如此类的话。但就在这时电梯来了，没等我把想要说的话说出来，电梯门就迅速关上了，随即便以坠落般的速度一路向下。

35

王小光引起的这个风波不久就平息了，等我再去章老大家，章老大和简菊恢复了说话，而且丝毫看不出他们之间曾经有过冷战的痕迹。吃饭的时候简菊给章老大斟酒盛饭，喝茶的时候她给他端茶递水，章老大对她也是一会儿拉拉手，一会儿搂搂肩，两个人看着真是一副举案齐眉相亲相爱的样子。我不知道他们是怎么又和好如初的，但我从来相信只要章老大肯做，就没有做不到的。从这一点上说，简菊依然还是很稚嫩。不过也许正因为她的稚嫩，反而让她一次次地化险为夷，因祸得福，我想这大概就叫傻人有傻福吧。

这件事之后，我和章老大的关系似乎更进了一步，我去他家的时候他总要和我单独聊上几句，而且没有客套，说的都是些很推心置腹的话。简菊倒是没有多少变化，她跟我还和从前差不多。有时她会问我："章老大又跟你说什么了？"或者，"我真不明白，你们怎么会有那么多的话说？"这些听上去醋意横生的话她说出来可是不带一丁点儿的醋意，因此让我感觉到她并没有真正和章老大恢复到心无芥蒂的关系。

王小光不知从哪里得知了章老大因为吃他的醋跟简菊吵架而且还跟她冷战的事，他自觉减少了上门的次数，那一阵在章老大家基本碰不上他，不过却仍有他的消息传来。有一次我在章老大家听客人们说起现在王小光是公司里最吃香的钻石王老五，有好几个年轻的女职员对他都很有意思，他表面上对谁都不错，实际上对谁都没有意思。有人甚至怀疑他是同性恋，可是也没有发现他有喜欢男人的迹象。就在这时候一直在一旁抽烟没说话的陆虎开腔了，他慢悠悠地说王小光有女朋友了。客人们既惊讶又好奇，问他这消息是真是假？又问他王小光的女朋友是什么人。陆虎故作神秘，说过些日子你们就知道了。

果然没过多久大家就知道了陆虎把自己太太的外甥女介绍给了王小光。

和陆虎熟点的人差不多都知道他有个赫赫有名的担挑叫任垒。任垒在地产界的声望相当高，据说陆虎能顺风顺水进入京城地产界并且稳稳当当抢到一把椅子坐下来，跟他有着密不可分的关系。任垒的生意做得比陆虎可要大得多，也比他要有钱得多，后来他们因为生意上起了纠纷，两个人一度绝交。但亲戚毕竟是亲戚，他们看在彼此老婆的面子上，往上说一层是看在岳父岳母的面子上逢年过节还是会坐在一张桌子上吃顿团圆饭。如今事情已经过去好多年，他们的关系有所缓和。任垒有个女儿叫任菲菲，常在电视的财经节目里露面，是个颇有名气的经济学家。她留学美国拿到博士学位，在香港工作过一段又去欧洲研修，回到国内已经将近四十，耽误了婚嫁，一家人都很着急。任小姐才貌双全，除了自己有学问有本事，还有一个极其富有和有影响力的爹，就是拼爹也是拼得过的，除了岁数略微大了一点，几乎挑不出毛病，照理王小光这样的明摆着是高攀不上她的。陆虎对王小光的底细是一清二楚，当然也知道他虽然已经穿上了鞋，腿上还是沾着泥的。不过任小姐也不是他亲生的闺女，他用不着思前想后。于是这两个看上去不太搭的人就在他的穿针引线下走到了一起。

细想一下陆虎把这两个人撮合到一起，既帮了大姨子家的忙，有可能进一步修复他跟任垒的关系，更重要的是减去了一个竞争对手，姑且不论这个竞争对手有多大的竞争力，至少是清除了一个碍眼的人，等于是一块石头打了不止一只鸟。陆虎从来是一个追求高效和利润最大化的人，这种一块石头同时能打好几只鸟的事情他自然是不会放过的。

很快我们就在章老大家的客厅里听到了王小光和任小姐的恋爱故事。据说陆虎给王小光介绍任菲菲，起先他无动于衷，虽然没有一口回绝，实际上根本就没往心里去。隔几天陆虎又跟他提任菲菲，不过这次告诉了他任小姐是谁家的千金，王小光一听居然立马动心，当即就请他去喝酒。两个人喝得高兴，谈得投机，说好由陆虎替他们做这个媒，当晚他们大醉而归。第二天王小光酒醒之后打电话给陆虎，让他不要跟任家那边说了，还说他现在不想交女朋友。陆虎也不问他为何变卦，只说都已经说了，任菲菲答应周末跟他见面。他劝王小光见一面再说，反正不会有人绑他去结婚。王小光没能推脱掉，到周末装扮一新前去赴约。他对任菲菲印象不错，虽然她比他大了一点，看上去并不显老。任菲菲对他也很热情，一顿饭吃得相当高兴。饭后他礼貌地提出送她回家，任菲菲说家里有车来接，不必麻烦，他也就顺水推舟没有坚持。吃过一顿饭之后任小姐那边没有一点动静，王小光以为这事黄了，也就没有再提起。过了些日子陆虎忽然打电话给他让他去任菲菲家吃饭，他颇觉得意外，心里其实也有点冷了，嘴上又是一番推脱，可是架不住陆虎反反复复劝说，便又装扮一新前往赴约。到了任菲菲家，他被她家的奢华震慑。任小姐家才是真正的豪宅，一座高楼上面五层全都是她家的，真真正正的360度景观房。虽然在二环路以内，装修得犹如别墅一般，里面除了大小客厅、宴会厅、书房、卧室、客房、茶室、放映室、棋牌室、健身房等等应有尽有，顶层还有巨大的空中花园，有环绕水系，有养鱼池，有荷花塘，还有游泳池、桑拿房、露天温泉等等，甚至还有一个热带雨林般的室内花园。王小光自以为也是见过不少豪宅的，但这样的气派他还是头一次见识，心里对任菲菲的热度迅速回升。

他在任家吃完晚饭在任菲菲的陪同下参观了这座房子，又和她一起在她家的放映厅里看了一场电影，随后进了她的闺房。从这一天起他和任菲菲确立了恋爱关系，他欲拒还迎地进入了陆虎为他安排的轨道。

王小光和任小姐的恋爱成了章老大家客厅里茶余饭后的谈资。有一天我应邀去章家吃饭，那天简菊正好陪朱老太太去灵光寺烧香还没回来，一进门就见章老大和陆虎两个人谈笑风生，原来陆虎正在跟他说自己给王小光牵线做媒的事，他说得眉飞色舞，章老大听得兴味盎然。我一进去章老大就热情地拉我坐下来一起听。

章老大十分关切地问陆虎："这两个人真能有戏吗？"

陆虎说："有戏没戏要试了才知道，男女的事情不好说，有时候看着有戏的偏偏就没戏，看着没戏的恰恰就有戏。"

章老大沉吟了片刻说："你说得有道理，不过这两个人我看着悬，他们背景差得实在太大，相当有难度啊！"

陆虎蛮有把握地说："有难度才有挑战，有挑战才能激发斗志，王小光是个喜欢往上努的人，如果这一次真努上去了，那他这一辈子都可以不需要再努了，有什么买卖比这来得更快的？他不是笨人，这么简单的道理他不会不明白。"

章老大沉默不语，似乎在推算什么。

陆虎又说："任家的气势把他震倒了，要我说这可是他一辈子不大可能再遇到的机会。"

章老大又问："任小姐能看得上他？"

陆虎神情不像刚才那样飞扬，他略微有些含糊地说："这事有点不太好说，那丫头眼睛肯定是高的，在国外那么多年出色的人肯定是见过不少，不过到了这会儿还没有嫁出去，回来后又被她爹妈催着相亲，今天这个明天那个，她真要是抢手货，哪里放得到今天？所以估计她不一定扛得住，标准怎么也会往下放放吧，就这几个月我知道的她就见了不下五十来个，那可真是什么人都有，有哈佛、耶鲁毕业的，有在华尔街工作的，有大老板家的儿子，有官员的儿子，还有艺术家什么的。有的我见过真人，有的我看过照片，我冷眼看去，别的不说，至少相貌没一个能比得上王小光的。我听她说那些人当中绝大部分是离异的，有的还带着孩子，我看没有一个四角周正的。有三两个倒是未婚，本人条件还过得去，可是随便一打听都是花得不行的。还有一点，这丫头跟她爹一样，是个特别务实的人，她家有的是钱，她用不着找有钱人，说白了，她要找的就是一个肯听话又带得出去的人，从这一点上来看，王小光倒还未必真就没有竞争力。"

章老大沉思片刻，下结论说："有那么一点可能性，但可能性不大。"

陆虎却说："有可能性就行啊，只要王小光把注意力往那边一转移，咱们这边不就清静了吗？"

他边说边把身子凑近章老大，眼神极其暧昧。我甚至想我要是章老大甩起手来就给他大胖脸上一个嘴巴子，不过章老大并没有这么做。他不但没有一丝一毫的生气，还跟他十分知己地笑成一片。

36

章老大家客厅里的日子日复一日地过着，章老大家客厅外的日子也日复一日地过着，那一阵只要去他家总能听到一些王小光和任小姐进展的消息，绝大部分都是由陆虎发布的，也有一部分是别的客人添枝加叶杜撰演绎的。

综合这些传言，据说王小光已经正式进入到任小姐未婚夫候选人之列，不过任小姐的未婚夫候选人并不是一个人，而是至少有一打以上。她和擅长用人的领导一样对每个人都是用其所长，王小光在她心目中究竟处于什么位置无人知晓，陆虎说连他都搞不清楚，但他可以证明王小光已经登堂入室，因为他不止一次亲眼目睹他的汽车深夜和凌晨都纹丝不动地停在任家的客用车位上。不过他说任家的客用车位很少有空着的时候，也就是说在任家过夜的并不止他一个，因此他也就不具备唯一性，如此说来也仍然不能确定他和任小姐的关系到底发展到了什么地步。

章老大对这件事似乎非常感兴趣，也特别关心事情的进展，每次见到陆虎都要细细地向他打听，问到的新情况也会当新闻转述给我听。我对这事远没有他那么有兴趣，只是他一说我一听而已，有时我内心里的正义感抬头，会觉得这样在背后议论别人的私事不好。可是随即发生的一系列事情却让我感叹知晓背景原来是多么地重要。

假如不是因为机缘凑巧得知了前面这些事，我肯定无法说清楚后来那些环环相扣的事情是因为什么而发生的。现在我至少可以说出个大概，尽管这也只是粗线条的勾勒，难免衔接得不够丝丝入扣，但至少事情的脉络和走势应该是不会有什么大的差错的。

我从陆虎和章老大的讲述以及他们的交谈还有来章老大家串门的客人们的议论中得知，王小光和任小姐交往了三五个月之后他决定要娶她，他向她求婚，可是任小姐却说自己是打算结婚，但没打算跟他结婚。他立时蒙了，不明白她唱的是哪一出。任小姐说本来是不准备提前告诉他的，等领了结婚证自然是会让他知道的，而且假如他愿意，她会欢迎他出席她的婚礼。王小光觉得自己被耍了，一怒之下跑去找陆虎，问他到底做的是什么媒。陆虎一边安抚他一边对他说我只管牵线搭桥，怎么过桥是你自己的事。我都把你扶上马了，相信你知道怎么骑。再说你一路上从来没向我汇报过，这会儿临时有事了跑来找我，我连情况都不摸边，怎么替你对症下药？王小光被他这通话一砸态度立马软了，把自己和任菲菲的交往一五一十说给他听，让他帮忙出主意，还求他去任菲菲面前帮他说说好话，直缠了他大半夜，说到最后都快哭了。陆虎跟他明说事情到了这个地步挽救起来不容易，他的意思是让王小光死心算了，可是王小光不肯死心，一定要他替他出马。陆虎被他烦得没办法，给任菲菲打了电话。任菲菲自然是不为所动，还笑话大姨父是不是拿了别人的劳务费。陆虎如实转告王小光没戏，王小光看事情没有挽回的余地顿时就火了，他情绪失控，大骂任菲菲耍他，说她狗仗人势，欺人太甚，顺嘴把她全家都捎带着骂了进去，骂他们见利忘义，为富不仁，还放出狠话要大闹任菲菲的婚礼，让任家丢脸。结果任小姐的婚礼根本就没在国内举行，而是找了一个据说是美得就像一颗熠熠生辉的蓝宝石一般的人迹罕至的太平洋上的小岛举行，并且事先严格保密，除了应邀参加的亲友和嘉宾，别人一概不知。婚后任小姐随丈夫去瑞士定居，居住地同样严格保密。王小光连找都找不到她，他这一口气憋在心里，几乎发狂。他不相信任菲菲真的会扔下这么大一份家业跑国外去过一辈子，他好几次躲过保安和门卫潜入到那座熟悉的豪宅，在门外的楼道里徘徊，企图堵到任小姐或者是她的家人，哪怕是家中的服务人员都行，可是回回扑空。某一日他再去，看到豪宅门口挂出了一个牌子，上面工工整整写着两个大字——“出售”，他明白这回真的是人去楼空了。

也许王小光确实是气昏了头，他在被任小姐抛弃之后几次趁着月黑风高去街上划别人的汽车泄愤。他专挑高档车划，越贵越新的车他下手越狠。按理说他做得极隐蔽，都是趁夜深人静才下手，如果不是被人举报或者被公安部门抓获别人是无从知道的，可是偏偏事有凑巧，他外出划车让章老大的一个手下拍了个正着。

这事还得往前说。几个月前章老大因为撞见他和简菊在露台上形状亲密，虽然他明知他们不像真有啥事情，但出于防备之心，他还是找了个手下的亲信让他偷偷跟踪王小光。章老大的意思是要他去拍些王小光私生活方面的照片，最好是拍些他私生活不检点的照片，有必要的时候拿给简菊看看，以便彻底摧毁王小光在她心目中的形象。没想到他的那个亲信跟踪了王小光三两个月，一张他寻花问柳或者是脚踩几条船的照片也没有拍到，拍到的只是他和任小姐在一起的照片，那是他在正正经经地谈恋爱，实在是挑不出一点毛病。真正抓到“猛料”却是在后面，此人在不抱什么希望的时候拍到了王小光深夜出去划人家汽车的怪异行为。当章老大看到这些偷拍的照片和视频，连他这个见多识广的老江湖都不由得大惊失色。

章老大虽然从来没有把王小光看作是一个循规蹈矩的人，但他也从来没有想到他是一个违法乱纪的人，他更加没有想到的是他会做出这种既损人又不利己的事情。在章老大的价值体系里投入是要讲产出的，如果投入没有产出，那是不值得的，因此他理解不了王小光去做这种需要冒风险却没有产出甚至还会招致很坏的后果的事情究竟是图什么。他一向认为趋利避害是人的本能，如果一个人做出违背本能的事，假如不是被逼无奈或者走投无路，那就是疯了。因此在他看来王小光是疯了。一个眼皮子底下的人疯了，而且疯得这么厉害，竟然毫无觉察，这让他非常惊骇。他庆幸自己得亏弄了个人去跟踪和偷拍他，要不然根本不会知道这些，万一有一天他狗急跳墙酿成大祸，那可是追悔莫及。

章老大决定要尽快把王小光打发走，他要让他走得干干净净，最好是走得越远越好，眼不见为净。很快他心里便有了一个大致的方案，这个方案类似于一个圈套或者说陷阱，能让王小光掉进去，然后一收口，干净利索地解决他。他当然不会置他于死地，他一向相信因果报应，能不下狠手的时候都尽量不下狠手；而且他也一向以仁厚立世，他不喜欢把事情做绝；再说毕竟王小光和简菊还沾亲带故，不看僧面看佛面，这个情面他还是会讲的。然而他没有立刻动手，他一步步完善着这个方案，同时也在等待时机。他要让王小光走得心服口服，心平气和，甚至走得高高兴兴，不留一点后患。一句话，他要一把将王小光连根拔起。章老大有自己的处世之道，他从来不打无准备之仗，他信奉要么不出手，出手就要稳准狠，讲究打蛇打七寸。眼下虽说王小光就像个肿瘤已经被确诊，但他判断他还不会这么快就造成危害，可以暂时先不去管他。

也许就是这个一念之差，造成了后来巨大的损失，让章老大几乎伤了元气。——所有这一切，我们都是事后才知道的。

章老大因为生意上的事很快去了香港，走之前他没有把对王小光的重大发现告诉简菊，也没有告诉其他人，对王小光他没有采取任何行动，也没有采取任何防范措施，因为他害怕打草惊蛇。但是他没想到的是王小光行动得比他料想的要快得多。

王小光在知道了任小姐快要结婚的时候，一面向她苦苦哀求企图挽回，甚至找了各种关系去求情，另一面却再次把目标对准了简菊。他先是给简菊发短信，大概是试图用这种看似不经意的方式消除和她的隔阂。有一天简菊和我逛街就不断收到他发来的短信，她显得有点不耐烦，随口说一句："王小光最近跟抽风似的，老给我发短信。"

她念了一段，是一个老掉牙的幽默段子，念完她随手就删掉了。

她跟我说："王小光就像冬眠醒了又活过来了，前几天突然又跑来了，还忽悠老太太在露台上搭个葡萄架子，这两天他找了工人过来，正亲自监工呢。”

我说:“你是说他醉翁之意不在酒?”

她翻我一眼,说:“谁知道他?”

我说:“这有什么不知道的?”

她马上就认头了,叹了口气说:“其实你说得没错,我实在不知道他这么做有啥意思,一次次碰壁,他还要一次次撞墙,我真不明白他是怎么想的。”

我说:“那不就是歌里唱的:‘爱我所爱,无怨无悔’吗?”

她又叹了一口气,却没有就这个话题再说下去。

等我再去章老大家的时候看到露台上的葡萄架已经搭好,朱老太太对这个葡萄架显然相当满意,她兴致勃勃地拉我参观,还要我发表评论。等回到客厅,朱老太太刚一走开,就剩我和简菊两个人,她瞬间耷拉下脸来说一句:“弄这么个东西,难看死了!”

我着实吃了一惊,没想到她对这个葡萄架情绪这么大。平心而论这个葡萄架虽然说不上好看,也并不难看,跟周围的环境也算是协调。

她一脸严肃地沉默着,房间里静得只听见墙上石英钟的秒针在走动。她起身去关上小客厅的门,对我说:“本来我不想对你说的,他来找我摊牌了,你想不到吧?”

一时间我没明白这个“他”到底指谁,但马上反应过来肯定是指王小光无疑。

她顾自说:“章老大整天不着家,他逮一空子就过来,又跟以前似的不拿自己当外人,操心这样操心那样,把老太太忽悠得跟着他屁股后头转。这些我不管,他来是客人,我对他客客气气就是了,可是他又跟我说那些不三不四的混账话,真把我气着了。”

她面孔涨得通红,我劝她不要生气。

她恨恨地说："那天他趁家里没人，老调重弹，跟我说他喜欢我，不仅是喜欢，而是爱，深深地爱。他说从第一次见到我就爱上了我，而且一爱这么多年没有改变过，他真正爱的只有我一个人，再没有别人。——这种话也亏他说得出，他以为他的事我真就一点不知道。他还告诉我自己存了多少多少钱，足够我们衣食无忧地过一辈子。他还跟我说只要我肯跟他好，他马上就和我结婚，明媒正娶，而且把他的存折、信用卡等等所有的密码都告诉我，房本也写上我的名字，一结婚就让我当家。我跟他说不要和我说这些，我们根本就不可能。他说他就是要把不可能的事情变得有可能。我说你不是有女朋友了吗？他说他根本不爱她。我说那你可以再找别的女朋友，他说我心里只有你，除了你找谁都不称心。他就这么跟我胡搅蛮缠，我心里其实烦透了这种死缠烂打的人，这种人追求别人的时候最放得下身段，只要能达到目的怎么样都行，甚至可以一点自尊心没有，可是当真追到手了很可能就是另一副嘴脸，这个道理我打小就懂。我心里对他那一套很不耐烦，但我不想跟他撕破脸皮。他跟我说了半天之后突然损起了章老大，说他又老又花，胖得跟个发面馒头似的，浑身上下唯一的亮点就是一个肥得流油的肚子，这么老了还找小姐，也不怕得病。我不想听他说下去，转身要走，他拉住我说你以为他是真对你好？他不过就是留你在身边当个使唤丫头，要名分没名分，要钱没钱，真不知道你图他什么？他是有钱人，不过远没有外面传的那么有钱，再说他有钱不拿出来给你花，对你来说就不算是有钱，你何苦陪着他白白耽误了自己的青春？再说他还有儿子艾伦，尽管那不是他的亲骨肉，但是他把他看得就跟眼珠子一样，将来他的钱还不都得给他？不说你啥也捞不着，你也捞不着多少。再说了，钱还不是问题，章老大的年纪才是问题。他现在已经是五十大几的人了，比你大出将近三十岁，五十多岁可能方方面面问题不大，可是十年以后你想过他会是什么样子吗？不说他那时候还行不行，他要是病了你得服侍他吧，他要是死了你还得自谋生路。而且这十年一耗恐怕就把你人生中的机会都耗光了，到那个时候你才会知道你错过了什么，不过话说真到那时候你才醒悟那也为时太晚了。”

她跟我说王小光从来没有跟她一口气说过这么多话，而且一二三四讲得条理分明就像在念一篇背熟的课文，显然是有备而来。她觉得他不光是再一次跟她把话挑明，而是在她面前竖起了一面镜子，一下子照出了她的生活。

她神情抑郁，让我心里为她难过。

我问她：“那你怎么说？”

她说：“我说我跟着章老大，既没有想要跟他一辈子，也没有想过在什么时候离开他最合适，就是万事随缘，有情就过着，缘尽就分开，我不强求什么，也不图他什么。我还跟他说了只要情意在，我是不怕服侍他的，而且不管他是老了还是病了都不会抛下他不管的。”

我由衷地说：“说得真好。”

她却摇了摇头说：“我虽然这样说，可是心里好像有一个地方在坍塌。不过坍塌完了我觉得自己并没有垮掉。”她微微一笑说，“王小光还试图说服我，我对他说现在这份生活是我自己选择的，章老大从来没有勉强过我，而且也没有亏待过我，过得好也好坏也好，我都不抱怨。我清楚自己跟章老大是怎样的一种关系，正因为清楚，我不会去挑剔他，也不会对他有什么非分之想。我还对他说章老大不欠我什么，我对自己的生活也是满意的，至少是没有什么大的不满意。”

我说：“他应该知道知难而退。”

她说：“其实我不是故意要在王小光面前维护章老大，这么说只是出于自己做人的良心。在这之前我并没有仔细想过这些事，真没想到说出来竟然就像反反复复想过的一样，而且居然能把心里的意思表达得清清楚楚。”她两眼凝望着我说，“我把这些话说出来，好像一下子从水底下浮了起来，那种浮出水面的感觉让我非常轻松和坦然，连呼吸似乎都畅快了。”

可是我在她的神色里却看不到一丝一毫她所说的轻松和畅快，相反，我看她郁郁寡欢心事重重。

我忍不住问她：“这些你告诉章老大了吗？”

她摇头，说：“我怎么能跟他说呢？”又说，“还有比这更厉害的呢，越想我越觉得害怕。”

她告诉我王小光说到最后有点气急败坏，他说自己伤透了心，一往情深爱了她二十年，全心全意照顾了她十年，最大的心愿就是能和她在一起，可是自己做了这么多却换不来她的心。那天分别的时候他脸色煞白，面露凶相，斜着眼睛对她放狠话说他不会轻易放弃，只要活一天，不管用什么手段，都要想办法得到她，让她先有个心理准备。

我从她眼睛里看到了深深的恐惧。

她说：“我真的不知道他会做出什么，他那个样子让我想到了狗急跳墙。”

37

简菊决定把这件事告诉吕非老，那天她也约上了我去她家附近的一个快餐店见面，我到的时候吕非老已经先到了。有一阵没见到他，他还是风神俊逸，光彩照人。我们三个人坐下来，忽然都沉默了。不过他们很快打破沉默，严肃务实地切入了正题。

吕非老给简菊认认真真地分析王小光接下来有可能会做什么，如何防范，以及真发生了事情如何应对等等。他们商谈得十分细致，简直就是事无巨细：各种可能性，各种措施，甚至是各种永远不可能出现的可能性以及根本无法知道有用还是没用的应对措施都设想到了。我默默地听着他们分析和讨论，我能感觉到简菊心里的压力在这种水乳交融的交谈中慢慢消失了——她就像手握着一个全方位防范和解决王小光给她带来困扰和问题的利器，充满了信心和底气。特别是吕非老对她如此尽心尽意让她似乎有了依靠，那种由埋藏在心底的爱激发出来的力量充斥了她的全身，她就像游戏里获得了充足能量的角色一样浑身闪闪发亮，无坚不摧，所向披靡。她看上去不再恐惧，也不再忧虑，甚至有一种沐浴在爱的阳光中的快乐和满足。

然而我心里却替她害怕，我觉得那个可能存在的雷并不会因为她掌握了未经验证的排雷手段而失去威胁，我很怀疑吕非老对她说的那一套事到临头是否真正管用。但是我却在犹豫这些话说还是不说出来，我怕说出来破坏了眼前这片雾气蒙蒙花香阵阵的气氛，因为我心里早已经认定这不过是他们见面的一个由头，他们一个彰显智慧，一个得到安慰，应该说这是一次皆大欢喜的相聚，解决不解决问题完全在其次。然而我心里那种隐隐的担忧却没有消失，我也确实是很想听听吕非老的高见。我在缄默不语和大煞风景之间无比纠结。

犹豫半天我还是把想说的话说了出来。我说王小光还是有危险性的，因为他的火还憋在心里，章老大经常不在家，他上门找茬的可能性很大。我小心翼翼说出这几句，马上遭到吕非老的否定。他认为简菊是没有什么危险的，王小光即使真的破釜沉舟，做出什么骇人听闻的事，也不会伤害她，因为他爱她，这么多年他一直被拒绝，被拒绝对他而言是个常态，多一次少一次不至于把他刺激得丧失理智。但是他很可能会仇视章老大，因为章老大是他不能达成心愿的障碍，因此章老大可能更加危险。

简菊一听立马脸色煞白，她又重新变得虚弱无助。她皱着眉头，一脸忧虑地问吕非老怎么办。吕非老还是那么镇定，他说这不过是对形势的预估而已，任何预估和实际情况都是有出入的，自己不过就是这么一说。他让她放松一点，别那么紧张。

简菊咬着嘴唇沉默良久，问吕非老："这件事要不要告诉章老大？"

吕非老十分坚决地否定了。

但紧接着他们两个人在这个问题上发生了分歧，简菊主张告诉章老大，这样他可以有所防备；吕非老则担心她跟他说了有可能会引起他不必要的担心，更大的问题是有可能拔出萝卜带出泥，对她本人不利。简菊问他为什么这么说？我感觉她其实是很认同吕非老说的，但却故意要站到他的反面，当然她心里也很可能是真有疑虑。吕非老解释说章老大本身就疑心极重，对王小光也不是没有醋意，如果再对他说这些，除了会加重他对王小光的疑心和厌恶，说不定会认为她也不踏实。假如他因为这个处理王小光，那就更加危险，等于是激化矛盾；如果他对王小光没有任何动作，跟他说了也等于没说。吕非老判断章老大要是知道了这事肯定不会对王小光听之任之，一定会采取措施，这等于是提前去引爆那颗雷，弄不好就是两败俱伤。因此他认为还是不要告诉章老大为好，冤家宜解不宜结，能息事宁人让一切化于无形最好。

他们说来说去，简菊终于被说服了。在我看来她与其说是被吕非老的言辞和逻辑说服，不如说是被他的气质和魅力折服。事隔这么几年，我仍然在她身上清晰地看到她当初对吕非老那种缴械投降式的顺从和毫无主见的依赖。我甚至不无刻薄地想吕非老对她说的每一句话大概都能起到催眠般的效果，假如他叫她一直朝前走，不要朝两边看，走过去就会融化在蓝天里，她肯定会一直走进吕非老为她撑起的那片蔚蓝的天空里，即便下面是万丈深渊也在所不惜。

有一阵我和他们坐着觉得自己很多余，我提出要走，可是他们却拉着我不让我走。在他们发生争执的时候我心里其实是倾向简菊的，觉得这事应该告诉章老大，让他知情，也好防范，可是当我看到简菊又飞快地无条件地倒向吕非老，我便没有坚持。

后来事情真的发生了。事后我想如果那个当口我坚持，事情会不会有所改变呢？

然而，即使最终事情发生了，我仍然认为这不是王小光的本意，我相信他并没有真正想要破釜沉舟，他之所以走到这一步，我觉得一方面是各种因素的挤压造成的，另一方面与他压抑扭曲的性格分不开，尽管我并不清楚他那种性格是怎么形成的。

就在章老大去香港期间，章老大家的流水席照样摆着，家里依然是高朋满座。有一天我去找简菊玩，听见陆虎和几个客人正在饭桌上谈论王小光，只听陆虎说："他总跟我说'憋屈''郁闷'，我说他就是心太大了。有句话说'心有多大舞台就有多大'，我看真不是那么回事儿，对有的人来说的确是心有多大舞台就有多大，对有的人来说是心有多大牢笼就有多大。我不说他太不知足，平心而论，我们这里有多少人是知足的？要不然能有咱们的今天吗？我只说他有点不自量力。有些事可以去争一争，有些事可以下大力气花大本钱去争一争，而有些事还真是强求不得的。就算你强努，也是白搭，不会如愿的，反而还会把自己的心情弄坏，甚至把自己的人生都弄得不如意，在我看来那是钻牛角尖，根本就是一条道走到黑。所以俗话说：退后一步，海阔天空。如果非要往上挤，说不定会搞得头破血流。没必要，真的是没必要。你们说我说得对不对？"

那帮客人们都点头附和。

有人问陆虎:“他还在为和任小姐那事过不去?”

陆虎一边喝酒一边回答说:“那倒也不是,他是总觉得命运对他不公。”

客人们笑起来。

马上有人说:“命运从来就没有公平过,谁没有一肚子的牢骚?这世界上最不公平的大概就要数命运了吧。”

大家哄堂大笑,陆虎笑得最响。

他做出同情的样子说:“要说也是啊,他也老大不小了,不说三妻四妾的,怎么着老婆总该有一个吧?他又不是自身条件不好,也不是没有钱,要我是他,也会心中不平的。我是帮过他的,可惜没弄成啊!婚姻这事是要靠缘分的,谁都知道强扭的瓜不甜。我没想到他讨老婆比手气不好的时候和把牌还困难,他就像是和卡五条,三张都出去了,已经就是单张独钓,说句不好听的,那张牌还偏偏在别人手里攥着。”

客人们轰地笑起来,笑得知情会意。

陆虎喝一口酒,美美地品着,就像是做总结一般地说:“其实啊,要我说他就是运气差了点,就像有的人上桌打牌,那一手牌脏得呀,东西南北中发白样样都有,工农兵学商行行不缺,他不是不能和牌,而是别人总是和在他前头。要说他也算是混出来了,可是不说在别处,就是不出屋子跟周围这几位比比,比他个头大的也不止一个两个。所以说到底,他还是差着一哆嗦,说不定还差着不止一哆嗦。”

陆虎还说了王小光一些闲话,那帮客人听得津津有味,我觉得都是些老掉牙的陈芝麻烂谷子,并没有什么新鲜的资讯,尤其是看陆虎在那儿滔滔不绝地说,想想他走出去也算是个受人景仰的人物,却也是这般庸俗无聊,我就不想再听下去,悄悄起身去小客厅看电视了。

几天之后，就在同一个客厅的同一张餐桌上，我听见王小光说了另一番话，就像是跟陆虎隔山过招一般。餐桌边还是坐满了客人，有好几位正是那天聆听陆虎高谈阔论的人。不过陆虎没来，王小光当仁不让坐了主座，恰好是陆虎那日坐的座位。王小光很快就控制了话题，他倒是没有直接指名道姓去说陆虎，而是通过指桑骂槐，对陆虎进行了奚落和嘲讽。

他这么说："我最看不惯有些人到处摆有钱人的架子，有两个臭钱有什么了不起的？他拉屎擦屁股还不是用纸，也没见他用钞票啊！人前人后装出一副天生富贵的样子，别以为没人知道他的底细。我们再不济也是在好人堆里混的，人家直接就是跟罪犯、人渣、下三烂打交道，其实自己跟那帮子人本来就是一路货！你们是光看见他光鲜漂亮的宴席，没去他厨房里看看，要是再看见他的泔水桶和下水道，恐怕得把你们吓死！"

客人们做出惊讶的样子，似乎都在等他的下文，但却没有什么人接他的话茬儿，就是搭腔的也是虚与委蛇，我想大概他们都怕得罪陆虎，或者是觉得跟王小光站一队得罪陆虎不值当。

王小光倒是没有铺陈，只是简短地说："说到底就是暴发户，起步的时候恐怕还不如我呢。我怎么着是靠自己，人家是搭着什么是什么，软饭硬饭都吃，清水河子浑水河子都趟，还不定怎么泥一身水一身滚过来的，就别跟我这儿装贵族了！"

王小光情绪略微有些激动，但他话说到这儿却是戛然而止，没再继续说下去。我想就他这些话很快就会传到陆虎的耳朵里，就像陆虎那些话会传到他耳朵里是一样的，这张餐桌从来就是消息和流言的集散地。

那天陆虎说王小光的时候简菊正好出去还没到家，这天王小光说陆虎恰好是简菊走开的一小会儿，我发现这两个人不约而同都选择了简菊不在场的时候说对方的坏话，可见他们心里都是在乎简菊的，或者说是在乎自己在她面前的形象的。

吃完饭我和简菊在小客厅里闲聊，王小光走了进来。他主动替我们泡茶，简菊看他没有马上走的意思，自己找了个借口走开了。我以为王小光很快也会走，可是他却坐了下来，而且坐得稳稳当当的，平心静气地继续泡茶。我正想走，他突然开口了。

他小心翼翼地问我："你说，我刚才是不是过分了？"

一时我觉得有点不太好回答。我倒并不觉得他过分，因为毕竟陆虎说他在前，他回击几句也无可厚非，但是在我看来这除了泄愤并无多大意义。

我支吾了半句："你没必要……"

他腼腆地一笑，点头说："其实我心里也是这么想的，结果往桌子边上一坐就没管住自己的嘴。"他收起笑容说，"我知道跟他掐没意思，我也不是他对手，我跟他对着干就是鸡蛋碰石头，简直就是找死，但是我心里这口气就是顺不过来。"

我点点头，尽量不显得漠然。

他径直说下去："现在我在大家的眼里大概就是个笑柄，好在我就是个白手起家的傻小子，不是什么脸皮薄好面子的人，要不然都不好意思在这圈人里头混。"他停下来似乎是察看我的反应，随后又说，"我承认我不是那种反应快的人，可我也不是个笨人，人家聪明的一分钟就想明白的事，我可能三十分钟才转过弯来，但是三十分钟之后我跟那些一分钟就看明白的人是一样的，说不定比他们能看到更多他们没看到的东西。跟任菲菲那件事我也是后知后觉，要聪明点肯定一开头就会料到结局是什么样的，可是我就压根儿没往坏处想，还美滋滋地做春梦呢。其实要说他把她介绍给我根本就不是给我什么好果子吃，我就不说他用心歹毒了！他太有算计了，随手挖个坑让别人跳，跳下去就是万丈深渊。他把我跟任菲菲撮合到一块，如果成了呢，他等于清除了一个碍眼的人，如果不成他也没啥损失，而且还有效地打击了我，让我知道自己几斤几两。他最狠的是用这一招让我在小菊面前挺不起腰杆，你说他损不损？也怪我头脑发热，见利忘义，没有把持住自己。我应该不搭理他就好了。要说后悔这是我最后悔的地方，我真的是肠子都悔青了！"

我听他说得诚恳，却也不好随便附和，只是入神地听他说。

他重重地叹了几口气，又说："他说我不自量力，说我强努、钻牛角尖、一条道走到黑，这些我都无所谓，而且我觉得他说得挺对的，假如我安分守己，不强努、不钻牛角尖、不一条道走到黑说不定还没有今天呢。我不是说我今天就怎么样了，我承认我混得不怎么样，要不然也不会遭他嘲笑。但是他有句话是说到我痛处了，他说我老大不小了还找不到老婆，这是往我心上捅刀子啊！说真话，他是让我看到了自己的失败。我再怎么折腾，忙到现在想要的还是没有得到手，不但没有得到手，而且是离得越来越远。"

他脸色灰暗，心情很沉重的样子。出于礼貌我劝了他几句，我强调他奋斗到这一步已经相当不容易了，真没必要妄自菲薄。

他很勉强地笑了笑，说："其实我怎么回事自己心里特别清楚，原来我也以为有钱就算是成功，后来发现这样想太简单了。当我口袋里有了一些钱时，我扪心自问我是不是成功了，我发现我心里还空着一块。然后我明白了所谓成功不成功其实是做给别人看的，心里有没有满足感才是自己的事情。被这几个大佬比着我确实是感到憋屈和郁闷，但是我并不像外人以为的是因为钱没他们多在他们面前自卑抬不起头来，你是知道的，我心里想的根本就是另一回事。”

他两眼凝望着我，神情极为真挚，我不由得打了个寒战。无意中我又成了别人倾吐内心秘密的对象，其实我并不想享有这种窥视别人内心的特权，只是这样的殊荣偏偏老是落在我的头上。除了几年前那个晚上为了简菊我曾经那样急切地找过他，之后我再没有与他有过过于密切的联系，我以为跟他也就是泛泛之交，没想到他竟然对我表现出这么大的信赖，让我无法以事不关己或者轻描淡写的态度来对待他。

就在我们说话的当口，小客厅外面响起脚步声，有人推开了门，我和他都扭过头看着外面，等着某个人走进来。但很快门又被从外面拉上了，并没有人进来。

他就像是下意识地说：“我还以为是小菊呢……”

说完他叹了一口气，然后就沉默了。

我和他尴尬地对坐了一两分钟，他用询问的口气对我说：“你回家我送你，好吧？”

他送我回家是常有的事，有章老大指定的时候，也有不用章老大指定他自己主动送我的时候，所以我欣然答应。

我去跟简菊和朱老太太聊了会儿天，告辞出来，上了他的车。汽车驶出章老大家幽静的小区，拐上了一条宽阔的大道。他带着请求的神色说：“你不急着回家吧？要不我们找个地方再聊会儿？”

我倒是不急着赶回去，只是我不觉得跟他有多少好聊的，不过既然他提出来，我便答应了。

在一条灯火通明的大街上他停下车，带我进了一家肯德基。他没有征求我的意见就去买了两杯咖啡，随便找了个位子坐下来。坐下之后他才想起来问我还要点什么，我表示什么也不需要，不过我心里却在想，如果换作章老大，这杯咖啡会在中国大饭店、香格里拉或者是贵宾楼、民族饭店喝，如果换作吕非老，这杯咖啡会在星巴克、COSTA、雕刻时光或者是我们常去的那几家相当有格调的咖啡店喝，而王小光一头走进肯德基却是一副理所当然的样子，我估计他大概觉得在哪里喝一杯咖啡没有什么区别。当然，这时候他的心思显然也不在咖啡上，坐下之后他马上就打开了话匣子。

“其实我混到今天应该是知足了，可是真不是那么回事儿。”他淡淡一笑说，“小时候我挺自卑的，总觉得自己不如别人，总想把自己跟别人换换才好。记得那会儿我特别羡慕胡同里一个比我还小的小丫头，就因为她衣服穿得漂亮，头上总是扎着各式各样的辫子，她爸她妈经常一人拉着她一只手出门，把我羡慕得呀，我觉得她简直就像生活在电影里。那时候我觉得电影里是最好的地方，要啥有啥，不管碰到多么糟糕的局面，下一个镜头又能是干干净净赏心悦目，而且最不可能的奇迹都有可能发生。跟那个小姑娘比比，我就像生活在一个背阴的角落里。我一直盼望我爸爸是个干部，是个老师也可以，那样我走出去也能觉得脸上有光，实际上我爸爸是在一个小吃店卖包子面条，说好听点叫服务员，说不好听就是跑堂的，我妈在一家菜市场卖菜，唯一值得骄傲的是他们都在国营商店上班。说心里话这么一个家庭背景真有点让我在人前抬不起头来，长这么大我都很少跟别人说起我爸我妈是做什么的。到如今我回过头去看，才发现其实我父母身上是有很多值得我骄傲的东西的，比如他们都是本分人，从来对自己生活以外的事情没有非分之想，而且他们对人很真心，特别真心，这都是我没有做到也是我做不到的。也因为他们是那种本分而且有真心的人，亲戚朋友都乐意跟他们来往，从小到大我真的没感觉到有谁嫌弃我们。这些亲戚朋友当中我最喜欢的就是小菊的妈妈，我叫她姑妈，其实她不是我姑妈，她是我姑妈的小姑子的大姑姐，但我看她比我亲姑妈还要亲。她是个医生，人长得非常漂亮，和小菊很像，简直就像一个模子里刻出来的，她比小菊还要高还要瘦，走起路来风摆杨柳，就像跳舞一样。她性格比小菊要开朗许多，爱说爱唱，对人可热情了。”

他露出小虎牙，脸上呈现出一种仿佛穿过岁月的天真而温柔的神情。我还是第一次看见他脸上出现这样的表情。

他喝一口咖啡，带着一种少见的沉醉继续说：“我八九岁的时候我妈带我去她家玩，她送给我一本《安徒生童话选》，那是我除课本以外读到的第一本书，这本书现在还在我家的书柜里收着呢。我最喜欢《丑小鸭》那一篇，反反复复读过好多遍。我觉得自己就是一只丑小鸭，有一天会长成天鹅的。大概就是小时候心里种下了那么一颗种子，让我一直有出人头地的想法，而且也一直在为这件事努力。当然了，后来我明白了真是丑小鸭的话是变不成天鹅的，顶多能变成一只像点样子的鸭子，想变成天鹅就相当于癞蛤蟆想吃天鹅肉，至少在我这里就是这样。但是我能有今天我还是挺感激姑妈的，我也挺感谢她送给我那本安徒生的书。书不一定能改变生活，但是可以改变一个人的内心。她是第一个让我明白自己是可以变得更好的这个道理的人。那时候还没有小菊呢。”

他停下来，双目炯炯地望着我，但我能看得出来，眼前的一切跟他是无关的，他还沉浸在对往事的回忆当中。

他沉默了片刻，似乎有些迟疑，就像向我透露秘密一样压低了嗓音说：“老话说‘红颜薄命’，姑妈是个情运坎坷的人。我十几岁的时候听家里大人说当年姑妈特别出色，追她的人相当多。在嫁给小菊爸爸之前她有一个恋人，也是医生，他们两个人走出来真是郎才女貌，回头率极高。他们非常相爱，好像都快结婚了，小菊的爸爸突然横刀夺爱，当然也有说是姑妈移情别恋。当时这件事让不少人大吃一惊，谁也不知道怎么突然发生了这样的转折。照理说小菊的爸爸总算是如愿以偿了，可是结婚之后他对她一点也不好，两个人经常吵架，终于闹到离婚。后来姑妈就辞职出国去了，从此没有回来过。听家里的亲戚说她在加拿大结了两次婚，好像都不太如意。我觉得她就像安徒生写的《海的女儿》中的人鱼一样，本来可以在海水深处快快乐乐过日子的，却因为爱情最后变成了泡沫。当然，她肯定是有她自己的追求，她就是那种很有追求的人，这点小菊跟她可是一点儿也不一样。如果说她是逆流而上，那小菊就是顺流而下。我特别欣赏那种有追求的人，不过，他们的风险更大，跌下来也摔得更重，所以我想起姑妈心里都会隐隐作痛。虽说我跟她没有血缘关系，连亲戚关系都是生拉硬扯的，但我心里却把她看得就像自己的妈妈一样，是跟我妈妈完全不同的另一位妈妈，是我理想中的妈妈。”

他停下来，望着我，神情中带着几分羞涩。

“我从来没跟人说过这些，连跟小菊都没说过，总觉得说不出口。”他继续说，“姑妈离婚去了国外，自己没过好不说，最惨的就是小菊了。她走了以后也就半年多，小菊的爸爸就又结婚了，小菊的日子肯定不会好过，她倒是什么也不说，不过看也能看得出来。我妈心疼她，放假就叫我去接她来家里，她给她做顿好吃的，临走给她装一书包零食，也就如此而已。后来小菊来得少了，大概她嫌我家太贫寒了吧。那时候我们一家人挤在一个小平房里，冬天烧炉子取暖，条件的确是挺差的。我自己也混得不怎么样，好几年都没有正经工作，就靠东混混西混混把日子对付下来。不过我是真的有心要照顾她，现在说出来也没有什么不好意思的，我不是想照顾她一时一会，我是想照顾她一辈子。当然首先是我自己喜欢她，我爱她，另一方面为了姑妈我也要好好照顾她，好让她在国外放心。但是，我跟在她旁边这么多年，居然就一直没有一个能好好爱她的机会。有时夜里睡不着觉,我想想心里真是很难过。”

他说得动情,眼圈微微有些湿润。但他很快平稳了情绪,对我露出十分亲近友好的笑容,我觉得他这种亲近明显超出了我们之间的实际情况。他略带羞怯地说:“我有件事想麻烦你。”

他又一次停下来,停了至少有半分钟,像是推敲词句。

“我想来想去,这件事就是找你最合适,也只有找你最妥当,反正吧,这事我就找你了。”

我说:“你说吧。”

他似乎为了掩盖窘迫,端起桌上放凉了的咖啡一口气灌下去,说:“我想请你陪小菊一起去我家一趟,你知道我单请她一个她是肯定不肯答应的。没别的,我就是想让她去看看。我知道这么做挺矫情的,用那谁的话说是强努,但是我就是想这么强努一次。说实话我弄那么大一个房子就是为了她,装修从头到尾都是我自己盯的,每一处我都想着她会不会喜欢,不怕你笑话,就连镜子都是按她合适的高度钉的。如果不是为了她,我根本就没必要弄那样一个房子。”

我听了心里用震动都不足以形容,真有那么一点百感交集。我忽然想起以前读过的菲茨杰拉德的小说《了不起的盖茨比》中的情节,盖茨比为了自己的梦中情人黛西也是历尽艰辛弄了一个巨大的房子,而且夜夜笙歌,终天把黛西吸引了过来,然而结局却并不美好,竟是以悲剧告终。凭直觉王小光很可能连盖茨比的运气都不一定会有,我不相信他精心弄起的豪宅能打动得了简菊的心,但我还是答应帮他这个忙。

他马上露出十分欣喜的笑容,高兴得简直就像一个孩子。

他说:“那我还得麻烦你,你能不能替我跟小菊说一下?我跟她说她肯定会把我撅回去,我不敢去碰这个钉子。”

我迟疑地说:“就怕我去说她也会把我撅回去。”

说实话我不是不想帮他这个忙,而是怕耽误了他的嘱托。

他却说:“你去说效果怎么样也会比我去说要好。”随后他热情洋溢地补充一句,“哪一天都行,我来接你们!”仿佛这事已经说定了一般。

为了以示郑重,当然也是怕被拒绝,我没有把王小光的邀请在电话里对简菊说,而是专门去她家当面对她说。可是我刚把话说出来,简菊就毫不客气地一口拒绝。她说:“要去你去,我是绝对不会去的。”

我让她别像小孩那样任性,去参观一下他的房子也没有什么。

她瞪着我说:“他就是要我去参观他的房子吗?你认为我去一趟看看他的房子有任何意义吗?不,我成全不了他的心愿。”

我觉得的确是毫无意义。于是我偃旗息鼓,不再劝说她。

我打电话告诉王小光,我说我说不动简菊。他在电话里叹息一声,声音低沉地说:“我早料到了。”

我们尴尬地在电话里沉默着,他打破沉默,问我:“你说我跟她是真的没戏吗?”

我差点脱口而出给他一个肯定的回答,但是我不忍心往他心上捅上一刀,我含糊地说:“我说不好。”

他笑了两声,重重地叹了口气说:“我其实是真的没戏,百分之百没戏,我心里早就一清二楚,只是不愿意面对现实罢了。”

38

后来我再没有在章老大家的客厅里见到过王小光,我想大概他是彻底灰心了。然而事后我才知道,王小光并没有真正偃旗息鼓,他就像负隅顽抗一般利用手中的职权对他认为是挡了他道的章老大实施了报复。他采取的方式阴狠毒辣，他自始至终没有和章老大发生正面冲突，甚至都没有顶撞过他一句，他只是在他的股票上做了手脚，让他蒙受了据他本人说是“差点伤了元气”的巨大损失。

我听说这件事的时候王小光已经逃之夭夭，章老大正气急败坏地四处找人要起诉他。据章老大后来说他在香港就计划好回来要打发王小光，没想到他抢在他前面动手了。这次他到香港打算卖掉一个公司，也找好了买家，并且已经谈妥，只等正式签署合同。他准备回到北京就调王小光去那个公司当总经理，等那公司一过户，王小光按惯例应该跟着公司过去，就不再是他公司里的人，他等于是顺坡下驴把他请走了，顶多就是多给他些钱而已。万一这个公司不能很快卖掉，他打算把王小光放到香港，天高地远的也比较放心，至少是个权宜之计。他从香港一回来就找王小光谈话，那时候王小光其实已经在他的股票上动过一轮手，只是他并不知道。据章老大事后回忆，他找王小光谈话其实他是有点反常的，他显得相当紧张，好几次答非所问，而他却忽视了这个反常。他对王小光说打算调他到香港的那个公司去，当然没有对他说那个公司不久将会被出售，王小光听了并没有太大的反应，当即表示同意，而且一句也没提钱上的事。他们的谈话不到二十分钟就结束了，章老大自己都没有想到事情会如此顺利。事后他反省是自己对王小光估计不足，没有太把他当回事，以致让事情又往更坏里走了一步。

后来章老大在查看王小光的股票交易记录时发现他不是坑害了他一次，而是在第一次下手之后又下了一次手，后一次下手的力度比前一次更大，用丧心病狂形容一点也不过分。

王小光第一次对他的股票动手发生在他去香港期间。他在公司的考勤表上查到王小光在他外出期间有连续四天的病假记录，上面写着

“发高烧”，而在此之前他从来没有因病请过假。就在王小光生病没上班的这一个星期，股市有连续三天的暴跌，公司账上的股票大部分跌幅不小，第三天收盘前跌幅收窄，第四天盘中有过大幅反弹，然后再度下跌。但这一个星期公司的股票没有操作的记录，出现暴跌时既没有及时止损，后来出现反弹也没有做T加O摊薄成本，这本是王小光特别擅长的。章老大从王小光所在的投资理财部了解到，等到周一王小光来上班，他进了办公室没多一会儿就气急败坏地走出来，从来笑呵呵的他对部下狂发了一通脾气，理由是办公室环境脏乱差，白养了他们这帮子白吃饭不干活的废物。部下们赶紧放下手上的事情去打扫卫生，把办公室、会议室以及楼道、洗手间都打扫得干干净净，而王小光却紧闭着办公室大门，直到下班都没有出来。

章老大仔细查看了这一天的股票行情和交易记录，他看到这天是高开，开盘之后随即出现一波反弹，王小光在高点卖出了一部分股票，在回落的时候又把那部分抛出的股票接了回来，很明显他是在通过T加O摊低成本，试图挽回损失。章老大看他抓的高点和低点都非常准，因此他认定前几天的高烧并没有把他脑子烧坏。可是就在同一天，在临近收盘的时候，王小光就像是突然调转船头，几乎就在当天的最低点把账上剩下的股票抛出不少，即使刨去他高抛低吸的赢利，这一天的亏损也是相当大的。随后的几天，他犹如魔鬼附体，一直在进行着高吸低抛的反向操作，让账户上的资金快速缩水。没人知道他是怎么会突然之间产生这样邪恶的念头，也没人知道他那样做心里是充满了报复的快意还是被罪恶感折磨。这一个星期下来，虽然大盘处于反弹之中，王小光却让账上的亏损犹如经历了一次股灾。

章老大在翻看交易记录时还发现，就在他找王小光谈过话之后，王小光回到办公室马上又做了让他财富缩水的操作，而且这次力度更大，更加无所顾忌。他把下跌中的几只股票悉数抛出，又用腾出的资金去接了几只高位运行的股票，随即这几只股票无一例外纷纷跳水。但好在这个时间不长，只持续了不到四十分钟。章老大十分后悔自己对他防备不严，跟他谈完话之后没有立即找人接管股票账户，才让他有机会打了这么个恶心的时间差，他更加后悔的是自己之前实在是太大意了，竟然让他逮着了这样一个加害自己的机会。

章老大一直以为自己公司有健全的制度可以控制股票投资风险和防范王小光大权独揽，投资理财部一直由不少于五个人组成，而且除王小光之外那几位都是有五年以上证券行业从业经验的专业人士，可是他没想到的是王小光早就让手下这几个专业人士靠了边，他在自己部门一手遮天，甚至把股票交易密码都改了，只有他一个人知道。他不放心别人操作，更不想让别人来抢他的功劳。平时他就让那几个专业人士查查资料，或者打发他们出去考察考察相关的上市公司，后来为了节省差旅费和交际费连这一项也省了，只让他们跟踪一下他感兴趣的股票，写写调研报告，股票买卖这一块是不让他们染指的。自从主管投资理财的梁总走了之后，章老大也没有再派专人来管，而是由他自己兼管，这实际上成了造成疏漏的根源。他除了经常外出，就是人在公司自己制定的规章制度也从来没有认真执行过，他只是在想起来时才过问一下，而且几次看到的都是红彤彤的账面，又听自己妈妈说王小光在股票上多么多么神通广大，也就彻底放下心来，根本没想到他会在他肉厚的地方砍上一刀。

那天章老大和王小光谈完话后正好临时有人来访，大半个小时之后他才腾出身来派了管财务的孙总去和王小光交接，同时让他密切留意王小光的动向。孙总心领神会地去了。王小光见到他，说去趟卫生间马上就回来，孙总怕节外生枝，也没找别人，自己亲自跟他去了卫生间。孙总没有进去，在门外守着，可是久等不见王小光出来。等他推门进去，发现王小光倒在地上，好像已经晕了过去。

随即王小光被送到医院，并在医院里住下来检查。当天交接工作没有进行。第二天孙总上班后往王小光办公室打电话，没人接听。他去了王小光办公室，向他手下的人打听他身体恢复得怎么样了。一个陪王小光去医院的部下说王总还在住院，孙总马上问谁在医院陪他，这位部下说没有人陪，王总昨天夜里就打发他走了。孙总一听便去了章老大办公室。章老大没等他说完，就意识到事情不妙，他估计王小光很可能是跟他们玩了一招金蝉脱壳，说不定他已经跑了。

他的猜想很快被证实，王小光果然失踪了，而且没人知道他去了哪里。

章老大首先想到的就是派人去查他的账，看看他有没有贪污和挪用行为。查账的人很快向他报告，王小光没有这方面的问题，因为公司有严格的财务制度，贪污和挪用并不那么容易，何况王小光也没有这方面的权限。在查他账的同时章老大派人去查他管理的股票账户，随即发现原来的密码进入不了账户，一问王小光属下的人，才知道他更改密码已经有一年多了，除了他本人，其他人一概不知。章老大顾不得追究他们，连忙找来技术专家打开账户。面对绿油油的亏损数字，这位在商海遨游几十载的人差一点突发心脏病。他屏退左右，一个人留在王小光的办公室里，对着电脑屏幕久久发呆。

半夜时分，他打电话给简菊，让她到公司去一趟。

简菊后来跟我说她从来没有听到过章老大的声音那样虚弱无力，还以为他病了。她接到他电话什么也没问马上打车到了他公司，在一间亮着灯光的陌生的办公室里找到了他。他面无血色，两眼失神，样子非常吓人。那天是她扶着他离开公司的，而在此之前他从来没有要她搀扶过。

39

章老大经受了这次沉重的打击，据他后来跟我们说，他的资产损失了将近三分之一。当然是不是真的，我们不得而知，就连简菊都不知道实情。总之一句话，王小光给他造成了相当大的损失。据说到王小光失踪，章老大股票账户上的资金亏损了百分之八十三，也就是说王小光替他赔得只剩下百分之十七了。章老大说他在三个月前查过一次账，那时候账面还有浮盈百分之三十几，他实在是没料到王小光下手如此狠辣。

章老大认定王小光是心理变态，要不就是个彻头彻尾的混蛋，他派人拍到的他出去划人家高档轿车的照片和视频就是一个明证。他知道他有极强的仇富心理，也知道他有很强的破坏欲和报复性，可是他却没想到他会把矛头对准自己。他反思自己，虽然对王小光确实是有看法，也有醋意，对他也有所提防，但在此之前并没有对他采取任何行动，因此不存在打草惊蛇的可能，这么说来王小光对他动手并不是出于反击，而是他主动出击。他感叹王小光何至于恨自己到如此地步！

章老大反思自己一是用人失察，二是对事情失算，总之是自己做人相当失败。他从追悔没有有效防范王小光致使自己钱财受到巨大损失，到追悔自己有眼无珠对这样一个不堪重托的人委以重任，甚至明知他不可靠却没有立即采取有效措施防患于未然，他悔之不及，简直是痛不欲生。他不吃不喝，把自己关在书房里，夜里连灯都不开，这让简菊害怕，而且也不知道该怎么办。她打电话给我和吕非老，让我们帮她出主意，还请我们去她家里开导章老大。

我和吕非老去了她家，可是章老大闭门不见。简菊自责是她害了章老大，她在我们面前痛哭流涕，反反复复说她扛不住了，她要向章老大坦白一切，要把王小光对她说的那些话说出来。我和吕非老一致认为她向章老大坦白于事无补，有可能还会刺激他，而且他现在情绪很糟，加上他一贯迷信，如果他认定她是红颜祸水，于她也很不利，说不定会断送了他们的关系。我和吕非老反复劝她，让她忍过一时等章老大情绪平稳了再说。最后她听从了我们，决定先不把王小光的那些事告诉他。

事后想想也许我们是太顾惜简菊了，因此免不了为她着想得多些，考虑章老大自然就少些。我不知道如果那时我们不阻拦她把王小光向她表白的事告诉章老大，是否有可能防止后面的事情发生？

过了两三天章老大振作了起来，他让简菊陪他去了一家律师事务所，向律师咨询王小光这样的恶意操作构不构成犯罪，能不能立案。律师对他说的第一句话就是委托炒股是不受法律保护的。律师告诉他这种不正常操作给委托人造成巨大经济损失在获取证据方面确定是相当困难的，需要专业鉴定，而且很难证明操作人在操作时是判断失当还是有主观恶意。因为股市本身存在风险，在下跌时就是善意操作同样也是会赔钱的。另一方面，委托人本人是公司管理者，被委托人又有直接向他负责的授权，这里存在着明显的管理失误，况且没有第三方的监督，由此造成风险不可控，属于管理不善，管理方的责任也是相当大的。再者，如果说他是“恶意操作”，那也必须拿出证据，而不能单凭自己一方认为。律师告诉章老大这样的案子公安处理的可能性很小，通常是不予立案的，法院立案通过民事解决的可能性大，最终如果能确定事情属实，可能会让当事人做出一定的赔偿。章老大听了非常失望，他不是想让王小光仅仅赔点钱就完事，他是想把他送进监狱。而且他很清楚即使法院判王小光赔偿说到底也是象征性的，那些被他亏掉的钱如果真让他赔即使他赔得倾家荡产也是赔不起的。

第二天章老大又拉着简菊去了律师事务所，这次他带上了以前拍到的王小光划车的照片和视频资料。可是律师的说法并没有给他带来新的希望，律师说划车这样的事也属于民事范畴，没有伤人就不是什么大事情，按治安管理处罚也就是关他几天让他赔点钱，如果他找找人通通关系，就是赔点钱完事，连人都可以不关。律师顺口举了一个例子，说不久前有个熟人去餐馆吃饭，为点小事和店家发生争吵，一气之下砸了餐馆的三面大玻璃，掉下的碎玻璃还崩伤了店里的一个伙计，不过伤势不算严重，就是皮外伤，他也就被关一个星期罚赔一万块钱。章老大一听，明白手里掌握的这点材料根本不足以把王小光送进监狱，又是失望而归。

回到家他又把自己关进了书房，又像之前那样不吃不喝。简菊又一次打电话给我，向我求助。她说以前章老大生意上的事从来不让她知道，现在连去找律师都要拉上她，她很害怕，怕他真的垮了。说老实话我也有同样的担心，可我除了让她耐心应对确实是没有什么更好的办法。她打电话给吕非老，他说的也和我差不多。我们都是让她把心放平，静观其变，等着事情自己过去。

然而她这段“等着事情自己过去”的日子是极其痛苦的，我略知一二，但她更多的苦楚是我不知道的。那一段章老大郁郁寡欢，一天里大部分时间不是待在公司里就是把自己关在书房里，在家没有一个笑脸，脾气还特别暴躁，别说对简菊了，就是对他妈也动不动就会高声大嗓嚷上两句。朱老太太本来就是个娇气的人，她受不起委屈，也不想跟着心烦意乱的儿子着急，称苏州的老屋要维修，买了张机票就走了。简菊不能像她那样一走了之，只得每天陪着章老大过这种阴郁惨淡的日子。

章老大一直在找王小光，他当然不会轻易饶过他，但是王小光却是杳无音信。可是这个跑得无影无踪的人不久却杀了个回马枪，对章老大进行了又一次重拳出击，而且这一次的出击不但让他损失了财物，更让他遭受了沉重的精神打击，对他来说无疑是雪上加霜。然而塞翁失马焉知非福，章老大终于因为他的这次出手如愿以偿把他送进了监狱。

章老大有一圈生意上的朋友，每隔两个月有一次聚会，大家轮流做东，几年下来已成惯例。他公司里出了这么大的事情，除了他信得过的公司高层以及我们三两个极好的朋友知道，对外他是严加保密的，尤其是对同行和生意上有来往的人更是瞒得一丝风儿不透。这个月底恰好轮到他做东，他不想因为这件事取消或者推延早定好的日程，于是带着简菊强打精神按原定计划去了三亚。

他们在三亚过了两夜，随后去苏州看望朱老太太住了一夜，之后便回到北京。当他们回到家里，一进门章老大就发现摆在电视柜里的两件玉器不见了，再看抽屉里的几万块现金也不翼而飞。他到楼上贮藏室一看，他收藏的翡翠、田黄、鸡血石和名人字画等等也被洗劫一空。他来不及细查丢失的东西，立刻报了案。

因为失窃金额巨大，这个案子得到了公安方面的高度重视。章老大又通过熟人关系请来了刑侦高手，几位经验丰富的警察一致认为这不像生手作案，更像是惯犯作案，而且从对这个家的环境和物品的了解程度来看，更像是熟人作案。章老大绞尽脑汁也想不出熟人当中有谁是入室盗窃的惯犯，但他几乎是凭第六感就想到了一个人，那就是前不久刚刚致使他财产蒙受巨大损失的王小光。他自己都不知道怎么毫无根据脑子里突然就迸出他，但他对这个想法深信不疑。他把自己想到的告诉警察，警察记录在案，但他们认为这不过是一条线索而已，破案不能凭猜测和想象，而是需要证据，即使真是王小光干的，也要拿出是他干的证据才行。

然而警察很快排除了王小光作案的可能，因为他们查到他包括那三天在内的前后十天都在泰国。他人不在北京，自然就没有可能到章老大家入室盗窃。

警察在破案过程中发现了一个疑点，就是入室盗窃的人从简菊的房间里拿走了两个并不特别值钱的岫玉摆件和一万多块现金，却没有动她的首饰，那些戒指、项链、耳环、手镯等等原封不动都在首饰盒里、床头柜上、甚至是洗手池旁边放着，一件未动。警察再一看她与章老大年龄悬殊，便想到有可能是里应外合作案。这我是听吕非老说的，他说有两位警察叔叔去找过他，不过只是跟他“随便聊了聊”。我问他为什么找你？他说他也向警察叔叔问了同样的问题，不过他们并没有正面回答他。据他分析很可能是他们查了简菊的手机通话记录锁定了他这个目标。简菊的社会关系极为简单，她和家里人几乎没啥联系，她自己说平常连电话都不经常打，她联系得最多的人就是我和吕非老。我不知道警察叔叔看了她如此清淡的人际交往会有什么感想。不过他们倒是没来找我，也许因为我是个女的，他们不相信我能拿得动那么沉重的物品，估计也不相信我看见那些漂亮而且昂贵的首饰会放着不拿，当然，最主要的是那时我已经怀孕五个多月，他们肯定不会相信一个大腹便便的孕妇还能身手敏捷地入室盗窃。

警察在经过调查之后很快排除了里应外合作案的可能。据说这种事往往是一方有奸情才容易发生，而简菊清清白白，没有奸情，而且她和章老大在一起已经有十年之久，如果要见财起意，恐怕也等不到这会儿。再说她与章老大关系稳定，这会儿正是章老大离不开她的时候，她完全可以坐在这个家里安享这些东西，没有必要铤而走险。

不当着简菊的面章老大拿这当笑话讲给我和吕非老听。章老大说警察刚一提出里应外合作案的可能他就直截了当地否定了。我听了便笑了，笑过之后不由心酸起来，当然是替简菊心酸。吕非老听了也笑了，神情却略显尴尬。随后我发现章老大也有几分尴尬，他干笑了几声随即把话岔了开去。

这个案子迟迟未破，章老大找关系，托人，又花了若干银子，却没有任何进展。他非常郁闷，好几次当着简菊、吕非老和我的面唉声叹气。

自从出了这两件让他伤筋动骨的事情之后，他凡事更加谨慎，可见可不见的人一概不见，和泛泛之交中止了往来，也不再张罗聚会，家里的流水席也不再摆了，他和简菊过起了真正清静素简的日子。以吕非老的说法是他遇到了这些倒霉事损失了不少钱财，手头远不如以前阔绰，他的那些生意场上的朋友以及之前跟他往来密切的人对他就不像从前那样热乎，也有人是怕沾了晦气，不再跟他走动频繁。渐渐地章老大身边也就只剩下我们几个，他由衷地对我们说到了这个份儿上他终于懂得了什么叫“真心实意”和“情义无价”。

40

章老大的家明显衰败了。也许他依然有钱，但那股气泄了，就像花开败了，草木变得枯黄，颓势一目了然。他称病闭门谢客，简菊陪着他深居简出，有时我和吕非老打电话去问候，他经常不接电话，简菊也就是寥寥数语，我们怕扰了他们的清静，不但去得少了，连电话也打得少了。

三四个月之后传来消息，章老大家的盗窃案破了。有个盗窃团伙的主犯被抓获，警察从他身上搜到了一本盗窃笔记，此人把每次做过的案子都记录在那个小本子上，其中就包括章老大家的那一次。在警察的审问下他供出那个案子他们做的是“包工包料”，也就是有人指定作案，偷来的东西归对方所有，当然他们要收数目很大的一笔钱。警察拿出王小光的照片让他辨认，他先是一口否认，警察连夜突审，最后他供认不讳。不久，从国外回来的王小光被蹲点的警察在顺义的家中抓获。

最终王小光因盗窃罪被判处有期徒刑十年。他尽管没有亲自入室盗窃，但他是共犯的主犯，而且涉及数额特别巨大，按盗窃十五万元以上可判无期徒刑他无疑是可以判无期的，不过因为他退还了全部赃款和赃物，悔过态度良好，量刑因此得到减轻。还有一点也是相当关键的，就是他从章老大家盗走的除了几万块现金之外其余主要是翡翠、田黄、鸡血石和名人字画等等，这些素来是章老大的心爱之物，也是他费尽心思不惜花费重金收来的，可是他在确认这些东西的价值时却说了一个极低的数字，这无疑替王小光开脱了罪责。他之所以这么做，我以为跟他那时的心态发生了相当大的变化有关。

就在这三四个月里，章老大漏船偏逢连阴雨，他又经历了一次沉重的打击。这一次给他打击的不是别人，恰恰是另一个跟他关系极为密切的人——陆虎。据我和吕非老分析认为，陆虎加害他的原因有跟王小光相同的地方，也是因为想得到简菊，但也有跟王小光不同的地方，就像我和吕非老之前曾经担忧的，陆虎和章老大一山难容二虎，现在陆虎就是那个抢先动手的人。

章老大倒是从不讳言他是靠着陆虎东山再起的。据他自己说他逃亡回来的时候生意七零八落，公司濒临破产，要不是陆虎在关键的时候拉他一把，他很可能就彻底完蛋了，因此他对陆虎感恩戴德，不管心里怎么想的，至少表面上一直把他奉若上宾。陆虎一向喜欢简菊，这是公开的秘密。在章老大逃亡之前，他相对还是收敛的，除了对简菊进行礼物攻势，并没有太出格的举动；而到章老大逃亡之后，他对简菊的意思直接明确，话也都是摊开来说的，只是简菊毫无那种意思，也因为他自己忙着逐新猎艳分身无术，对简菊倒也没有强求；到章老大逃亡归来，他的目光重新聚拢到简菊身上，表现得比从前更加急不可耐。

据说陆虎是个传奇人物，我好几次听章老大和他家的客人们以恭敬和佩服的口气说起，但我并没有特别关心过他怎么个传奇法，我以为就是那些钱比他少得多又想搭着他喝些汤水的小人物对他的阿谀奉承，直到有一天吕非老证实他确实不是等闲之辈，我才相信了这种说法。

我记得吕非老最早说到陆虎的时候说他就是个野路子，没上过什么学，靠歪门邪道飞黄腾达。据他说陆虎在下海以前是广东某市一家看守所的所长，后来从看守所辞职，参与了广东某上市公司的资产重组，靠浑水摸鱼挣着了大钱，由此发迹。后来，尤其是从博鳌回来之后，他的说法变了，在我听来似乎更加客观和公正一点。他说陆虎和章老大一样是改革开放经济迅猛发展的时代产物，他一步步奋斗到现在这个位子比章老大更加不择手段，也更加豁得出去。具体他没有跟我细说他是如何不择手段和如何豁得出去的。吕非老形容陆虎是“我们这个时代泥沙俱下的风流人物之一”。

直到陆虎和章老大反目成仇之后有一天我忽然好奇心起上网搜索查看了他的资料，果然用“传奇”来形容他的经历十分贴切。陆虎的名字在媒体上出现不多，他在发迹之前的确是广东某市一家看守所的所长，他在看守所里认识了因走私、骗汇被抓进来的女犯郑某，从此命运发生改变。我这才想起来难怪那一天王小光在章老大家的客厅里含沙射影地说“我们再不济也是在好人堆里混的，人家直接就是跟罪犯、人渣、下三烂打交道，其实自己跟那帮子人本来就是一路货！你们是光看见他光鲜漂亮的宴席，没去他厨房里看看，要是再看见他的泔水桶和下水道，恐怕得把你们吓死”，以及“人家是搭着什么是什么，软饭硬饭都吃，清水河子浑水河子都趟，还不定是怎么泥一身水一身滚过来的，就别跟我这儿装贵族了”，原来是事出有因，句句都有所指。

网上的资料说陆虎搭上的这个女犯郑某八十年代末名牌大学毕业，在政府机关和银行工作过几年后下海混迹江湖。她是一个头脑冷静而且足智多谋的女人，从某种意义上说，她是陆虎的恩师和领路人，是她把他从一个小看守所里带出来，并帮助他走上了一个缤纷辽阔的社会大舞台。

从看守所辞职下海的陆虎与从看守所放出来的郑某因一个偶然的机会联手参与了广东某上市公司的资产重组。那时“资产重组”是个时髦的概念，似乎只要一沾上“资产重组”丑小鸭就能变成了天鹅。陆虎在台前，郑某在幕后，两个人配合默契，1998年前后短短半年的时间里，他们就以重组的这家上市公司的名义为他们注册的一家香港空壳公司借款，同时又以这家公司的名义为北京一家进出口公司借款提供全额担保，而北京这家进出口有限公司是一家资不抵债的歇业公司，他们利用这家公司的国资背景，以帮助解决融资和开展对外贸易业务为借口，骗到了这家公司的公章和财务章，并直接从中国银行总行营业部贷出了八千多万短期流动资金，然后顺利地从这家公司转走了贷款资金，给广东那家重组的上市公司留下了巨大的窟窿。

很具讽刺意味的是，陆虎这一系列大胆的融资举措这家重组的上市公司的管理层竟然浑然不知，直到两年半之后被中国银行总行营业部推上被告席，这家公司才知道已经中了陆虎的埋伏。

然而这个时候陆虎早已经移师北上。他选中北京东二环商圈，在富丽堂皇的东环广场安营扎寨。他从广东来到北京，除了带来了大笔的资金，还带来了挂着警用标志的特种车，一副很有来头的模样。这期间他至少做成了两件大事：一是瞄准北京平谷的一家上市公司，经过几轮艰难曲折的谈判，终于让平谷方面认可了他是位神通广大的资本运作高手，拿到了任某实业集团总经理的一纸聘书，又一次肩负起了公司重组的重任；二是以迅雷不及掩耳之势娶到了地产大鳄任垒的大姨子，和实力雄厚大名鼎鼎的任总成了担挑，方方面面自然又上了一个台阶。

陆虎娶任垒的大姨子一度曾被人议论纷纷。那时陆虎刚来北京不久，没什么人知道他的底细，他的做派很像是一个暴发户，实际上他也的确是个暴发户。通常来说暴发户喜欢找年轻美貌的姑娘，任垒的这个大姨子既不年轻也不貌美，她比陆虎大了将近十岁，而且离过两次婚，身体又不好，早就辞了工作，常年跟着妹妹和妹夫生活。好在妹妹嫁得好，妹夫有钱，她跟着吃穿是不用愁的，只是找来找去找不到如意的郎君。陆虎在任总公司的年会上见到她，当他得知她是任总的大姨子，二话没说就上去对她演了一场一见钟情的戏。那年他三十五六岁，我记得那时他还没有发胖，长得犹如电影里的硬派小生，结实俊朗，英姿勃发，任总的大姨子自然没有理由看不上他。他们从相识到结婚时间极短，用现在的话说就是"闪婚"。

这段婚姻带来的立竿见影的效果就是陆虎很快挺进了京城的地产界，并且飞快地抢了一把椅子坐下来。当然这段婚姻也带来了负面影响，就是他和昔日如胶似漆的合作伙伴郑某的关系变得疏远甚至紧张。陆虎在认识郑某时已经结婚，认识她之后两个人从业务到生活全方位合作，陆虎的原配老婆被靠了边。我在章老大家玩听别人说过他的原配老婆和郑某一直相安无事，他也并没有离婚。他和郑某来到北京之后一个台前一个幕后，两个人干得风生水起，而且他们总是出双入对，不知道的都以为他们是夫妻。陆虎的原配老婆留守广东，并没有跟他来北京。陆虎在认识了任垒的大姨子之后回去与原配老婆火速离了婚，随即回来闪电般娶了她，据传当郑某知道的时候已经是生米煮成了熟饭。令外人不解的是似乎陆虎的新老婆和郑某也同样是相安无事。我记得还是早冬年间，有一次在章老大的饭局上遇到新婚燕尔的陆虎，有人跟他开玩笑说哪天把新夫人带来我们见见，他一本正经地说她身体不好，不喜欢出门，请不动她。又有人接茬开玩笑说不能带新夫人就把原来的夫人带出来我们见见，陆虎还是一本正经地说原先的夫人有两个呢，你指哪一个？他生冷的样子让跟他开玩笑的人很下不来台，后来似乎再没有听到谁提他的夫人，他也从来没有把他任何一位明媒正娶或者是暗度陈仓的夫人带出来跟我们相见。我记忆中他来参加我们的聚会从没带过女人，而且他对简菊钟情从来是毫不掩饰的，显然不管是他明媒正娶的夫人还是暗度陈仓的情人在这上头都是奈何不了他什么的，他照样可以在外面追逐别的女人。

陆虎和王小光虽然一样都喜欢简菊，但跟王小光不一样的是他喜欢简菊并不是一门心思扑在她身上，而是一种兼收并蓄的姿态，就像爱好收藏的人看见好的藏品就想收到自己手里一样，得不到便朝思暮想，甚至寝食难安，真得到了恐怕也就是那么一回事，而且得着得不着都不影响他再去收别的东西。陆虎和王小光还有一个很大的不同，就是他很花。他既有老婆，又有情人，还经常在外面猎艳。他是夜总会、歌舞厅、桑拿房的常客，而且根本就不把泡妞当一回事，聊起来津津乐道，一点不避讳。简菊自然很清楚他是怎么样一个人，所以不管他恭维她也好，送她礼物也好，她跟他就是客客气气的，只图大面子上过得去。谁都看得出来陆虎就是剃头挑子一头热。

然而陆虎追简菊也算得是很有耐心，他前前后后追了她将近十年，人前人后不知向她献过多少殷勤。他追简菊在朋友圈中成了一件众所周知的事，然而他跟简菊之间一清二白，在朋友圈中同样也是一件众所周知的事，况且谁都知道他身边从来不缺女人，天长日久大家就把他追简菊看成是一个玩笑。

然而陆虎却并不是在开玩笑，他对女人从来没有这样认真过，他也从来没有对哪个女人喜欢过如此长时间。当他得知王小光在股票账户上对章老大下了那样的狠手，他便明白了王小光对简菊的情有多深。——这是他在酒桌上喝高了之后说出来的，转了几道手传到吕非老的耳朵里。吕非老告诉我的时候一脸感慨，他含讥带讽地说真没想到陆虎被拒绝了十年还没死心，除了让他懂得了什么叫死磕，还真让他相信了他对简菊多少是有真情的。我觉得如果把他这句话换成今天的话说，就是："陆虎让我又相信了爱情。"

某天我接到简菊电话，她告诉我陆虎趁章老大不在家的时候又去找她了，他又是掏心掏肺地向她表白，这一次比以往更加直截了当。他跟她说他老婆身体不好很少住在北京，大部分时间都在洛杉矶治病，实际上他们从结婚开始就是分开过的。因为有夫妻名分，他一年会过去看她两三次，算是尽个义务。他还说他老婆实际上也不管他，当然也管不了他，如果她肯和他好，她是影响不到他们什么的。和以往最大的不同是他十分坦率地谈到了钱的问题，他让她把银行卡号告诉他，他会立即给她卡上打两百万给她当零花钱，他还会把一套大别墅过户到她名下，再给她买一辆好车，要什么牌子任她挑。简菊说听他开出这些条件，她没说话，只是笑。他问她是不是嫌少，要是嫌少的话就再给她加一百万零花钱。她还是不说话，只是笑。他让她给句痛快话，于是她就如他所愿给了他一句痛快话，她痛痛快快地拒绝了他。

我问陆虎再次被她拒绝是什么反应，她笑着说他真的好像是习惯了，也好像是早就料到了，一点儿也不恼，还笑呵呵地跟她讲道理，对她说："我是真心实意喜欢你，老话说'路遥知马力，日久见人心'，我对你不是一日两日，这么长时间你应该知道我的心。说句那什么的话，如果我不是真心，我不会拿出钱来。你要说你不图钱，那我问你到底图啥？女人青春短，要珍惜花好月美的好年华。你现在正像鲜花盛开，正是气盛的时候，早早晚晚，你会知道钱的好处，你才会知道肯把钱给你的人才是真正对你好的人。"

我说要说他说得也对啊，我问她是怎么回他的，她说她对他说："谢谢你这么看得起我，也谢谢你这么抬举我，其实我是当不起你的厚爱的。我岁数不小了，早不是鲜花盛开的时候，已经是残花败柳了。我也不是什么贞洁烈女，只是跟着章老大这么多年，和他熟悉了。我要是说我不图他的钱你也不会相信，我就说跟他混习惯了，只要他肯将就，我就还跟他继续混下去。你事业有成，如日中天，钱又多，人又帅，应该去找比我好的人，我是无福消受的。"

简菊说陆虎听了哈哈大笑，夸她越来越会讲话了。他还是一点不拐弯地说："我不是你说的看得起你，也不是抬举你，我是喜欢你，爱你，我看见你就高兴，怎么看怎么高兴，看不见你就想你，说想得魂牵梦绕也不过分。我也不止一次跟你表白过，今天旧话重提，我还是要鼓足勇气的。我是商人，看多了坑蒙拐骗的事情，也看多了虚头巴脑的事情，我不想骗你，也不想跟你玩以情动人那套虚的，我就直接以钱动人。我是拿出诚意的，我真的很渴望我们两个人能一起享受人生。"

简菊说她当时嘴硬说人各有志，反正她不图钱，钱多也是过，钱少也是过，没钱还得过呢，只要日子安乐就足够了。她说她看见陆虎脸上露出不屑的笑容，那种笑容十分古怪，讥笑、嘲讽，还有恨意甚至是杀气，她只觉得心里一惊。陆虎临走的时候问她这些话是不是想好了说的，得到肯定的回答之后他又问她是不是担心章老大不让她走，得到否定的回答之后他又反反复复问她是不是真的一点都不考虑他，等等等等，反反复复问个不停。简菊说被他问得心烦，只盼望他快点走能关上门清静会儿。陆虎终于把要问的话都问完了，他起身告辞时说："在女人身上我还从来没有过败绩呢，你是唯一的例外！"

简菊说陆虎说这句话的时候口气冷冰冰的，她从来没有见过他这种冷冰冰的样子，让她心里有一种说不出来的不安和恐惧。

在说过"再见"准备挂电话的一刻简菊突然怯弱地冒出一句："我有点害怕，陆虎不会做出什么事情来吧？"

我脑子里马上想到了王小光，说实话我顿时有点心悸。不过我安慰她说："你不要多想，你是被吓着了，不要再自己吓唬自己。他那么有钱，家大业大，不值当去做过激的事情拿自己的身家性命冒险，你说他图什么呢？再说，即使他真要做什么，难道你能拦得住他？"

在短暂的沉默之后她说："我已经害了章老大，不想再害他了。"

我说："你没必要这样想。"

她说："我没法不这样想。"

我搜肠刮肚，不知如何劝她。迟疑了片刻我问她："那你想怎么样？"

她说："我要离开他。"

对她的执拗劲儿我真不知道说什么好。

隔了片刻她又说："当然，也不完全是因为这个原因，我早就想离开他了。"

41

不久，简菊果然离家出走。

说心里话，我并不相信这事会真的发生。尽管那天她在电话里口气坚定，我听着却还像是赌气的话。我知道她失望，恐惧，甚至还有种种的难言之隐，但我不知道她还有如此这般的破釜沉舟的勇气。在我看来这是她奋不顾身的搏击，就像《国际歌》里唱的那样“这是最后的斗争”，无论是跟外界还是跟自己的内心，都是她最后的挣扎，不顾一切，不计后果，甚至是宁为玉碎，不为瓦全。

这天章老大为生意上的事要去新加坡，但是在出关的时候因为签证过期被拦了下来。章老大一向还算是个细致的人，以往从来没有出过这样的差错。无奈之下他只能打道回府。

章老大是和简菊在家里吃完午饭出发去机场的，一圈折腾回到家，已经是傍晚时分。他按响门铃，简菊并没有像平常那样应声跑来给他开门。他打开门锁进了家，家里静悄悄的，他叫简菊，没有回答。他打开壁柜，准备把箱子放回原处，却意外发现简菊的那只箱子不见了。这两只箱子还是北京第一家路易·威登店在王府饭店开业时他买的，一只送给简菊，一只他自己用。家里有许多箱子，但也就这两只是他们最常用的，跟着他们去过不少地方。简菊的那只箱子不见了，他心中顿生疑惑。之前他没听简菊说过要出去，而且他叫她一起去新加坡她说自己这几天身体不太舒服，只想在家待着，他也就没有强求。他在家里楼上楼下转了一圈，不见她的踪影。他打她的手机，但她的手机关机了。

我是在当晚九点多钟接到章老大电话的，他明显已经喝高，说话舌头都直了，在电话里有点语无伦次。

"黑夜让人心生黑暗。"他这样说。

"你要说什么?"我不解地问他,"你是在作诗吗?"

他笑起来,说:"我已经很久很久不作诗了,现在我已经不知道诗为何物了。我生活在黑暗中,外面一团漆黑,心里也是一团漆黑。"

我问他:"你怎么啦?"

他这才说:"小菊跑了,她不要我了。"

接着他发出一连串既像是笑声又像是哭声的咳咳的声音。

"真的?"我大吃一惊,说,"你知道她去了哪里吗?"

他说:"我不知道,她不接我电话,她跑得无影无踪。"

我问他:"什么时候的事?你去找她了吗?"

他答非所问地说:"人去心难留。你知道什么是最深不可测的?人心才是最深不可测的。"

我宽慰他说:"你别着急,也许她就是出去玩了,过一会儿就会回来了。"

他说:"不可能的,她是带着箱子走的。"隔了片刻他又说,"她还带走了银行卡和首饰。"

看来问题确实是严重了。

但我还是强作镇定地劝他说:"你别着急,也许事情并没有你想的那么坏。"

他嘿嘿笑了两声,说:"我不着急,到了这种时候着急是没有用的。你说得对,也许事情并没有我想的那么坏,我已经习惯什么事都往最坏的结果上想。"

我说:"我会帮你找她的。"

他说:"我是想她没有什么朋友,万一她走投无路,很可能会去找你。"

听了他这句话，我嗓子一紧，眼泪顿时涌了上来。

挂断电话我立刻拨了简菊的手机，电话里响起语音提示："您拨打的电话已关机。"我不假思索地又打了吕非老的手机，电话里竟然同样响起语音提示："您拨打的电话已关机。"顷刻之间我傻了，我不知道这纯属巧合，还是他们两个阴差阳错搞到了一起。

尽管我觉得这不大可能，一是这么多年过去了，这件事即便冥冥之中本该发生，估计也被磨蚀得差不多了，二是在此之前我可是没有看出他们之间有一点端倪，可是我心里却分明有另一个声音在提醒我凡事皆有例外，化掉的冰可以重新凝结，熄灭的火也会重新熊熊燃烧，更何况他们本来就有着良好的感情基础，一个风华正茂，一个闭月羞花，况且两个人都是单身，真正走到一起也并没有什么说不过去的。

然而，我想到的问题是：事情会像我想的这样如愿以偿吗？如果简菊真的是离家出走，她会顺利地被吕非老接纳吗？章老大真的能宽容大度，放她一马吗？思前想后，我为她心乱如麻。

这个夜晚我毫无睡意。我不时给简菊和吕非老打电话，两个人一直都同样是关机。十二点钟的时候章老大发来短信，说还是没打通简菊的电话，我回短信让他耐心等待，我这边一有消息就会告诉他。

大约两点钟我关了电视准备睡觉，临睡前我再一次拨打了简菊的电话，这回电话通了，而且没有出现语音提示，我心中不由一喜。我等着电话里响起她的声音，当然我也担心她不接电话。大约响了十来个铃，我的耐心到了极限。我正要挂断电话，那边响起一个低沉的声音，而且是男人的声音，一时我没听出来是谁。

我说："这是简菊的电话吗？"

他回答说："是。"

我问他："简菊呢？"

他压低了声音说："她在睡觉呢。"

我惊诧地说："什么？"

他听出是我，说："是唐叶啊？"

我也听出来正是吕非老。

我毫不拐弯地说："你们在哪里？章老大找不见简菊都急疯了。"

他在电话里沉默了片刻说："我们在电影院呢，正在看通宵电影，这会儿她睡着了。"

我懵了，完全搞不清他们唱的是哪一出。

我说："一晚上章老大又是电话又是短信的，你们看电影至少也跟他说一声。"

他说："我知道。"停顿片刻又说，"一言难尽，回头再跟你说。"

我问他："那是我给章老大打电话，还是你直接给他打？"

他说："我来打，你别管了。"

挂了电话我就睡了。刚要睡着，电话响了。

在黑暗中我摸索着接起来，是章老大打来的。

他说："刚才吕非老给我打电话了，说小菊和他在一起。"

我说："我已经知道了。"

他说："你知道什么叫'心如古井'吗？"没等我说话，他又说，"我现在就是。"

他说话的声音很清晰，舌头也不再是直的，看来他酒完全醒了。

我小心翼翼地说："你没事吧？"

他轻轻一笑说："那么多大风大浪都过来了，你不必为我担心。"

我说："或许就是看场电影。"

我说得含糊其辞，我真不知道这样尴尬的事情怎么劝慰他。

他又是轻轻一笑说："就是不止看场电影又怎样呢？"他沉默了片

刻又说，“你放心，没有什么是我接受不了的。”

他的话里充满了悲凉，让我忍不住想到“哀莫大于心死”那句话。

那一个下午和夜晚简菊和吕非老之间究竟发生了什么除了他们自己没有人确切知道。尽管事后他们两个人都向我讲述了事情的经过，但他们同样忽略了诸多的细节，讲得语焉不详。这一回他们没有像上次他们三个人去温泉那件事那样讲得藏头露尾，更没有讲成一个人一个说法的《罗生门》，他们讲得大致相同，就像是统一了口径一般，可是我却觉得这件事无论是对简菊还是对吕非老来说，根本就是不一样的。某一天我终于想明白这之中不但存在着选择的差别，男女对待和决定事情的差别，甚至存在着这个人与那个人看待同一件事情的巨大的分歧，无论他们相爱也好，相知也好，这样的分歧永远存在，换句话说是这样的分歧在不同的个体之间永远不会消失。我觉得从根本上说这就是所谓命运，或者说就是宿命。

简菊和吕非老告诉我的事情经过大致是这样的：那天下午章老大走后，简菊收拾了简单的行装也随即出门。她打车去找吕非老。事先她没有给他打电话，更没有告诉他自己要去投奔他。她清楚自己很可能给不了他惊喜，她给他的大概只有惊，没有喜。她不想让他事先有思想负担，更不想让他有时间犹豫。她就是要赌一把，赌得赢最好，赌不赢拉倒。她知道自己不赌永远不会赢，而赌的话至少有赢的可能。她实在是太想赢了，所以不怕冒风险。那天她化了妆，穿上了自己最好的衣裙，戴上了粉钻的项链，那是她最心爱的首饰。她等于是押上了自己全部的筹码。

她到了吕非老报社，给他打电话说自己在楼下等他。吕非老没在报社，他在路上正准备赶去采访，接到她电话赶忙调转车头回到报社。

他看见她孤零零站在报社门口，身边放着一只箱子，一副要出远门的样子。风吹动着她的衣裙和头发，她看上去是那样孤独无依。

他下了车，问她怎么突然跑来找他。

她笑嘻嘻地说："如果我再不回去了，你觉得怎么样？"

他同样也是笑嘻嘻地说："好啊，那我们就出去玩呗！"

他把她的箱子放进后备箱，为她打开了车门。她上了他的车，坐在他的旁边。他随手关掉了手机，她也跟着关掉了手机。她喜笑颜开，快乐无比。

他带她去了游乐场，又带她去逛商店，随后带她去香格里拉吃了晚饭，又带她去燕莎喝啤酒。她想去哪里他都满足她。——用他的话说，这一天他们过得就像是真正的罗马假日。

夜深了，他们到了抉择的时候。准确说是吕非老到了非作出决定不可的时候。事后他跟我说，那一刻他发现真正孤立无援的是他自己。

他告诉我其实那几个小时他一直在进行着激烈的思想斗争，他真的想就此接过简菊，有一度他甚至冲动地想直接带她去登记结婚。他觉得这是难得的水到渠成的机会，一生中再不会遇到第二次。可是当他看着她如花似玉的容貌，看着她一身价值不菲的穿戴，他马上想到她跟着自己很可能会受委屈。现在对她来说他是她的一个梦，但如果他们真的在一起，她的这个梦很可能很快就会破碎。到那时候，她不但没有一个哪怕是心理上的避风港，甚至连一个梦都没有。他扪心自问，自己能不能给她一份不低于她现在的物质水平的生活？他进一步扪心自问，自己能不能一心爱她，不再受到其他的诱惑？他发现这两个问题他都无法给出肯定的答案，更不谈他如何面对章老大，如何面对别的朋友，如何面对世俗的舆论。因此，他没有知难而进，而是节节败退，落荒而逃。

到了夜里十二点钟，他觉得此事可以作一了结，或者说必须作一了结。他们从酒吧出来，在寂静无人的马路上他紧紧地拥抱了她，然后对她说："要不我送你回去吧？"

她无比吃惊，嗫嚅地问他："你说什么？"

他再硬不起心肠说第二遍。

她说她不想回家，他决定带她去看通宵电影。她没有反对。但是进了电影院，她就拿出手机玩游戏，对银幕上放的什么毫不关心。不一会儿她就靠在他肩头睡着了。

事后吕非老跟我说他听她手机响个不停怕影响别人才替她接了，随后他征得她同意，出去给章老大打了电话，告诉他简菊和他在一起。我问他章老大怎么说，他说章老大就说了一句话："那就好。"

后来章老大跟我说那天简菊彻夜未归，第二天一早他正在饭厅里吃早饭，听见门响，看见她拎着箱子回来了。他看她妆已经残了，身上穿着的那身华丽的衣裙也皱皱巴巴，仿佛经过了长途跋涉。只有她脖子里的那串粉钻项链还是熠熠生辉。他说他看见她这副样子一肚子的气顿时就消了，只觉得十分心疼。

他这样对我说："本来我是不想理她的，要依我的脾气，我会立马请她走人。"

但是他没有那样做。

他就像什么事没有那样问她："你回来啦？"

她说："嗯。"

他又说："你吃吗？"

她说："不吃。"

她上了楼，进了自己卧室，关上门倒头便睡。

她睡了一天一夜，直到第二天才起来。

早晨，章老大在厨房里看见她，她正在煮咖啡，厨房里弥漫着咖啡的香气。她穿着洗旧的白色棉布睡袍，披散着头发，他顿时觉得她十分可怜。

他走过去拥抱她。

她用力挣脱了他。

他又一次拥抱了她。

这一次她没有挣脱。

她突然哭了起来，就像一个孩子一般痛哭失声。她哭得昏天黑地，声音嘶哑，章老大怎么劝都劝不住她。他只好一直紧紧地抱着她。

42

这件横亘在他们生活中的几乎无法原谅的事情就这样被接纳了下来。一段时间之后，我们每个人好像都忘记了这件事，甚至连当事人也都不记得这件事，或者说就好像这件事根本没有发生过。简菊还像之前一样陪着章老大度日，她照顾他的饮食起居，比以前更加经心。章老大对她也是越加垂怜。多数时候他们仍是深居简出，有时也会约我和吕非老见面吃饭。我们在一起还像从前那样把酒言欢，谈笑风生。

那段日子看似风平浪静，实则却是暗流涌动。时隔不久章老大和陆虎合作的项目出事了，他们两个人彻底反目，后来我知道其实是陆虎抢先对章老大下了手。那一阵我刚生了孩子，对这件事的发生和经过知之甚少。最初我是从吕非老那里得知这个消息的。有一天他给我打电话说起章老大被陆虎卷了，我问他是怎么回事，他说事情挺复杂的，几句话说不清楚，在我非常时期就别浪费我的精神了，等以后再说给我听。

我想从媒体上搜寻消息，但是有相当一段时间媒体对这件事没有发出一点声音。后来我在网上陆续搜到了一些关于这件事的报道，不过不同的文章无论是说法还是口径都大相径庭，有站在这一边说的，也有站在那一边说的，同一件事有完全不同的说法和解释，整个事情被说得扑朔迷离，真伪难辨。

那些资料看得我一头雾水，不过我总算大致理清了主要线索。出乎我意料的是，尽管我多少知道陆虎和章老大从来就不是意气相投的铁哥们儿，但即使他们在称兄道弟推杯换盏谈笑风生甚至把钱放在一块去投资的时候，彼此也一直在做着相互拆台的事情，还是大大超出了我的认知范畴。他们虽然在生意上有广泛的合作，陆虎曾帮过章老大，章老大也曾很好地协助过陆虎，但他们在合作的同时又充满了竞争和较量，矛盾也是由来已久，而且积怨很深。他们既联手对外，又相互撕咬，同类相残、弱肉强食在他们之间演绎得淋漓尽致。

据网上的文章说，章老大和陆虎合作共同投资开发彩虹家园项目，陆虎的岳父一直是该公司的现金会计，因此这个项目的销售收益是在陆虎自家人的掌控之中。按理说章老大不傻，他不应该让陆虎一家人控制公司，但陆虎的这位岳父大人也是任垒的岳父大人，章老大很可能是看在大树底下好乘凉的份儿上没有说话，当然也可能是他根本就无力改变这样的安排，毕竟他东山再起是靠着陆虎的。这期间陆虎指使岳父做假账，非法侵吞公司财产。资料里提到陆虎的岳父以办房产总证的名义，在实际费用前加了个“1”，直接侵吞公司资产一百万元。而这仅是个小动作而已，更大的举动还在后面。彩虹家园项目中的老年公寓开盘后是卖给开老年病医院的一个老板的，但由于此人克扣挪用国家医改费用被纪检双规，纪检没收了他的预交房款，陆虎则把该房产转移到了自己名下，改名为彩虹老年公寓，价格每方米下降了八千元，仅此一项就侵占了公司财产几千万元。

而相对于后面的出手，这些只能算作是热身活动。

从时间上推算就在陆虎用金钱房子汽车都没能打动简菊的那次谈话不久，他把彩虹家园项目中23层的会馆含门面整体出售给了一个超市职员，价格是低廉到令人惊诧的五百万元。姑且先不论一个普通的超市职员怎么能一下子拿得出五百万元资金来购买这么一处房产，他把价值数亿的资产以不可思议的低价卖给他人，侵吞合伙人巨额财产的目的昭然若揭。而且这个23层的会馆被买主计划用来开酒店，而他自己的彩虹酒店就在附近不到一百米处，显然他不会傻到把房子低价卖给别人还引来一个竞争对手。到这时候章老大终于忍无可忍，把他告上了法庭。

法院虽然立案了，但章老大却迟迟等不到法院判决。而陆虎扬言不惜花费五千万来摆平官司，章老大听说之后怒不可遏，也立刻明白了靠坐等是没什么可能等来他想要的结果的。他一怒之下找了一班人马上门去把陆虎家和彩虹酒店一通打砸。不久有人传话给他，说陆虎动用了上层关系，一定要把他送进监狱，公安很快就会来抓他，于是他再一次失踪。

这一次章老大没有独自失踪，而是带着简菊一起走的。

后来我听吕非老说在出事之前简菊提醒过章老大陆虎的危险性，他说简菊告诉他一上来没敢直接跟章老大提陆虎，而是借着王小光说事。她说她总觉得王小光做出这样的事情跟她有点关系，如果没有她，恐怕事情不会这样。章老大听了很惊讶（我觉得他是故作惊讶），说没想到她会这样想，还叫她别把事情往自己身上扯，有些事看似与她有关，实则未必完全与她有关。章老大说凡事都有因果，不管因是什么，果是什么，自己既然选择了跟她在一起，就不会怨天尤人。他说他们已经在一起这么久了，发生了这样的事，固然不幸，况且除了发生了这样的事情，也还发生过许多别的事情，不管怎么说也是好事多过坏事，至少他们迄今还能衣食无忧地过着，况且比一般人的日子过得要好。他让她不必过分为他担心。简菊一贯很容易被章老大说服，这次也不例外。不过她还是提醒他留神身边的人，尤其是跟他走得近的。章老大让她放心，他说自己睡觉都是睁着一只眼的，让她不必担忧。不过她仍是忐忑不安，换个时候她又和章老大说起心中的忧虑，这次她直截了当提到了陆虎。她说别看陆虎总是笑眯眯的，其实这个人是个笑面虎，可得提防。章老大吃惊地盯着她看了好久，没有说话。终于他开口说："我真是小瞧你了！"

吕非老感慨地说："真不知道章老大是怎么想的，简菊都提醒他了，他还是掉进了陆虎挖的坑里。我也不止一次旁敲侧击跟他说过类似的话，只是没挑那么明而已，要我说他也是听明白了的，他却说陆虎是个做大事的人，手里下着一盘很大的棋，尽管他确实是那种看中了什么一定要搞到手的人，但他不至于像王小光那样一根筋，也不至于像王小光那样疯狂。再说陆虎和他有不少合作，这当中泥一把水一把，两个人合则肉烂在锅里，不合则是鸡飞蛋打，他们实际上是一根绳上的两只蚂蚱，陆虎应该不会把事情做得太绝，因为那样对谁都没有好处。再说他也不相信陆虎真想吞了他，他说自己相信十来年的兄弟情分，再不济总归大家大面子上是要过得去的，毕竟是在一个圈里混着，不说整天会碰面，还有那么多熟人看着呢，太过分了怎么在江湖上做人？唉，他是以己之心度人，把别人想得太好了，他太低估了陆虎，也太低估了人性的贪婪和阴暗。"

我和吕非老的看法不尽相同，我并不认为章老大像他说的那样太低估了陆虎甚至太低估了人性的贪婪和阴暗，而是他不能因为陆虎有危险就放弃与他的合作，对陆虎他其实是防不胜防，简单说就是陆虎想搞他，他躲不过。因为比起陆虎他毕竟是弱小的一方，弱肉强食从来就是他们同业之间的生存法则。

在岁末年初的一个万籁俱寂的夜晚，想起旧友新朋，我心中忽有所动，打开了章老大的博客。

章老大的博客并没有多少浏览量，和他在江湖上的名头很不相符，我想一是因为他用了一个化名，二是因为他很少告诉别人。除了开博第一天他试发的一条："我来了，新世界！"半年多之后终于有了一条更新，我看日子就是三天前，标题是《逃亡》。他这样写道："我怀着凄凉而绝望的心情踏上逃亡之路，或许一去不回，因为我的对手太强大！我相信法律是公正和公平的，选择逃亡是被逼无奈……"

我交替看着这两条博客，心中百感交集。我不知道这次他是不是运气足够好，能躲过劫难，和简菊一起走进他们的新世界。

43

休完产假我去上班，走出家门世界似乎变得十分陌生。有一天在一个新闻发布会上我意外邂逅了吕非老，我们已经好久没有联系，初见之下彼此有些生分。

看见我的时候吕非老正在会议室外面的廊柱旁边吸烟，他马上掐灭烟蒂笑盈盈地朝我走来。

他伸出胳膊要拥抱我，但突然变得迟疑，临时改成了握手。

"哦，变含蓄了？"我跟他开玩笑。

"我突然想到现在你已经是一位伟大的母亲了。"他说得一本正经，随后马上换了哄人的口气说，"你还那么漂亮！"

往昔甜蜜的气氛瞬时就回来了。他问我还想不想进去开会，我反问他你呢？他说他无论如何是不想再坐那儿听会了。于是我们就像两个逃课的学生一样离开了会场。

我们穿过马路，信步走进街心公园。深秋中午的阳光照在身上，暖意融融，他带着感慨说："我从来认为金钱啦青春啦都应该是用来挥霍的，我的确一直是这么做的，现在我发现手里可挥霍的东西越来越少，我想这大概就是老了。从前我们多好啊！"

我带着感慨附和他说："是啊，从前我们多好啊！"

我问他现在过得怎样。

他露出一个天真无邪的笑容，漫不经心地说一句："还能怎样？还是老样子呗。"

"又是忙着谈情说爱？"

他的笑容里多了一点羞涩，显然是被我说中了。

我笑叹说："从我认识你的第一天起，你就招蜂惹蝶没有消停过。"

他抵赖地说："哪有啊？我是一个好人。"他马上又换了一种说法，"我一直想做一个好人。"

我们一起哈哈大笑起来。

笑完他说："我说的是真的，其实我爱生活，爱他人，这种爱也许太过广大了，因此显得我很花心。"他轻叹一声，"说出来你肯定不相信，其实我不想那样，我只想爱一个人，拥有一份纯洁美好的爱情，就像走一条上山的路，不管多么蜿蜒多么崎岖，就认准一条道走到黑。结果却是事与愿违，我一次次地在曲径分岔的花园里迷路。我真不是得了便宜卖乖，实际上午夜梦回的时候想起这些我心里经常是沉甸甸的。"

他转过脸望着我，脸上是那种毫不矫饰的笑容，让我无法不相信他说的是肺腑之言。

可是我心里却在想:这就是友情吗?这就是异性间真挚的友谊吗?我马上想到三岛由纪夫的小说《镜子之家》里的一句话:“在所谓‘友情’这种说法中存在着伪善”,我也想起了这部小说中所描写的主人公镜子和收既欣赏又冷漠的关系,我还想起这书里的另一句话:“这两个人的关系属于那种一起享受休战和安息的关系”,我觉得真就像是专为我和吕非老说的。

我笑了,随后不知怎么脱口而出说了一句听上去很像是抱怨的话:“你说你那样博爱,我们之间可是清清白白,什么也没有。”

他畅快地大笑,说:“‘什么也没有’,这是一种多么深切而至诚的关系。”他忽然换了从未有过的认真,一字一句地说,“彼此不相爱,这是多么幸福啊!”

我一时没会过意来,困惑地问他:“这话是什么意思?”

他说:“这不是我说的,难道你忘记了吗?这是三岛由纪夫小说里的话。”

天哪,我真有些惊讶,我们真是心有灵犀,竟然又想到一块儿了。可不是嘛,那本《镜子之家》还是他拿给我看的呢。

他说:“‘到了80岁时,我们结婚吧。’——你还没有忘记吧?”

他笑容灿烂,仿佛在说一个约定。

我说:“‘到了80岁,我一定会和你结婚的。’——我当然记得啦,我怎么会忘记呢?”

我们说的是三岛由纪夫小说里的话,这两句话曾经一度是我们挂在嘴边上的话,我们见面就说,就像对暗号一样。但是,短短几年过去,他若不说起,我真的已经想不起来了。

他突然用一种体贴入微的口气说:“坐在这里你不会着凉吧?”

我说:“不会。”

我一下子回到了现实。

他问我："你在想什么？"

那种口气，就像恋爱中的人在小心翼翼地询问自己的恋人。

"我什么也没想。"我淡然地说，眼睛望着远处车来车往的马路。我就像一个耗到深夜还不肯睡觉的孩子，心里涌起类似惆怅和懊恼般的伤感。

阳光明媚，风很干爽，空气里飘荡着树叶干枯的香味，那种气味令人怀旧，前世今生仿佛都在眼前。

他转换了话题，以一种推心置腹的口气说："现在不知道是怎么回事，我越谈恋爱越找不到那种爱的感觉，就和再也吃不到小时候吃过的那么甜的糖和那么好吃的水果差不多。而且不管交什么女朋友，就像看《新闻联播》似的，再新的内容，就跟看过的一样。见面、闲扯、喝咖啡、吃饭、散步、接吻、上床，或者简化点，吃饭、接吻、上床，分开之后我会想不起上次约会的是谁，真有点千人一面的感觉。有时有人打来电话，要是打手机还好，要是打没有来电显示的座机我就抓瞎了，再赶上矫情的，非要让我猜猜她是谁，我简直就要崩溃！跟你说句真心话吧，我现在是得了恋爱恐惧症，我发现自己很难对谁说出'我爱你'这三个字，当然我是指发自内心说出这三个字，我也很怕听别人对我说这三个字，因为我实在是无以为报。"

我笑起来，说："这么说你还真是一个好人。"

他也笑，说："谢谢你安慰我。"

他盯着脚下摇曳的树影，长长地舒出一口气。

我问他："你在想什么？"

他十分由衷地说："我想象过这样的场景应该出现在晚年的时候，和一个年轻时相爱过的女人安静地坐在公园的长椅上，发生的早已经发生过了，该说的话也早已经说过了，两个人什么都不说彼此也没有秘密，就像两棵老树，面对面站着，所有的沉默都是交谈，所有的漠然都是相知。你说吧，是不是要多可怕有多可怕？可是，却又是要多温暖有多温暖！人生也是如此，既热闹又苍凉，既美好又无奈。”

我听了心中越加惆怅，我说：“只可惜我不是那个和你在年轻时相爱过的女人。”

他松弛地一笑，以一种和解的姿态慢悠悠地说：“我少说一句话，今天我和你只是预演。我知道在晚年陪我坐在公园椅子上的不会是你，陪你的那个人也不会是我，由此你是不是更加觉得人生有诸多的不确定和不靠谱？以前我喜欢一句话：‘两条平行线从来没有相交’，我觉得这句话里那种简单干净的意思特合我的心意，现在我喜欢另一句话：‘两条平行线在远处相交’，我想象那两条平行线不但相交，而且还弯曲缠绕，剪不断，理还乱，我认为这才符合真实，这才是真正揭示了生活的复杂性和神秘感，才是世界的本来面目。”

我心悦诚服地说：“深刻。”

他仍然用那种慢悠悠的口气说：“有的人是因为相知而相爱，有的人是因为不知而相爱，还有的人是因为无知而相爱，不管因为什么，相爱本身就是内容，为本无意义的人生注入了意义，所以说，我们之间其实是有遗憾的。”

他眼神纯净地凝望着我，似乎在等待我的确认。

我笑说：“我以为已经足够丰盛。”又说，“现在说这个不觉得为时已晚吗？”

他顽皮地一笑说：“不觉得，还来得及。”又说，“总可以发下感慨吧！”

我说：“容我多嘴一句，你又和多少人有这样的遗憾呢？”

他就像被我瞬间击中,定定地看我一眼,没有分辩,露出既像是委屈又像是无奈的笑容。

在这样直率和坦诚的语境下,我忍不住说他:“你也别一直飘着了,差不多可以降落啦。”

“你以为我不想吗?其实我早就想安静下来,用你的话说是降落。我已经飞得太累了,更多的时候是不得已在飞,再飞下去都快坠毁了。”他露出洁白的牙齿,嘿地一笑说,“虽然我现在是光棍一个,我可能比一个已婚男人负担还重,你恐怕要嘲笑这是我脚踩几条船的后果。简单说吧,阿蛟现在还住在我家里,我和他分分合合好多来回,实际上彼此就是普通朋友,可是他没有工作,而且就喜欢做流浪歌手,除了去地铁唱歌挣一点零花钱没有别的收入,他租不起房子,自己挣的钱不够养活自己,所以我只得收留他。我和戚燕也经常见面,现在我们每个星期至少要见一两次,她爸生病这几年,我四处张罗替他寻医问药,找医生,找护工,甚至亲自陪床,不是我自夸,我做得不比一个亲生儿子少。老爷子和老太太身体都不好,他们就戚燕这么一个独养女儿,还是老来得子,你不是和她也认识吗?她苍白瘦弱,人又单纯,遇到事情就慌了手脚,我要不去帮她一把心里都过不去。还有荒唐的,我和她离婚这么多年,她竟然一直瞒着她父母,老头儿老太太还以为我是他们的亲姑爷呢。我问她为什么不把实情告诉父母,她说不想让他们一把年纪跟着伤心。我问她我们现在这个样子难道他们不疑心吗?她不吭声。我想老人家很可能是知道的,只是不说破罢了。想想让两位年纪很大的老人跟着伤心,我心里也真不是滋味,所以我就更加要在二老面前好好表现,算是对他们的补偿吧。阿蛟和戚燕还好说,最让我头疼的是夏茵茵。这个名字我说出来都觉得有点陌生了,当年是多么如雷贯耳啊!夏茵茵真是一个悲剧人物,她让我体验到了人生的大喜大悲,我和她之间的故事简直可以写一本书。可是说实话现在我最害怕的就是想起她，她是我肩上的包袱，是我心头的病，也许我不该这么说，但事实就是如此。这么多年，其实我一刻也没有忘记过她，只要我听见美妙的旋律，看见漂亮的风景，甚至看到那些能让我发出会心一笑的字句，我都会忍不住想到她……她是我生命里的毒品，她让我迷失、悲哀、痛楚、失落、惆怅、凄凉、消沉，可我还是会沉湎在对她的思念中。她是我生命里的病毒，直接摧毁我爱的能力。她是让我从山峰跌到谷底的人，而且我心里清楚再不可能有峰回路转的时候。因为她我曾经不相信爱情，甚至怀疑人生，我自暴自弃，真的想以堕落来报复她。可是我发现堕落也不是一件容易的事，况且要堕落成什么样子才能报复到她呢？没想到的是她比我更加自暴自弃，堕落得更快。记得当我得知她在酒吧打架被人伤了眼睛，我疯了似的跑到医院去找她，我求她，让我陪在她身边，但是她特别坚决地拒绝了我。这就是她，性格比钢铁还硬。伤好她回到老家，从此不再登台唱歌，也不工作，就靠以前攒下的一点钱度日，我能做的就是寄钱给她，我恨不得把挣到的每一笔钱都寄给她，就是希望她能过得好一点，希望她不至于因为没有钱而受苦。可是她却把那些钱都退了回来，每次汇款单上都写着同样的一句话：'你别寄来了我不需要'，她就是这么绝情，把我的心伤透了，可我还偏偏就是放不下她。"

我眼看着他眼圈红起来，真担心他会在这个公共的街心花园里哭起来，那样路过的人就会不知道我们之间发生了什么。我环顾四周，好在并没有人注意我们，他也很快恢复了平静。

他转过脸来，口气温柔地问我："我跟你说这些陈芝麻烂谷子的事，你烦了吧？"

我笑说："怎么会呢？虽然没有脚本，但这么多年来我身边一直有好戏在上演，不能不说是一种荣幸吧。”

他听出我口气中的讥讽，脸上浮起自嘲的笑容，说：“小说和戏剧里的主人公谁是男一号谁是女一号分得清清楚楚，十分明确，不会搞错，然而生活中却不是这样，你是主人公，又不是主人公，你有自己的故事情节，却又被别人的戏份推动，也随时被别人的戏份淹没。你在自己这出戏里扮演的角色不管多么讨厌，多么可恨，情节多么平庸，故事多么拙劣，你也只得演下去，别无选择。我不知道是运气不好还是运气太好，这么多年来我一直有幸出演一个风流浪子的角色，有时情节发展得太快，而且枝蔓繁多，我几乎跟不上节奏，真有点招架不过来。如果有可能，我真想请上帝这位伟大的剧作家改改剧本，我希望能够本色出演，演一个一往情深的角色，默默无闻，平淡无奇，就像河床里的一块鹅卵石，安安静静地过自己的一生。”他深深地叹一口气，用一种看着别人搭上了车而自己错过了雨中的末班车那样的口气说，“你已经是过来人了，我可还在泥一把水一把地摸爬滚打呢！”

这个阳光明媚的中午我们也谈到了章老大和简菊。吕非老说自从他们离开一直没有得到过他们的消息，也不知道他们究竟去了什么地方。只有一次他听一个从前在饭局上认识的人说起在缅甸的蒲甘见到过章老大，他晒得黝黑，穿着笼基，不仔细看简直跟当地人一模一样。那人说不过也只是看着像而已，不敢确定真的就是他，怕认错了人，也怕他不愿意被人认出来，所以没敢贸然上前打招呼。

我说：“但愿章老大没有什么事情，不然还会连累简菊。”

听到“简菊”两个字，吕非老一怔，似乎打了个激灵，就像突然被人从沉思中唤醒。他脸上出现刚刚睡醒的混沌和迷惘，像是喃喃自语一般说：“昨天夜里我还梦见她呢，那场景就像真的一样。我很少做梦，也不大记得梦里的情景，以前有几次梦到她，她都像影子一样一闪而过。

每次梦见她旁边好像都有铁轨，还能听得见火车在远处鸣叫，我心里就特别凄凉，特别恐惧。昨夜这个梦倒是清晰无比，我和她一起走在街上，也不知要去什么地方，风特别冷，她身上的衣服很旧也很单薄，我心里清楚她没有钱，我很想拿钱给她，但是好像身上根本就没有钱，我特别沮丧和懊悔，然后就醒了过来。醒过来之后好半天我心里还是充满了沮丧和懊悔，我明白其实在我潜意识里我觉得自己特别对不起她。”

我听了心中酸楚。我半讽半叹地说：“这也算是良心发现吗？”

他沉默良久，苦涩地一笑。

但是笑容很快从他脸上消失了，他面色凝重地说：“我无颜再提‘良心’二字，那会让我羞愧得无地自容。要我说一个男人爱一个女人，又不能给她那份实实在在的爱，就应该离她远一点，干脆说滚得越远越好。说到底其实我一直在欺骗她，而且除了欺骗她也一直在欺骗自己。这么多年，我一直在挣扎，我以为我想爱就爱，甚至还能拯救她，实际上我是自顾不暇，狼狈不堪。最关键的是我缺乏那股子勇往直前的气概，说到底我思虑太多，私心太重，不是一个拿得起放得下的人。我最最自责的是那天她带着箱子来投奔我，她是怎样地奋不顾身啊，可是我左思右想，瞻前顾后，最后还是首鼠两端地说服她回到章老大那里。我知道她是那样依恋我，又是那样信赖我，尽管她不愿意，可是因为是我说的，她就照做不误。什么时候想起来我都会心如刀割！记得当时我对她说：‘我会远远地望着你，远远地爱着你’，我还说：‘我给不了你安全感，我只能给你安全的爱’，还说了些什么我记不大清了。现在想起来，我觉得这是我对她说过的最无耻最混账的话。我觉得此生最对不起的一个人就是她。”

他说得那样沉痛，令我想起舞台上的哈姆雷特和罗密欧。我承认内心受到震动，有一刹那甚至充满了遗憾和同情，为他，更为简菊。我的脑海里浮现出第一次见到简菊时的样子：清秀的鹅蛋脸，纤细高挑的身材，水汪汪一尘不染的大眼睛，羞涩冰冷的神态，就像初放的苹果花那样纯洁和娇艳。——一切还犹在眼前，可是却已经物是人非。

我长长地叹了一口气，吕非老也跟着长长地叹了一口气，叹完他用一种亲切的犹如居家过日子一般的口气对我说："走吧，找个地方吃饭去，我饿了。"

"我饿了"三个字带来的巨大而温暖的现实感扑面而来，将我击溃，我也立刻有了饥饿感。我们站起身，朝马路对面的餐馆走去。我们脚步匆匆，走得很快。所有的往事，所有的回忆，这一刻都离我们而去，仿佛并不存在。

尾　声

我冒雨在拥堵的路上开了整整两个小时才到达国贸附近。我找不到吕非老说的那个某某大厦，再次给他打电话。他一边嘲笑我OUT了不知道当下的时髦，一边在电话里一会儿往左一会儿往右地给我指路。我终于穿过堵得跟肠梗阻一般的马路在地下车库停好了车。马上有两个穿制服的高大英俊的小伙子迎上来给我引路，把我领到了大厦的顶层。

电梯门打开的刹那我见到了笑容可掬的吕非老，他朝我张开胳膊，给了我一个大大的拥抱。他从报社辞职以后我们就没有见过面，他仍然是帅哥一个，但变化还是有的，他胖了些，戴了一副黑框眼镜，肤色也没有以前那样黝黑透亮，看上去颇有几分人到中年的味道。我知道他也同样在打量我，同时在心里评估岁月对我的摧残。不过我们都不约而同给了对方“你没有变”的好评，不管是出于真心还是出于客套，自然是皆大欢喜。

当引路的服务生退下，吕非老带我从楼梯拾级而上去往更上一层的会所。

他对我说：“还没来得及告诉你呢，我结婚了，准确说是又结婚了，我老婆也来了。”

我立刻说了一句恭喜。我看他似乎还在等着我说话，赶紧又补一句：“我什么也不会乱说的，你放心好了。”

他哈哈大笑，就像往昔一样知情会意。他这一笑让我们长久没见面的拘束瞬时消失，就仿佛昨天我们还在一起。

他笑呵呵地说：“这倒没事，能坦白的我都已经跟她坦白了，现在她跟我的前妻、前女友的混得比我跟她们还熟呢。”他停下脚步，目光清澈地望着我，郑重其事地说，“不过，我没有跟她说起过你，你是未经申报的。”

那一刻，我心里竟然涌过一种滚烫的东西。

上到天台穿过一条长长的走廊，我们进了玻璃暖房般的大客厅。在这个既简约又奢华的大厅里我见到了已经有五六年没见过面的章老大和简菊。要不是章老大从沙发里站起身热情地和我握手，我差一点没有认出他来。他头发雪白，穿着香云纱黑莨绸中式上衣，圆口布鞋，完全是一副老年人的模样，和他原先英气勃发的样子判若两人。他明显瘦了，甚至连气质都有了改变，唯一没变的是他的笑容依然那么灿烂和富有感染力，还跟当年一模一样。他握住我的手，十分有力。就在我们眼神交接的那个瞬间他情不自禁伸出胳膊搂住了我，就像吕非老一样给了我一个大大的拥抱。他在我耳边说：“我还以为再也见不着你们了呢——总算还是见到了，真好真好！”

他说得那样由衷,令我心中一酸。

和章老大刚刚打完招呼,简菊过来轻轻拉住了我的手,她静静地朝我一笑,就好像我们不久前刚刚见过。她依然漂亮,明眸皓齿,顾盼生姿,只是胖了,没有了少女时代瘦削清秀的脸形,也没有了少女时代纤细苗条的身姿,胸部倒是更加饱满,但腰腹不再紧绷平坦,尤其是她一笑,眼角已经有了明显的鱼尾纹。

她羞涩地笑着说:“我要不叫你,你都认不出我来了吧?”

我赶紧说:“哪能啊?”

她说:“反正不许你嫌弃我!”

我搂住她说:“怎么会?”

那一刻我心里对她充满了怜惜。

说话间吕非老挽着一个烫着短发的女子笑嘻嘻地走过来,向我们介绍说是他的太太印月。我们客客气气地相互问好。平心而论,他的这位新太太长得不错,她身材苗条,面容端庄,说话举止中规中矩,一眼看去就是好人家的女孩儿,可我心里总隐隐感觉她跟吕非老并不是一路人。

吕非老对他这位第三任太太是一副疼爱有加的样子,他跟她说话轻声细语,极为温柔。从前他跟我们一起玩的时候可不是这样的,他说话声音很大,时常爆笑,而且话语犀利,语不惊人死不休,什么话狠招呼什么,从来也没有担心会吓着我们。看他这副小心翼翼的模样,简菊已经忍不住暗中瞟了我几眼,我和她很有默契地交换了眼神。

被宾客们围着的章老大走过来对我们说还有几个客人堵在路上,马上就到,让我们再等他们一会儿。他在我们这边的沙发上坐下来,十分自然地加入到我们的谈话中。他问吕非老和印小姐是怎么认识的,吕非老含含糊糊地说是在一次会议上认识的。章老大问我知不知道印月是商贸界赫赫有名的大佬印总的女儿，我摇头表示不知。简菊好奇地问他是怎么知道的，章老大笑呵呵地说你忘了我就是从那个圈里走出来的？吕非老最为惊愕，问他怎么知道印月就是印总的女儿。章老大莞尔一笑说："印不是大姓，况且印小姐长得极像她父亲，她很小的时候印总走哪儿都带着她，我见过她。"

大家都感叹世界真小，也感叹他记性真好。吕非老说他岳父后来也做房地产，我笑说他到头来还是做了地产界的女婿。章老大望着吕非老笑道："印总有两个兄弟都是当官的，而且都是要害部门的大官，印家可称得上是豪门，你运气不错，娶到了真正的豪门千金！"

吕非老故作平淡地一笑，那份平淡里确实能让我感觉到他背后雄厚的政治资本和经济实力。

我马上想到这对吕非老来说大概可以算是如愿以偿。记得这次重逢前最后一次跟他见面是在他从报社辞职的告别宴上，算一下也有三年多时间过去了。那天他情绪低落，看似十分沮丧。我问他为什么要辞职，就像勾起了他满腹心事。他说他快到不惑之年，忽然感到自己所剩的时间不多了，无论是离成就还是离财富都差之甚远，离理想更是差得越来越远，他觉得不能再这样浑浑噩噩混下去了。我问他有什么打算，他说并没有什么太具体的打算，无外乎是有什么活儿干什么活儿，就想再拼一下，其实也是走一步看一步，但他至少会重新思考和规划人生。我佩服他的勇气，心里却觉得他前途未卜。我说何至于非要走出这一步？他说自己必须跳出原来的轨道，才有可能在新的轨道里运行。我随即想起从前简菊跟我说过的一个人要想跳出自己运行的轨道是极难的，而且往往是出轨就翻车。可是我不敢对他把这话说出来，因为说什么都晚了。那天是在离地安门不远的一个小宾馆里吃饭，照理这是相当热闹的地方，可是那个餐厅却是灯光惨淡，店面冷清，跟我们以往聚会时那种灯光璀璨觥筹交错的场面完全不一样。我不记得吃了什么,只记得桌上堆满了残羹冷炙。坐在桌边,我忽然悲从中来,我想到转眼之间我们的青春也成了残羹冷炙。那天我陪吕非老喝了不少酒,一杯接一杯地喝,就像真正的离别。他跟我说他打算消失一段,去过另一种生活。我不清楚他是因为以往的生活带给他巨大的失望还是因为胸中燃起了崭新的希望。他说他会停掉现在这个手机号,切断过去的社会关系,等他有了新的电话号码会第一时间告诉我。然而他说过就忘了,或许我也属于他要切断的过去的社会关系,直到今天早晨他给我打电话,我一直没有他新的电话号码。这三年多我和他没有丝毫联系,真正是相忘于江湖。好在,他看上去过得不错。

我们说话的时候我发现印月却在旁边静静地端坐着,脸上毫无表情。看上去她绝对不是故作姿态,更不是与环境格格不入,就是一种不需要取悦别人的自然状态。我看她脸上就像空无一物那样干干净净,心里不由一动,忽然仿佛穿过十六年的光阴看见了初次相见的简菊。

那一瞬间我仿佛看见了世事的真相。原来世事一脉相承,却并不表里如一。

我看一眼吕非老,他朝我微微一笑,我也朝他微微一笑,但我心里明白我们确实是天各一方。

而这边谈话还在热烈地继续。

章老大说:“如果不光是比钱,还比比人品比比行事的话,印总绝对是这一行里数一数二的顶尖人物!”

吕非老像是要替老丈人谦虚,他笑着说:“他老人家早就淡出江湖,他自己说他过的是‘忙时种菜,闲时读书’的生活。”

他边说边拉住印月的手,温柔地握着,温柔地凝视着她,温柔地对她展露出甜蜜的笑容,仿佛在说不管她家里如何,是富有还是贫穷,是豪门还是寒门，他都会爱她的，不会改变。我觉得他那副情意绵绵的样子像极了爱情片里的男主人公，而且他入戏很深，戏也确实不错，挑不出毛病。就在我这一走神的片刻，吕非老兴致勃勃地谈论起生活理念，他说他和太太的生活理念非常接近，他们都热爱家庭生活，喜欢孩子，他们已经有两个孩子了，但觉得家庭还不完整，还准备要第三个。他们喜欢读书，喜欢园艺，喜欢小动物，喜欢户外运动，一到周末就和朋友一起去打高尔夫球、爬山、跑步还有野餐，他们由此尝到了不少生活的乐趣……就在他饶有兴趣地说着这些的时候，简菊讥讽的目光就像锋利的刀片一般，飞快地削去了那层甜美的表皮，让我看到了坑坑洼洼不堪回首的过去。

客人终于到齐了，章老大招呼大家入席，大家围着长条桌分宾主坐下，宴席正式开始。章老大端起酒杯，感恩劫后余生，也感谢与我们大家友情常在，他一番话说得相当动情，但对从前那些不愉快的事只字未提。他的大度和体面让我见识了一个历经沧桑的人的风范。

客人们都向章老大和简菊敬酒，祝贺他们又回到我们中间。大家都祝章老大事业兴旺，蒸蒸日上，章老大却是无比感慨地说："我现在只想安康度日，不再去想东山再起的事儿。我这辈子几起几落，也算是折腾够了。"他忽地一转，朗声大笑起来，自嘲地说，"不过真要说看破红尘也不是一件容易的事，就说我吧，老了老了还生了个儿子，人家到我这个年纪都是含饴弄孙，我才刚刚醒过神来要养儿防老！"

在众人的欢笑和起哄声里他满饮了一杯。

放下酒杯他满面春风地说起刚满百日的儿子。他说："孩子这东西吧真是神奇，没有的时候不会觉得有什么重要，有了之后每时每刻都在心上，少了他生活就没滋没味，忙得也毫无意义。《红楼梦》里说'痴心父母古来多'，我肯定得算一个。我现在最爱做的事情就是看我儿子睡觉，经常一看就是好半天。看着他我心里真是充满了幸福感。说真的，以前我很少想到'幸福'这个词，好像心里就没有这个概念，看到我儿子，我好像一下子明白了幸福是怎么回事。我抱着我那个孙子般的小儿子，心里只有两个字，就是'知足'！"他端起重新斟满的酒杯，和简菊轻轻碰了一下，含情脉脉地对她说，"你可是大功臣啊，当着我这些老朋友的面，让我好好敬你一杯！"

简菊两颊绯红，笑着瞟他一眼，说他："发神经啊！"

他们完全是老夫老妻的模样。

章老大却是一本正经地说："我不是发神经，我真的是从内心里感谢你，儿子是你给我的最好的礼物，你是上天给我的最好的礼物！"

餐桌上响起一片掌声，大家起哄要他们喝个交杯酒，章老大马上响应，精神抖擞地伸出胳膊去套简菊的胳膊，简菊笑着躲开了，他却拉住她，执意和她喝了一个交杯酒。大家又是一片掌声，哄笑声简直要把宴会厅的屋顶掀掉。

这样子热闹，已经多少年没有过了。我不由得想起章老大第一次带简菊来和我们见面的情景，那天他就像今天一样情绪高涨，高兴得有点忘乎所以。我还记得那天一晚上他的目光都在简菊身上，他的目光潮湿黏稠，倒也不光是情色，还有一种说不出来的怜爱，就好像看着一个失散多年的妹妹或是女儿一般。重新落座之后章老又是含情脉脉地看着简菊，但是他看她的眼光不再是潮湿黏稠的，而是有一种风雨同舟之后的直率和依恋，说实在话，假如我不知道背景，肯定会以为他们是因为相爱才不顾年龄的悬殊走到一起的。不过我心里倒也真的感叹他们能走到今天，而且能走到这一步，确实是太不容易了。

章老大很快有了几分醉意，他兴致勃勃地问我们知道不知道他家儿子叫什么名字，还说猜中有奖。他根本等不及我们猜，自己迫不及待地说出来:“我儿子叫冻梨儿,估计没有和他重名的。”他忍着笑说,“为给儿子起个名字我可是绞尽脑汁。我说我是中年得子,儿子的小名就叫个秋果儿吧,你们知道我家老太太怎么说?她说你不是中年得子,你是老来得子,不该叫秋果儿,应该叫冬瓜、冬枣,哪怕叫个冬虫夏草,至少带个‘冬’字儿。我家老太太别看她八十大几了,给出的话狠着呢!她也会上网,她襻着老花镜上网专门查了试管婴儿是怎么一回事,顿时就来了灵感,说这孩子就叫‘冻梨’吧,再没有比这应景的了。怎么样,这个名字有特色吧?”

他从胸腔间喷发出一阵笑声,笑得十分酣畅和放浪,很有那种一笑解千愁的味道。他这一笑,让我想起了他飞黄腾达所向披靡的盛年。我已经好多年没有听到过他这样开怀大笑了,真是久违了。不过听他当着众宾客透露这样一个秘密,我心里还是有点吃惊和尴尬。但他却是很平常也很淡然,一副百年沧桑事尽在笑谈间的样子。

章老大说完客人们纷纷向他敬酒,祝贺他和简菊喜得贵子,宴会厅里热闹非凡。酒过三巡,大家不知不觉间已经换过了位子,三三两两私聊起来。章老大坐到了我和吕非老中间,他张开胳膊,一手搂着我们一个,用只有我们三个人听得见的音量由衷地说:“今天我最高兴的就是见到你们两个,我心里最感叹的就是不管我有钱还是没钱,钱多还是钱少,一直有你们两个好朋友。还有就是小菊,我真的没想到她能跟我走到今天!”

他说得非常动情,我看见他眼睛都湿润了。我移开目光,不敢看他,心中五味杂陈。恰好又有人过来向他敬酒,我悄悄起身走到外面的天台上。

雨已经停了,空气里充满了雨后的湿润和清香。气温很适宜,不冷不热。天台四周错落有致地摆放着高高低低的盆栽,俨然是一个空中花园。不知什么花在夜色里散发着一阵阵的芳香，令人心醉。我走到天台边，凭栏远眺，夜空不是暗蓝也不是浓黑，而是温暖而暧昧的橘红色，仿佛舞台上拉了一块纱幕，远远近近的建筑物模糊的轮廓犹如或明或暗的色块堆砌在这块幕布上，周围的一切显得稳定而安详，简直就像是亘古不变。站在这里，仿佛站在世界的中心。

我正独自观赏夜景，听见身后有高跟鞋磕击地面的清脆的声音，回头一望，简菊正笑盈盈地向我走来。

她走到我旁边，深深地吸了一口气，说："这里的夜色真美啊！"她慢慢地吐出吸进去的气，"我已经好久没有好好看过风景了。"

我说："我也是，每天忙得什么也顾不上。"

她说："想起你以前喜欢说的一句话：'图什么呢？'"

我和她一起笑起来。

"你过得好吗？"我问她。

"没法用好或者不好回答，总算是过来了。"她淡淡一笑说，"现在这个结果不是我当初想的，其实当初我也没想过会怎样，我什么也没想，就迈出了那一步，不止一次都是这样。你说我头脑有多简单！我现在很少回过头去想，我只往前看。当然，我现在头脑肯定不像以前那样简单。平心而论，我可以说过得挺好的，而且真的是越来越好。这么说是因为我心里越来越知足。"

她停下来，望着我，似乎在等着我对她的肯定和赞扬。可是我却说："其实我一直挺为你担心的。"

她小声说："我知道的。"

那一刻，我感到一阵心酸。

沉默了片刻她用一种愉悦的声音说："你不知道我们家现在是真正的大家庭，四代同堂，上有老下有小。我们家老太太回来了，章老大的爸爸也从澳大利亚回来和我们一起生活，还有他一百零四岁的外婆也接过来了，住在养老院里，我们常去看她，再加上冻梨儿，我每天早晨睁开眼睛就有一大堆的事情等着我，那种被需要的感觉让我非常充实，而且忙得心里高兴，这是我以前根本想象不到的。我最高兴的是看着冻梨儿一天天长大，想到我也是有儿子的人，我真有一种落地生根的感觉。有了孩子之后我好多想法都变了，最明显的一点是我觉得我不再是为自己活着，我真不知道是该庆幸还是该遗憾。”

我由衷地说：“你有幸福的天赋，有时即使是遗憾都是一种幸运。”

她微微愣怔了片刻，仿佛突然明白了我话里的意思，伸手紧紧握住了我的手。

就在这时，宴会厅侧面的一扇小门打开了，明亮的灯光就像舞台上的追光投射到天台上，我看见吕非老步履轻快地朝我们走来。他边走边说：“你们俩躲这里在说什么悄悄话呢？”

他一脸轻松，说话的口气也很轻松，就好像经常和我们在一起似的——他的确是经常和我们在一起，不过那是从前。我看着他走过来脑子里出现的第一个念头就是赶紧走开，把这个难得的单独相处的机会留给他和简菊，但我发现简菊已经在我之前迈开了脚步。

吕非老微笑着张开胳膊，拦住我们说：“怎么，我一来你们就要走？”他一指天台侧面顶棚下的椅子说，“我们到那边去坐一坐吧！”

我和简菊就像一对温顺的姐妹一样没有二话和他一起朝那边走去。

就在我们落座的那一刻，我看见他们两个人相视而笑。一种比情欲更沉稳的东西仅仅在这微笑之间荡漾开来，我瞬间明白了他们在彼此心里的位置和分量，而且即便隔着时空，他们一样心心相印。

坐下之后我们谁也没有马上开口说话。还是吕非老打破沉默，他问我们:“你们怎么都不说话?”

简菊轻轻一笑,说:“该说的不早都说了吗?”

我忽然想起在那个深秋的中午,我和吕非老坐在街心公园的长椅里说的那些话。我清楚地记得他说他想象过在晚年的时候和一个年轻时相爱过的女人安静地坐在公园的长椅上,该发生的事早已经发生,该说的话也早已经说过,两个人没有秘密,就像两棵老树,沉默地相对,漠然里充满了相知。他说过这就是人生,苍凉、无奈,却又温暖、美好。我记得当时我对他说只可惜我不是那个年轻时和你相爱过的女人,我不知道在他的衡量体系里简菊算不算是和他相爱过的女人?

吕非老含情脉脉地望着她,用柔情似水的口气问了一句我刚才问过她的话:“你过得好吗?”

我以为简菊会给他和刚才给我相同的回答,可是我错了。她口气冷硬地对他说:“我过得好又怎样,过得不好又怎样?”

吕非老显然是被她的话噎住了,过了片刻,他才尴尬地一笑说:“你过得好我会为你高兴,你要是过得不好我心里会难过的。”

又是沉默。

但在这沉默中分明涌动着心潮,不说话其实却没有停止交流。我觉得我们可能真的就像老树一样默默而立却充满了相知。

随后我们三个人聊起了一些不相干的话题,轻松,随意,想到哪里说到哪里,就像我们以往一样。我们默默地享受着这种和谐的关系,没有误解,没有危险,也没有羞愧和难堪。

不知过了多久宴会厅侧面的门又一次打开了,那束明亮的灯光投射出来,灯光里站着一个高挑挺拔的女人,正是吕非老的太太印月。我们招手叫她过来,但是她原地站着没动。我看不清她脸上的表情,但能感觉到她强大的磁场和威力。果然,吕非老坐不踏实了。我和简菊催他快去，他深深地看我们一眼，慢腾腾站起身，朝灯光明亮处走去……我想此刻世界上最遥远的距离就是简菊和吕非老之间的距离吧。

宴会厅的门关上了，天台暗了下来。

简菊透过一口气，问我："刚才我没有失态吧？"

我说："当然没有。"

"真的吗？"她如释重负地说，"这么说我心里大概已经放下他了。"

我想对她笑一笑，但终究没有笑得出来。

她自己却笑了，说："当初我退了学离家出走跑出来傍大款，那是何等地作啊，没想到折腾一圈到头来竟然成了一个从一而终任劳任怨的良家妇女，你说这事荒唐不荒唐？"

我想起她十六岁那年的样子，仿佛听见她在我后面怯生生地叫我姐姐的声音，心头不由涌过一阵酸涩。我凝望着她就像看着一个失散多年的妹妹或者女儿，我几乎是脱口而出对她说："简菊，你真是一个天使！"

然而说出这句话的刹那间我就体会到了类似揶揄和挖苦的成分，本来我的确是没有那个意思的，但这句话却辐射出更多尖锐的东西，不但像钢针一样挑破了事情的表面，而且直接将她打回原形。我在失措和后悔的心情里感觉她在幽暗的夜色里微微一怔，随即看见她晶莹的泪珠潸然而下。

2013年3月—2014年3月

北京　莲花

小说从哪里来(后记)

写下这么个大而无当的题目,我暗自庆幸这不是一道考题,而只是我发出的疑问,甚至只是一声叹息。从1985年发表第一篇小说到现在,我的写作年头实在是不算短了,“从艺”都快30年,然而我还是没法像上班和做家务那样按部就班和有条不紊地来写小说。上班和做家务对我来说具备确定性,而写小说对我来说却具备更多的不确定性,也就是说写小说这件事是我个人所掌控不了的。我打比方形容这件事情:就像去一个不知道的地方找一样不知道的东西,所幸还找到了。《天使》这部小说,对我来说,正是这样的一个例子。

一天晚上偶尔翻检旧作,看到自己1999年写的小说《脸上露出幸福的笑容》,这篇小说中的主人公叫吕非,我忽然想到,要是吕非是个真人,经过了这十几年的浮沉,他会是什么样子呢?就这个脑子里倏忽而过的念头,第二天竟然变成了一颗种子,让我有了写小说的冲动。我从来不知道写小说的灵感是从哪里来的,我认真想过,觉得那简直就是上帝手中的筹码，他老人家随意发放，并无定规，你赶上就赶上了，赶不上也没办法。这么说也许消极，不过在等待和接受筹码之时我从不消极。那天早晨，我打开电脑，写下第一行字，吕非老的声音立马穿越时空从电话里传来，他约我见面吃饭，并且就在当晚。我仿佛听见了种子爆裂生命发芽的声音，虽然轻微，却结实有力。当时我并没有想要写一个长篇，因为从蕴藏在心间的感受探测，或许就是一个四五万字的中篇。但随着写作的展开，也因为当时在现实生活中遇到了一些事情积聚起了心理能量，这部小说逐渐呈现出超乎我预想的样貌。我特别开心的是写得非常顺手，我已经有相当长时间没有找到如此得心应手的写作感受了。

当年《脸上露出幸福的笑容》发表之后，有不少人问我吕非这个人物是不是真的，我回答说纯属虚构。我向来认为小说中虚构的人物比从真实生活中采样而来的人物写起来有更大的自由度，也更好发挥，因为不必担心有人对号入座或被以为是含沙射影。到了《天使》，同样虚构的吕非老和吕非可能是同一个人，也可能并不是同一个人，如果一定要给个说法，那么也许可以把吕非老看作是吕非的升级版吧。吕非老和吕非身上有着极为类似的聪明、机智、能干、圆融练达以及玩世不恭等等特质，只是到了《天使》中，他不再像在《脸上露出幸福的笑容》那样身上还残留着稚嫩和青涩，他头脑冷静，目的清楚，而且操作能力极强。我觉得吕非老与我们所处的这个社会转型期或者说多元化时代息息相关，如果换一个年代，他很可能完全是另一种样子。而由他串连起来的那些人与事同样与我们所处的这个时代息息相关。通过他，我认识了章老大、简菊、陆虎、王小光、朱老太太等等一系列的人物。

《天使》这部小说应该说确实是从吕非老开始的。我也很奇怪吕非老(1999年他还是吕非)这个人物就像一棵重复生长的树，竟然在我的小说里获得了两次生命。这在以前是不曾有过的，以后很可能也不会再有。我想这种未知性和不确定性正是小说的魅力所在，也正是这种魅力对写作者构成魅惑，让我们知难而上，乐此不疲。

我不能确切说出简菊这个人物是怎么来的，我在现实生活中从来没有结识过这样的一个女孩。细想我的知己密友竟然没有谁是坐享其成靠男人生活的，她们个个都是起早贪黑勤勤恳恳苦心孤诣食宿自理在那儿自我奋斗呢。可是写简菊我却没有丝毫的陌生感，仿佛我真的曾经与她过往甚密。仔细追想，大约十多年前，我听一个同事说起她去参加朋友的聚会，见到一位中年成功男士带来一个军队大院的女孩，她年轻漂亮，梳一条又黑又长的辫子，在聚会上她一直是默默地坐着，一声不响。仅此而已，却在我脑子里留下了一个画面。多少年过去了，那个在聚会上从头至尾一声不吭的女孩摇身一变，成了我小说中的简菊。

也许因为我是新闻从业人员的缘故，我对小说与现实世界的联系一向很感兴趣。我倒并不认为小说非得与现实产生关联，更不认为小说一定要反映现实，有许多不反映现实的纯粹想象性的好小说令我心驰神往，我真心希望那样的小说是我写出来的。我觉得我自己基本可以算是一个反映现实的写作者，尤其在《天使》这部小说中，我选择1996年到2012年作为小说发生的时段，这16年正是中国经济飞速发展的时期，而且因此带来了中国人社会生活和情感生活的巨大变化，我将此作为小说的背景，甚至不光是背景，也可以说是小说的要素。换句话说，如果不是在这个年代，小说中的那些人物的生活就不是那个样子的。比如简菊最初是出来傍款的，最后虽然是以结婚告终，但这个结婚与传统意义上的找对象结婚全然不是一回事。她的情爱是分裂的，但却不能说她分裂的爱情就不是爱情。这种时代带来的变化是深刻的，它改变的不是生活表象，而是生活模式，甚至是社会意识。正是这种变化中人们杂乱的步伐，气喘吁吁的样子，脸上的欢笑和眼泪，构成了触动人心的乐章。我个人觉得这正是最好的小说矿石。

我想每个写小说的人大概都知道一部分小说的奥秘，但我总觉得这很可能就像是盲人摸象，只知其一，不知其二，甚至于我们自认为知道的也是靠不住的。就像做梦，梦醒之后梦里的那个世界就会消失殆尽，了无痕迹。我想起意大利作家卡尔维诺在《看不见的城市》中写的：

可汗向马可发问：“同样是从偏远的地方归来，你却只会告诉我某人晚上坐在自家门槛上乘凉时想些什么。你的跋山涉水究竟有何用途？”

我们自己何尝没有这样的怀疑？然而就像马可·波罗回答可汗的那样：

“不管我的话能唤起你对哪个地方的想象，你都会处在自己的位子上，作为观察家来看它，即使在皇宫里，也能看到木桩上建造的村庄，也能感到带有河口海湾泥腥气味的微风。”

实际上，我们通过自己在暗淡无光荆棘丛生的小路上星夜兼程，通过种种不怕失败的暗中努力，让那个原本我们也并不知情的地方变得丰富多彩，变成一个万物生长的可观的世界。

我在一篇文章里写过：“小说的世界好像是专为阻击现实世界而营造的另一种时空。这个世界不为战斗，只为抵御、逃跑、缓解和等待增援。但这也不是一个软弱无力的世界，对现实世界还不肯袖手旁观。有时候不仅干涉现实世界的生活与规则，甚至还起到了一定的毁坏与重建的作用。”尽管我始终没有搞明白小说究竟是从哪里来的，它是如何发生、生成并且具备自己的生命力的，然而跳过这个问题，我能够隐约知道小说构建的是什么，或者说应该构建的是什么。我不想给出定义，因为说清楚太难，而且我认为一旦给出定义，会使我心中那个宏大而无形的世界变得狭隘和有限，而它不该是那样，它不该被看清和固定。

2014年6月